外国文学学术史研究

主编

陈众议

泰戈尔学术史研究

রবীন্দ্রনাথের বিদ্যাগত ইতিহাসের গবেষণা

魏丽明 等 著

国家出版基金项目
NATIONAL PUBLICATION FOUNDATION

译林出版社

图书在版编目（CIP）数据

泰戈尔学术史研究／魏丽明等著．—南京：译林出版社，2019.12
（外国文学学术史研究／陈众议主编）
ISBN 978-7-5447-2898-0

I. ①泰… II. ①魏… III. ①泰戈尔（Tagore, Rabindranath 1861-1941）—文学研究 IV. ①I351.065

中国版本图书馆 CIP 数据核字（2019）第 284103 号

泰戈尔学术史研究　魏丽明 等／著

责任编辑　彭　波
特约编辑　宗育忍
装帧设计　韦　枫
校　　对　孙玉兰　戴小娥
责任印制　颜　亮

出版发行　译林出版社
地　　址　南京市湖南路 1 号 A 楼
邮　　箱　yilin@yilin.com
网　　址　www.yilin.com
市场热线　025-86633278
排　　版　南京展望文化发展有限公司
印　　刷　江苏凤凰扬州鑫华印刷有限公司
开　　本　718 毫米 ×1000 毫米　1/16
印　　张　18.75
插　　页　2
版　　次　2019 年 12 月第 1 版　2019 年 12 月第 1 次印刷
书　　号　ISBN 978-7-5447-2898-0
定　　价　68.00 元

总序

在众多现代学科中，有一门过程学。在各种过程研究中，有一种新兴技术叫生物过程技术，它的任务是用自然科学的最新成就，对生物有机体进行不同层次的定向研究，以求人工控制和操作生命过程，兼而塑造新的物种、新的生命。文学研究很大程度上也是一种过程研究，从作家的创作过程到读者的接受过程，而作品则是其最为重要的介质或对象。问题是，生物有机体虽活犹死，盖因细胞的每一次裂变即意味着一次死亡；而文学作品却往往虽死犹活，因为莎士比亚是“说不尽”的，“一百个读者就有一百个哈姆雷特”。

换言之，文学经典的产生往往建立在对以往经典的传承、翻新乃至反动（或几者兼有之）的基础之上。传承和翻新不必说，即使反动，也每每无损以往作品的生命力，反而能使它们获得某种新生。这就使得文学不仅迥异于科学，而且迥异于它的近亲——历史。套用阿瑞提的话说，如果没有哥伦布，迟早会有人发现美洲；如果伽利略没有发现太阳黑子，也总会有人发现。同样，历史可以重写，也不断地在重写，用克罗齐的话说，“一切历史都是当代史”。但是，如果没有莎士比亚，又会有谁来创作《哈姆雷特》呢？有了《哈姆雷特》，又会有谁来重写它呢？即使有人重写，他们缘何不仅无损于莎士比亚的光辉，反而能使他获得新生，甚至更加辉煌灿烂呢？

这自然是由文学的特殊性所决定的，盖因文学是加法，是并存，是无数“这一个”之和。鲁迅谓文学最不势利，马克思关于古希腊神话的“童年说”和“武库说”更是众所周知。同时，文学是各民族的认知、价值、情感、审美和语言等诸多因素的综合体现。因此，文学既是民族文化及民族向心力、认同感的重要基础，也是使之立于世界之林而不轻易被同化的鲜活基因。也就是说，大到世界观，小到生活习俗，文学在各民族文化中起到了染色体的功用。独特的染色体保证了各民族在共通或相似的物质文明进程中保持着不断变化却又不可湮没的个性。唯其如此，世界文学和文化生态才丰富多彩，也才需要东西南北的相互交流和借鉴。同时，古今中外，文学终究是一时一地人心的艺术呈现，建立在无数个人基础之上，并潜移默化、润物无声地表达与传递、塑造与擢升着各民族活的灵魂。这正是文学不可或缺、无可取代的永久价值与恒久魅力之所在。

于是，文学犹如生活本身，是一篇亘古而来、今犹未竟的大文章。

此外，较之于创作，文学研究则更具有意识形态和上层建筑属性，因而更取决于生产力和社会形态、社会发展水平。这也是马克思主义的基本观点之一。如是，我国现代意义上的文学研究起步较晚，外国文学研究更是如此。虽然以鲁迅为旗手的新文学运动十分重视外国文学，但从实际成果看，1949 年前的外国文学研究却基本上属于旁批眉注、前言后记式的简单介绍，既不系统，也不深入。因此，我国的外国文学研究几乎可以说是在新中国成立以后全面展开的，而系统的外国文学学术史研究，这还是第一次。

二

学术史研究也是一种过程学，而且是一种相对纯粹的过程学。不具备一定的学术史视野，哪怕是潜在的学术史视野，任何经典作家作品研究几乎都是不能想象的。

然而，后现代主义解构的结果是绝对的相对性取代了相对的绝对性。于是，许多人不屑于相对客观的学术史研究而热衷于空洞的理论了。在一些人眼里，甚至连相对客观的真理观也消失殆尽了。于是，过去的“一里不同俗,十里言语殊”,成了如今的言人人殊。于是,众声喧哗,且言必称狂欢,言必称多元,言必称虚拟和不确定。这对谁最有利呢?也许是跨国资本吧。无论解构主义者初衷如何,解构风潮的实际效果是:不仅相当程度上消解了真善美与假恶丑的界限,甚至对国家意识形态,至少是某些国家的意识形态和民族凝聚力都构成了威胁。然而,所谓的“文明冲突”归根结底是利益冲突,而“人权高于主权”这样的时鲜谬论也只有在跨国公司时代才可能产生。

且说经典在后现代语境中首当其冲,成为解构对象,它们不是被迫“淡出”,便是横遭肢解。所谓的文学终结论也正是在这样的背景下提出来的。它与其说指向创作实际,毋宁说是指向传统认知、价值和审美取向的全方位的颠覆。因此,经典的重构多少具有拨乱反正的意义。

正是基于上述缘由,中国社会科学院外国文学研究所于2004年着手设计“外国文学学术史研究工程”计划,并于翌年将该计划列入中国社会科学院“十一五规划”。这是一项向着重构的整合工程,它的应运而生,标志着外文所在原有的“三套丛书”(即20世纪60至90年代——“文革”时期中断——的“外国文学名著丛书”“外国古典文艺理论丛书”和“马克思主义文艺理论丛书”)等工作的基础上又迈出了新的一步,也意味着我国的外国文学研究已开始对解构风潮之后的学术相对化、碎片化和虚无化进行较为系统的清算。

于是,关乎经典的一系列问题将在这一系统工程中被重新提出。比如,何为经典?经典是必然的还是偶然的?经典重在表现人类的永恒矛盾(用钱锺书的话说是“两足动物的基本根性”)呢,还是主要指向时代社会的现实矛盾?它们在认知方式、价值判断、审美取向方面有何特征?经典及经典批评与时代社会的生产力和生产关系、经济基础和上层建筑等关系何如?批评及批评家的作用(包括其立场、观点、方法及其与时代社会的一般和特殊关系)又如何?此外,经典作家的遭际与性情、阅历与禀赋,经典的内容与形式、继承与创新,以及文学的一般规律和文学经典的特殊性等诸如此类的问题,都将是本工程需要展示并探讨的。

且说世界文学一路走来，其规律并非羚羊挂角，无迹可寻。童年的神话、少年的史诗、青年的戏剧、中年的小说、老年的传记是一种概括。由高向低、由外而内、由强至弱、由大到小等等，也不失为一种轨辙。如是，文学从模仿到独白、从反映到窥隐、从典型到畸形、从审美到审丑、从载道到自慰、从崇高到渺小、从庄严到调笑……终于一头扎进了个人主义和主观主义的死胡同。小我取代了大我，观念取代了情节；“阿基琉斯的愤怒”变成了麦田里的脏话；“路漫漫其修远兮，吾将上下而求索”变成了“我做的馅饼是世界上最好吃的”；诸如此类，不一而足。是谓下现实主义。当然，这不能涵盖文学的复杂性和丰富性。事实上，认知与价值、审美与方法等的悖反或迎合、持守或规避所在皆是。况且，无论“六经注我”还是“我注六经”，经典是说不尽的，这也是由时代社会及经典本身的复杂性和丰富性所生发的。

二

众所周知，文学是人类文明的重要组成部分。马克思主义的经典作家向来重视文学，尤其是经典作家在反映和揭示社会本质方面的作用。马克思在分析英国社会时就曾指出，英国现实主义作家“向世界揭示的政治和社会真理，比一切职业政客和道德家加在一起所揭示的还要多”。恩格斯也说，他从巴尔扎克那里学到的东西，要比从“当时所有职业的历史学家、经济学家和统计学家那里学到的全部东西还要多”。列宁则干脆地称托尔斯泰是俄国革命的一面镜子。这并不是说只有文学才能揭示真理，而是说伟大作家所描绘的生活、所表现的情感、所刻画的人物往往不同于一般抽象的概括、数据的统计。文学更加具体、更加逼真，因而也更加感人、更加传神。其潜移默化、润物无声的载道与传道功能更不待言。站在世纪的高度和民族立场上重新审视外国文学，梳理其经典，展开研究之研究，将不仅有助于我们把握世界文明的律动和了解不同民族的个性，而且有利于深化中外文化交流，从而为我们借鉴和吸收优秀文明成果、为中国文学及文化的发展提供有益的"他山之石"。习近平总书记说过，我们要"不忘本来，吸收外来，面向未来"。这传承和丰富了"洋为中用""古为今用"的"二为方针"。

"观乎天文以察时变，观乎人文以化成天下"；文学作为人文精神的重要基础和介质，既是人类文明的重要见证，同时也是一时一地人心、民心的最深刻、最具体的体现，而外国文学则是建立在外国各民族无数作家基础上的不同时代、不同民族的认识观、价值观和审美观的形象反映。研究人心自然不能停留在简单抽象的理念上，因此，走进经典永远是了解此时此地、彼时彼地人心、民心的最佳途径。换言之，文学创作及其研究指向各民族变化着的活的灵魂，而其中的经典（包括其经典化或非经典化过程）恰恰是这些变化着的活的灵魂的集中体现。

如是，"外国文学学术史研究"立足国情，立足当代，从我出发，以我为主，瞄准外国文学经典作家作品和思潮流派，进行历时和共时的梳理。第一辑、第二辑和第三辑由二十二部学术史研究专著、二十二部配套译著组成：第一辑涉及塞万提斯、歌德、雨果、左拉、庞德、高尔基、肖洛霍夫和海明威；第二辑包括普希金、茨维塔耶娃、康拉德、狄更斯、哈代、菲茨杰拉德、索尔·贝娄和芥川龙之介；第三辑涵盖陀思妥耶夫斯基、乔叟、简·奥斯丁、普鲁斯特、泰戈尔和希伯来经典。

三

格物致知，信而有征；厘清源流，以利甄别。"外国文学学术史研究"中的经典作家作品学术史研究系列，顾名思义都是学术史研究（或谓研究之研究）。学术史研究既是对一般博士论文的基本要求，也是一种行之有效的文学研究方法，更是一种切实可行的文化积累工程，同时还可以杜绝有关领域的低水平重复。每一部学术史研究著作通过尽可能抽丝剥茧式的梳理，即使不能见人所未见、言人所未言，至少也能老老实实地将有关作家作品的研究成果（包括有关研究家的立场、观点和方法）公之于众，以裨来者考。如能温故知新，有所创建，则读者幸甚，学界幸甚。相配套的经典论文翻译，则遴选有关作家作品研究的阶段性和标志性成果，其形式类似于外文所先前出版的“外国文学研究资料丛书”。

此次面世的“外国文学学术史研究”中的每一部学术史研究著作将由三部分组成。第一部分为经典作家（作品）的学术史梳理。这是相对客观的，但其中的艰难也不可小觑。首先，学术史梳理不像平素泛舟书海，拾贝书海，尽意兴而为之的俯拾由己和随心所欲；其次，牵涉语种繁多，而且经过20世纪的形形色色的方法论和批评思潮的浸染，用汗牛充栋来形容经典作家作品研究成果已不为过。因此，要在浩如烟海的研究史料中攫取最有代表性的观点和方法，实在是件考验耐心和毅力的事情。战战兢兢，生怕挂一漏万，自不待言，且挂一漏万在所难免。因此，我们只能择要概述，甚至把侧重点放在经典作家的代表作上。不然纵使篇幅再大，也难以涵括浩瀚的文献资料。换言之，去芜杂的枝蔓和重复的敷衍，留精粹要义和真知灼见是必然的，但也是不容易做到的。它考验我们涉猎的深度和广度，而且也是检验我们学术水准和价值判断的重要环节。

第二部分研究之研究何尝是一大考验。都说20世纪是批评的世纪，在经历了现代主义的标新立异和后现代主义的解构风潮之后，在各种思潮、各种方法杂然纷呈的情况下，如何言之有物、言之成理、不炒冷饭，殊是不易；如何在前人的基础上有所发现、有所前进，就更是难上加难。反过来看，正因为文化相对主义的盛行和批评的多元，也才有了我们展示立场、发表见解的特殊理由和广阔余地。举个简单的例子，解构主义针对二元论的颠覆虽然是形而上学的，却不可谓不彻底。其结果是相当一部分学者怀疑甚至放弃了二元思维，但事实上，二元思维不仅难以消解，而且在可以想见的未来仍将是人类思维的主要方法。真假、善恶、美丑、你我、男女、东方和西方等实际存在，并将继续存在。与此同时，作为中国学者，面对西方话语，我们并非无话可说。总之，从文学出发，关心小我与大我、外力与内因、形式与内容、反映与想象、情节与观念，以至于物质与精神、肉体与灵魂、西方与东方等诸如此类的二元问题，以及经典在民族和人类文明进程中的地位和作用，依然可以是我们的着力点。当然，二元论绝不是排中律，而是在辩证法的基础上融会二元关系及二元之间所蕴藏的丰富内涵和无限可能性。毋庸讳言，改革开放以来，学术界解放思想，广开言路，但日新月异中不乏矫枉过正、时髦是趋。比如大到存在与意识、物质与精神的辩证关系，小到客观与主观、客体与主体等等，都大有乾坤倒转、黑洞化吸之势。至于意识形态"淡化"之后，跨国资本主义的一元化意识形态更是有增无已；真假不辨、善恶不论、美丑混淆的现象所在皆是；个人主义大行其道，从而使抽象的人性淹没了社会性；普世主义势不可挡，以致文化相对主义甚嚣尘上。文学从大我到小我，从外向到内倾，从模仿到虚拟，从代言到众声喧哗；真实给虚幻让步，艺术向资本低头；对妖魔鬼怪和封建迷信津津乐道，任帝王将相和无厘头充斥视阈，能不发人深省？然而，经典作家是说不尽的，以上的任何一位作家都是无法穷尽的。用巴尔加斯·略萨的话说，伟大的经典具有"自我翻新"的本领。至于何为经典，虽然也是个说不尽的话题，但用简单的方式综观前人的观点，也许可以用两句话来概括：一是它们必须体现时代社会（及民族）的最高认知和一般价值（包括人类永恒的主题、永恒的矛盾）；二是其方法的魅力及审美的高度不会随着岁月的更迭而褪色或销蚀。当然这是将复杂问题简单化的一种说法。而本课题便是关乎经典之所以成为经典的一种较为复杂的论证方式。需要说明的是，经典不等于市场。用桑塔亚那的话说，经典不在于一时一地喜欢者的多寡，而在于喜欢者的喜欢程度。如果在此基础上再加上一个历史的维度，那么这话也就更加全面了。

学术史研究的最后部分为文献目录。它在尽可能详尽的基础上，还要有所选择。不然，展示一个经典作家的学术史，光文献目录就可以编辑厚厚的几大本。因此，去粗存精，是为重要或主要文献目录。

最后需要说明的是，"外国文学学术史研究"的中长期目标是在作家作品和流派思潮研究的同时，进行更具问题意识的学术史乃至学科史研究，以期点面结合，庶乎“既见树木，又见森林”；若能密切联系实际，促进中华学术的繁荣、发展和创新，则读者幸甚，我等幸甚。无疑，此工程面向全国高校及科研机构，希望有志于外国文学学术史研究的同仁踊跃加盟、不吝赐教。

陈众议

目录

绪言

随着不同时代不同国家文化精神的转变转型，泰戈尔在各国的百年接受史呈现出一个动态的过程，不同国家不同文化体系、不同读者对泰戈尔的接受情况也不尽相同。虽然泰戈尔在世界各地的接受情况"各有千秋"，同中有异，异中有同，他有过被"误读"、被"绑架"、被"利用"、被"扭曲"、被"神话"等不同命运，还有被视为"传奇""圣人""先知""预言家""世界伟人""印度名片"等非常经历，此外还曾被扣以"理想主义者""神秘主义者""民族主义者""人文主义者""国际主义者""宗教哲人""教育家""画家"等各类称号，虽然他自己认为"我从未努力刻意地去扮演一个先知或老师的角色；我也从不希求我身边的人敬重我，我只是需要爱和同情，我仅仅是一名诗人而非其他"[1]。但世界各地的泰戈尔研究者普遍认为1913年泰戈尔获得诺贝尔文学奖是有里程碑意义的，作为首位获得这一殊荣的东方诗人，还是一位来自英国殖民地印度、拥护和宣扬东方文化的诗人，他对于世界的意义绝不仅仅只是一位诗人。诚然，这与叶芝、纪德、罗曼·罗兰、希梅内斯、罗森斯坦、弗洛伊德、爱因斯坦、海勒等西方著名精英的推崇不无关系，他自己翻译的诗歌所呈现的异域色彩某种意义上也迎合了当时欧洲文人的口味；他获奖的作品《吉檀迦利》使用的是优美的英语，吟唱的是上帝的赞美诗，回避的是敏感的社会问题，这些特点使他获得了诺贝尔文学奖，但也影响了后来读者对他的

1 Krishna Dutta and Andrew Robinson, *Rabindranath Tagore: the Myriad-Minded Man*, New Delhi: Rupa, 2006, p.230.

认同感。

诸多因素机缘巧合地将这位性情温和，思想深刻，渴望与世界联系，追求世界大同理想的诗人推到了世人面前，人们惊喜之余，更多的是对这位身穿长衫的诗人的好奇。因为获得诺贝尔文学奖，泰戈尔名扬四海，声震八方，他走访了五大洲34个国家，向世界人民传达了他及其所代表的印度文化的友善与关爱，而他所接触的世界各地民众的思想和文化也丰富了他的人道主义和国际主义精神，使他更加坚信世界大同，人类和平相处的“世界相会于鸟巢”的理念。而各国的读者也以不同方式，不约而同地向泰戈尔表达了他们的敬意和崇拜。

泰戈尔的作品在世界各地一再被翻译出版，关于他的研究成果层出不穷。正如他所希望的，读者通过他的作品了解了印度文化，看到了曾被遗忘被掩藏的印度智慧宝藏。一百多年来，他和他的作品成为古老的印度文明的亲善大使，将印度和孟加拉与世界紧密地联系在一起。虽然有学者悲观地认为泰戈尔是一个梦想家，“梦想家神圣的白袍不适合这个满是炮灰与鲜血的时代”。[1]但各国学者们还是普遍认为，泰戈尔确实是一位伟大的文学家、艺术家和思想家，具有很强的吸引力和号召力。从各国对泰戈尔的接受情况来看，他的接受普遍有着“受追捧—遭冷遇—销声匿迹—重新被重视”这样的传播路径，泰戈尔声誉的起伏似乎不只有文学这一种因素，而是夹杂了太多政治、社会和意识形态等因素。泰戈尔在某一地区或某一国家的兴衰沉浮经常与该地区的社会变革相呼应。20世纪亚洲和拉美的殖民地国家，纷纷在民族主义的指导下进行了反殖民运动，泰戈尔在这些地区深受欢迎，评论他的文章都会有意无意地赞扬他反对帝国主义和殖民统治的态度和决心，特别欣赏他的人道主义和普世主义情怀，尤其关注他的民族主义精神，把他视为一个民族主义者。其实泰戈尔的政治态度始终是温和的，他在民族主义问题上的见解也有待进一步甄别和讨论。世界各地不同地区对泰戈

1 Anders Osterling, “Tagore and the Nobel Prize”, *Rabindranath Tagore: A Centenary Volume 1861–1961*, New Delhi: Sahitya Akademi, 1992, p.205.

尔的认知明显有所误解和偏差,导致这种现象的深层文化原因有待我们认真梳理和深度考察,并做深入的辨析探究。

近30年来中国泰戈尔学界对泰戈尔的译介和研究渐入佳境。学者们在泰戈尔研究的各个层面都有所开掘和探索,并积累了很多研究经验,发表或出版了很多研究成果,为世界泰戈尔研究做出了贡献。可以说,从世界范围来看,中国的泰戈尔研究是除了印度学界以外最为丰富的一派。

有学者指出:"中印关系在20世纪80年代回暖之后,泰戈尔又一次作为中印友谊的标志被人们记起。除了文学家泰戈尔,艺术家泰戈尔、思想家泰戈尔的形象也丰满起来。21世纪初,刘安武主编的24卷本《泰戈尔全集》和2016年董友忱主编的《泰戈尔作品集》的出版可以说标志着泰戈尔研究成为印度佛教研究之后中国印度学研究的另一个'显学',或者说在'印度与世界的泰戈尔'和'英语世界的泰戈尔'之外,又增加了一个'中文世界的泰戈尔'。无疑,中文世界的泰戈尔是中国的创造,是中国对印度文化的吸收和贡献,也是中印两大文明关系的和谐体现。"[1]"泰戈尔学"已成为中国学界的"显学",中国学界的泰戈尔研究应该和世界泰戈尔学界保持更进一步的密切联系,把中国学界的研究成果介绍到世界,把世界的泰戈尔研究成果介绍到国内。

本书主要涉及泰戈尔在世界主要地区的接受情况,在梳理分析资料的基础上,倚重文本细读,借助现代翻译理论、后殖民理论、接受美学理论、文学社会学、跨文化研究等相关理论,对泰戈尔在世界的接受史进行全方位的考察分析,力求探讨泰戈尔或"泰戈尔现象""泰戈尔效应"在世界各地翻译、传播和接受过程中深层的文学、文化、政治和社会原因,试图呈现一个立体鲜活、真实可靠的泰戈尔形象,以纪念这位东方智者和世界公民。

本书作者与中国及世界各地的泰戈尔研究者保持密切联系,并殷

1 姜景奎主编:《中国学者论泰戈尔》,银川:宁夏人民出版社,2011年,后记。

切希望借助本书的撰写以响应泰戈尔的百年前的期待，回应谭云山、谭中先生等人的呼吁，努力跨越文化心理的“喜马拉雅障碍”，让中国了解和理解印度与世界，也让印度与世界了解和理解中国。目前国际学界出现了一种学术转型，也即反思、清理和批判20世纪的学术理念。回到作家，回到传统批评的作家论和对作家意图的探询是国际文学研究界的一个新趋势。如伊格尔顿在反思学术的问题时，对文学批评忽视道德伦理，缺乏忧患意识、人文关怀与终极思考等提出批评，认为文学研究最终仍必须回归作家、作品、读者的三位一体。在这一国际学术背景下，我们同样有必要重新回归经典作家，重新树立我们的文学研究标准，提出我们对经典作家作品的界定与评判，在破中求立，“守正创新”。经典作家接受史研究在接续传统、拓宽学术视野、确立学术的宏观框架历史进程中有着不容置疑的意义。本书顺应当前国际学术发展趋势，设计出“在搜集整理第一手资料的基础上做比较和阐述，在学术传统的脉络中把握历史，确立坐标，有所依循，逐次渐进”的总体框架。

本书的结构建立在“接受史研究方法论、材料的选择和跨学科视域”三个层面的基础上。就接受史研究方法论而言，接受史的研究对象，主要应该是学人学者、学术文本、学术世界，而非作家作品，而学术史的思路不外“辨章学术、考镜源流”。学术史研究中引入思想史的维度也有重要意义，任何一种学术研究，都不可能脱离思想而存在，思想是人类生存的灵魂，更是学术研究的“灯塔”，没有思想做根底，恐怕难免陷入或徒劳无功或技术操作的陷阱中去。就材料的选择而言，研究者应有史家的眼光与判断，把握住研究对象的核心脉络，甄别出最基本的、具有范式意义的议题，选取各个时代的学术代表人物以探讨研究对象及研究范式在不同时代、不同政权背景和不同社会语境中的发展。就跨学科视域而言，主要指在学术史研究中主动关注相关学科的研究状况，借助跨学科、跨领域的知识资源以勾连更开阔和更深入的学科对话。

本书试图达到的目标有：

第一，从世界文化交流的语境和比较文学文化的视角考察泰戈尔的译介、传播和接受史，注重分析“中国泰戈尔学”和“世界泰戈尔学”的异同及其相互关系，对泰戈尔在世界各主要地区的翻译、接受和影响做有说服力的具体的实证研究，对泰戈尔在世界各地的翻译传播和文学影响之间进行横向的多边比较，从而分析泰戈尔在世界各地接受史的总体特征和泰戈尔对世界影响力的共同特征。

第二，从研究取向和治学方法角度探索“泰戈尔学”对中国和世界各国的实际影响，并以“大文学”的眼光考察泰戈尔研究领域世界级代表性研究者的代表作，辨析几位具有世界级影响力的泰戈尔研究者的“跨学科”研究视野和价值取向。如：各国最为知名的泰戈尔学者多是东西并重、文史兼修的世界级一流学者，他们的著述都不同程度地关注了泰戈尔和各国文化的关系及泰戈尔在各国的影响力。从研究取向和治学方法角度探索“泰戈尔学”对中国和世界各国的实际影响，在实证研究的基础上，以泰戈尔在世界的接受史和影响力为个案，深入探讨东方文学对世界文化影响力的理论问题。

第一编

泰戈尔接受史综述

第一章 "沐浴阳光的因陀罗天神"

泰戈尔是孟加拉民族不可分割的一部分，也是跨越宗教信仰的孟加拉文化的标志。泰戈尔还是激励孟加拉人从文化和政治运动中争取民族独立的精神领袖。孟加拉人不仅认可泰戈尔作为民族标志，也从内心接纳他是自己的民族诗人。直到今天，孟加拉国的文化领域到处都可见泰戈尔的影响。文化教育界有大量关于泰戈尔的研究，各个文化机构、学校也都有泰戈尔相关的课程。泰戈尔对于孟加拉国的文化界来说至今都是一个"文化标志"。

一、20世纪40至60年代：东孟加拉文化反抗的一面旗帜

1947年印巴分治，孟加拉也被划分为印度教徒占多数的印度西孟加拉邦和穆斯林占多数的东巴基斯坦。11月，西巴基斯坦的精英们主张以乌尔都语作为国家语言，而没有把使用人口占整个巴基斯坦56%的孟加拉语作为国家语言。西巴基斯坦强制推行乌尔都语是"伊斯兰教化"东巴基斯坦任务的一部分。他们对孟加拉语所知甚少，却认为需要"净化"其中的印度教影响。他们觉得孟加拉文字(从梵文演化而来)、孟加拉语中的梵文词汇和印度教徒在孟加拉文学经典中的统治地位是令人无法接受的。在这样的背景下，西巴基斯坦的统治者打压泰戈尔研究态势，把泰戈尔从课本中删除，还禁止在电台播放泰戈尔歌曲。东孟加拉的知识分子和大学老师学生把泰戈尔作为他们争取民族身份认同和进行文化反抗的一面旗帜。

但是1961年泰戈尔百年诞辰之际，也是东孟加拉人民族文化意识

觉醒之际，作为孟加拉语文学的代言人，泰戈尔成了为孟加拉人争取语言和文化权利的旗帜。此时的泰戈尔更多作为文化和政治符号被接受，而不是因为他的文学作品。

泰戈尔作为文化和政治符号，成为激励东孟加拉独立的力量。与此同时，也有一些人主张“伊斯兰文学”，他们在集会和研讨中公开表示，比起孟加拉民族主义，伊斯兰独立思想和宗教认同更加重要。

两派的斗争在1961年泰戈尔百年诞辰时愈加激烈。进步的艺术文学和文化人物组织了泰戈尔百年诞辰庆祝活动。虽然政府逮捕了一些人，但是仍然不能阻挡他们对泰戈尔的热爱。这之后不久，恰亚瑙特泰戈尔艺术团便组建起来。

值得一提的是，在这次关于泰戈尔的争端刚开始时，共产主义人士也表达了他们从马克思主义视角出发对此场争论的观点。他们当中有些人认为泰戈尔是布尔乔亚主义的和反动的，但是大部分左翼知识分子还是支持泰戈尔的。

1947年至1962年期间虽然有一些零散的关于泰戈尔的文章，但是没有出版任何关于他的书。

二、20世纪60年代至1971年：孟加拉国独立前的一股文化政治浪潮

1967年，谢赫·穆吉布·拉赫曼（Rahman, Sheikh Mujibur）在人民联盟党报《和谐报》（*Ittefaq*）上发表文章说：“我们读米尔扎·加力布、苏格拉底、莎士比亚、亚里士多德、但丁、列宁的著作来获取知识，而这穷政府竟然禁止我们读泰戈尔的作品……我们不能同意。我们就要读泰戈尔的书，我们就要唱泰戈尔的歌，我们就要让泰戈尔的歌曲成为这个国家的歌曲。”

当时拉赫曼已经成为东孟加拉地区争取民族独立的领袖人物。他在不同的集会上演唱泰戈尔的歌曲《金色的孟加拉，我爱你》（*My Bengal of Gold, I Love You*），这首歌深入东孟加拉人民的心中，孟加拉国独立后这首歌成为国歌。泰戈尔在东孟加拉受压迫的民众心中成为一股巨大的精神力量。东巴基斯坦时期出版的泰戈尔研究著作为后来

孟加拉国的泰戈尔研究奠定了基础。24年间，虽然只出版了13本书，但是关于泰戈尔的文章至少有552篇。

三、1971年后：泰戈尔研究迎来高潮

（一）关于泰戈尔的图书的大量出版

1971年孟加拉国独立后，泰戈尔作为国歌的创作者，享有重要的地位。为了巩固孟加拉国的伊斯兰教和乡村文化的独特性，泰戈尔成了城市知识分子精英的潮流。

据记载，1972年到1985年的13年间，出版的泰戈尔书籍有34本，文章有777篇。截至1990年，孟加拉国政府机构孟加拉语研究院在成立的19年间出版了21本关于泰戈尔的图书，之后又出版了30多本。其他私人的出版机构也出版了很多泰戈尔的相关著作。

（二）学校里关于泰戈尔的课程增多

目前孟加拉国学校里从一到十二年级的课本中共收录泰戈尔的作品17篇。这其中有12首诗、4个短篇小说和1篇散文。除此之外，公立大学孟加拉语系的泰戈尔文学内容增多。英语系和音乐、戏剧系中也会涉及泰戈尔的作品。

（三）泰戈尔研究机构的作用

对于泰戈尔歌曲的学习和研究在孟加拉国发展很快。在东巴基斯坦时期，布尔布尔艺术研究院、恰亚瑙特音乐学院和奥义各但文化团等很多艺术团体教授泰戈尔音乐。孟加拉国独立后，恰亚瑙特音乐学院和泰戈尔歌曲联合协会在泰戈尔歌曲研究和传播方面发挥了重要作用。恰亚瑙特音乐学院每年孟历新年的泰戈尔歌曲演唱都是经典节目。泰戈尔歌曲联合协会在全孟加拉国有87个分支机构。除此之外，达卡大学的音乐系、孟加拉国泰戈尔歌曲艺术家协会、热爱泰戈尔、音乐节拍、吉檀迦利等大大小小上百个组织在研究和传播泰戈尔歌曲方面发挥着作用。

在泰戈尔研究方面，1989年成立的“泰戈尔研究中心”起到了非常重要的作用。这个研究中心有六个月的泰戈尔课程，并由国内顶尖的泰戈尔研究学者做讲座。除此之外，中心还定期举行泰戈尔座谈与国

际研讨会，定期出版关于泰戈尔研究的杂志。“泰戈尔研究中心”将泰戈尔的研究提升到了一个新的高度，但后来由于资金问题，在运行了十几年后不得不停止了工作。

1978年创立的“世界文学中心”在泰戈尔研究和传播方面也发挥着重要的作用。中心的老师定期给学校的学生举办泰戈尔研修讲座，带领学生阅读泰戈尔的作品。

2014年创办的“哈姆赫亚利社团”是孟加拉国泰戈尔研究的一个新兴力量。每月该社团会举行一个集会，邀请泰戈尔研究专家或泰戈尔歌曲艺术家做主题演讲，并就泰戈尔作品的某一方面进行讨论。该社团还设立了泰戈尔图书馆，收集各种关于泰戈尔的图书。

第二章 世界的泰戈尔

第一节 亚洲地区的泰戈尔研究

一、阿拉伯世界的泰戈尔研究

泰戈尔在阿拉伯世界的接受经历了不同的过程和阶段，并且和阿拉伯世界的政治、文化状况有着不可分割的关系。

泰戈尔在阿拉伯世界的发现恰好契合了阿拉伯文学界的诗歌改革，同时也迎合了阿拉伯两次世界大战时期政治上对文学的要求。在阿拉伯，泰戈尔被认为是一个典型的非西方的现代主义作家。两次世界大战期间，阿拉伯的文学圈里正在试图从形式与内容方面改变阿拉伯诗歌。同时，阿拉伯世界对泰戈尔的兴趣并非起源于对他孟加拉语作品独特性的欣赏，而是他作为一个东方作家和阿拉伯知识分子有很多的相似性。阿拉伯知识分子认为，泰戈尔的作品提供了一个不带有傲慢与偏见的平等地对待东西方的模式。在阿拉伯学界，对于泰戈尔的研究和接受并没有太大的分歧与争议。他们将泰戈尔看成一个完美的作家，没有将他归于任何意识形态，没有指出他任何技术上的缺陷和行动上的缺点，也没有关于民族主义立场的争议。他是一个不能被任何党派所利用的、一个具有世界性的人，一个呼唤人类挚爱的诗人，一个具有特殊魅力的天才，或是持中立立场的国际人物。因此无论在政治、宗教还是教义层面上，他不会鼓动或刺激任何人。泰戈尔的世界性促使很多阿拉伯国家将其作品列入学校或大学课程。

（一）早期翻译

泰戈尔在阿拉伯世界的声名鹊起可以追溯到1913年他获得诺贝尔奖的时期，那时埃及精英们读了英文版或法文版的《吉檀迦利》（*Gitanjali*）。

不到十年，泰戈尔作品的第一本译作出现了。这本书是塔尼乌斯·阿布杜哈（Abduh, Tanyus）翻译的《家庭与世界》（*The Home and the World*）。接下来是19世纪20年代晚期从泰戈尔《园丁集》（*The Gardener*）中摘取的部分。从19世纪40年代开始，关于泰戈尔作品的翻译大量涌现。

（二）出访

1926年11月27日到29日，泰戈尔出访埃及，埃及诗人与泰戈尔进行了近距离接触，泰戈尔见了当时埃及最著名的诗人和作家，包括阿拉伯"诗歌王子"艾哈迈德·舒基（Shawqi, Ahmed）等。庆祝泰戈尔到访的活动甚至一度导致了议会的延期举行。新闻媒体对他的宣传集中强调了他所取得的不同成就。包括塔哈·侯赛因（Hussein, Taha）在内的知识分子和改革家对于泰戈尔的译介贡献最大。

1932年泰戈尔拜访伊拉克受到了热烈的欢迎。他也见了这个国家当时首屈一指的诗人贾密·斯德其·阿扎哈维（al-Zahawi, Jamil Sidqi）等。他们为这位诗人的到来创作诗歌，并且背诵他的诗歌。

（三）早期接受

阿拉伯国家很早就接触了泰戈尔，并先后获得了英语、法语和阿拉伯语版本的作品。泰戈尔在两次世界大战期间的声名鹊起有很多原因。

第一，战争期间阿拉伯世界有很多文化和政治运动。由于大多数的阿拉伯国家都处于英国、法国或意大利的殖民统治之下，殖民者要树立一些拥护或者反对的形象，此时的政治运动都将矛头指向民族主义思想，而泰戈尔正是在全球语境中，在西方殖民统治下坚持地方与民族文化的典型。

第二，英国的宣传。泰戈尔获得了骑士爵位，这是帝国的最高荣誉。因为他不是一个极端的民族主义者，所以英国支持他。他的文学或哲学立场不会对任何人造成政治上的威胁。

第三，有关阿拉伯文学的革新的讨论这时期达到高峰。阿拉伯的迪旺派希望能从内容上更新诗歌内容，但保留阿拉伯传统诗歌形式。阿波罗派则希望从形式和内容两方面改变阿拉伯诗歌。在两派争论时期，大量英语、法语作品翻译版本的出现，以及西方的文学流派，如象征主义、浪漫主义等，对其产生了很大的影响。泰戈尔的诗歌回应了阿拉伯诗坛关于现代性的争论，尤其受到阿波罗派的推崇。泰戈尔对人类存在问题的思考、对自然与女性的崇拜、对感官与精神上乐趣的欣赏等主要问题的兴趣，恰好契合了阿波罗派的兴趣。

第四，这一时期，阿拉伯世界经历了知识方面的冲突，如科学与信仰之间的、世俗与宗教国家之间的争论与冲突。泰戈尔的作品恰好提供了中和的方式。而这一时期的研究将泰戈尔描述成浸润了苏菲主义精神的人并不是巧合。他的宗教之爱是关于民族主义、种族身份、宗教以及与西方侵略者关系无休止的争论的最好的解决方式。

第五，泰戈尔本身就是东方人，他的文化和诗学世界与阿拉伯的文学界并不遥远。他对自然的热爱，他普适性的宗教，他改革者的视野，他温和的政治立场和对西方的认同，都成为那时阿拉伯知识分子效仿的典范。泰戈尔获得诺贝尔奖被视为东方对西方的胜利。关于泰戈尔的研究缺乏文学批评性的分析，研究文章和译著都洋溢着庆祝与光荣的语气。

第六，殖民统治在教育和管理领域强制推行英语。阿拉伯知识分子接触过英语文化，这也是他们阅读泰戈尔的原因。直至今天，泰戈尔的翻译仍是从英语版本而来而不是译自原版的孟加拉语。

（四）不同的阅读阶段

1952年，埃及爆发了独立革命。随后，阿拉伯国家也经历了一系列解放运动。在这之后，阿拉伯国家面临新的政治、文化、知识挑战，而此时泰戈尔的思想已不能满足阿拉伯人的需求。

然而，在不结盟运动和印度独立之后，对于泰戈尔的不同以往的兴趣重新被点燃起来。通过践行甘地的“不抵抗”政策，印度取得了民族独立，这也使阿拉伯知识分子开始注意印度的文化遗产。埃及领导人纳赛尔和印度总理尼赫鲁之间建立起了友好关系。他们都代表了第三世界联合起来对抗西方的希望。他们也都是东方国家具有世界影响的名人，泰戈尔也是他们比较熟悉的伟大的印度人之一。

20世纪五六十年代的泰戈尔研究成果颇丰。名为《泰戈尔百年诞辰纪念》(*The Hundredth Birth Anniversary of Tagore*)的书籍收录了埃及著名知识分子所写的7篇研究文章，由埃及教育部发行。这本书非常有影响力。

1961年，开罗大学的语言学家穆罕默德·苏克里·阿亚德(Ayyad, Muhammad Shukri)出版了他的泰戈尔研究著作《泰戈尔，一个爱与和平的诗人》(*Tagore, the Poet of Love and Peace*)，也差不多在同一时期，埃及评论家阿卜杜拉·阿齐兹·阿扎其(al-Zaki, Abdul Aziz)从苏菲主义视角，以艺术家泰戈尔作为研究对象，发表了大量研究文章。

1966年，霍斯尼·弗利兹(Friz, Hosni)翻译了克里希那·克里巴拉尼(Kripalani, Krishna)的传记《泰戈尔：一个启发了东方和西方的天才》(*Tagore: A Genius that Inspired the East and the West*)。弗利兹在简介中表达了对现有的阿拉伯语资料的不满，并将其作为他翻译这本书的原因："我所知道的关于泰戈尔的资料是没有说服力的，不能令人满意的，只有一些不能代表这个诗人、小说家、讲故事者、剧作家、音乐家、画家和他的社会环境的断章残篇。"他认为"20世纪五六十年代的翻译和研究的主要特点是更加深入的探讨和对其诗人身份和成就的新热情"。巴蒂·哈基(Haqqi, Badi)，叙利亚外交家、小说家、翻译家，曾将果戈理的短篇小说翻译成阿拉伯语。他于1955年翻译出版了《采果集》(*Fruit-Gathering*)与《吉檀迦利》。1958年，他又翻译了《园丁集》、《新月集》(*The Crescent Moon*)，以及《花钏女》(*Chitra*)。

1967年，约翰·克马尔(Qumayr, Yuhanna)出版了《泰戈尔：戏剧与诗歌》(*Tagore: Theatre and Poetry*)一书，准备纪念诗人逝世25周年，他给出的翻译原因是："比泰戈尔更适合翻译的，是对快乐的体现，是让人着迷的诗歌和艺术，是对印度丰富性的体现，是对西方史学精神的品味，是在深层次的人类怀抱中对东西方相遇的所有状况下的意识。"

在他的书中，克马尔指出，截至1967年共出版了阿拉伯语版本的15本泰戈尔作品的译作和5本研究著作。叶海亚·阿卡沙巴(al-Khashab, Yahya)博士于1961年注意到泰戈尔的作品主要是塔希尔·阿贾巴拉维(al-Jabalawi, Tahir)的《新月集》、《情人的礼物》

(*Lover's Gift*)、《人生的亲证》(*Sadhana: The Realization of Life*),以及穆罕默德·巴德尔·阿丁·哈利勒(Khalil, Muhammad Badr al-Din)和穆罕默德·阿卜杜勒·加富尔·阿塔尔(al-Attar, Muhammad Abdul Ghafur)翻译的《红夹竹桃》(*Red Oleanders*)。

(五)不同的翻译版本

泰戈尔的诗《母亲与孩子》引起了黎巴嫩著名诗人哈利姆·达姆斯的关注。他从法语版本译成了散文,并将其刊登在巴勒斯坦报纸上,号召阿拉伯诗人用诗体将其重写,多种翻译在此际产生,其中包括泰戈尔专家穆罕默德·苏克里·阿亚德和巴蒂·哈基的译文。根据英语版本,阿亚德将其命名为"开始",而哈基虽然保留了原名,但在内容翻译上却大相径庭。几乎所有的译者都译自英文版。这些版本的结尾如下:

> 天国的第一个宠儿,晨曦的双生子。你由世界生命之河漂流而下,最后搁浅在我的心里。
>
> 凝视你的面庞,神秘将我浸没。属于一切的你成了我。害怕失去你,将你紧紧拥在怀里。俘获了我单薄双臂中世界珍宝的,到底是什么样的魔力?

阿亚德的阿拉伯语版本更接近原版:

> 你是天空的爱人,是晨曦的同胞,你漂浮在世界之河的生命里,然后停泊在我的心里。
>
> 当我抬起头看你的脸,我被神秘占据。你属于一切啊!
> 我害怕将你放在心里,是什么魔力捕获了世界的珍宝,
> 将你放入我单薄的双臂?

哈基的翻译运用了更为诗化的语言:

> 你是天空的第一个爱人,你是晨光的同胞,你被宇宙生命之流卷携,直到你最后落入我的心里。

当我凝视你的面庞，当神秘笼罩了我。属于每个人的你，成为我的主宰。

害怕失去你，将你拥入怀中。

是什么样的魔力，将世界的珍宝赠入我的双臂？

阿贾巴拉维翻译的版本有更多泛神论的思想：

只要我看你，我就被那些隐藏的奥秘所占据。它使我成为你的，是你用生命使世间所有一切连为一体。

我将你拥在胸前，因为我这样惧怕你。

是什么样的魔力将你放入我怀里？

生命是最珍贵的宝藏。

几十年来，除了阿拉伯翻译版本风格之间的差异，在诗歌或书籍标题、诗歌的顺序和内容上也都有所不同。译者往往从头开始，而且并不利用之前的资源，他们或是加入或是剔除了自己的理解。阿卜杜拉·瓦西德·鲁阿（Lu'lua，Abdul Wahid）在他翻译泰戈尔的介绍时说：

有一些关于文化、宗教或哲学上的暗喻和指涉是我们必须回避的，因此很多译者都成了背叛者。尽管我会或多或少地有意略去一两行，但我尽力去避免这种状况。

这种改写的风格也许是诗人能在阿拉伯世界得到容忍和着迷的原因，同时也可能是因为人们想要展示一个已经懂得了存在的真理和一个永恒的上帝的诗人。

翻译的不同也可以归因于译者秉性气质的不同，他们对源语言掌握的程度以及他们的宗教偏好，或是出版商的喜好。阿拉伯世界对泰戈尔的解读最初的特点是印象主义的，草率的，有选择的。这些解读是变动不断的，随着时代的不同而不同。

20世纪30年代，尤其是在埃及，政治上和社会上的自由主义使人们可以将泰戈尔视作一个浪漫主义的叛逆者和改革者。作为东方的代表，泰戈尔通过创造力和艺术进入西方世界，这也成为20世纪五六十年代阿拉伯世界阅读泰戈尔的特点。这个时期的泰戈尔被看作第三世界对殖民者的胜利。

（六）回归泰戈尔

对泰戈尔的热情在20世纪60年代之后沉淀下来。20世纪70年代重要的出版仅限于哈基翻译的第六个增补版本，以及阿亚德的一本中规中矩的小册子。20世纪末，阿扎其在科威特的文学期刊上发表了几篇研究文章。

然而从20世纪90年代开始，阿拉伯世界对泰戈尔的关注点开始更新。这个时期，埃及的阿亚德收集了早年的一些关于泰戈尔的研究和翻译作品。沙特阿拉伯外交官、诗人阿卜杜拉·朗曼·阿甘兹·阿高赛比（al-Gosaibi, Abdul Rahman al-Ghazi）也选译了泰戈尔的诗歌。他寻找泰戈尔诗歌中和他相近的思想，甚至在他的《闪光》（*Sparks*）一书中模仿泰戈尔。

1995年，阿布扎比的文化中心出版了《我的回忆》（*My Reminiscences*）。同年，《改变人类思想的书籍》出版，其中包含了在东西方有重大影响力的泰戈尔研究。作者介绍了泰戈尔的生平、作品、个性、关系、旅行，以及他的文学艺术和政治影响。这些都收录在鲁阿的翻译中。20世纪90年代，开罗期刊《观点》（*Viewpoint*）中收录了阿玛亚特·森（Sen, Amartya）的文章《泰戈尔与他的印度》（*Tagore and His India*）。

2000年，开罗的最高文化委员会出版了阿亚德关于泰戈尔研究的选本，分为三个部分，其题目分别是《在泰戈尔的世界里》（*In the World of Tagore*）、《泰戈尔，一个爱与和平的诗人》、《家庭与世界》。同年，在布鲁特，黎巴嫩大学教授约瑟夫·爱丽斯（Elias, Joseph）出版了带有注释的哈基的《采果集》，并附上了研究文章。在大马士革，穆罕默德·萨义德·塔希里（al-Tahiri, Muhammad Sayyid）重新编辑出版了《泰戈尔，伟大的印度诗人》（*Tagore, the Inspiring Indian Poet*）。

近年来，翻译的特点是特别注重尊重英语原版翻译的精确性。翻译的数量也在增加，翻译的更多的是整部作品而不是节选，评论性研究非常少见，作者们往往满足于概述式的形式。然而，之前的研究资料得以重新印刷，埃及最高文化委员会决定出版阿亚德关于泰戈尔评论的全部作品，显示了关于泰戈尔的学术探讨已经大幅度减少了。

过去40年来，阿拉伯诗坛的关注点和泰戈尔的世界相去甚远，同时，诗歌的地位也大大地衰落。

（七）最著名的泰戈尔学者——穆罕默德·苏克里·阿亚德

在阿拉伯的批评界，埃及学者阿亚德的贡献最大。他对泰戈尔的探究离不开他对印度教的深入研究。在阿拉伯世界的泰戈尔研究中，阿亚德的研究最深入也最全面。他的观点主导着阿拉伯的泰戈尔研究观念。

很长时间以来，阿亚德对印度诗人保持着浓厚的兴趣。1961年，他撰写的《泰戈尔的文学批评理论》（*The Theory of Criticism of Tagore*）一文收录在《泰戈尔百年诞辰纪念》一书中。同年，他发表了另外一篇文章《泰戈尔，一个爱与和平的诗人》，于1990年收录在《哲学与批评之间》（*Between Philosophy and Criticism*）一书中。

在阿亚德的《泰戈尔的文学批评理论》一文中，阿亚德指出了泰戈尔难以确定文学理论源于其自身的思想观念：

> 泰戈尔不喜欢下定义。泰戈尔的文学批评非常宽泛，然而我们却找不到他给艺术下的定义，就像我们无法在他的作品中找到“艺术”一词的定义一样，这是因为我们设定了他的思维框架，如果泰戈尔可以给他的思想框架下定义的话，他就已经做了，但是他避免这样做。

阿亚德认为泰戈尔运用暗喻而不是下定义去描述。和大部分研究者不同的是，阿亚德认为，泰戈尔对问题的思考方式不是推理式的而是感受式的“诗人的思维”。尽管模棱两可，他这样总结了泰戈尔的文学批评理论：

> 一方面，泰戈尔的文学批评理论与他关于存在的观点紧密地联系在一起；另一方面与他的艺术实践紧密地联系在一起。对他来讲，批评理论始于将艺术与娱乐区分开来，艺术是我们自身情感

> 的表达，是我们个人品格的传递，但情感的表达一旦只与个人相关，那就失去了艺术价值。一个人的个性是自我意识及其局限的基础。世界是个人的存在，每个局限实际上都反映了局限。对美的感觉是对被造的世界的和谐的感觉。艺术是我们个人性格延伸的表达，在自由和爱中，在有限中实现无限。

在谈及泰戈尔关于真与美的批评思想时，他也提到了这种模棱两可：

> 源于自然科学、哲学、伦理学的真理是物质世界的法则；然而艺术中的美是精神法则的和谐。泰戈尔认为在其他领域自然的问题与艺术的现实截然不同，这是因为科学在某种程度上和我们的人格没有关系，而艺术的现实则是我们表达人格与世界关系的基本真理。在其他领域，泰戈尔认为科学并不像看上去那么现实，因为实际上科学不过是人类处理其与自然关系的一种自由表达。其他的问题也是一样，他认为科学和哲学不再抽象而变得个人化之后就会变得艺术性。

泰戈尔在谈到他的戏剧《大自然的报复》(*The Revenge of Nature*)时说："它的主题……贯穿于我的所有作品中：无限的欢愉存在于有限中。"根据这一观点，阿亚德认为艺术对于泰戈尔来说就是"无限与有限中的和谐"。这是最基本的观点，阿亚德在他所有关于泰戈尔的著作中都反复提到了这一观点。

《泰戈尔，一个爱与和平的诗人》是"思想的传记，而不是事件的传记"。阿亚德研究泰戈尔的方法接近于社会学的方法，即通过了解泰戈尔生活的环境、文化和发生的事件来了解他的思想态度、主题和风格。因此，他研究了孟加拉的历史，并着重研究了泰戈尔的家族。他也关注印度教，也就是他所提到的"婆罗门宗教"，关注印度教的宗教改革运动以及泰戈尔家族在改革中所起到的作用，英国殖民对印度的影响。阿亚德就泰戈尔对古代宗教文本的运用做了深入研究，在这个结构框架下，他发现了泰戈尔的创新之处。他认为，泰戈尔在早期阶段试图避免抽象的宗教和人文关怀的局限。因此，他一方面继承了毗湿奴民谣，另一方面从他的父亲那里学到了修正的态度。阿亚德这样写道：

> 泰戈尔是毗湿奴派诗人，他们认为人类之爱是拜神的全部。我们的诗人甚至把他的信仰远远扩展，与此同时形成诗人的敏感。全部与局部、理想与现实、本质与人物塑造的本质都体现在泰戈尔对生命的体验中，并融入和谐的音乐中。这就是我们在他的诗歌中所寻到的简单明快的源泉。在他的灵魂中，没有现实与理想的冲突，但是——在冲突中——一种乡愁与渴望将现实与想象连接起来——这是苏菲派的术语。……

他认为，泰戈尔戏剧中的冲突观是西方的观念。然而，泰戈尔同时也展现了另一种冲突观——连接有限和无限的流动。

阿亚德的研究也平息了关于泰戈尔的争议。在现实与想象世界间建立和谐，用流动的观念代替冲突，这样做的目的是改变暴力对待世界的方式，而以参与者的身份去代替。同时，他认为泰戈尔更倾向于一神论。

阿亚德认为即使泰戈尔不是多神论者，而是一神论者，我们也可以发现其普世论中的和谐。这就可以解释一些阿拉伯学者为何都把泰戈尔塑造成"一神论者"，他所信仰的神和中东地区所信仰的神没有什么区别。

阿亚德的著作涉及泰戈尔的艺术、哲学、社会和政治观点以及泰戈尔与苏菲派的关系。之后的所有学者都认同他的观点。最好的例子就是阿扎其对泰戈尔的持续热情。他总结了1977年以前对泰戈尔的研究情况，并写成《艺术家泰戈尔》(*Tagore the Artist*)一书。作者认为"艺术家的首要任务是发现存在的潜在的真理，并用艺术家的方式呈现出来"。

在评价泰戈尔的印度泛神论时，他这样写道：

> 泰戈尔并不仅仅是遵循苏菲派或者回应学者们关于宗教的需求，还通过个人的体验相信这一点，而这种体验源于他与自然、人

> 类的亲密体验。自然与人类之美的神秘、多种族中存在的真理形成一个综合的精神共同体。

伊朗学者塔希里于2010年在大马士革出版了《泰戈尔，伟大的印度诗人》。他声称这本书是1961年开罗出版的《泰戈尔百年诞辰纪念》的第二版，其实这本书又增加了很多阿拉伯编者，还增加了一些诗人、诗人家族以及剧作演出的照片。这本书共包含18篇文章，其中只有3篇曾经出现在1961年那本书中。其他的文章都是半个世纪以来所作，但并不是专门为2010年版本所作。比如说，其中收录的萨义德·库特布（Qutb, Sayyid）所写的文章撰写时间就非常早。在这本书中，伊拉克的犹太教学者米尔·巴斯里（Basri, Mir）想要呈现一个不一样的泰戈尔，而不是那个爱与和平的苏菲主义者。巴斯里所提到的社会公平、消除贫困的主张正是20世纪60年代马克思主义的主张。

以解读《古兰经》而著称的埃及学者库特布高度评价泰戈尔的作品：

> 《园丁集》中的80首诗歌简单而又深刻，充满童真与童趣。在这部诗集中，泰戈尔就像跨越天空的天真儿童。

库特布还评价了泰戈尔诗歌的艺术价值："人类的感情在他的诗歌中跳跃呈现。"库特布的文章早在1961年之前就已撰写。埃及批评家阿卜杜拉·哈米德·法拉哈特（Farahat, Abdul Hamid）认为泰戈尔穷其一生为世界主义努力，他将泰戈尔的世界主义与波兰特·罗素（Russell, Bertrand）的《常识及核福利》（*Common Sense and Nuclear Warfare*）中的世界政府进行对比。泰戈尔邀请人类进入一个历史世界，"柔软、精致、敏感，充满爱、隐忍与牺牲"。法拉哈特认为泰戈尔提出的世界主义的观点是建立在爱的基础之上的，泰戈尔爱的观点是成为世界公民的第一步。

埃及诗人阿卜杜勒·拉赫曼·沙拉什（Shalash, Abdul Rahman）评论了泰戈尔的短篇小说。埃及作家叶海亚·阿卡沙巴从阿拉伯国家"寻找一种鼓舞士气的新的哲学思想"的角度研究泰戈尔。穆罕默德·卢特菲·法姆(Fam, Muhammad Lutfi)的研究更关注泰戈尔与西方的关系。埃及评论家阿里·沙拉什(Shalash, Ali)认为泰戈尔是"阿拉伯学者最能接受的亚洲现代人"。埃及学者穆罕默德·卡迈勒·阿纳哈斯(al-Nahhas, Muhammad Kamel)关注作为教育家的泰戈尔。伊拉克学者哈里斯·塔哈·阿拉维(al-Rawi, Harith Taha)将泰戈尔塑造为与英国殖民者进行斗争的革命家和第一个将东方优秀传统传播到西方的东方思想家。

(八)结语

两次世界大战之间泰戈尔及其诗歌在阿拉伯世界很有影响力,随后泰戈尔研究陷入低潮,但是作为艺术家的泰戈尔却引起了学者们的研究兴趣。尽管如此,他在阿拉伯世界仍然很有名气,他的诗集在不断重印出版。

阿拉伯世界泰戈尔作品翻译的质量不足以公平地评价这位作家,这些翻译是有选择性的,代表了个人的解读,是彼此孤立的,没有译者间的相互对话。有深度的和方法论的研究非常少。二流的评论家认为泰戈尔是一个东方的天才、一个苏菲诗人,或是浪漫主义诗人。有时甚至直接出现了相互矛盾的观点,认为诗人是一个神秘主义者的同时也是一个民族主义者和一个世界主义者。直到泰戈尔的百年诞辰纪念后,有价值的研究才开始出现,尤其是阿亚德的评论,为泰戈尔提供了中肯的评价。虽然他的评论与解读随不同时代而不同,泰戈尔在阿拉伯文化中一直是一棵常青树般的存在。

二、土耳其的泰戈尔研究

土耳其对印度的兴趣并不始于泰戈尔。19世纪后半叶,旅行家、作家以及之后的学者才将兴趣转向南亚次大陆。19世纪末20世纪初,西方学术界对土耳其的印度接受影响很大。土耳其对印度的兴趣主要在异国风情上,他们经常将印度视为东方化,用爱德华·萨义德(Said, Edward W.)的话说就是,"对文化的想象都带着自身的价值观、意识形态和立场"。也有一些作家,他们试图避免这种异国风情的缺陷,试图概念化、语境化甚至是相对化印度这个他者。

奥斯曼土耳其的知识分子极少谈及印度的宗教。他们将印度的宗教体系与其他的多神宗教相提并论，其依据仍然是西方的通俗与正统文学。除此之外，他们也依靠奥斯曼土耳其的旅行札记，而其中一些作品的作者甚至从没去过印度。直到1935年2月到4月，上述情况才有所改变：哈利德·爱得比（Edib，Halide），一个土耳其著名的女作家在新德里大学做讲座，并出版了英文版的见闻录。1937年，她出版了《在印度》（*Inside India*）一书。然而她的作品并没有产生多大影响。

（一）翻译泰戈尔

印度文化与文学在土耳其传播的一个主要因素就是泰戈尔作品的土耳其语翻译。1913年泰戈尔获得诺贝尔奖并没有为泰戈尔和印度吸引多少注意力。诺贝尔奖和西方世界对泰戈尔的承认只是土耳其人发现泰戈尔的部分原因。直到20世纪三四十年代，关于泰戈尔的翻译和出版物数量才有了增长。但是不久之后，泰戈尔就成为土耳其最知名的非西方作家。

在泰戈尔的早期译者中，有相当一部分是文化界和政界的重要人物。泰戈尔最主要的译者是义卜拉欣·霍伊（Hoyi，İbrahim）。他是一个文学记者和一个活跃的译者，一生大部分时间都在推广泰戈尔的作品。他对泰戈尔作品的翻译完全是出于喜爱。他的泰戈尔译本被广泛接受，并且被认为是最成功的译本。

在众多译本中，最引人注目的是年轻的比伦特·埃杰维特（Ecevit，Bülent）的土耳其语译本。这也与他的政治生涯有很大关系。他既是一个诗人，也是土耳其的总理。因为他对推介泰戈尔的贡献，印度的大学曾授予他荣誉。他努力尝试阅读泰戈尔的原文，并且去学习孟加拉语。但是他的译本主要译自英语。

除了诺贝尔奖与西方国家的推荐外，土耳其人自身的兴趣也是泰戈尔得以传播的重要原因。泰戈尔对民族主义的观点、对东西方文化的思考都是土耳其知识分子热议的主题。

（二）阅读泰戈尔

有趣的是，极少有关于泰戈尔的土耳其语的学术著作出版。这很可能因为他的表达在语言学、起源学和学科界限上都造成了挑战，很难适应土耳其界定明确的不依靠跨学科比较研究的学术圈。虽然泰戈尔很受欢迎,但是关于他的学术文章极少。

在土耳其只有一个作家可以被看作真正的泰戈尔的学术研究者。1971年,拉什·古文出版了《泰戈尔与萤火虫》,这个作品包括两个部分:作为诗人的泰戈尔;作为哲学家和教育家的泰戈尔。1950年,古文获得了印度政府奖学金,在印度国际大学学习了印度哲学和梵语。获得学士学位之后,他又继续攻读哲学硕士。在印度期间,他见到了泰戈尔的亲人,并一直与他们保持联系。他又继续在印度攻读了博士学位。在他论文的摘要中,他认为土耳其对泰戈尔的了解仅限于诗人和作家,却忽略了他作为一个剧作家、音乐家和教育家的身份。以泰戈尔诗歌为分析对象,古文在书中给出了泰戈尔抒情诗歌的总体情况,尤其强调了其中的西方影响。他也提到了泰戈尔的哲学文章,而这是土耳其人所不了解的。

古文的书使土耳其人对泰戈尔有了更全面的了解,超出了普通讨论下的民族主义和宗教的范畴。2000年古文的书被文化部重印时,土耳其人对泰戈尔的兴趣也已经愈加浓厚,并一直持续到了今天。

三、东南亚地区的泰戈尔研究

(一)泰国

由于特殊的地理位置,泰国与印度在经济和文化上都有悠久的交流历史,其中文化的交流更为突出,尤其是在宗教和语言上。但是20世纪以来的交往由于殖民等原因趋于低落,泰戈尔的出现让这样的状况得以改善。

20世纪之后,第一位出访参观泰国、受到印泰两国认可的印度名人就是泰戈尔。我们可以从访问接待的情况以及他出访泰国之后的作品这两个方面来探讨。从行程表来看,泰戈尔在泰国受到的接待规格很高,通常主持接待的都是王室成员。他集中参观了古迹和大学,古迹中他主要拜访佛寺,而在大学为年轻人进行演讲。最后,他还受到了泰国国王的接见。这样的行程体现出泰戈尔以文化交流为主的出访目的,当然他也提到这次出访想要获得泰国政府的支持,在位于圣蒂尼克坦(Santiniketan)的国际大学,亦称维斯瓦·巴拉蒂大学(Visva-Bharati)

设立佛教学讲席，但这一愿景没有实现。从拜访和接待的人员构成上来看，主要是上层名流和文化精英，可以说泰戈尔的泰国之行见遍了泰国有权有势又有文化的人。

他这次出访一共发表了五次演说，主题包括印度在世界上的角色、儿童教育、中国人的诞生、亚洲的大陆文化、国民教育之理想等，这些演说都关乎文化事业。

泰国王室和泰戈尔的关系密切，从泰戈尔出访之后的作品可以了解到，《来到暹罗》(*To Siam*)表达了泰戈尔对暹罗(泰国旧称)的喜爱，认为泰国完美地保留并传承了印度已经失去的东西。在《告别暹罗》(*Farewell to Siam*)中，泰戈尔对自己在泰国受到的热情招待表达了感谢，认为这是一段愉快的时光，是一段值得珍藏的记忆，并且展示了一张国王在国际大学正式成立那天给泰戈尔发来的明信片。王室成员也写了一首诗来感谢泰戈尔的此次来访，诗中充满赞美之情。

就泰戈尔作品的译介情况来说，他关于泰国的这两首诗是最早被泰国人所熟知的，其后就是《吉檀迦利》。《吉檀迦利》第一次出版是在1969年，由卡鲁南夫妇译成。印度驻泰国大使对这个译本有着极高的评价。阿查恩·卡鲁南(Karuna, Acharn)被认为是最杰出的泰戈尔作品的泰语翻译家，他的人生经历与印度有着很大的联系，并且受教于泰戈尔的大学。他对印度文化，不论是文学、宗教还是哲学都有着极大的兴趣，这也促使了他翻译泰戈尔作品。相似的知识背景与心灵状态使他成为杰出的译介者，他也因为自己的翻译被冠以“国家级艺术家”的称号。这对夫妻还译介了很多泰戈尔的作品，后来结成了一部集子，即《离巢之灵》(*Like a Bird, Strayed from Its Nest*)，收录了23篇短篇小说以及2部戏剧。

其他的翻译作品还有：《人生的亲证》、《流萤集》(*Fireflies*)、《新月集》、《花园集》(*The Garden*)、《园丁集》、《飞鸟集》(*Stray Birds*)、《僧人》(*The Ascetic*)、《马丽妮》(*Malini*)、《牺牲》(*Sacrifice*)、《迦尔纳》(*Karna*)、《贡蒂》(*Kunti*)、《眼中沙》(*Speck in the Eye*)，也有其他的作品集出现，并且有多种版本。就文体来讲译作有散文也有韵文，但是都译自英语而不是孟加拉语。而且，其传播范围是很小的，主要就集中在泰国的文化圈和社会上流之中。

虽然作品的传播范围很小，但我们能看到泰戈尔是存在于全体泰国人的记忆当中的，因为在泰国有关泰戈尔的重要纪念日都会举办纪念活动。1961年的泰戈尔百年诞辰，泰国政府就成立了专门的纪念委员会，并且出版了相关书籍，表演了泰戈尔的戏剧。2001年，朱拉隆功大学、印度国家文化协会，以及洛克菲勒基金会共同举办了一系列活动来纪念泰戈尔150周年诞辰。各种活动使得泰戈尔为泰国民众所熟知。

（二）斯里兰卡

20世纪，在艺术和文化领域，对斯里兰卡影响最大的人就是泰戈尔。每一个受过教育的僧伽罗人都知道泰戈尔对斯里兰卡的文化有着巨大的贡献，不论是在音乐、文学还是教育方面。泰戈尔最为人所知的三次出游斯里兰卡分别在1922年、1928年和1934年。泰戈尔的出访受到了斯里兰卡知识分子的热烈欢迎，也使那个时代不同地区的知识精英在文化上得到了交流并互相促进。

在泰戈尔的众多兴趣爱好当中，有一项不可忽视，那就是他痴迷于旅行。他始终保持对东西方一致的开放态度。但泰戈尔认为向东方和向西方的旅行是不一样的，向西是一种冒险和尝试，而向东是一种朝圣，沿着先祖的足迹带来爱与真理。泰戈尔出访了超过30个国家，其中包括斯里兰卡，最后一次出访也是去斯里兰卡。在他的旅程中，他解释了他自己有关于国际大学的理念，希望能够获得资金使其能进一步发展并影响人们的文化生活。他也一直致力于将不同文化背景的人们联系起来。

20世纪初，泰戈尔出访斯里兰卡时，印度和斯里兰卡都是殖民地。英国的殖民使得整个南亚地区成为一种命运上的共同体，艺术和科学方面都得到了充分的交流，当时孟加拉地区在智识和文化上充满了发展活力，成为南亚文化的神经中心，加尔各答大学和国际大学是孟加拉地区吸引斯里兰卡知识分子的核心所在。19世纪末，孟加拉地区也掀起了一股佛教复兴浪潮。泰戈尔很关心斯里兰卡的民众，喜爱斯里兰卡的历史。泰戈尔着迷于斯里兰卡有两个原因：斯里兰卡与印度有共同的历史血统；对上座部佛教的敬重以及其在斯里兰卡的发展。

泰戈尔在斯里兰卡的翻译作品主要有：《吉檀迦利》、《新月集》、《情人的礼物》、《舞女的膜拜》(*The Dancing Girl's Worship*)、《戈拉》(*Gora*)、《花钏女》、《温达尔姑娘》(*Chandalika*)、《牺牲》、《邮局》(*The*

Post Office)、《采果集》、《我的回忆》、《沉船》(*The Wreck*)、《眼中沙》、《家庭与世界》、《我的童年》(*My Boyhood Days*)、《四章》(*Four Chapters*)等。

（三）越南

越南和印度一样，经历了从被西方国家殖民到建国独立的过程。两个国家相似的经历使得越南对印度的文化产生了自然的亲近感。在越南被法国殖民统治的时候，印度率先获得独立，走向了本民族的发展道路。印度便因此成为越南的学习榜样。

当泰戈尔获得诺贝尔文学奖的时候，越南立即为此感到兴奋，因为他是第一个获得此项殊荣的亚洲人。1924年，泰戈尔计划访问越南，虽然访问最终未能成行，越南的报纸还是对此进行了大篇幅的报道。泰戈尔于1929年最终得以访问越南胡志明市，全市上下都对他的到来感到兴奋，政府为此放假一天。在他访越的三天中，文坛、政府等各界人士为其举办了欢迎晚宴，对其到来表达了由衷的欢迎，裴光照对其中西文化结合的教育理念给予了高度的评价。尽管越南本地政治团体指责泰戈尔只关注文化不重视政治，但他的访越之行总体获得了巨大成功。

泰戈尔作品在1924年以前已经在越南知识分子之间被广泛阅读，当时知识分子阅读的主要是其作品的法语或中文译本。在泰戈尔于1929年来访前，译者开始将其作品翻译为越南语。对泰戈尔作品的大量译介工作开始于1961年前夕，即泰戈尔诞辰100周年纪念之前。仅1961年当年就有两部重要翻译集出版。一部是《泰戈尔诗集：百年诞辰纪念版》(*Collection of Rabindranath Tagore's Poems on the Hundredth Anniversary of His Birth*)，其中包括对《吉檀迦利》以及《园丁集》等作品的翻译及研究成果；另一部是《泰戈尔：诗歌、短篇小说及戏剧》(*Tagore: Poem, Short Stories and Dramas*)。在此之后，对泰戈尔作品的翻译成为文化出版社[1]的一个长期项目。该项目得到了印度政府的大力支持。然而，由于当时越南缺乏精通印度语言的专家，泰戈尔的作品大多译自英语、法语或中文。该出版社于1979年出版了《泰戈尔诗选》(*Tagore's Poem*)，发行量超过一万册。1999年，泰戈尔的作

1 即“Culture Publishing House”，后改名为“Literature Publishing House”。

品选集《诗歌与戏剧选编》(*Selected Works: Poems and Plays*)出版问世。在这部译作中,译者第一次使用了现代用语进行翻译,而没有拘泥于传统越南语。

泰戈尔的部分作品同时也被选登在中学和高等教育教科书中。一些越南学者对其生平、作品进行了研究,并出版了相应的传记及作品介绍。这些传记和作品介绍成为越南本科和研究生教育阶段的教材。

四、日本的泰戈尔研究

同泰戈尔在其他很多地区的接受情况一样,泰戈尔在日本的接受过程同样经历了"受关注——冷落——再受关注"的曲折过程。但由于日本自身国情的特殊性,泰戈尔在日本的接受情况又有别于其他国家或地区,呈现出一定的特点。

(一)接受背景:日本眼中的印度

日本社会是在对印度第一印象的认知基础上,对泰戈尔进行接受的。因此,有必要先了解日本社会观念中印度的形象和地位。

在19世纪之前,日本基本是通过中国来了解印度的,与印度的直接交流几乎为零。由于印度是佛教的发源地,对于同样信奉佛教的日本来说,印度是一个神秘而又神圣的国度。然而,印度的这种形象从19世纪中叶开始被颠覆。随着西方列强的屡次侵犯,中国和印度纷纷败于西方国家。而日本在面临相同危机的时候,积极改革,于1868年进行明治维新,使得日本免于走上同样的道路。在经历半个世纪的变革及现代化发展之后,日本跻身世界前列。它在以西方世界为榜样,力图脱亚入欧的同时,也逐渐对自身的东方属性以及曾经崇拜的东方大国产生了反面情绪。在日本看来,中国和印度已不再是值得尊崇的对象,它们代表了衰败的文化,是颓败中的国度。日本认为自身已经完成了全方位的西化,今后也只会向西方学习。

(二)泰戈尔获奖及"泰戈尔热"

正是在上述这样一种唱衰、鄙视东方的意识不断强化的时期,泰戈尔进入了日本的视线。1905年,思想家冈仓天心以及画家横山大观访问印度,与泰戈尔相识,但当时他们并没有将泰戈尔的作品介绍到日本。在此之后直至泰戈尔获奖之前，他对于绝大部分日本人来说还只是一个陌生的存在。

第一篇关于泰戈尔获奖情况的报道刊登在1914年1月1日的《中外英字新闻》上，题名为“获得诺贝尔奖的印度人”，但它并没有立即引发热烈反响。究其原因，当时在市面上几乎没有任何泰戈尔的日译作品出版，人们即使看到这篇报道，对这样一位来自“颓败国度”的诗人也不甚了解。

在此之后，翻译家和出版社开始着手将泰戈尔的作品翻译为日文。主要从事翻译工作的有增野三良、内崎作三郎、吉田弦二郎和三浦关造等人。除了增野三良之外，另外三位均是天主教徒，且均活跃在天主教机关刊物《六合杂志》上。

第一本出版的泰戈尔翻译作品是三浦关造翻译的《人生的亲证》。三浦关造的作品一经问世，就受到了来自佛教和印度研究者的批判。研究学者认为三浦关造并没有透彻理解泰戈尔哲学观，而是简单地将其当成了一个佛教徒。就翻译的正确性问题，三浦关造和增野三良也展开了一系列论争。在这个时期的翻译作品还有增野三良翻译的《吉檀迦利》《人生的亲证》等。杂志也刊登了不少来自《吉檀迦利》《园丁集》《新月集》的诗歌选摘。

1915年，泰戈尔即将访日的传言在日本引发了“泰戈尔热”，大量的泰戈尔作品，如《新月集》、《园丁集》、《邮局》、《暗室之王》(*The King of the Dark Chamber*)等被翻译出版。这些作品被收录在一个并不完整的全集中。

值得注意的是，在这个时期，所有作品均翻译自英文。当时日本文坛的主流作家对泰戈尔并没有表现出兴趣，也没有参与到泰戈尔作品的翻译讨论中。对泰戈尔产生兴趣的学者更多地来自哲学和宗教学领域，他们就泰戈尔的哲学观是否适用于日本展开了激烈的讨论。在此期间，讨论的对象主要是泰戈尔的《人生的亲证》，获得诺贝尔奖的《吉檀迦利》反而很少被提起，即使被提起，也只是针对其文中的哲学内涵。另一方面，不少研究者表现出了对“泰戈尔热”的反感，其代表有田中王堂和加藤朝鸟。他们认为大部分人对泰戈尔仅仅是一种跟风性的、肤浅的推崇，并没有真正深入了解泰戈尔的作品及其思想本身。

在其中，值得一提的是增野三良。他在泰戈尔获奖之前就将其几首诗歌翻译为日文并刊登在期刊上（虽然没有引起太大的反响）。在泰戈尔获奖之后，他积极翻译了其数部作品，对“泰戈尔热”持中立的态度，但对泰戈尔的作品本身表现出了极大的热情。可惜的是，他在泰戈尔1916年访日前因感染肺结核去世，没能和泰戈尔见面。

（三）泰戈尔五次访日

由于这个时期的日本对印度文明有一种蔑视的倾向，虽然日本普通民众对泰戈尔的到访表现出了兴奋与期待，但在日本知识分子圈内部却感受不到这种氛围。在其首次来访前夕，仅有少数报纸对其即将来访的消息进行了报道。

在泰戈尔于1916年首次访问日本期间，他主要发表了三场演讲，题目分别为：“印度与日本”（*India and Japan*）、“印度送给日本的讯息”（*The Message of India to Japan*）、“日本的精神”（*The Spirit of Japan*）。泰戈尔非常喜爱日本传统文化，认为日本和印度共同保留了东方灿烂的文明。他希望借助此次访日，向日本传达复兴东方文明的寄望。然而，泰戈尔这样的愿望只是一厢情愿。在其演讲之后，以学者为主的各界人士发表对泰戈尔及其演讲的评论，刊登在《六合杂志》《新潮》《新人》三本杂志的特刊上。其中，大部分日本知识分子对其观点表示批评或反对。这个时期的日本已将自己视为西方世界的一员，正是西方的先进文明带领日本走向了发展的道路。泰戈尔在演说中表达的对西方制度的批判以及对东方文明的赞美，正好和日本知识分子所希求的脱亚入欧背道而驰。因此泰戈尔的思想遭到了井上哲次郎、田中王堂等学者们的抵制。日本自然主义作家岩野泡鸣甚至认为泰戈尔之所以在日本掀起热潮，仅仅是因为翻译者和出版商企图通过炒作来赚钱。传教士海老名弹正指出，日本的兄弟不是中国和印度，而是英国和法国，并不能根据地理位置来对文明的东西方所属进行定义。但他同时也对泰戈尔的遭遇表示同情，他承认，当时正是日本国家主义意识上升期，当时的日本本身就准备去占领其他地区并进行殖民，反对泰戈尔的观点在当时是“政治正确”的。如果泰戈尔在其他历史时期被引进到日本，他的作品和观点也许能够得到真正的欣赏。

在泰戈尔首次访日之后，他在1916年至1929年间先后四次途经或专程访问日本。泰戈尔在后面几次访日过程中发表的演讲虽然吸引了不少民众，但是学界对他的关注远不如首次，其来访的声势也渐渐微弱下去。在此期间，有一些新的译作问世，如小山内薰翻译的《邮局》，白鸟省吾翻译的《新月集》等。其中值得关注的是佐野甚之助翻译的小说《戈拉》，这是第一部直接译自孟加拉语的泰戈尔作品。在泰戈尔访日期间，佐野甚之助得以与之见面，直接向泰戈尔询问了其在翻译过程中遇到的问题，并得到了泰戈尔的解答。《戈拉》在出版后获得了很好的评价，但由于书评作者在日本并不出名，因此这部译作并没有引起很大的反响。

（四）冷落期：日本侵华战争以及第二次世界大战

随后进入了日本侵华战争以及第二次世界大战时期，在这个时期，泰戈尔因其来自“敌方”，在日本完全被冷落。

在这个时期，值得关注的是泰戈尔与野口米次郎就日本侵华战争的论争。野口米次郎一直致力于将西方文学介绍到日本国内，并将日本的文化和文学介绍给西方世界。他是唯一一个与泰戈尔结下私人友谊的日本诗人。然而，在日本侵华战争的问题上，野口米次郎为日本发动战争的正当性进行辩护，而泰戈尔则对日本的国家主义进行了批判。正如野口米次郎所承认的那样，在当时的社会环境下，他只能选择站在日本国家的立场。因此他们之间的论争最终并不能归结为个人的恩怨冲突。

尽管被归为“敌方”的泰戈尔在日本社会完全被冷落，但是对他作品的翻译并没有完全停止。山室静在战时翻译了泰戈尔的作品并于1934年出版，她被泰戈尔作品中表现出的人性与美所吸引，希望以此方式来表达对战争的厌恶。

（五）回暖期：诞辰100周年纪念之后

战后，以泰戈尔诞辰100周年纪念为契机，诗人又重新引起了关注。1959年，泰戈尔纪念社成立。1961年前后，大量泰戈尔作品被翻译出版。泰戈尔纪念社出版发表了纪念泰戈尔诞辰100周年相关的论文集，附录包含泰戈尔的传记与作品目录。最值得关注的是渡边照宏翻译的《吉檀迦利》，他同时翻译了《吉檀迦利》的孟加拉语和英语版，并在翻译过程中注重不同语言版本用语上的特点。该版本被认为是目前的标准翻译版本。在渡边照宏之后的译者，如我妻和男、森本达雄等，均是精通孟加拉语、拥有印度研究背景的学者。在多位译者的努力之下，泰戈尔的几乎所有作品，均由孟加拉语直接翻译成日文，并得到了出版。这个时期的泰戈尔终于不再被看作"来自颓败国度"的诗人，其作品的文学价值也逐渐引起重视。

（六）泰戈尔在日本的接受特点

日本对泰戈尔的初期接受情况反映了努力欧化中的日本对自身的定位。日本将自身定位为西方国家，对曾经的东方大国表现出鄙夷的态度。日本早期对泰戈尔的推崇更多的是对西方世界的跟风性行为以及出版商出于盈利目的的炒作，并没有真正欣赏泰戈尔作品中的价值。即使在最受瞩目的时期，他的作品本身也没有得到来自日本文坛的赞赏。

日本不同的学者团体对泰戈尔的接受态度也有所不同。早期积极将泰戈尔介绍到日本的学者基本来自私立大学（主要是早稻田大学与同志社大学），而代表国家官方思想的国立大学学者对泰戈尔多持否定态度。另外，在初期对泰戈尔的接受过程中，参与者主要是哲学研究领域的学者，诗人和作家对泰戈尔并没有明显的兴趣。

虽然目前泰戈尔几乎所有的作品均被翻译为日文，但对其研究还十分不足，在日本还没有一个泰戈尔研究方面的大家出现。早期主要从宗教哲学的角度来对其进行研究，但从文学的角度进行的研究很少，还有很大的深入发展空间。

五、中国的泰戈尔研究

作为亚洲第一位获得诺贝尔文学奖的诗人，泰戈尔为印度甚至亚洲走向世界打开了一扇门，其世界性的影响地位毋庸置疑。作为世界级的哲学诗人，泰戈尔一生著作等身：诗歌、小说、戏剧、诗学、哲学、宗教、绘画、音乐、教育等领域均有涉及，且自成一家。泰戈尔从八岁开始写诗，"从发表处女作，到1941年逝世前一星期口授最后一首诗，诗歌创作长达72年之久"。他一生共出版诗集50余部，包括2 000多首诗，戏剧约60种，中长篇小说12部，短篇小说近百篇，另外还有大量的散文和诗学著述。

正是基于其世界性的影响地位及中印两国自两汉时期即已建立的良好文化经贸外交关系，泰戈尔的作品自1913年初入中国，即获得了中国学界的热情推介。以钱智修于1913年10月1日《东方杂志》上（第10卷第4号）发表的《台莪尔氏之人生观》，以及1915年10月15日《青年杂志》(第1卷第2号)上发表的陈独秀用文言文翻译的泰戈尔的四首诗为肇端，百余年时间里，我国学界对泰戈尔的译介研究几起几落。1924年泰戈尔首次访华掀起第一次泰戈尔热，此后，受战事、政治等因素影响，有过近半个世纪的沉寂期，以20世纪80年代为界，新时期我国学界对泰戈尔的研究呈现出百花齐放、百家争鸣的良好态势。进入新时期以来，《摩诃婆罗多》《罗摩衍那》《五十奥义书》《奥义书》《示教千则》等印度经典宗教哲学典籍中译本的出版，使泰戈尔研究专家能以印度深厚的宗教哲学背景为依托，观照泰戈尔诗歌中“爱”“美”“自然”“自由”等深层次的宗教哲学背景，研究深度研究视角都有着极大的拓展。同时，受新时期文艺界拨乱反正影响，西方各种文学批评思潮方法的引介与批评实践流行起来，影响研究、平行研究、诗学研究、接受研究、原型批评、实证研究、传播研究、误读研究、宗教元素研究等研究方法，都广泛运用于泰戈尔研究中。

（一）新时期我国学界泰戈尔研究中存在的几种典型误读

新时期我国泰戈尔研究学者中，以黄宝生、孟昭毅、王邦维、魏丽明、孙宜学、侯传文、毛世昌、尹锡南、邱紫华、李金云、李文斌等为代表的老中青学者，对泰戈尔深厚庞杂的印度宗教文化背景，都有广博深厚的学习与研究。在此基础上，对泰戈尔的研究提出了诸多不同于前人的研究成果，如侯传文对泰戈尔诗学的比较研究、邱紫华对泰戈尔诗歌美学的研究、李金云对泰戈尔宗教文化背景的研究等，极大地推动了新时期我国学人对泰戈尔的研究，也为新兴崛起的大学在校硕博群体的研究提供了新的范式，拓宽了研究视野。

新时期，我国学界对泰戈尔研究取得可喜成绩的同时，也应看到存在的诸种问题，其中最典型的是青年学者，尤其是大专院校为数众多的教职人员及本硕博研究者。他们大多数对印度宗教、哲学、民族、历史等背景文化缺少基本的了解，对泰戈尔诗歌美学思想等作浅层次的解读甚或是臆想，造成诸多的误读现象。青年学者在泰戈尔研究中存在的典型误读，主要包括爱情主题、死亡主题、自然生态批评、泛神论等方面。

当前一些研究者认为泰戈尔诗歌尤其是《吉檀迦利》主要是爱情诗，以及死亡诗。如“其实在笔者看来，该首诗把‘情人’当作‘上帝’，把‘上帝’比作‘情人’，理解该诗的关键是爱……所以，‘爱’或者说‘爱情’才是《吉檀迦利》的抒情主题”，“表面上是在倾诉爱情的别离之苦，实际上表达了与现实的分离和对死神的留恋。因为世人相信，死亡只是生命中的一个环节，只有死亡才能实现生命的轮回”。这种误读，主要是不了解泰戈尔诗歌背后复杂的宗教哲学文化背景，错解泰戈尔“献歌”本意。“‘吉檀迦利’的意思是‘献歌’。……它是诗人献给一位神的。……在翻译这部诗集时，诗人借用了‘God’一词，但他诗中的‘God’并不是基督教的上帝，而是从印度哲学中玄之又玄的‘梵’这一抽象概念深化而来的一个具有人格的宗教神。”这里，已经很清楚地说明，“God”不是单纯的西方宗教中的“上帝”。另一方面，泰戈尔自古印度所传承的宗教哲学背景，使其不可能是世俗意义上的抒情诗人，在某种程度上，承担了传道者的角色。正如泰戈尔所说：“我不能说我自己是一个纯粹的诗人，诗人在我的中间已经变了式样，同时取得了传道者的性格。”关于泰戈尔诗歌中的“新娘”“新郎”“婚礼”，泰戈尔在《人生的亲证》中亦作了明确的说明：“人与梵之结合已经完成，帕拉玛特玛即最高灵魂已经亲自将我们的灵魂选作新娘，婚礼也已经举行完毕，庄严的誓词已经宣读：‘让我们心心相印！’”泰戈尔已经很明确地说明，新娘是“我们的灵魂”，婚礼即是“人与梵之结合”，而非当前一些研究者所谓的世俗意义上的爱情主题。《吉檀迦利》中，诗人时而称这位无所不在的“God”为“主人”，时而为“我的父”或“我的情人”，这些称谓，都是指向那无所不在的“神”——梵我合一。“假如有人问我，什么是他最主要的品质，可以说明他人格和天才的所有不同方面，我就毫不犹豫地说，他最主要、最本质的、最基本的是位情人。”

“人生本是一场没有尽头的路途，在时间的推动下，人只能亦步亦趋地向前行走，当人生停止前进时路途终结，便是生命结束的时候，这是泰戈尔通过诗歌向人们传达的死亡意识。”显然，卢迪这篇关于泰戈尔诗歌中死亡意象的分析中，即是按通俗意义上的“死亡”观念来理解生命，认为死亡是人类无法改变的事实，只能“亦步亦趋”被动地接受。但稍了解印度宗教哲学背景的研究者都很清楚，在印度宗教哲学文化背景下，死亡并不是消极被动的行为，亦不是生命的终结。印度各大宗教在教理教义上有诸多分歧，但生命轮回、灵魂不生不灭的观念却是印度教、佛教、耆那教等几大核心宗教的共识。“印度哲学从宗教中分离出来始于《奥义书》。在《奥义书》中，我们已经可以看到唯物主义与唯心主义最初的对立和斗争。在唯心主义方面，它的中心思想是‘梵我一如’和‘轮回解脱’；在唯物主义方面，主要是以元素论为中心的自然观和乐生的伦理思想。”“泰戈尔深受《奥义书》影响。‘在他成长的环境中，《奥义书》和《吠檀多》宣传的真理占据主导地位。’他说：‘在我的童年时代，大人们就给我诵读颂歌。它们由《奥义书》里选出来的三段话构成。在通向内在自由的精神道路上，它们一直在前面指引着我。’”《奥义书》中影响最深远的是“梵我合一”与“轮回解脱”。“梵我合一”即“作为外在的、宇宙终极原因的梵和作为内在的、人的本质的阿特曼（自我）在本性上是同一的，也就是说‘大宇宙’和‘小宇宙’是统一的。……‘轮回解脱’思想的主要内容是：每一个人的灵魂在死后可以在另一个躯壳里复活，一个人重新转世的形态，首先是取决于他过去本人的行为——业（羯磨，karma），即取决于他奉行婆罗门、刹帝利的要求和保持那些树立在各个种姓之间的界限认真到什么程度，‘依照人的行为，决定那个人将来要成什么样，行善的成善，行恶的成恶’（《广森林奥义书》Ⅲ.2.13）”。按照“轮回”的说法，生命的死亡只是肉体的死亡，“灵魂”则“不生不灭，不垢不净，不增不减”，它将依自身的“业报”不同，投胎到“天、人、阿修罗、畜生、饿鬼、地狱”等六道中，不断地轮回。肉体的死亡，只是生命的一个部分。某种意义上，只有当我们舍弃了对肉身的执着，对物质世界的执着，才能“立足有限，放眼无限，追求全人类整体的和谐”，才能由有限自由进入无限自由，实现梵我合一。因此，在《吉檀迦利》中，泰戈尔是以一种积极喜乐的心情来面对死亡，歌颂死亡：“呵，你这生命最后的完成，死亡，我的死亡，来对我低语罢！……花环已为新郎编好。婚礼行过，新娘就要离家，在静夜里和她的主人独对了。”泰戈尔大量与死亡相关的诗歌，都应结合其特有的哲学宗教背景来理解，而不应简单片面地从唯物主义思想来理解，用世俗意义中的生老病死来理解，将其视为生命的终结，只能消极被动地接受。

除了有关爱情生死主题的误解误读外，一些青年研究者将西方文学批评理论中的自然生态批评理论生硬地搬过来套泰戈尔文学创作中的自然思想，显然是不理解印度深厚的森林哲学及素朴的唯物主义自然观。“细读他的诗歌，我们发现泰戈尔的诗歌突出了整体和谐的思想，主要包括：人与自然的和谐，整体的自然观以及人的精神和谐。这些思想正是生态批评思想的体现，具有丰富的生态意义，而他的诗歌正是以独特的视角反映了这些思想。”“‘生态批评’（eco-criticism）……，主要包括自然生态批评、社会生态批评和人类精神生态批评……生态批评的核心是研究文学应该从生态系统整体利益出发，考察和表现自然与人的关系，探寻生态危机的社会根源，它摈弃了‘人类中心主义’（anthropocentrism）的传统观念，吸取了生态中心主义（eco-centrism），主张崇尚自然，倡导简朴生活，强调保护环境。……将人类作为构成自然生态环境的一个因子，和其他因子共同构成生态的整体性和多元性，否决了人类可以‘征服自然、改造自然’的传统理念。”作为印度宗教哲学源头的《奥义书》中存在唯物主义与唯心主义两种对立的思想，“在唯物主义方面，主要是以元素论为中心的自然观和乐生的伦理思想”。“《奥义书》的唯物主义哲学家们不仅从直观的、具有固定形态的个别事物中，如地、水、风、火等，而且还从各种具体的、个别事物中力图找出它们普遍的物质性的东西，如自然（自性）、质料等作为世界的本原，并且认为这种本原构成了世界上的一切事物，构成了统一的、客观存在的现实世界。……《奥义书》的唯物主义哲学家认为世界万物是在不断变化发展中的，物质的元素是可以运动和互相转化的，对某些自然现象试图做出辩证的解释。另外，断言灵魂、生命是由物质或由物质的元素结合而产生的。”一方面，《奥义书》中将“地、水、风、火”等视为物质世界的起源，其出发点与“西方生态批评”的自然观显然是完全不一样的。另一方面，泰戈尔本人在《人的宗教》（*Religion of Man*）中也对其“对大自然的亲密无间”作了明确说明，是有别于物质世界的大自然。“我证悟的第一阶段，是由于我对大自然的亲密无间的感觉而实现的——这里所谓的大自然，并不是对我们的心灵开启其信息渠道并与我们的活生生的肉体有着物质关系的那个大自然，而是以各种表现满足我们的人格需要的那个大自然，这些表现以其多样的形式、颜色、声音和运动的和谐，使我们的生活丰富多彩，并且刺激我们的想象力。它不是那个对我们的个体慷慨展示自己的实在财富的世界。它对我们的人性具有永恒的作用。”印度古老宗教哲学认为生命乃至万物都是因缘和合而成，自然万物本是一体的，最后又碎为微尘，化为空无，回归万有，“一”。“我们都属于一个神圣的统一体，我们的灵魂高尚之士均从中直接获得启示；他们以自己的人格切近地感受到这种启示，他们以自己的生命宣告：‘我与至高无上者、永生不死者、绝对完善者是一体的。”此外，印度古老宗教哲学认为，印度文明起源于“森林书写”。“在印度，文明的诞生始于森林，这种起源和环境形成了与众不同的物质。印度的文明被大自然的浩大生命所包围，它提供食物和衣服，而且在各方面与大自然保持着最亲密、最经常的交流。”无论是印度教，还是佛教，都有抛却有限物质自由，走向无限自由的思想。四吠陀时期通行的四行期（即梵行期、家居期、林栖期、遁世期）中，林栖期和遁世期都是要“到森林里去居住”，遁世期“住在森林里，身穿树皮衣或兽皮衣，仅靠野果和植物的根、茎为生，每天做五次祭祀”，以达到与梵的合一。在泰戈尔看来，“梵就是树木、种子和幼芽，梵就是花朵、果实和树荫，梵就是太阳、光明和被光明照亮的东西，梵无所不在，世界上的男女都是梵的形相”。正是基于这样一种传统，印度人民对大自然有着一种与生俱来的亲近，而不是西方社会所提倡的带有一定功利色彩的生态批评观念。

此外，很多研究者将泰戈尔称为“泛神论者”“宗教诗人”，如张朝柯在《诗人的宗教不是宗教——试谈〈吉檀迦利〉中的宗教、神和泛神论》中写道：“1913年获得诺贝尔文学奖的《吉檀迦利》是一部什么性质的诗集，在研究者中看法并不完全一致：宗教诗集、颂神的宗教诗集、宗教抒情诗集、哲学抒情诗集，等等。”对于此种误解，泰戈尔生前好友谭云山之子谭中先生在孙宜学著的《泰戈尔：中国之旅》一书的《序》中亦作了详尽的纠误。“中国过去和现在很多论者都把泰戈尔形容为‘宗教诗人’（有人甚至莫名其妙地说他是‘多神教徒’或‘泛神论者’），这是很大的错误。……泰戈尔在中国说过：‘我不可能由于周围的人有某种宗教信仰而随之信教。’那些说泰戈尔是‘宗教诗人’、‘多神教徒’或

'泛神论者'的人是不了解泰戈尔超越了庸俗性的'宗教'的崇高思想境界。印度有人评论说,泰戈尔的'神'不在庙中而在心中,他从大自然现象与人们的生活中处处看见'神',随时与'神'对话。这话有道理。泰戈尔采用'赞歌'形式的诗歌中经常有'他''主''父'这样的词汇,看起来带点宗教色彩,实际上不是对'神'的赞扬(因为他从小到大就没有偶像崇拜),而是歌颂'真善美'。'真善美'就是他的神,或者说,泰戈尔是个虔诚的'真善美'教徒。……泰戈尔的的确确是继承了古人那种把宇宙当作祖国的国际主义者。他在1916年写道:'我们将在人—神大道路上漫步,高唱着人类之歌……我们会把那伟大世界的大道当作自己的国家。'"

(二)新时期我国学界泰戈尔研究存在误读的成因

自1913年泰戈尔最早经由钱智修、陈独秀、徐志摩、郑振铎等人引介到中国,到现今已经百余年。百年时间里,由于中印之间存在着近两千年的文化贸易往来,佛教经由印度东传中国又经中国回传印度,近代中印相似的殖民或是半殖民政治背景,以及当代中印两国外交经贸往来的加强等因素,中国学者对泰戈尔的研究历时最持久,涉及题材最广,研究方法视野也相当广博,但存在的各种误读现象也是无法回避的。造成我国学界对泰戈尔研究中诸种误读的原因是多方面的,既有主观方面的,如研究者自身素养不够;亦有客观方面的,如语言、文化、宗教哲学等方面本身无法逾越的隔阂等。

中国学人对泰戈尔的研究,从1913年到1979年期间,主要体现在报纸和一般期刊上发表的作品译介及有关泰戈尔本人生平思想的介绍,专业性的学术研究论文较少涉及。1978年恢复高考后,各大高校开始陆续开设比较文学与世界文学相关课程,成立东方文学研究中心、印度文学研究中心或是南亚中亚研究所,但毕竟时间短,新老研究学者出现了严重的断档。新一代研究群体整体的语言能力不过关、宗教哲学背景学术涵养欠缺。正如李金云在其博士论文中所说:"如果我们整体审视近百年泰戈尔的研究状况,就可以发现,'语言关'、'文化关'和'宗教关'仍然是目前泰戈尔研究的三大障碍。首先,最大的障碍是孟加拉语。其次,印度文化的博大精深和独特体系,给翻译、研究泰戈尔文学作品和理论著作增加了不少难度。再次,研究者缺乏宗教精神也是中国泰戈尔研究的一大遗憾。”

新时期我国学界在泰戈尔研究中存在误读的原因，主要可以归纳为以下几点：

首先，语言文化背景的欠缺。以季羡林、徐梵澄、巫白慧、金克木等为代表的老一辈学者专门学习过梵语、巴利文、印地语、孟加拉语中的一种或数种，能自如地阅读梵典原文，对于了解印度吠陀哲学及两大史诗有着极大的语言优势。作为一位深受印度吠陀哲学及两大史诗影响的哲学诗人，泰戈尔的文学创作、诗学理论及思想是深深扎根于有着数千年历史的印度古代宗教哲学背景之上的。深厚复杂的印度教、佛教、锡克教、数论、不二论等宗教哲学背景，不是当前一般研究者所能轻易了解并掌握的。当前大学教育中，印地语作为小语种只有北京大学和北京外国语学院、上海外国语学院等极少数大学开设有专业课程，而梵语作为一门已经在现实生活中消亡的语种，只有北京大学每隔几年会招数名学生，为从事专业学术研究进行培养，懂梵语的老一辈学者也大多集中在北京大学或是中国社会科学研究院。青年学者中即使有个别学者有志于学习，也难以找到指导老师。因此，语言问题及文化背景严重影响着当前学界对泰戈尔进行深广博立体的研究。

其次，研究者整体缺少宗教背景或信仰。在大的背景影响下以及经济大潮的冲击下，国人的宗教背景知识非常薄弱，国人整体对宗教尤其是佛教存在误解甚至排斥心理。此种大环境造成大量研究人员甚至是权威的印度哲学文学研究老学者对印度各种宗教中的轮回、业、空等思想，只能从字面上理解，认为是一种消极的人生态度。如黄心川先生在其《印度哲学通史》的序言中就印度唯心主义与唯物主义两种观点的评介写道：“唯心主义者认为，印度哲学中活着的最有价值的东西是吠檀多的‘梵我一如’、达摩、业报轮回、解脱，以及佛教的中道、不杀生（非暴力）等学说。印度哲学中活着的就是唯物主义和辩证法的传统、世俗主义、民主和科学的思想。这是对待印度哲学遗产的两种截然对立的态度。我们在研究印度哲学史中当然要批判前一种，支持后一种。……另一方面要批判那些神秘主义、信仰主义的腐朽思想，揭示它们的社会根源和认识论。因为陈腐的思想和概念像幽灵一样潜移默化地纠缠着人们的头脑，在当前社会生活中起着束缚人民、阻碍社会进步的作用。”当前一些资深的老学者用理性思维来推导非理性宗教思想，使其研究在一定程度上会存在片面甚至误解误读现象。当前大专院校中青年学生或是中青年教职人员对印度复杂的宗教文化背景了解则更粗浅，在不了解泰戈尔背后深博的宗教哲学文化背景基础上，其对泰戈尔的相关研究必然会存在各种问题，误读也必然不可避免。

以上关于当前中国学界在泰戈尔研究中存在的问题，是属于主观方面的。除此以外，还有一些当前国内尚无法解决的客观因素存在。一方面，四吠陀时期最古老最经典的《梨俱吠陀》《娑摩吠陀》《夜柔吠陀》《阿闼婆吠陀》，至今国内没有一个完整的中译本，只有个别精通古梵语的老一辈学者将其选译了部分。两大史诗的《摩诃婆罗多》和《罗摩衍那》，其中译本分别是2005年和1980年至1984年间出版的。作为泰戈尔每日必读的《奥义书》，徐梵澄的《五十奥义书》中译本亦出版于1984年。国内一般学者要想通读这些印度经典宗教哲学典籍，都存在大量的困难，理解这些宗教哲学典籍更是困难重重，这也必然影响国内学者对泰戈尔哲学思想的深度理解。另一方面，印度宗教的一些神秘体验，不是语言文字所能描述出来的，神秘的宗教体验如中国禅宗的“拈花微笑”，是“不立文字”，靠的是“顿悟”。“在我十八岁时，一股突如其来的宗教体验的春风第一次来到我的生活之中，它在消退之后在我的记忆中留下了一条关于精神实在的直接启示。”正是这样的宗教体验，在泰戈尔的《吉檀迦利》、《渡》(*Crossing*)中有不少诗歌均有涉及。这些神秘的有关生命证悟的诗，本身是只可意会，不可言传，更不可用理性思维来推导，只有具备相应宗教背景的研究者，才能真切地理解、体悟。

（三）结语

新时期以来，以金克木、巫白慧、郁龙余、毛世昌、王邦维、侯传文、魏丽明、孙宜学等为代表的老一辈研究者，对泰戈尔的研究取得了诸多可喜成就。但另一方面，新成长起来的一批青年学者中，由于自身文化素养各方面的欠缺，存在诸种误读现象。造成误读的原因是多方面的，语言运用能力的欠缺，对印度几千年宗教哲学历史文化背景的不了解，对宗教神秘体验仅做字面理解甚至用理性思维来取代印度几千年繁复的非理性思维等，是当前学人研究最大的障碍，甚至很多青年学者不求甚解随意套用西方文学批评理论来阐析泰戈尔深厚的哲学思想。中国学界要想在泰戈尔研究中有所突破，老一辈学者们应多途径关心关注中青年学者在研究中遇到的问题，在中西部一些大学适当安排懂印地语、梵语、孟加拉语的老学者开展梵语、印地语等课程普及教学，解决目前中青年学者的语言问题。另一方面，加强中印两国文化教育的交流交换，是解决当前中青年学者印度宗教哲学素养欠缺的另一重要途径。唯有以老一辈学者为导向，同时重视对中青年学者的培养，才能使泰戈尔研究再上新的台阶。

第二节　东欧地区的泰戈尔研究

由于复杂的历史原因，东欧各个国家的地理边界在不同时代多有变迁，情况非常复杂。本文讨论的五个东欧国家（俄罗斯、罗马尼亚、保加利亚、南斯拉夫、拉脱维亚）都与苏联、德国和奥匈帝国有过非常复杂的占领或被占领关系。其中南斯拉夫作为一个国家已经不复存在，其他国家的领土边界也有多次变化。因此我们在这里讨论的东欧五国，是一个变动的国族概念，不仅包括那些曾经属于这些地区后来又分离出去的部分领土，还包括从这些地区因为政治原因离散出去的侨民人群。在东欧，由于时势变迁离开故乡的侨民群体，往往是高级知识分子群体。他们特殊的身份和处境使得他们往往也是他国文学最早的翻译者。但不可否认的是，之所以在这五个国家能写成独立的泰戈尔接受史，正是因为它们拥有相对稳定和独特的语言文化，而且对待泰戈尔的态度同中有异。从中我们能看到特定历史背景下，文学视角和政治视角中的泰戈尔互相交织、影响甚至对立的现象。

一、东欧五国概况（1913年至今）

本书“俄罗斯”部分涉及泰戈尔及其作品在整个俄语世界，而不只是在政治共同体“俄罗斯”范围内的接受史。1913年，当泰戈尔荣获诺贝尔奖时，“俄罗斯”指的是俄罗斯帝国，除了今天俄罗斯的领土之外，还包括很大一部分今天的波兰领土和整个芬兰。从1922年到1991年，“俄罗斯”是“苏维埃社会主义共和国联盟（苏联）”的主要加盟共和国，1918—1920年国内战争之后，苏联再次统一了原俄罗斯帝国范围内的大部分领土和民族。但是这个重建的帝国于1991年再次解体，原来的加盟国“俄罗斯苏维埃联邦社会主义共和国”成了俄罗斯联邦，它仍然是一个多民族国家，其中80%人口为俄罗斯族。孟加拉语诗人在波兰和芬兰文化中的接受情况，与其在苏联的继承国的接受状况，还有在今天的俄罗斯联邦的非俄罗斯族文化中的接受状况，都需要加以区别对待。在20世纪，尤其是1917年十月革命后，俄语世界被分为了苏联俄国和遍布世界各地的俄国侨民两个世界。1917年后选择离开俄国的具体人数无人知晓。他们成千上万，其中许多人（即使不是大多数）都来自俄国社会受教育程度最高的社会阶层。就像此节中会谈到的一样，泰戈尔作品在俄国侨民世界的接受情况对于泰戈尔俄语世界的接受史来说是非常重要的一个部分。

“罗马尼亚”部分提到的罗马尼亚概念指的是在罗马尼亚王国生活的所有人创造的文化共同体。在这片领土上，泰戈尔的接受史一般根据罗马尼亚的历史被分为五个时期：1913—1918年，旧罗马尼亚王国和特兰西瓦尼亚、巴纳特、布科维纳（当时属于奥匈帝国）和比萨拉比亚（当时属于俄罗斯帝国）时期；1918—1940年，统一的罗马尼亚王国时期；1940—1945年，二战期间，王国丢失和收复一些领土；1945—1989年，两个社会主义罗马尼亚共和国时期，一个是独立的罗马尼亚，一个是摩尔多瓦，还有一些原领土在乌克兰和保加利亚境内；1990—2013年，后社会主义时期，摩尔多瓦独立。这些历史时期都产生了一些侨民群体，流散欧洲的侨民与泰戈尔的关系是不可忽略的重要信息。

保加利亚位于欧洲的边缘地区，深受地理位置困扰，远离欧洲主流文化。保加利亚早期被土耳其帝国统治，后来分裂成两部分，1912年再次统一，但不久就爆发了一战，一战以后保加利亚被君主制法西斯政府统治到1944年，这期间政府一直执行严格的文化审查制度。因此保加利亚的泰戈尔接受史深受战争和政治制度的影响，虽然外国文学的进入举步维艰，但泰戈尔独特的诗意和人格魅力还是打动了保加利亚人民。

南斯拉夫社会主义联邦共和国成立于1945年，于1992年解体，随后前南斯拉夫的塞尔维亚和黑山共和国又组成了南斯拉夫联盟共和国，于2003年更名为“塞尔维亚和黑山”。“南斯拉夫”作为一个民族和语言文化分支由来已久，但作为一个国家名称仅存在了58年。1913年泰戈尔获奖时，还没有南斯拉夫这个国家，因此该节讨论的内容包括在南斯拉夫国家的前身和继承国中，泰戈尔的接受和译介情况。

过去，拉脱维亚主要作为俄罗斯帝国的一部分和苏联的成员国存在，由于地处波罗的海边缘，离政治中心较远，信息受阻，因此外国文化的传入也比较困难。拉脱维亚也由此成为本文讨论的东欧五国之中，泰戈尔唯一没有到访过的国家。在苏联的极左时期，泰戈尔作品在拉脱维亚也曾长期被禁。但让人感动的是，拉脱维亚一直有学者兢兢业业地进行着泰戈尔研究，其中就包括泰戈尔的主要译者卡尔里斯·埃格勒（Egle，Karlis）。

总体来说，东欧五国的历史和地理变迁互相交织，非常复杂。泰戈尔在这五个国家的接受史都与它们的政局变迁交织在一起。无一例外，泰戈尔获得诺奖以后就在这些国家赢得了广泛关注和一定的读者群，但在不同时期，也会偶尔有敌对的情绪。对待泰戈尔的态度直接反映在泰戈尔到访的过程中，大多数国家是争相邀请泰戈尔，他的崇拜者蜂拥至车站欢迎他。泰戈尔在1926年的访问途中，因身体不适而改道东欧，成就了他与这些国家之间的一段缘分。唯一遗憾的是他没有到访拉脱维亚，但拉脱维亚仍不乏对泰戈尔心驰神往的学者和读者，他们用通信的手段，同样和泰戈尔结下了深厚的友谊。泰戈尔在俄罗斯受到的接待虽然同样热情，但由于政治情况复杂，泰戈尔在俄罗斯的通信集《俄罗斯书简》（*Letters from Russia*）出版时被大幅度删减。无论如何，泰戈尔在这五个国家引起的热潮和关注是不可否认的，泰戈尔文学作品的魅力是长盛不衰的，此外人们对泰戈尔的态度也可以折射出当时这些国家内的主流思潮。

二、泰戈尔之前的东欧印度学

与东亚、东南亚或者远东地区相比，东欧可以说是一个离印度和印度文化相对遥远的地区。因此在泰戈尔于西方声名鹊起之前，许多东欧国家根本没有接触过印度文化，即使有，也是出于政治或者战争原因。在1913年泰戈尔获得诺贝尔文学奖之前，许多东欧人可能从未想过要关注印度文学。因此泰戈尔在许多国家都是首个获得关注的现代印度作家。

在这五个国家中，只有俄罗斯有历史比较悠久的印度学研究历史。在各种政治叙述中，我们也许经常听说俄印关系已经有了几百年的历史。但尽管俄印两国几百年前就有联系，但这种联系非常微弱。只有在19世纪之后，俄罗斯和印度文明之间有意义的联系才变得多起来。当时俄国开始向中亚扩张，在阿富汗与英国人争夺殖民地，从而逐渐涉及印度。19世纪，俄罗斯的印度学研究缓慢成长。一开始主要是德国人（德裔和德国移民）进行梵语研究。在1913年以前，俄罗斯作家和诗人就对印度有所了解。早在1787年，俄语版的《薄伽梵歌》就已经出版，迦梨陀娑（Kalidasa）的《沙恭达罗》中一些片段在1792年也有了俄译本。但是19世纪是一个俄罗斯经典文学的世纪，从普希金到契诃夫等伟大作家辈出，印度文学在俄罗斯的地位非常不起眼。受过良好教育的俄罗斯人，多半更多地关注西方而非东方。

直到19世纪末，一些俄罗斯作家和诗人才开始对印度和印度文化感到好奇。最著名的例子就是列夫·托尔斯泰。他晚年对印度文化遗产和当代印度都产生了兴趣，因此了解到了泰戈尔。广为人知的是，托尔斯泰去世前不久曾与甘地通信。但少有人知的是从19世纪80年代起，托尔斯泰就与将近20个印度人通过信，其中包括一些孟加拉人。托尔斯泰人生的最后几年都有详细记录，但其中没有找到泰戈尔的名字。我们有足够证据认为，尽管俄罗斯的印度学起步早，19世纪已经出现了好几位巨擘，但他们的兴趣多半在梵语研究上，对现代印度文学没有关注。在1913年以前，罗宾德拉纳特·泰戈尔的名字在俄罗斯几乎没人知道。阴差阳错之中，直到1930年泰戈尔才到达俄罗斯，比其他四个东欧国家都晚。

1913年以前，罗马尼亚还是五个分裂的地区，分属不同的帝国，因此罗马尼亚在泰戈尔之前的印度学研究状况不明。但和保加利亚的情况类似，两国都长期处于分裂、战乱之中，从地理位置上讲也一直处在欧洲的边缘地带，泰戈尔几乎是第一个进入罗马尼亚和保加利亚文化视野的印度人。

有趣的是南斯拉夫与印度的关系。虽然南斯拉夫国家历史不长，和印度的直接联系是在加入不结盟组织的时候才发生的，但两个民族的关系其实非常久远。在中世纪的一些斯拉夫神话中就经常出现印度的形象，印度在斯拉夫文化中是一个神秘符号，代表一个富庶的国家、人间天堂和智慧的国度，这些故事从中世纪一直流传到现在。受到欧洲的影响，19世纪南斯拉夫各成员国也开始了梵语的研究，例如《沙恭达罗》就被翻译成了塞尔维亚—克罗地亚语。有了这样的基础，南斯拉夫各民族对泰戈尔的接受也就显得顺理成章。

拉脱维亚与印度关系类似一场“神交”。19世纪中期，德国语言学家证明了拉脱维亚语唯一的姐妹语言立陶宛语与梵语有近亲关系，从此拉脱维亚人就把印度人看作种族上的近亲，到1940年代为止，印度都被拉脱维亚媒体称为“兄弟”，因此拉脱维亚人对这个遥远的国度有着莫名的亲近感。在后来的泰戈尔作品译介过程中，也是从未见过泰戈尔的学者用通信方式和远方的诗人保持着心灵上的紧密联系。因此笔者认为，东欧五国中，与泰戈尔关系最为单纯，对诗人的向往之情最为虔诚的，就是拉脱维亚。

三、总体分期

（一）1913—1930年：复杂的热潮

大多数国家对泰戈尔的译介是从1913年泰戈尔获得诺贝尔奖开始的。在他获奖之前的1913年初或者夏天，也有一些零星的翻译出现在报刊上，但系统的、大规模的、爆发性的翻译都是出现在获奖以后。

俄罗斯对泰戈尔的译介起步早，规模大，译介全面。最早发现泰戈尔诗歌的俄罗斯人是一家莫斯科报社驻伦敦的记者，他在1913年夏天就介绍了泰戈尔的五部作品，并翻译了几首诗歌，但很少有人关注。泰戈尔获奖之前，俄罗斯就有了《吉檀迦利》全译本，《园丁集》的全译本也是在1913年就出版了。不仅如此，在东欧五国中，将泰戈尔作品翻译成俄语的工作是起步最早，涉及面最全的。泰戈尔获奖以后，他的书从早期的无人关注，到马上“逆袭”，俄国出现了一大批从英文翻译的泰戈尔作品。《园丁集》曾五次再版，1917年十月革命以前，莫斯科就已经出版了两套《泰戈尔作品集》(六卷本和八卷本)。而且，俄罗斯对泰戈尔作品的译介是非常全面的，相较其他语种译本偏向泰戈尔诗歌和政论而轻戏剧的情况，俄语1915年的《泰戈尔全集》中就包含了《国王》《花钏女》等戏剧。1961年，为了纪念泰戈尔百年诞辰而出版的一本文集之后附有一张长长的书单："罗宾德拉纳特·泰戈尔作品俄语及其他苏联语言译本：书单"，后来这个书单被扩充并独立出版为两本小册子，都叫作"印度书单"，这从侧面证明了俄罗斯泰戈尔相关出版物之丰富和全面。

罗马尼亚对泰戈尔的译介也在1913年夏天就开始了，但是规模没有在俄罗斯那么大，对泰戈尔的诗歌翻译最多，但翻译质量参差不齐。也许由于最早介绍泰戈尔的是一位诗人，1913年以后被翻译成罗马尼亚语最多的是泰戈尔的诗歌。最早的全译本是1914年出版的《园丁集》。1921年罗马尼亚出现了爆发式的翻译高潮，共有14本泰戈尔作品被翻译过来，这个热潮一直持续到1930年。罗马尼亚的泰戈尔诗歌翻译有一个特点，即1922年大多数译者都是神学家，所以译本都有浓浓的宗教诗风格，后来一些大学教授加入翻译队伍，做出了一些散文化处理，才使得翻译质量渐渐提高。1929年至1930年，首个从孟加拉语翻译泰戈尔作品的译者米尔西亚·伊利亚德(Eliade, Mircea)出现，他是主要的罗马尼亚孟加拉语译者。

余下三国对泰戈尔的译介都在泰戈尔获得诺贝尔奖之后。

保加利亚由于地处巴尔干半岛最中心的地带，是第一次世界大战的爆发地，1913年至1914年间正深陷于战争的旋涡中难以自顾，所以在这五个国家中，保加利亚是唯一一个对泰戈尔获诺奖没有什么反应的国家。相应地，保加利亚对泰戈尔作品的译介也就推后了五年左右。1918年才出版了第一个全译本《园丁集》。

南斯拉夫学界对泰戈尔最早的认识是建立在叶芝(Yeats, William B.)对泰戈尔的介绍基础上的。而泰戈尔获诺奖对南斯拉夫人来说像是一场属于自己的"胜利"，因为当年和泰戈尔竞逐诺奖的是用德语写作的奥地利诗人彼得·罗塞格尔(Roseger, Peter)，战争和民族矛盾让南斯拉夫人感觉泰戈尔为自己"打败"了德语区作家，"出了一口气"。1914年，第一个

《吉檀迦利》全译本由一个哲学系学生翻译成克罗地亚语。泰戈尔在南斯拉夫的译介情况之所以复杂，是因为南斯拉夫由五个联邦国家构成，有塞尔维亚—克罗地亚语（塞尔维亚、克罗地亚和波斯尼亚三国通用的语言）、斯洛文尼亚语和马其顿语三种语言。一般来说，作品都是先有塞尔维亚—克罗地亚语译本，后才有斯洛文尼亚语译本，少有马其顿语译本。也许是因为其本身语言状况就过于复杂，国家政体也是动荡不安，南斯拉夫一直没能建立孟加拉语学科，也因此没有直接从孟加拉语翻译的泰戈尔作品。

拉脱维亚曾经是苏联加盟共和国之一，由于地处边陲，信息闭塞，也是泰戈尔获奖之后才逐渐接触到泰戈尔作品，但还没有引起太大轰动。战后，随着译本增多，泰戈尔作品在拉脱维亚的接受变得顺利起来，作品一经翻译就反响极佳，泰戈尔几乎成为拉脱维亚当时最受欢迎的外国诗人。这位印度诗人是通过安德烈斯·乌匹兹（Upits, Andrejs）的一篇文章进入拉脱维亚文化的，他是一个知识渊博，天赋异禀，影响巨大，政治上很有争议的散文家和批评家。诗人在拉脱维亚受到的待遇非常有趣，这一点从最初的翻译就可以看出，泰戈尔诗作最早是由瓦尔茨·戴维斯（Davids, Valts）翻译的，出现在1913年末，发表在期刊上，虽然当时人们还在庆祝诺贝尔奖的颁发，但他翻译的却是《新月集》而不是《吉檀迦利》里的诗歌。戴维斯很快把《新月集》全部译出，并且还翻译了《花钏女》。

1913年至1930年期间，在东欧出现了泰戈尔热，总体来说泰戈尔作品的译介增多，人们对泰戈尔的认识也更加全面。但是从获得诺奖开始，泰戈尔在欧洲的接受历程就和多灾多难的历史进程交织在一起。东欧作为一战的中心和1917年最早爆发社会主义革命的地区，其民族认同问题相对复杂，政治思潮此起彼伏，泰戈尔也正是在这个时期到访了四个东欧国家，从他到访时国内的反应，就可以看出政治立场问题在泰戈尔接受史上扮演的重要角色。

1917年至1927年间俄罗斯读者对泰戈尔的热情不减反增，《家庭与世界》的出版还被认为是受到了陀思妥耶夫斯基《群魔》（*The Possesed*）的影响。很多书都是英译本刚出版，俄译本就有了。1926年泰戈尔在东欧游历时，正逢俄国读者对泰戈尔的热情达到顶峰之时，但泰戈尔却没有抓住这个机会，由于健康问题和种种未知原因，一直到1930年才到访莫斯科，而那时他的作品在苏联已经被禁止出版了。

1917年后，东欧国家陆续加入了社会主义阵营。一战中积累的民族主义情绪和国家支离破碎的现状，让一些进步知识分子在泰戈尔作品中找到了共鸣，泰戈尔对民族主义的思考，以及他的人道主义思想吸引了一部分知识分子。这一时期许多泰戈尔的演讲和政论作品，如《人生的亲证》和《民族主义》都得到了翻译和关注。1926年泰戈尔巡访欧洲期间，由于健康问题而听从医生建议，改道走"曝光率更小"的东欧，穿过南斯拉夫、保加利亚和罗马尼亚，经伊斯坦布尔、埃及返回印度。

泰戈尔的到访在这些国家激起了两极分化的反应。在罗马尼亚，有人给他很高的正面评价，有人却觉得他是现代主义和神秘主义时髦的拙劣模仿者。1923年开始，一些罗马尼亚保守主义民族诗人就认为泰戈尔的作品是外来文学和模仿的传统杂交的产物。1926年泰戈尔到访前，报纸上还发表了一篇文章，批评罗马尼亚人"不懂得感恩"，针对的是在罗马尼亚没有泰戈尔戏剧上演的情况。的确，在罗马尼亚泰戈尔的诗歌遮蔽了他其余作品的光芒，而当时的欧洲人还不太能够欣赏泰戈尔剧作，《邮局》在维也纳首演评价不太好，也影响了罗马尼亚对泰戈尔戏剧的接受。在罗马尼亚内战时期，泰戈尔的哲学和政论文章非常受欢迎，1920年，《民族主义》(*Nationalism*)被翻译成罗马尼亚语，引起了左翼和右翼的争论，主要是右翼被泰戈尔抨击西方拜金主义、种族主义和个人主义的态度吸引。但后来有人抨击这种把泰戈尔思想套在罗马尼亚现状的做法，认为泰戈尔的访问是一次"进口神秘主义"的"知识流行病"的典型范例，还有人把"泰戈尔教"归入了虚伪的心灵主义者和"东方神秘者"，类似通神者和佛教徒。

在连年战乱中，很多保加利亚人在泰戈尔的作品中找到了精神力量，包括教育家、人权主义者、女性主义者等等。但也因此保加利亚不同的社会群体对泰戈尔的解读都带上了自己的功利色彩，甚至有些曲解，在保加利亚很多东西是被加工过翻译出来的，最明显的一个例子就是小说《戈拉》的保加利亚语译本叫作《反叛的戈拉》，迎合了当时激昂的反抗专制和民族独立情绪。泰戈尔是改道经过保加利亚，但受到了空前的欢迎，连他自己都深感意外。在保加利亚，泰戈尔做的一个有趣声明是说“我是保加利亚人民的客人”，言下之意是与保加利亚君主专制的政府划清界限，他在保加利亚做的反法西斯演讲也引起了强烈反响。保加利亚人民对泰戈尔热情非常，但很多媒体报道和描述都有夸张之处，一些解读带有强烈意识形态色彩，后来出版的《俄罗斯书简》也是删减版。

在南斯拉夫，与保加利亚的情况类似，一战以后的精神危机让泰戈尔大受欢迎，十月革命也让南斯拉夫人民反帝国主义的热情受到鼓舞，他们也将泰戈尔看作精神力量的源泉。泰戈尔在贝尔格莱德做的演讲题为“欧洲：祸害西方国家的冲突和麻烦”，但是此时南斯拉夫国内已经有人开始追随甘地，因此对泰戈尔产生了怀疑和反感，第二天他再次做同题演讲时，就有人在现场发传单讽刺泰戈尔。传单上的文字非常刻薄。此外，泰戈尔在各国演讲时收的高昂演讲费也是他受到质疑的一个关键原因。

1930年泰戈尔到访莫斯科，参观了工厂、学校、各种政府机关。20年代苏联曾多次邀请泰戈尔，但当泰戈尔1930年9月终于来到莫斯科时，一切都已经太晚。他最受欢迎的阶段已经过去。整个国家的政治气氛非常紧张。当局对诗人充满怀疑，对他的接受也是克制的。整个访问的过程至今还不完全为人所知，只有等到苏联的档案对历史学家公开时，真相才能大白。泰戈尔的形象在当时很大一部分苏联知识分子眼中，有点滑稽和天真，这一点在小说《金色小牛犊》(*The Little Golden Calf*)中可以看出，在经历了太多苦难、动荡和外界敌意的苏联人看来，泰戈尔对于世界的认识是太理想主义、太天真幼稚了。还有另一个关于泰戈尔访问莫斯科的重要证言，那就是诗人自己所写的《俄罗斯书简》。从这本书的内容来看，泰戈尔对苏联的认识是矛盾的，有时候他好像对俄罗斯的历史知之甚少，经常错误阐释他在莫斯科的见闻，但是，有时候他又显得非常有洞见。

泰戈尔这样直言不讳，也招致一些俄罗斯侨民的批评，1931年1月15日，《纽约时报》(*The New York Times*)刊登了一封由三位俄罗斯侨民署名的信件：化学家伊万·奥斯特罗密斯连斯基(Ostromislensky, Ivan)、作曲家谢尔盖·拉赫马尼诺夫(Rachmaninoff,

Sergei Vasilievich)，以及列夫·托尔斯泰之子、作家伊利亚·托尔斯泰(Tolstoy, Ilya)。这封信对泰戈尔到访美国时接受的一次访谈做出了刻薄的评价。但这可能是他们看到删减版的《俄罗斯书简》后得出的结论，因此泰戈尔在俄罗斯的经历和态度直到今天还受到重重遮蔽，这种不透明状态也使泰戈尔招致了更多误解。

泰戈尔生前没有到访过拉脱维亚，但相反，相对来说拉脱维亚人对泰戈尔几乎没有恶评。这也许可以用“距离产生美”来解释。另一个可能的解释是，与其他四个东欧国家相比，拉脱维亚的政局相对稳定，也没有经历太多战乱，在国内思潮并不激烈碰撞的情况下，人们对泰戈尔作品的美学价值更为关注。

（二）1930—1955年：审查与战争

1929年，苏联因为推行“极左”路线，审查制度变得更加严格，实际上这一年开始，泰戈尔的作品在苏联境内就已经禁止出版了。1930年泰戈尔到访莫斯科时，他实际上是一个被当局严密审查的“问题作家”，所以很有可能受到了全程监视。苏联审查机关文件中并没有明文禁止泰戈尔作品出版的文件，也没有专门销毁商店或者图书馆的相关书籍，只是“冷处理”，在这25年间几乎没有新翻译的泰戈尔作品出版。苏联对泰戈尔的抵制影响了所有加盟共和国，以及当时苏联势力范围内的国家，包括当时属于苏联加盟共和国，实际原属罗马尼亚的摩尔多瓦，拉脱维亚和南斯拉夫也受到一定影响。

在其他国家，除了审查制度让出版受到限制，世界大战也分散了人们的注意力。虽然在两次世界大战期间，罗马尼亚、保加利亚都有过短暂的出版热潮，三四十年代泰戈尔作品还进入了中小学教材，但很快战争的阴影就笼罩了整个欧洲。俄罗斯、罗马尼亚、南斯拉夫、保加利亚和拉脱维亚五国都受到战争波及，1941年开始人们已经难以顾及文化生活，更不用说去关注泰戈尔这样一位来自遥远国度的诗人。因此这一年诗人的去世也只引起了人们短暂的兴趣和象征性的纪念。

1945年二战结束以后，各国迅速进入国内政治和外交关系的重新建设中，对泰戈尔接受再次产生了重大影响。比如在南斯拉夫，印度独立战争引起了南斯拉夫人同病相怜的同情，而相对来说泰戈尔泛人类的民族思想显得不合时宜，他被认为是“过分西方化”“不够反英（反殖民）”。印度独立后，铁托是第一个访问印度的国家元首，与尼赫鲁结下了深厚友谊，两个寻求独立的民族国家很快发起了“不结盟运动”，相较之下，泰戈尔和他的思想就被抛之脑后了。

苏联在战后很快进入了“冷战”时期，因此对外来文学更加警惕。直到1954年，苏联的控制才放开。苏共二十大和此后的“解冻”时期，带来了又一波外国文学翻译热潮，其中就包括泰戈尔作品的重译和再版。

（三）1955年至今：自由与兴趣

1955年以后，随着世界局势日趋稳定，苏联国内局势改变，人们再次燃起了对泰戈尔的兴趣。出版限制放开以后，仿佛是作为一种“反弹”，东欧各国都出现了新的译本和旧译本的再版。新译本的特点主要是从孟加拉语直接翻译，调整过于做作或古旧的文风。

1961年是泰戈尔百年诞辰，各国都出版了一些回顾性的合集。1961年为了向尼赫鲁来访献礼，苏联赶制了一套泰戈尔全集，其中的诗歌部分请鲍里斯·帕斯捷尔纳克（Pasternak, Boris）、安娜·阿赫玛托娃（Akhmatova, Anna）等著名诗人执笔翻译。同样在罗马尼亚，1961年也举办了一系列泰戈尔纪念活动，包括在布加勒斯特种了一棵橡树来纪念他。

1980年以后，泰戈尔的地位已经渐渐与其他外国著名作家无异，既不受到特别的抵制，也没有获得特别的关注。一个原因是随着时代的改变，泰戈尔博爱的人道主义思想对人们来说已经不再新鲜，他的一些态度也让侨民圈对他提不起兴趣，再加上随着两次世界大战和“冷战”结束、苏联解体，反殖民、反帝国主义斗争基本已经在全世界范围内结束，人们不再那么需要泰戈尔思想的启发和鼓舞了。

这种热度减退也许并非全是坏事。泰戈尔作为一个文学家，曾经被染上了太多的政治色彩，如今他得以“返璞归真”，其作品的文学价值得到真正喜爱他的读者的再次关注。苏联解体以后，俄罗斯的大多数泰戈尔相关的出版物都是过去译本的合集，而1990年至2013年期间在布加勒斯特大量重印了泰戈尔的作品。总体来说，重印的作品中诗歌数量是最多的，销量也最好。

进入21世纪以后，泰戈尔从某种程度上来说被人们遗忘了。普京在一次准备周全的电视直播讲话中提到泰戈尔的名字，但是念了好几遍也没有念清楚“罗宾德拉纳特”这个名字。2011年是泰戈尔诞辰150周年，但是莫斯科的纪念活动基本都是由印度使馆或者企业组织的，气氛都比较冷清。在今天的保加利亚，泰戈尔也不太受关注了，进入21世纪后只有两本泰戈尔作品出版。

但仍有一些学者和读者持续保持着对泰戈尔的热情。比方说在保加利亚，一些比达尔·达诺夫（Danov, Petar）的追随者坚信泰戈尔与这位白色兄弟会创始人有亲密的联系，因此也在不断赞助关于泰戈尔的研究。在看上去与印度关系最遥远的拉脱维亚，也有维克托斯·伊夫布利斯（Ivbulis, Viktors）这样的学者继承前辈衣钵，孜孜不倦地坚持进行“小众”研究。

四、结语

在东欧五国的泰戈尔接受史中，有一些显而易见的共同点。首先，最初引入泰戈尔作品的都是敏锐的文学家，其中诗人又占多数，所以最早译介过来的作品多是诗集。其中《吉檀迦利》反而不如抒情性更强的《园丁集》和《新月集》受译者欢迎。其次，在特殊的历史时期，尤其是民族独立战争和世界大战期间，人们更关注泰戈尔的政论、演讲和散文作品，从中汲取人道主义的力量并获得慰藉。相较之下，戏剧是较难在欧洲获得认同的。因为泰戈尔的戏剧如《花钏女》，往往带有诗剧特征，翻译过后会失去一些美感，其中的异国情调观众也很难全部消化。带有政治色彩的解读，让泰戈尔的形象在不同的政治阵营中有不同的版本，甚至遭到一些曲解，这一定程度上阻碍了人们对泰戈尔的接受。最后，这五个国家都曾与苏联有关系，因此苏联审查制度也波及了这几个国家。这使得泰戈尔的接受有中断和波动，读者群也有断层，研究者有时甚至会有后继无人之感。因此如今在这几个国家，人们对泰戈尔几乎都是“只闻其名”，真正熟悉泰戈尔作品的人已经越来越少。

泰戈尔在东欧的接受史，经历过两次世界大战和苏联的建立与解体，起起落落后终归平静。在战争年代，泰戈尔作品传达出的人道主义和理想主义思想曾经感动并激励了一大批想要救国的知识分子。但是随着时代改变，泰戈尔的思想也渐渐被人们淡忘。如今泰戈尔更多是作为一个文学家出现在中小学课本中，传达着单纯的、全人类共通的美感，很少有人再将他与民族斗争等政治话题联系起来。这种转变未尝不是一件好事。

第三节　北欧地区的泰戈尔研究

一、芬兰

从中世纪到1809年，芬兰一直都是瑞典王国的一部分。在那之后的一个多世纪里，芬兰又成为俄国统治之下的一个自治公国。在1917年芬兰宣布独立之前，与印度建立任何政治联系都是不可能的。但是芬兰人民非常同情和支持印度的独立战争。1918年，赫尔曼·斯坦伯格（Stenberg, Herman）出版了一本书，主要揭露英国在印度的各种暴行。印度于1947年独立，并且芬兰在1949年与印度建立了全面的外交关系。胡戈·瓦尔范斯（Valvances, Hugo）是首位芬兰驻印度大使，也是一位对印度文化很有研究的通神论者。印度于1968年在芬兰的首都赫尔辛基开展了外交工作。

如果人们到印度使馆的网站上查阅相关资料，就会发现芬兰与印度的各种双边关系有很多。从1963年的双边贸易协定到2008年两国在科学技术领域的合作等等，而且还有很多双边的高层政治性访问等。虽然两国还没有正式的官方双边关系的合作，但在非官方层面，有许多芬兰的非政府组织在印度设有很多项目。芬兰在1972年与孟加拉国建立了外交关系。孟加拉国和芬兰建设性的合作关系始于1975年。

对于大多数芬兰人来说，最早能够读到关于印度的书莫过于英国作家吉卜林（Kipling, Joseph R.）的《奇幻森林》（*The Jungle Book*）了。这本书的第一部分在1898年被翻译到芬兰。1917年芬兰成立了“芬兰东方社会学院”，1949年成立了“芬兰—印度社会学院”，1974年成立了“芬兰—孟加拉社会学院”。赫尔辛基大学于1835年首次设立梵语的教学内容，1840年设立梵语讲师职位，在1875年设立了梵语教授职位。直到现在，梵语教学依然在进行，梵语课程设置在东南亚学之下的“世界文化学院”。巴利语在20世纪20年代开始教授。1970年之后，赫尔辛基大学逐步开始设立其他印度语言的教学，比如说乌尔都语、孟加拉语、北印地语、泰米尔语、克什米尔语等等。

（一）泰戈尔获得诺贝尔文学奖

在泰戈尔获得诺贝尔文学奖之前，1913年的夏天，泰戈尔的名字首次在《赫尔辛基新闻报》(*Helsingin Sanomat*)上出现。报道中有这样一段文字："许多著名的音乐家、批评家以及其他社会名流都十分赞赏导演的才能以及唱诗班的表演。在最后一场音乐会当中，有位观众叫作泰戈尔，他是一位非常有声望的印度诗人，也是一位音乐鉴赏者。他为我们讲述了观看演出的这一晚上，他与他的夫人是如何越来越愉悦的。"

1913年11月14日出现了关于诺贝尔文学奖的情况，该年度的诺贝尔文学奖决定授予泰戈尔。这位诗人对于芬兰社会来说完全是陌生的。瑞典报道了一些关于泰戈尔生平的文字：

> 《吉檀迦利》是一组宗教诗歌。它的想象的基础是泛神论的。这组诗歌充满了神秘，令人叹服。诗歌形式高贵而简朴。诗歌充满了颂扬。泰戈尔自己将一些诗歌翻译成了英文，诗歌总体来说是古典的。还有一本诗集也被翻译成了英文，那就是《园丁集》，这是一本爱情诗歌的集合。一本描写孟加拉生活的短篇故事集也被翻译成了英文。在诗人的祖国，他获得了非常高的赞誉。他的诗歌有他独特的韵律，在祖国被广泛传唱着。泰戈尔诗歌中希腊式的精神对于欧洲人来说是极具震撼力的。它们被赞誉为：新的文艺复兴又来到了。他的诗歌是东方与西方最好的结合体。

第二天的报纸上刊登了泰戈尔的一张照片以及其他一些信息，包括泰戈尔有次访问美国乌尔班纳的情况：

> 我听说他在背诵他的诗歌时运用了非常简洁的形式以及富有金属质感的声音。正如他的诗歌一样，他的眼睛也闪烁着内在的光芒。那个男人，他笔直并且冷静地坐在那里向我们展示着他的诗歌。那些诗歌充满着清晨鸟儿的鸣叫以及人类对于爱和激情的

> 热情，自然得就像在为孩子们讲述着童话一般。他能感受到激情的风味，就像激情是一位实实在在的人。但是他在克制，并且没有一点点蔑视。在我见到泰戈尔先生几次之后，我对他的印象变得越来越深了。这位印度人就像我们所有的人一样，但是他仿佛站在一个更高处，俯视着人间的黑暗和残暴。他有着古典文化的气息，这是可以连接他们的内心与生活的。

11月底，《赫尔辛基新闻报》上刊登了12首泰戈尔诗歌的芬兰语译文，这12首诗歌一半来自《吉檀迦利》，一半来自《园丁集》。遗憾的是，这12首诗歌的译者至今都不知道是谁。

12月，报纸上刊登了一条重大消息：

> 一本十分新奇的书！《园丁集》是印度诗人罗宾德拉纳特·泰戈尔的一本诗集，他是今年诺贝尔文学奖的获得者，他的诗歌受到了极大的赞誉。充满自然和爱的印度生活就展现在我们的眼前。

在这之后，一篇积极肯定泰戈尔作品的评论由L.奥内尔瓦(Onerva, L.)撰写，并且刊登在了《赫尔辛基新闻报》上。人们给予他的诗歌以极大的赞誉。报纸上还刊登了关于泰戈尔几次到海外的报道。比如说1917年他去美国的新闻。

1917年10月，芬兰诗人埃伊诺·雷诺(Leino's, Eino)的《吉檀迦利》的芬兰语译本出版，译名为《献诗》(*Ubrilauluja*)。

（二）1920—1941年的接受情况

1921年，《赫尔辛基新闻报》报道说德国已经向印度的世纪文化图书馆进行了捐赠，以此来庆祝泰戈尔的60岁生日。泰戈尔访问了斯德哥尔摩并且见到了瑞典国王。第二年，《赫尔辛基新闻报》报道一些欧洲的学者已经被邀请到印度一所由泰戈尔出资创建的大学去讲学。在芬兰，越来越多关于泰戈尔的书籍出版了，并且相关的报道也都是很积极正面的。

在泰戈尔65岁生日时，1926年5月，《赫尔辛基新闻报》刊登了一篇关于泰戈尔生平的文章并且附了一张他的照片。在那一年的夏天,《人生的亲证》翻译出版,在报纸上刊登了一篇很长的书评。

1927年,《赫尔辛基新闻报》刊登了一篇由德汉·穆科吉(Mukerji, Dhan)写的文章,主要讨论了泰戈尔的几部作品,包括《园丁集》《花钏女》《新月集》,文章后面还记录了泰戈尔到访美国的一些片段。

芬兰人广泛接触泰戈尔是通过广播的方式。芬兰广播频道其实也不是很多,人们只能通过少数几个来收听新闻。1929年,芬兰人通过莫塔拉频道收听到了泰戈尔的《邮局》。1931年,芬兰的国家剧院上演了泰戈尔的戏剧《国王与王后》(*The King and the Queen*)。许多著名的诗人在他们的相关节目中都要吟诵泰戈尔的诗歌。

(三)泰戈尔逝世后的接受情况

1952年,泰戈尔的作品《邮局》再次出现在广播当中,但是评论却不全部都是积极正面的。1953年7月,艺术家萨卡里·萨里基维(Saarikivi, Sakari)发表了一篇关于泰戈尔画作的评论。

1961年5月,《赫尔辛基新闻报》刊登了一篇文章来纪念泰戈尔的百年诞辰。在这篇文章中,埃伊诺·克罗恩(Krohn, Eino)介绍了作为诗人和艺术家的泰戈尔。在芬兰的印度同友会举办了相关活动,并且邀请泰戈尔以前的一位学生奥罗宾多·博斯(Bose, Aurobindo)来做了一场演讲,而且还放映了一场关于泰戈尔生平的电影。

1961年秋天,萨里基维在广播中就泰戈尔的画作进行了一次演讲,并且还在《赫尔辛基新闻报》上展示了三幅泰戈尔的画作。12月,泰戈尔的一些画作在芬兰印度同友会上进行了展示。

2006年3月,泰戈尔在一篇文章中被意外地提到了:在芬兰文学机构的175年庆祝日上。很多信息来自哲学家、历史学家尤哈·西赫沃拉(Sihvola, Juha),他一生大部分时间都用来阅读泰戈尔的作品、研究泰戈尔的思想。他把泰戈尔称作一位世界公民。

(四)关于译者

泰戈尔作品的所有芬兰语译本都是译自英语文本,偶尔有一些是译自德语译本,没有从孟加拉语直接翻译的译本。

第一位翻译泰戈尔诗歌的是雷诺,芬兰有史以来最著名的诗人。他的英语知识不是非常丰富,所以他与奥内尔瓦一起合作,奥内尔瓦也是一位作家和诗人。在芬兰文学史上,他们两人是很有名的。

雷诺接触过泛神论但是时间非常短暂。他被泰戈尔的有关爱情的诗歌深深激发,他的主要翻译内容也是集中在爱情诗歌上。芬兰语的《吉檀迦利》并没有很浓的《圣经》风格。对于他来说,翻译工作是比较困难的。他没有机会阅读一些能够让他了解泰戈尔宗教思想的书籍。在《吉檀迦利》的芬兰语译本中,有一些错误和误会,这也受制于他的英文水平。其他的一些译本在20世纪的头十年主要来自J.霍洛(Hollo, J.),他是一位从事古典文学研究的教授,也享有很高的声望。1990年,《人的宗教》由海基·埃斯凯利宁(Eskelinen, Heikki)翻译出版,他是一位很著名的虚构文学的译者。

所有这些译者都致力于展现真实的泰戈尔的形象以及他的作品,没有有意地改变泰戈尔的作品内容。

(五)对于译本的反应

1913年在芬兰出版的《园丁集》是第一部在芬兰翻译出版的泰戈尔诗集,没有人知道为什么是这本诗集在《吉檀迦利》之前被翻译过来。奥内尔瓦在《赫尔辛基新闻报》上写了一篇很长的关于《园丁集》的正面评论:

> 印度,古老诗歌的国度,培养了一位现代诗人从而使世界再次意识到了她的存在。罗宾德拉纳特·泰戈尔获得了诺贝尔文学奖,成为世界级的名人。《园丁集》包括了散文诗与爱情诗。诗歌的语调亲切而又新奇,为人们呈现了一幅幅绚丽的图画。

《园丁集》在四年当中都是唯一一部被译为芬兰语的泰戈尔作品。那些诗歌经常被用来背诵或是在节日上朗诵。1917年《吉檀迦利》的芬兰语译本出版了。那一年芬兰独立,随之又陷入了内战之中,雷诺教授自己的生活也陷入了混乱当中。

在之后的几年中,奥塔瓦出版公司出版了若干泰戈尔的小说、散文、短篇故事等等。而且有很多关于回顾泰戈尔本人以及其作品的文章,这些文章都非常积极正面。

1967年,奥塔瓦出版公司重印了泰戈尔的两部作品:《园丁集》以及《人生的亲证》。1989年，沃索出版公司重印了《吉檀迦利》，标题为"Lauluja"。一些评论将它归类为宗教诗歌。

2002年初，格言集《飞鸟集》的芬兰语译本出版。埃罗·奥亚宁（Ojanen，Eero）在《赫尔辛基新闻报》上刊登了一篇非常精彩的评论，他说道："很高兴再次找到了泰戈尔。"这本书在电视上也做了宣传。

2007年，尤哈·西赫沃拉教授为两部诗集《爱的馈赠和歧路》（*Lover's Gift and Crossing*）以及《采果集》写了评论，刊登在《赫尔辛基新闻报》上。

（六）社会的兴趣

在芬兰还没有关于泰戈尔的学术研究，没有芬兰语版的任何关于泰戈尔传记或研究书籍。然而，泰戈尔进入了芬兰的百科全书。首版《芬兰百科全书》（*Tietosanakirja*）收录了一篇介绍泰戈尔的长文。

汉尼勒·诺斯曼（Pohjanmies，Hannele）和佩蒂·塞帕拉（Seppala，Pertti）为他们翻译的泰戈尔的作品撰写了许多前言，这是由于芬兰缺少很多关于泰戈尔的传记研究。《爱的馈赠和歧路》以及《飞鸟集》的前言涵盖了泰戈尔的生平与作品介绍。2012年，《园丁集》的所有诗歌得以出版，这些诗歌都是雷诺的译作。

（七）结语

泰戈尔在芬兰的接受情况与欧洲其他国家不同，是由于芬兰所处的距离印度遥远的地理位置以及芬兰的历史情况。几个世纪以来，芬兰都隶属于瑞典王国以及俄国。芬兰人到国外旅游几乎是不可能的。并且芬兰也不处于世界的权力中心，没有任何海外殖民地。

但是泰戈尔在芬兰渐渐被接受了。《园丁集》是泰戈尔第一部被翻译成芬兰语的作品，也是在泰戈尔获得诺贝尔奖之后四年里唯一一部被翻译成芬兰语的作品。《吉檀迦利》在芬兰各处都很受欢迎，但直到1917年之前，《吉檀迦利》还没有被翻译成芬兰语。1917年芬兰独立然后又陷入内战当中。1920年翻译过来的泰戈尔的短篇故事和小说在芬兰社会获得了很好的反响。

几十年来，诗集《园丁集》不断地在广播中被播放，在节日中被吟诵，受欢迎的程度不亚于《吉檀迦利》。芬兰的学者都很尊重印度文化以及泰戈尔。在芬兰，泰戈尔的形象并不是一位先知式的人物，同样，他也没有被认为是西方文化的产物。介绍泰戈尔的一些文章中，有时难免会有一些错误。最明显的一处是说泰戈尔曾经在英国学习法律。但是绝大部分文章都真实展现了泰戈尔的形象和他多样的人格。

二、斯堪的纳维亚(丹麦、瑞典和挪威)

(一) 印度与斯堪的纳维亚

在赫尔格(Helgo)发现的一尊小佛像证实了早期印度与斯堪的纳维亚之间的联系。这个地方位于斯德哥尔摩附近，是古代维京人的聚居地。这尊小佛像来自印度北部，可以追溯至公元6世纪。无论如何，古代维京人的确远到了东方去取得他们的战利品，或者可以更确切地说，他们与当时受到印度文化影响深远的地方保持着联系。

除了旅行到印度的斯堪的纳维亚人的记录之外，斯堪的纳维亚地区获得的关于印度的信息绝大部分都是来源于从事东方语言与文学研究的学者。这些学者都在18世纪晚期和19世纪在欧洲的大学中进行过相关的研究。当在欧洲首次接触到印度的梵语戏剧、梵语以及《奥义书》时，斯堪的纳维亚的学者们非常兴奋。当这些学者从法国或者德国学成归国时，他们都在斯堪的纳维亚的顶尖大学里的印度学与东方语言学院中取得了学术地位。古印度的许多文学作品被翻译成了斯堪的纳维亚语言，这些文学作品绝大部分都直接译自梵语或者巴利语。1889年在斯德哥尔摩举办了“东方学者英语国际大会”。斯堪的纳维亚的学者们似乎表现出了同欧洲其他地区一样的对东方问题的研究兴趣。

与印度之间的政治与经济联系主要集中在丹麦。1620年，丹麦的东印度公司在印度特兰奎巴开始与印度进行贸易往来。东印度公司的足迹踏至孟加拉，1750年贸易往来又扩张至尼科巴群岛。1850年，丹麦的殖民地被迫转卖给英国。但是，斯堪的纳维亚对于印度的兴趣不断增长并且非常渴望能够得到关于印度的第一手资料。

斯堪的纳维亚在印度的传教活动非常紧密生动。宗教活动也成为印度与斯堪的纳维亚保持联系的一个重要的通道。其传教活动包括了医疗、教育以及社会工作。传教人员将他们的宗教场所转变成了一个不同文化和宗教背景的人群的聚会地点。其中一位非常杰出的传教士是挪威的语言学教授和民俗学研究者保罗·奥拉夫·博丁(Bodding, Paul O.),他也是为说桑塔尔语的部落创造了第一份字母表和语法的人。

泰戈尔的作品在斯堪的纳维亚的接受充满了魅力。泰戈尔于1913年首次到访这一地区,后来又于1921年、1926年和1930年三次到访。人们把泰戈尔的作品描述成是具有神性和纯洁性的。然而,对于泰戈尔的研究兴趣是比较短暂的,即使有许多20世纪的斯堪的纳维亚学者和知识分子都致力于研究泰戈尔的精神与作品遗产。

(二)诺贝尔文学奖的选择以及斯堪的纳维亚的快速回应

在1913年诺贝尔文学奖颁奖前夜,一位瑞典的浪漫主义流派的诗人维尔纳·冯·海登斯坦(Heidenstam, Werner von)拜访了斯文·赫丁(Hedin, Sven)位于斯德哥尔摩的住处,并且表达了他对于这一届诺贝尔文学奖桂冠诗人的看法。作为瑞典学院的评委之一,他当然不能够直接说出获奖者的名字,但是他说:"你不能想象到底是谁!他是我们这个时代写作理想主义诗歌最好的诗人。"海登斯坦于1913年春天通过瑞典作家安德烈娅·比滕申(Butenschön, Andrea)得到了《吉檀迦利》。若干年后比滕申还在回忆文章中讲述了她从伦敦得到的《吉檀迦利》并且马上把它介绍给海登斯坦的情景。

海登斯坦似乎是激励和影响了瑞典学院将那年的诺贝尔文学奖授予泰戈尔的关键人物。按照正常程序来说,诺贝尔评奖委员会首先要向组委会进行候选人提名,但是在1913年,这一规则被打破了,瑞典学院并没有接受诺贝尔评奖委员会的选择,他们拒绝了对于法国作家埃米尔·法盖(Faguer, Emile)的提名,而将奖项颁发给了泰戈尔。最近当选的瑞典学院的秘书、作家以及评论家佩尔·哈尔斯特伦(Hallström, Per)对于那一年的候选人写了很专业的评论。在瑞典的档案馆中还保存着关于泰戈尔的两份专业评论。

词语"清新的精神"被瑞典学院的主席,也是一位历史学家的哈拉尔·耶内(Hjärne, Harald)用来描述泰戈尔。他在1913年12月10日诺贝尔奖开幕式的演讲上使用了这个词。他解释了瑞典学院今年对于文学桂冠授予决定的原因,并且针对泰戈尔和他的作品进行了一次发言。

他将泰戈尔的诗歌和思想描述为“新鲜的和充满气泡的温泉水”。评奖时的选本基本上是英文版的《吉檀迦利》。但是委员会当时也同样拥有《园丁集》以及《孟加拉掠影》(*Glimpses of Bengal*)这两部书籍。1913年7月,诺贝尔图书馆收到了泰戈尔的三部孟加拉语作品。

1913年11月14日,瑞典的报纸上立即刊登了人们对于泰戈尔获奖的反应,也就是在宣布获奖的后一天。几乎所有的斯德哥尔摩报纸都使用了相似的字眼。媒体都将泰戈尔的诗描述成“新鲜的”“纯净的”,而且是“具有宗教精神的”,甚至是“天真的新鲜感”。不仅泰戈尔的文学能力不断被提到,而且他的诗歌也被称为是古代印度智慧与文明的代表,泰戈尔本人也被视为古代印度智慧与宗教的化身。总之在评论当中,他的诗歌被描述成是具有浪漫主义和理想主义的。诗人和他的诗歌作品被称为代表了人类最简单和最甜蜜的生存方式。

1914年,哈尔斯特伦在他的文章中提到了目前能够获得的泰戈尔的作品。他不仅评论了泰戈尔的诗歌,而且评论了泰戈尔的戏剧和短篇故事集,尤其谈到了要关注《孟加拉掠影》的故事结构,他自己把它改编成了戏剧作品。

挪威的媒体也给予了泰戈尔积极的评价,但是他们对于泰戈尔的负责程度没有像瑞典媒体那样高。在挪威的一份宗教报刊上,马蒂亚斯·乔朗姆(Jorum, Matias)在泰戈尔获得诺贝尔文学奖之后写了一篇分析他著作的文章。他把泰戈尔的诗歌描绘成甜蜜和动人的,在语调上非常和谐。他引用了挪威译本中有节奏的关于宗教内容的诗歌,并且说《吉檀迦利》中的宗教意味远比《园丁集》中的明显。他把这些信息与孟加拉的宗教生活相联系,并且进一步指出,在关于哲学的更深层的问题上以及对于农民的问题上,泰戈尔和托尔斯泰的思想是有相似之处的。指出这一点,也许乔朗姆是想提醒我们,即使托尔斯泰已经好几次获得诺贝尔文学奖的提名了,但是他依旧还没有获得过诺贝尔文学奖。他同时指出泰戈尔是继吉卜林之后第二个获得诺贝尔文学奖的印度人。

丹麦人民对泰戈尔的认识也是在他刚刚摘得诺贝尔文学桂冠之后从报纸上开始的。作家和编辑路易斯·v. 科尔(Kohl, Louis v.)翻译了《吉檀迦利》和《园丁集》,写了一篇关于泰戈尔的长文,发表在了挪威的重要报刊上。他也在学习德国哲学和东方语言文学。同时,这位作家也因为他对德国的友好态度而知名。在丹麦的政治生活和文化生活中,他也是一位有争议的人物。丹麦的演员和剧院导演约翰内斯·波尔森(Poulsen, Johannes)到印度旅行时拜访过泰戈尔和泰戈尔的家人,并且他还将这次旅行中的拜访写成了文章,在他的旅行见闻演讲中也提到过这次拜访。

(三)关于译本

瑞典、丹麦和挪威几乎所有的译本都是来自英文翻译。瑞典的《吉檀迦利》译本由比滕申翻译并且附有叶芝的评论,于1913年出版。比滕申是一位梵语学者,并且也是一位作家。她在伦敦学习印度学,通过与伦敦的印度研究机构的联系获得了泰戈尔的英文版诗集。到了1920年,这一版本已经被重印出版了八次。在诺贝尔奖颁布之后,诺尔斯特出版社立刻召集了六位译者进行作品翻译。许多译者都有很深厚的瑞典文化修养。

未出意外地,泰戈尔的作品在瑞典获得了很好的反响,激起了人们的兴趣。1920年初,就有了《新月集》《园丁集》《采果集》《飞鸟集》《爱的馈赠和歧路》的译本。他的一些戏剧也很早就被翻译了过来:《邮局》(1916)、《暗室之王》(1917)、《牺牲》(1919)以及《花钏女》(1921)。1950年代晚期以及1960年代早期,三本书被翻译成了瑞典语:《我的童年》《故事集》《四章》,后两本是译自法语。1961年是泰戈尔的百年诞辰纪念,斯德哥尔摩剧院上演了戏剧《邮差》(*The Postmaster*)。

20世纪20年代,泰戈尔的许多作品都有了丹麦语译本。比如说《吉檀迦利》《园丁集》是第一批,后来又有了《飞鸟集》、《新月集》、《饥饿的石头》(*The Hungry Stones*)、《家庭与世界》、《爱的馈赠和歧路》和《采果集》。戏剧《邮差》在1921年被翻译成了丹麦语,由丹麦著名的戏剧家和演员乔安妮斯·安克尔·拉森(Larsen, Joannes A.)翻译。

在挪威,1915年翻译出版的《园丁集》是第一本泰戈尔的挪威语译本。译者是维拉·特拉普(Thrap, Villa),她自己也是一位作家并且出版了几本书。在第二版译本出版时,她在书中加了说明:"在挪威,泰戈尔和他的爱情诗歌都受到了很大的欢迎,被大家广泛接受。"1917年,另一位作家和教育家拉尔斯·埃斯克兰(Eskeland, Lars)将《园丁集》翻译成挪威另一种官方的书面语言：尼诺斯克语。有评论称《园丁集》并不是一个激动人心的故事，也不是关于怪人怪事的作品，但却是令人兴奋的美丽诗句，充满着纯净的灵魂。另外在这一时期中，泰戈尔的其他一些作品也被翻译到挪威，比如说《新月集》（1919）和《飞鸟集》（1926）。

如果要全面地说明斯堪的纳维亚的情况，那么必须要提及两种重要的语言：冰岛语和法罗群语。1919年芒努斯·阿诺森（Arnason, Magnus）将《吉檀迦利》翻译成冰岛语，1922年将《飞鸟集》翻译成冰岛语。2011年，《邮局》被译介到法罗群岛。

（四）斯堪的纳维亚学者对泰戈尔的印象

绝大部分的斯堪的纳维亚学者和文化名流都对泰戈尔给予了很高的赞赏。泰戈尔广泛的兴趣、他的多才多艺以及对于宗教的态度、对于文学以及政治的关注激起了人们对于他的研究兴趣。斯堪的纳维亚的学者们，尤其是那些具有保守倾向的人们认为泰戈尔与他们是相同的一类人。其中一位泰戈尔的崇拜者就是赫丁。他1921年在斯德哥尔摩见过泰戈尔，并且之后在亚洲和欧洲见过泰戈尔很多次。在一片赞赏泰戈尔的文章中，他说道："泰戈尔纯化和简单的语言以及丰富的内容给我留下了深刻的印象。"

许多斯堪的纳维亚的学者都被泰戈尔的浪漫主义及东方异国情调所吸引，他们十分喜欢印度的文化。泰戈尔曾经尝试将现实主义引进印度，但是他的作品基本上都被当作浪漫主义的，具有普世的爱并且充满田园牧歌般的图景。

有一位深受泛神论影响的瑞典工人阶层的人物叫作达恩·安德松（Andersson, Dan），他的作品在精神意义上都是在寻求上帝并且充满着神秘主义。在学校上学时，他接触到了泰戈尔的作品。他在自传作品中称泰戈尔深深影响到了他，尤其是作品《暗室之王》和《邮局》。

泰戈尔作品影响了斯堪的纳维亚的音乐创作情况。丹麦作曲家吕德·兰高德（Langgaard, Rued）的讽刺戏剧《反基督》（*Antikrist*）基本上就是以《吉檀迦利》为基础创作的，在1999年上演。瑞典作曲家威廉·斯滕哈马尔（Stenhammar, Wilhelm）将泰戈尔的《花钏女》搬上了舞台。

（五）泰戈尔到访丹麦、瑞典和挪威

泰戈尔在1921年5月来到瑞典斯德哥尔摩进行诺贝尔文学奖的演讲，这已经是在他获得诺贝尔文学奖八年之后了。他于5月21日来到哥本哈根，两天之后到达斯德哥尔摩。在瑞典停留了五天之后，前往柏林。在这次欧洲之行中，泰戈尔并没有到访挪威，即使这已在行程安排之中。

瑞典和丹麦的各大媒体对泰戈尔的到来都表示了极大的热情和欢迎。现在媒体关注的焦点已经不再是泰戈尔的作品了，即使在1913年之后已经有很多的作品翻译到了斯堪的纳维亚地区，现在的焦点更多地集中在了泰戈尔的人格方面。泰戈尔被描述为先知式的人物，他来自具有丰富古代智慧和文明的国度。丹麦的媒体也报道了人们对于泰戈尔到来的热情欢迎。瑞典也是同样。此时，泰戈尔更多的是被当成一个宗教人物而非仅仅是一个文学家。格奥尔格·布兰德斯（Brandes，Georg），是当时斯堪的纳维亚地区最具影响力的文化名人，在泰戈尔来访时，他邀请泰戈尔到家中做客。除了诺贝尔文学奖获奖演说之外，泰戈尔还进行了其他的演讲。有篇报道称泰戈尔在一些演讲中直接控诉了英国在印度的暴行，对西方文明进行了批判。

1921年8月，泰戈尔到访挪威，这是他首次来到挪威。挪威的媒体对泰戈尔的行程和演讲进行了全面的报道。之后泰戈尔去了瑞典，在那里受到了热情的接待，但是比不上五年之前了。

1930年，泰戈尔再一次来到斯堪的纳维亚地区。这次他是在哥本哈根举办他的画展。

（六）斯堪的纳维亚地区的学者对泰戈尔的兴趣

1926年泰戈尔访问斯堪的纳维亚三国之后，这三国对于泰戈尔的研究兴趣快速地消退了。媒体也对泰戈尔进行了一些报道但是并不是很多。丹麦对于泰戈尔的报道在1930年画展之后基本陷于沉寂。挪威的媒体间或报道一些相关消息。

总而言之，在最近几十年中，对于泰戈尔的研究学者们给予的关注比较少。最近的一些研究关注点在于泰戈尔的宗教思想对于瑞典小说的影响或者是泰戈尔的两次瑞典之行。

（七）泰戈尔在斯堪的纳维亚的未来

泰戈尔在斯堪的纳维亚的翻译作品并没有直接译自孟加拉语或者

其他的当地语言，在斯堪的纳维亚的大学中也没有教授孟加拉语的课程。然而，在最近的泰戈尔150周年诞辰之际，诗人却重新被推上了学者们的舞台。一些大学举办了相关的纪念活动，哥本哈根大学还举办了泰戈尔画展。

第四节　欧洲其他地区的泰戈尔研究

一、德语地区的泰戈尔研究

德语区包括现在的德国、奥地利、瑞士北部，泰戈尔先后三次（1921年、1926年和1931年）同时段造访德国、奥地利、瑞士，这说明他视上述三国为统一的文化体。该地区是第一次世界大战的策源地，战争影响、延迟、主导了该地区对泰戈尔的接受情况。

在学术界，德国的大学于1818年开设梵文专业，这可被视作印度学的开端。因对西方文明失望透顶，那时的浪漫主义者将印度作为心中的理想所在。他们对印度人的印象可以总结为以下几点：与自然和谐相处的、孩子气的、天真无邪的（childlike, innocent people who lived in harmony with nature）。直到今天，"将印度浪漫化"都还是泰戈尔接受史的主题，也使得学者对其兴趣大增，纷纷开始研究印度语言、哲学与神话。

泰戈尔深知德国人对于印度及他本人的这种非理性崇拜。反过来，泰戈尔对于德国人的热爱也抱有感激的态度。对他来说，"德国不只是歌德和康德的故乡，更是毫无私心地研究印度语言与宗教的国度（an unselfish interest in the study of Indian language and religions）"。

回首历史，德国和哈布斯堡王朝在印度次大陆上未设有殖民地，最初接触到的无非是佛教书籍的翻译作品。因此，探险家、商人甚至学者们对于造访印度并无特别的兴趣和过多的热情。直到19世纪末，德国才出现涌向印度的盛景，一般先从贵族开始，接下来依次是探险家、商人、学者、作家。他们的实地造访打破了先者们对于印度幼稚的幻想。

访问印度的著名作家有：瓦尔德马·邦塞尔斯（Bonsels,

Waldemar)、斯蒂芬·茨威格(Zweig, Stephen)、赫尔曼·凯泽林(Keyserling, Hermann)与赫尔曼·黑塞(Hesse, Hermann)等,后两位更是出版了相关书籍:《一个哲学家的旅程》(*Travel Diary of a Philosopher*)以及《悉达多》(*Siddhartha*),《悉达多》于20世纪70年代被屡次改编为电影。

一战战败,经济凋敝,人心涣散。泰戈尔同情德国人民,并造访该地区,以安慰万千撕裂的心灵。在这场"向内观"的浪潮中,泰戈尔的哲学观、性格甚至是外貌因最符合德国人的"东方幻想"而受到了前所未有的接纳。

与此同时,战争引起的文化空洞引发了之后的"救世运动",精神大师、自然主义、精神至上论大行其道。不面对现实的人们纷纷转向内心,神秘的东方最符合人们的幻想。整个德语圈都为之着迷。

(一)早期接受

德国人对于印度学的研究与热爱极大地影响了他们对泰戈尔的看法——他被视为"理想的人的化身"。O. E.莱辛(Lessing, O. E.)曾这样评价他:"高大英俊的男人,长着灰色的头发和络腮胡须。"他已经参加过泰戈尔的演讲活动,对他的"黑眼睛","内在的火热"和"内在神话"赞不绝口。可以说,泰戈尔的"聪明人"形象由此建立。

泰戈尔获诺奖前默默无名:在学术圈内,只有两位知名学者知道他、赞赏他。他们是德国哲学家凯泽林和诗人赖纳·马里亚·里尔克(Rilke, Rainer M.)。

先说前者,1911年到1912年间,凯泽林进行环球旅行,并依据这次的经验创作《一个哲学家的旅程》一书。旅行进行到一半,也就是在泰戈尔的家乡,他参加了一场音乐会,并对泰戈尔留下了深刻的印象,他这样描述:"他就像是来自更高次元的世界。我从未见过灵魂如此充盈的人。"回到欧洲后,二人仍坚持通信。

再说后者,里尔克最早接触泰戈尔是在1913年,他曾在写给友人的信中提及对《吉檀迦利》法文版的赞赏。然而在被邀请将其翻译为德文时,他拒绝了,"我的内心并没有强烈的翻译冲动。这些诗句让我产生一种陌生感,可能是我英语水平不够高吧"。

屈特·沃尔夫(Wolff, Kurt),《吉檀迦利》的德文出版人,在拿到手稿后，他决定出版，而这是在诺贝尔奖颁奖之前的事。然而还是有不少人说他是明知泰戈尔会得奖，才做出这个决定的。而这本书的出版，让他获得了极大的成功，不仅第一个向德语区读者展示诺贝尔获奖作品，更是有助于他冉冉升起的出版事业。

公众媒体报道则围绕着相同的主题。首先，是对于奥地利作家彼得·罗塞格尔未能获奖的遗憾；其次，组委会不公布泰戈尔生平而塑造“泰戈尔幻象”——拥有耶稣般外貌的圣人，此举进一步证明了其在获诺奖前的“默默无名”；最后，1914年，第一本德文版《吉檀迦利》出版，保罗·克雷默（Cremer，Paul）所著的泰戈尔传记也于同年出版。据说这是整个欧语区的第一本泰戈尔传记，虽然只有短短的48页，显得潦草而简陋。

（二）作品翻译

出版人沃尔夫雇用了很多译者来翻译《吉檀迦利》，他的妻子则翻译了歌剧《花钏女》。众译者中，最知名的要数海伦妮·迈尔-弗兰克（Meyer-Frank，Helene）。她是一位洪堡的教师，自1918年开始翻译，与丈夫翻译出了一套八卷本的集子。她本人和泰戈尔保持了18年的通信联系，也是第一个从孟加拉语直译的德语译者。她的译作的特点是使用一种极富浪漫主义气息的抒情语言。但是战后的德国并不倾向于接受过度的情感主义，直到今天也是一样。

译者马丁·卡姆普申（Kämpchen，Martin）进行了大范围的翻译工作，从孟加拉语直译泰戈尔诗歌，强调哲学正确性和韵律的原汁原味，内容跨度大，囊括了泰戈尔各个时期的作品。他最初的四册集子被编入《金色的小船》（*The Golden Boat*），其中还包括两部戏剧、一部小说、两部故事集，以及散文和信件。2011年是泰戈尔的150周年华诞，最终版的诗歌集出版。译者本人的意愿是将泰戈尔打造为世界文学的诗人，与诗歌集一起推出的还有两张光盘。

就在泰戈尔声名鼎沸之际，他的四部戏剧被搬上舞台，包括1916年的《花钏女》，1920年的《暗室之王》，以及1921年的《牺牲》。第四部是《邮局》，是最受欢迎的一部。十年间，共上演了314次。随着泰戈尔热度的下降，作品演出的次数也跟着骤减。二战后，仅有《邮局》在德国和瑞士屡次上演。

（三）泰戈尔的造访

德国：三次。1921年5—6月；1926年9—10月；1930年7—8月。

奥地利：两次。1921年5—6月；1926年9—10月。

瑞士：三次。1921年4—5月；1926年6—7月；1930年8—9月。

从以上行程可以看出，泰戈尔将上述三国视为一个统一的文化体。

1921年，他自法国入境瑞士，并与罗曼·罗兰（Rolland, Romand）相会于日内瓦，二人于1926年再次见面（见法国篇）。

此次德国之行反响热烈，由译者迈尔-弗兰克夫妇短暂陪同，并在达姆施塔特（Darmstadt）停留一周（被称为"泰戈尔周"），与众学者见面。有意思的小插曲发生在托马斯·曼（Mann, Thomas）身上。他不但拒绝撰写关于推广"泰戈尔周"的文章，更是在双方会面时将夫人推向"第一线"，自己直接"闪人"。究其原因，他解释道：

> 他给我的印象是一个典型的印度和平主义者……我读了他的诗后没有任何感觉，这件事（撰稿）最好还是由你来做，而不是碍于情面、不忍拒绝你的我……

众多学者参加了此次"泰戈尔周"。无论是在私交还是学术层面，他们中的绝大多数与印度或印度思想无关，却对其产生了浓厚的兴趣。可谓真正的无私！泰戈尔的演讲大多以"森林的信"为题，他详细阐述了其教育理念（以即将在和平乡建立的国际大学为代表），并呼吁大家为国际大学未来的图书馆捐赠图书。

1926年德国爆发经济危机，泰戈尔热"退烧"，1925年后未有任何泰作出版。泰戈尔本人不得不悲伤地承认，因为通货膨胀，书籍销量骤减。但此次访问期间，他拜访了更多的批评家，也发表了更多的演讲。途经城市包括汉堡、科隆、柏林、慕尼黑等，之后前往布拉格。

1930年来访期间，他主要做了三件事。

首先，宣传自己的画作。某著名艺术史学家评价道："与其根植于印度传统的文学作品所不同的是，泰戈尔画作里显现出了与欧洲紧密的联系，这使我非常惊讶。可以看出，线条、颜色甚至是主题，都受到了象征主义和青春艺术风格[1900年前后西方的一种艺术创作方向,名称来源于1896年在慕尼黑出版的画报《青春》(*Jugend*),其特点是大量采用装饰性曲线和植物或其他抽象的平面图案]的影响。"对此,泰戈尔本人持否认态度。其次,泰戈尔还对"德国青年运动"(German Youth Movement)产生了浓厚的兴趣,该组织的少许成员已于两年前访问国际大学。最后,泰戈尔访问了奥登瓦德(Odenwald)学校,并发现与该学校创建者、著名的教育学家保罗·给希博(Geheeb, Paul)存在诸多共识,其中最重要的一点是,"每个人都有权选择自己所感兴趣的科目"。

至于奥地利,泰戈尔的两次访问仅限于维也纳一地,并先后与西格蒙德·弗洛伊德(Freud, Sigmund)和茨威格会面。茨威格以二人见面为灵感来源撰写了一系列长篇随笔,假想了新老两代人的对话,老一代人代表泰戈尔的价值取向并逐步说服新一代人。

(四)公众与学术兴趣

泰戈尔引起了热烈的反响。报纸杂志不停报道有关他的消息,内容包括演讲、访谈,甚至是私人对话和他伟岸的形象。

在备受追捧的同时,另一个现象就是,泰戈尔也引起了另一群人的恐惧,那就是基督教团体,他们害怕他将群众引向印度教。一些报纸就此而宣称:"泰戈尔哲学与基督教的世界观、基本教义并不相左。"

泰戈尔一直抱有着"东西合一"的美好愿望。这一愿望被绝大多数人所接受,只因他们曾从他的诗歌、哲学甚至是外貌中获得慰藉。而另一些人,如一战的战胜者,既不想看到他向战败国征服者献出爱心,也不愿听到一个非受害者大谈特谈英雄主义。还有些人则认为"东西相斥",东西方具有不可融合性,东方式的温和、消极无法帮助德国、奥地利进行战后重建。他们认为,泰戈尔所宣扬的"东西合一"并不符合西方国家国情。也就是说,他根本就不了解西方国情,也不可能做西方人的救世主,只是普罗大众的令人好奇的陌生人而已。

在学术界,翻译的普及使得作家和学者们对泰戈尔的研究兴趣大增,而最大的问题也在于此。他们不懂孟加拉语,不能获得第一手经验,甚至不能想象原文与英文翻译间的巨大差异。这一问题在许多作家出版的专著中有所提及。下面仅以几位与泰戈尔有交集的大学者举例。

第一位是布拉格印度学家莫里兹·温特尼茨(Winternitz, Moriz)——在国际大学建校之初执教一年,并与泰戈尔保持了终生的友谊。

第二位是德裔犹太学者亚历克斯·阿伦森(Aronson, Alex)——在国际大学躲避纳粹爪牙侵害的同时,教授英文。即使后来回到祖国以色列教书,也终生保持与国际大学的联系。

第三位是大乘佛教僧人布拉马查理·高文达(Govinda, Brahmachari),他在国际大学教授佛教哲学、欧洲哲学、建筑和法语,并在那里与未来的妻子——来自巴黎的艺术家拉齐·佩蒂特(Petit, Rati)相遇。后者更是为爱更名为利·哥特曼(Li Gotami)并出家为尼。

第四位是阿尔伯特·爱因斯坦(Einstein, Albert),两人分别在1926年于柏林、1930年于纽约会面。他们讨论的内容涉及哲学、宗教和音乐,并被视为东方(诗歌、哲学)、西方(科学、物理)的代表。

(五)近期动态

泰戈尔150年华诞之际,德国诗人间再现泰戈尔热潮,新版本的译作陆续出版,传记更是第四次再版。泰戈尔对于德国的影响,也被作家们从不同于以往的角度再次论述。论坛、讲座、读诗会也在各城市举办。以上提到的种种活动由各地的孟加拉文化社团组织,也有德国作曲家依据泰戈尔的诗改编成曲,并举办演唱会。

一系列庆祝活动的高潮为泰戈尔柏林画展——《最后的收成》(*The Last Harvest*)。该展览进行了全球巡展,参与城市包括纽约、首尔、伦敦、芝加哥、巴黎、罗马、吉隆坡、渥太华、新德里和孟买。2013年11月14日,乌多·凯勒(Udo Keller)基金会与印度驻德国大使馆合作,举办泰戈尔获诺奖百年纪念庆祝活动。但遗憾的是,泰戈尔"真正的"艺术才华,他的舞蹈、音乐、戏剧,并未被重新翻译,搬上舞台,获得赏识。

二、意大利的泰戈尔研究

直到1913年,泰戈尔、印度、印度古代文化才进入意大利人的视野,但仅局限在学者圈内。在他们眼中,泰戈尔是诗人,是思想家,真实而多面。诺奖将泰戈尔带入了意大利人民的视野,他的简洁、精致、对儿童的爱、人文关怀带给了他们希望。

意大利人喜爱泰戈尔诗歌中刻画的杰出人物形象，故译作开始充满大街小巷的书店。同时，意大利文化界人士也在这场与印度文化的相遇中撰文。众文化界人士纷纷展开讨论。1913年至1939年，这26年是意大利对泰戈尔反应最为热烈的阶段。然而这之后的20世纪60年代，工业化生产崛起，新现实主义与先锋主义流行起来，泰戈尔反而被推至边缘。

（一）文化背景

20世纪初，天主教文化从19世纪末实证主义和社会主义的双重重击中复苏，然而意大利人民的宗教信仰还未从唯心主义招“出”麾下，通神学与神秘主义纷纷抬头。在此背景下，人们对基督教、欧洲文明产生了质疑，而对其他文化，尤其是那些非欧、非基文化传统产生兴趣。

上述因素导致了意大利社会辩论风潮的流行，文学也在其中扮演了重要角色。

（二）接受分期

诺贝尔奖是分水岭。泰戈尔获诺奖后马上成为街头巷尾的讨论焦点，他的名字出现在各大报纸、杂志上，讨论主要集中在以下两点：首先是对他精致、高质量诗歌的由衷的欣赏；其次是关注其东方主义式方法论——与欧洲中心论相对。时人都持有这样的观点：古罗马帝国的历史角色与宗教角色使意大利文化领先世界。同时，在宗主国英国的大力宣传下，欧洲人对印度的印象为：魔力、精神、异域、博学。但这样的既定印象却在泰戈尔身上发生了悖论式的反应。一方面他是古老印度文化的拥趸，另一方面他又代表着印度的解放力量——从传统中逃离，走向西方。

最初提出这个观点的人是保罗 · 埃米利奥 · 帕沃利尼（Pavaolini, Paolo E.），一个在佛罗伦萨高等学府教授梵文的知名教授，他将泰戈尔作为孟加拉诗人引荐给意大利人，并这样描述他：“人类灵魂怀旧者的新诠释，神形合一的渴望，与上帝永恒的爱恋。”

意大利前总理路易吉 · 卢扎蒂（Luzzatti, Luigi）认为泰戈尔的作品是在西方文化影响下去印度化的产物。卢扎蒂的想法得到了多人的回应，不乏众多知名学者。其中一位是知名的天主教士奥利韦罗

(Olivero),他将泰戈尔的名字和另外几位英国人联系在了一起。在他的书中,泰戈尔被描绘为这样的人:“具有神秘主义感官的诗人和剧作家,他的作品对英美文学做出了贡献。”另一位是朱塞佩·安东尼奥·博尔杰塞(Boegese, Giuseppe A.),他在都灵担任教授一职,并严厉地批评了泰戈尔,称他为:“陈腐的、不真诚的诗人预言家”,“绣花枕头般的存在”。他也严厉地批评了其在欧洲的万千“粉丝”,说:“欧洲已经受够了这种半吊子前拉菲派的调调。”

二者间的尖锐对立由一位古印度学家调和,她就是埃莱娜·贝卡里尼-克雷申齐(Beccarini-Crescenzi, Elena)。贝卡里尼-克雷申齐反驳了卢扎蒂单方面的说辞并指出,“从表面上看,泰戈尔的作品确实有欧洲元素,但骨子里却是百分之百的印度血统”。人们不应该忘记的是,“恒河之水永不停歇。”时间倒流,泰戈尔是唯一可被展示的印度之光。诚如很多人所坚持的那样,印度一直被认为是宗教的发源地。他的盛名,不仅在于诗歌,更在于他的戏剧、小说与散文。在新的灵魂主义者圈子内,人们也对他充满了憧憬与尊敬。

(三)泰戈尔的造访

1925年,泰戈尔由南美回印度途中经过意大利。其时,贝尼托·墨索里尼(Mussolini, Benito)掌权,法西斯主义抬头,时局动荡。泰戈尔在反法西斯学者的陪同下,发表了题为“人性的声音”的演讲,谴责暴力与侵略。因反法西斯立场,他受到有良心的正义学者的欢迎,却也有一些人认为他不合时宜。

其实就在几天前,因为泰戈尔的名声正旺,当局已就是否该邀请他作为国宾到访展开了讨论。但因为立场问题,他并未被当局奉为国宾。不仅如此,泰戈尔还因有病在身,拒绝了一场公务活动。

1926年,泰戈尔再次到访意大利,被奉为国宾的同时也被严密监控,其间举办了盛大的招待会。在罗马,众人拥向了他下榻的宾馆,其中包括艺术家、学者、学生等。泰戈尔被带着到处参观,媒体也竞相报道他的此次到访。同时,泰戈尔会见了维托里奥·埃马努埃莱三世(Victor Emmanual Ⅲ)国王和墨索里尼。

泰戈尔本人乐于从辉煌历史的角度看待意大利,如她的罗马帝国、基督教、文艺复兴……凭着自信与自律,意大利也得以从政治高压化的国家晋升为近代民族国家。从这个角度来说，泰戈尔欣赏墨索里尼，只因他扮演了“历史动力的化身”（embodiment of man as a dynamic force in history）这样的角色，这样的角色也赋予了墨索里尼新的身份。

离开罗马，又在佛罗伦萨待了几天后，他抵达瑞士，意大利之行到此结束。见到罗曼·罗兰等人后，他才意识到自己在意大利的行为被扭曲地解读为“法西斯的亲善者”。他坚决否认自己持政治观点，并且担心这种被涉及政治旋涡中的处境会影响意大利大学与国际大学已经建立好的合作关系。对此，在罗兰的坚持下，泰戈尔立即发表否认声明，由《曼彻斯特卫报》（*Manchester Guardian*）登出。

（四）作品翻译

20世纪30年代的意大利文化界被政府控制。泰戈尔的著作不被官方认可，只能在民众间流行。整个二三十年代，为了提高其作品的翻译质量，出版商雇用了许多专业译者、诗人和剧作家，甚至是孟加拉作家参与到泰戈尔作品的译介中来。功夫不负有心人，高质量的翻译使得泰戈尔作品的名气经久不衰。然而，随着意大利逐渐陷入战争泥潭，许多计划被搁浅，直到1948年才又提上日程。第一轮泰戈尔作品的翻译至此落幕。

意大利学界翻译泰戈尔作品一直到上个世纪末都存在一个重大问题——从英文翻译，而非从孟加拉语直译。由于首次“亮相”便是英文诗，泰戈尔一直被看作英语作家。但英语毕竟不是他的母语，即使是他自己的译作也应被称为重写。怪不得有学者这样说：“泰戈尔在他的英文译作中扮演了破坏者的角色——打破孟加拉语原版的与西方敏感度之间的差异。也因此，英文版本更原汁原味，有着自己的功效和价值。”

泰戈尔的孟加拉语诗歌具有独特的韵律，与当代意大利文之间存在巨大差异。这吸引了众多翻译家逆流而上，去寻找失落的源头。马里诺·里贡（Rigon, Marino）于1964年第一次将泰戈尔的作品由孟加拉文直译为意大利文，他采取了一种特殊的翻译方法，即以意大利文拼写组织发音。译者本人于1953年抵达东巴基斯坦——今天的孟加拉国，并于次年造访印度中东部，他在“田野里”习得孟加拉语。这样特殊的经历使他得以辨识市面上的意大利译作与孟加拉语原作间的巨大差异。他发现译作依赖于英文和梵文，而这应该被纠正。从1971年到2009年的这38年间，他共出版了20本译作，并因其特殊贡献获得荣誉奖章。

有数据显示，仅在1962年至2012年间，就有150份泰戈尔作品的独立译作出版，其中，仅90年代就占据总数的一半多，出版商大多规模较小，仅希望从特定版本中获益。译者们大都以泰戈尔或奥罗宾多·博斯的英文著作为蓝本进行翻译，并自造诗句，但此举无疑与原文相差甚远。

（五）东方主义之外？

在两次世界大战之后，意大利逐渐回到原先的文化氛围中，泰戈尔被边缘化。百年诞辰之际，公众才又恢复对其的兴趣。百年诞辰纪念活动的高潮发生在罗马市政厅，来自意大利、印度两国的代表们出席了活动，发表演讲，朗诵诗歌。

值得一提的是著名印度学家朱塞佩·图奇（Tucci，Giuseppe），在他的带领下，过去被讨论过的种种问题又再次获得关注。他回想起1915年在印度的日子，提到了甘地和泰戈尔。他们两个人极大地激励了他。他这样说："两个圣贤的智慧与灵性，在书中就激励了我，如今我能面对面见到他们。"

图奇进一步说道："就像佛教，二位为业已疲软的宗教注入了活力与激情，使它普世化，从抽象变具象。泰戈尔给了印度他独特的安抚，他既不是中世纪诗人，也不是神秘主义者，更不是什么先知。一方面，他透露的信息包含了大量与自然的亲密。另一方面，他未被历史淹没，而超然于历史之上。"他的行为观体现在创办的国际大学上，并非局限在政治领域内，而是扩展至普世理解。这种新传统新文化，对生命的敏感的强调，并非局限于亚洲或欧洲，他的贡献也并非限于理解事实，更在于使我们处于与自然的和谐中。

关于泰戈尔诗歌的源头，图奇说："作品源头并非梵文，亦非欧洲文学，其实是印度流行诗歌。"他懂欧洲文学，但并不了解但丁或者歌德。很多东方主义者也对印度佛教无感。泰戈尔的欧洲性，是一个非命题，因为西方并不愿承认，在非西方的地方也能产生伟大的文化。

最终，他提到了泰诗翻译为西方语言的问题，并提出了泰戈尔作品的不可翻译性。这种不可翻译性根植于文化分野。东方文化具音乐特性、出世性和复杂性,而西方文化具逻辑性、物质性和分裂性。

图奇的论断也可以解释意大利印度学的短处,即当代印度学研究的延迟性。20世纪70年代以来,专家们的讨论仍只集中在古代哲学、梵文等,自然而然地忽略了印度的现代性。

泰戈尔获诺奖使意大利人不得不承认,非欧洲文化也能孕育惊世之才。而这个观点是彻彻底底的东方主义式的。这种东方主义超然于政治,来源于欧洲中心论及基督教中心论。

三、法国的泰戈尔研究

(一)泰戈尔之前的印度与法国

印法关系可追溯至17世纪,几位旅行探险家登上印度次大陆并受到莫卧儿王朝的款待,他们纷纷撰写回忆录。最有学问的非弗朗索瓦·贝尼耶(Bernier, Francois)莫属,他的大作被历史学家称赞。他的著作包含了他于1659年至1669年间在印度的逗留经历,旅行记录已出版,颇受追捧,除了伦敦的英译本外,还在1681年出版了法译本。下一波的赴印使者是天主教传教士,主要目的地是南印度。传教士们的手稿极大地丰富了有关印度的知识。18世纪末至19世纪初,法国刮起了东方热的旋风。大作家维克多·雨果(Hugo, Victor)出版《东方故事集》(*Les Orientales*)一书。

(二)诺贝尔奖之前的泰戈尔和法国

泰戈尔于1878年第一次来到法国时,还是17岁的少年,因为是去英国学习的途中路过,只逗留短短一天,巴黎给他留下了深刻的印象,他称赞道:“多么美好的城市!”这天,他享受了土耳其浴,也去参观了万国博览会。12年后,泰戈尔再次造访,他已经是成熟的诗人和两个孩子的爸爸。此次,他写了一本游记,在从英国前往意大利的路上,他欣赏着法国的乡村。透过火车的玻璃,他欣赏着法国延绵的山脉,并从中悟到了山脉与法国人性格之间的联系。泰戈尔以山喻人:“法国人的性格就像他们国家延绵的山丘:麻利,活力,有趣,甜言蜜语,永不停歇。”这次,他参观了刚落成的埃菲尔铁塔,踏上云梯,来到顶层,巴黎风貌尽收眼底，他再次被震撼。

短暂的两次逗留，巴黎给泰戈尔留下了很深的印象，但直到1920年，他才真正认识这座城市。

（三）诺奖之后

就在获诺奖前一年，泰戈尔已经受到了文学批评界的注意。第一个“发现”他的人是J. H.德·罗森（Rosen, J. H.de）。这个记者写道：“泰戈尔拥有孩童般的坦率，圣人般的谦逊，哲人般的深邃。”

在诺贝尔奖颁发的前一年，罗森，这位日后的大诗人和高级外交官恰好在伦敦，碰到了赴英国宣传《吉檀迦利》的泰戈尔。在一份报纸上，这个法国人读到了叶芝为泰戈尔作的序。罗森渴望见到泰戈尔，尽管英文不够流利，却仍写信给他询问是否可以见到他，最终二人见面了。罗森年长泰戈尔25岁，但不妨碍二人愉快的碰面，想必他们讨论了将《吉檀迦利》翻译为法文的问题。1913年给友人的一封信中，罗森写道：“泰戈尔的作品很美，可能你现在是唯一一个和第一个知道泰戈尔的人。”同年，他又写信给泰戈尔，问他可否把翻译权授予他。他将自己创作的小说寄给泰戈尔，并表示已经开始翻译泰戈尔的作品，同时还阐述了自己的翻译计划——先刊登在专业的文学批评报刊上让专业人士阅读，之后再出书，向大众推广。那时，泰戈尔并不了解法国的文学状况，他原本打算把翻译权给一位不太称职的译者。罗森马上劝阻了泰戈尔，并告诉他优秀译者的重要性。

在法国，翻译泰作也存在和德国一样的问题，即非直译。1913年至1924年间，只有《天鹅》（*Cygne*）这一部作品由孟加拉文直译为法文，剩下的作品全部非直译，如《吉檀迦利》。首批直译作家包括卡利达斯·纳格（Nag, Kalidas）和皮埃尔-让·茹夫（Jouve, Pierre-Jean），二人将其诗歌翻译为散文。1925年至1930年间，诗歌—散文的直译模式持续了五年，只有一部作品《机器》（*La Machine*）由英文转译。1931年后，翻译泰作多采用非直译的方式。

（四）法国友人

1. 西尔万·莱维（Levi, Sylvain）

西尔万·莱维，犹太人，梵文学家和佛教专家，曾于1897年造访印度及远东地区。他任教授的斯特拉斯堡大学曾建立泰戈尔委员会，以期为国际大学图书馆募捐法国经典图书。他是第一批志愿执教国际大学的欧洲学者，教授梵文、古印度史、中文与藏文。

泰戈尔于1920年在巴黎结识了莱维。诗人告诉他，他马上要建立国际大学，并诚挚地邀请国外尤其是欧洲的学者前来任教。因此，莱维也成为第一批在国际大学任教的人。次年他们再次在匹兹堡相遇，此时的他已经是法国大学的高级教授。诗人在巴黎大学发表演讲，莱维则用真挚动人的词汇表达了自己的心情。

遗憾的是，二人的友谊因误解而产生裂隙。一家荷兰报纸刊登了莱维对国际大学的不友好言论，而这篇报道恰巧被泰戈尔看到。他被深深地伤害了，并写信给莱维以表达自己的悲痛。尽管后者回信时极力澄清，欲还自己清白之身，并极力表示自己对他的仰慕，但此举并未奏效。

1935年，莱维意外离世。莱维的妻子出版了他翻译的几首泰戈尔的诗，于1938年问世。泰戈尔本人则信守承诺，向巴黎大学捐款，以纪念莱维。莱维此生最大的贡献即撰写关于印度传统戏剧的文章。此外，他还做了有关尼泊尔和佛教的重要报道。

2. 罗曼·罗兰

泰戈尔与罗兰的友谊因相近的价值取向而建立起来。

第一，爱好和平。泰戈尔在1916年访日时发表了对该国时局的看法，他认为，日本效仿的西方民族主义正日益走向邪恶。罗兰也宣称自己是十足的和平爱好者，超然于战争之上，尽管此举给自己的名声带来了损害。“学者的使命就是要在错误的重重迷雾中寻找真理。”他还谈到欧洲对人类乃至地球的摧残与毁灭，“若仅凭自己的力量，欧洲无法自救，她需要东方思想，正如后者也同样需要西方思想去自救一样。东西方思想分别代表了人的左右脑。二者的结合将是人类事业的最高目标”。罗兰曾极力将泰戈尔吸纳进他自组的小圈子中来，里面都是和平爱好者和怀抱理想主义的欧洲作家。他也曾承诺派法国学者执教国际大学，但由于种种原因，他自己未能亲自到访。

第二，被本国人误解、孤立。当印度社会沙文主义横行时，泰戈尔被鼓吹成印度与西方的文化邦交使者。罗兰则对于盟国在1919年一战结束后耻辱地对待德国人感到痛心。二人都被本国人孤立。泰戈尔向罗兰敞开心扉："我的内心在争斗，一方是具有创新精神的艺术家，另一方是理想主义者。" 至此，二人的友谊达到顶点。

但是，二人的友谊亦因分歧而日渐疏远。

第一，见面次数极少：泰戈尔社会活动丰富，总是穿梭于各大洲之间，并不止两次取消或延后二人已预定好的见面。

第二，政见不和：国际大学成立，资金短缺，泰戈尔有些"饥不择食"，无论邀约方是谁，他都欣然接受，即使对方是大独裁者墨索里尼。而墨索里尼有自己的小算盘，那就是充分利用泰戈尔的声望为自己的政治活动加码。而此时的罗兰则变得越来越具有政治意识，对于泰戈尔的辨别力缺乏感到既痛心又愤慨。他甚至取消了原定的访问印度的计划，论及原因，一是不想被卷入两个敌对阵营的纷争，二是认为泰戈尔不再是道德标杆，失去了在欧亚两大洲谈论何为真理的资格。1926年，二人终于见面，泰戈尔也意识到了自己的无知与不谨慎。尽管他在《曼彻斯特卫报》上发表了谴责法西斯政权的文章，但无论是罗兰还是其他法国知识分子，都认为这太过温和。而有趣的是，罗兰本人仍在后者面前维护着泰戈尔的声誉。他认为自己的职责便是警告泰戈尔远离欧洲危险的政治意识形态。以至于到了1933年，纳粹主义抬头时，罗兰仍嘱托卡利达斯・纳格(第一个从孟加拉语直译的译者，是二人之间沟通的桥梁。罗兰曾在写给纳格的信中说道："没有一个欧洲学者比他更贴近我的思想与感情。")代为警告泰戈尔。

第三，不满对方的行为。因资金问题，泰戈尔不得不听任经纪人的安排到处做演讲，而听众都是些势力庸俗的有钱人。罗兰认为他浪费了太多宝贵时间在不值得的人身上。

整个30年代，二人通信次数骤减为个位数，只有寥寥四封。也许二人都对对方产生了过高的期许，所以只能徒留失望。也许是因为交流机会的减少，抑或是共同语言的缺失(二人的沟通大部分由罗兰的妹妹做翻译)。1931年，时值泰戈尔70岁大寿，罗兰带头编写了《泰戈尔小金书》(*The Golden Book of Tagore*)，向寿星致敬。编写者来自各行各业，包括专家、诗人、音乐家、思想家、哲人、小说家……他们都通过这本书表达了泰戈尔在自己心中的价值。

（五）1930年之后

20世纪30年代后，泰戈尔在法国不再“走红”，究其原因主要有以下几点：第一，过度拿东方文化的精神性与西方的物质性做对比。而此举使维护基督教精神的西方人深感不悦；第二，被视为重复说车轱辘话的先知，而非单纯的作家；第三，为了迎合欧洲读者口味，其孟加拉语原文诗歌已经被改得面目全非，加之只有两位法国诗人翻译他的诗歌，所以泰戈尔作品最原初的美已经遗失殆尽；第四，文学风潮的改变。1924年的超现实主义宣言在法国引起了文学革命，二战后，哲学与文学领域更是新思潮激荡其中。

四、英国的泰戈尔研究

在19世纪的印度，孟加拉文艺复兴运动是具有非凡意义的，该运动由罗摩·摩罕·罗易（Roy, Ram Mohan）领导，引领孟加拉从中世纪走向新生。罗易对伊斯兰教和印度教都有深入研究，并且他还接受了欧洲自由主义和民主思想，还是教育、科学改革的倡导者，堪称孟加拉第一位现代人。20世纪20年代的思想解放运动在文学、文化、社会、经济、宗教等方面都引起了巨大反响，并在随后的半个世纪里继续产生影响。罗易还领导了一种新的宗教改革运动，他抛弃印度教的繁文缛节的仪式，创立了梵社——崇尚梵天的一神论团体。

另外一位伟大的孟加拉人是罗易的同时代人德瓦尔伽纳塔·泰戈尔（Tagore, Dwarkanath），他也为孟加拉文艺复兴运动做出了杰出贡献，他是工业家、实业家，也是罗宾德拉纳特·泰戈尔的祖父。德瓦尔伽纳塔·泰戈尔创办了一系列商业公司，其中包括银行、靛蓝工厂、制糖公司、船舶公司、保险公司等，与英国商人进行贸易往来。罗易的宗教改革思想启蒙了年少时的罗宾德拉纳特·泰戈尔，而与英国有着密切联系的泰戈尔家族则为泰戈尔接受西方思想、亲近英国奠定了基础。

1912年6月16日，罗宾德拉纳特·泰戈尔第三次前往英国，此时的他“见证了欧洲中心永恒的人文主义的觉醒”并很快接触到欧洲文学的中心。这一年，他已经51岁，在印度已经是重要的文学家，这一次到访英国是其人生转折点。从此时起，泰戈尔的名声从英国开始，逐渐影响到欧洲其他国家，1913年泰戈尔获得诺贝尔文学奖之后开始声名鹊起，迅速得到全世界的关注，而大部分国家和地区对其作品的翻译也是源于其作品的英文版本，可以说英国是泰戈尔走向世界的重要过渡地带，而其作品的英文版本则是其作品风靡全球的重要保证。回望其在英国的接受史，不难发现其中经历了若干个起起伏伏，泰戈尔在接受过程中的身份也是在不断变化。

（一）“东方明星”

爱德华时期（1901—1910年）之前的19世纪末，英国文学界的主角是英国首位诺贝尔文学奖得主吉卜林，还有希莱尔·贝洛克（Belloc, Hilaire）、亨利·纽博尔特（Newbolt, Henry）、G. K.切斯特顿（Chesterton, G. K.）等人，他们的作品早已远离了维多利亚时期的浪漫主义与美学。此时的英国文坛主要充斥着传统主义、地方主义，以及反现代主义思想，而文学作品则多充满着浪漫主义、感伤主义及享乐主义思想。然而，不管是歌唱帝国赞歌的作家还是传统主义作家，在文学形式方面都没有任何创新，此时的英国文坛一片沉寂。爱德华时期也出现了一些杰出作家，比如萧伯纳（Shaw, George Bernard）、托马斯·哈代（Hardy, Thomas）、叶芝。他们通过作品探讨着当时英国社会的共同问题：超现实主义、中产阶级的庸俗与压抑，等等。此时的英国文学界整体都处于低潮时期。埃兹拉·庞德（Pound, Ezra）和T.S.艾略特（Eliot, T.S.）的意象派诗歌也出现在英国，形成一道别致的风景。

1914年1月3日的一家英国报纸对1913年英国阅读书目的统计显示，1913年是不平静的一年，并认为此时的英国读者正处于焦躁不安中并且似乎已经准备好接受任何一部外来作品。此时，泰戈尔携带两本孟加拉诗歌的英文翻译来到伦敦，并将这两本笔记本转交给印度协会的创始人威廉·罗森斯坦（Rothenstein, William）。罗森斯坦非常推崇《吉檀迦利》，很快将这部诗集推荐给叶芝、安德鲁·布拉德利（Bradley, Adrew）、斯托福德·布鲁克（Brooke, Stopford）等人，他们都对这部诗集非常着迷。罗森斯坦分别于1912年6月27日和7月7日在自己的画室中两次安排阅读《吉檀迦利》。7月10日印度协会在伦敦设宴招待泰戈尔。从此泰戈尔开启了他新的事业。印度协会出版了《吉檀迦利》103

首诗歌，该诗集于1912年11月1日出版，而此时的泰戈尔已身在美国。这部诗集是由叶芝从泰戈尔的两本笔记本中挑选出，其中83首选自第一本笔记本，20首选自第二本，与此同时，叶芝还编辑了泰戈尔的手记。印度协会先后三次出版了《吉檀迦利》，英语版本的《吉檀迦利》并不是孟加拉语版本的翻译。孟加拉语版本的《吉檀迦利》157首诗歌中只有53首翻译成英语并收录在该诗集中，其余的诗歌均译自其他诗集。叶芝为这部诗集作序，罗森斯坦所作的泰戈尔的画像收录在诗集扉页。

诗集出版一周之后，《泰晤士报文学增刊》（*The Times Literary Supplement*）刊登第一篇评论，认为泰戈尔的诗歌将宗教与哲学融为一体。他的诗歌读来就像《圣经》中的赞歌一样。英国另一个周刊杂志《雅典娜》（*The Athenaeum*）认为泰戈尔的诗歌具有超乎寻常的美，诗歌中充满东方神秘主义色彩，语言简练，色彩明快，但是同时也提出泰戈尔的诗歌是否与生命的真谛相一致。伊夫琳·昂德希尔（Underhill, Evelyn）是神秘主义作家，她在周刊杂志《民族》（*The Nation*）中发表长篇论述评论《吉檀迦利》，认为这部诗集展现了灵魂对现实的直接想象，这样的表达实属罕见。同时，她也认为叶芝在序言中有溢美之嫌，并且希望能够客观地去理解这部诗集。《曼彻斯特卫报》认为泰戈尔的思想深受欧洲思想影响，并将欧洲思想东方化了。《新闻日报》（*The Daily News and Leader*）认为泰戈尔的诗歌是东方与西方相融合的结果，是东方与西方和谐统一的体现。泰戈尔的诗歌曾经打动了叶芝的心灵，他所作的序言有助于《吉檀迦利》的传播，是极其有力的推荐。然而，由于缺少一手的资料，叶芝序言中对泰戈尔的介绍以及诗歌创作的背景等信息多来源于与泰戈尔的朋友的交谈，而这些朋友的回忆又多具有主观色彩，因而有评论家认为叶芝所作的序言不够客观。《吉檀迦利》一出版，英国出版界对该诗集多是赞美之词，这部诗集也迅速获得了巨大的成功，泰戈尔也得到了当时英国社会的认可。1913年3月，该诗集由英国麦克米伦公司再版，之后的一年中又重印了11次之多，居于同一时期书目印刷量之首。这部诗集也让麦克米伦公司收入颇丰，成为当时英国文学类图书最畅销书目。英国出版界对泰戈尔的发现也成为战前英国文学圈的重要事件。

《吉檀迦利》迅速成为畅销书是很多混合因素促成的，诗歌简单明快，宁静祥和，充满东方神秘主义，而这种神秘主义对于欧洲人来说又颇为熟悉，中世纪的一些作品以及现代作家威廉·布莱克(Blake, William)的作品都充满了这种神秘主义。布鲁克在写给罗森斯坦的信中说道，“这种崇高而又深刻的神秘主义在全世界范围内都是相似的，这是因为东西方在这些诗歌中达到了统一，这便引起了英国民众的共鸣。”罗森斯坦和他的朋友们看到《吉檀迦利》如此受欢迎也是异常兴奋，印度协会也有幸成为该诗集的首发者。罗森斯坦给身在美国的泰戈尔写信道，“我们一开始就很开心和大家分享这部诗集，同时我们也很开心这部诗集在西方文学界受到了关注”。与此同时，对于这部诗集，英国文学界也有不同的看法，萧伯纳始终对此表示缄默，1913年泰戈尔获得诺贝尔文学奖以后，英国学者对泰戈尔也有了越来越多的批评声音，尤其是英国出版界以越来越欧洲中心主义的态度评论泰戈尔。

《吉檀迦利》的风靡使泰戈尔成为神秘主义的代表。爱德华·汤普森(Thompson, Edward J.)反对这种对泰戈尔简单的标签，“当泰戈尔的第一部英文作品出现的时候，作品就被认为是充满神秘主义与宗教色彩——‘东方文学’就被打上这一标签；这是西方想象中的‘东方’，然而，至少泰戈尔就不是如此”。

《吉檀迦利》在英国的风靡具有社会经济原因，1900年到1914年是英国工业化发展较快的一个阶段，工业化为社会带来了一系列巨大变化，同时也造成了社会的进一步分化，普通民众的生活也每况愈下，泰戈尔的诗歌此时慰藉了民众的心灵。另外，当时的娱乐活动与方式较少，阅读是最主要的娱乐方式，并且当时的民众图书馆也多提供经典作品，像《吉檀迦利》这样的畅销书更是图书馆提供的首选，因而民众有更多机会阅读到这部诗集。而英国的基督教徒似乎在这部诗集中找到了心灵上的共鸣，这些因素都推动了《吉檀迦利》在英国的风靡。

(二) 1913年获得诺贝尔文学奖

1913年11月14日，在西方世界的震惊中，泰戈尔获得了该年度的诺贝尔文学奖。西方世界对于瑞典皇家学院的决定十分惊讶。当年的诺贝尔文学奖候选人包括呼声极高的哈代，然而瑞典皇家学院却首次将该奖项颁给了欧洲以外的作家，这让当时的欧洲人不能接受。另外，在欧洲，泰戈尔的作品当时只有在英国可以看到，也只有英文版本,欧洲其他国家的民众并没有读到过这本获奖诗集。甚至连“罗宾德拉纳特 · 泰戈尔”这个名字,欧洲人都读不清晰,欧洲人太不了解这位东方诗人,因此对于瑞典皇家学院的这一举动颇为不解。此时,欧洲人对这位东方诗人太过陌生,甚至都找不到任何关于他的介绍。《纽约时报》的记者翻找了纽约民众图书馆,只发现了两本与泰戈尔有关的图书,然而这两本却均与罗宾德拉纳特 · 泰戈尔无关。然而,泰戈尔作品中所传达的乐观主义和世界主义仍然深受读者喜爱。诺贝尔文学奖首次颁给欧洲以外的作家也显示了欧洲大陆放弃欧洲中心主义,拓宽视野的决心。

(三)《吉檀迦利》及其以后的作品

《吉檀迦利》出版11个月以后,麦克米伦公司相继出版了《园丁集》和《新月集》,虽然这两部诗集并没有像《吉檀迦利》那样风靡英国,但是仍然受到了高度的评价。“《园丁集》不是一部神秘主义诗集,它是印度花园里情人的花环。”[1]《新月集》“充满欢乐,这是我在其他文学作品中所没有看到过的,简单明了,充满爱意”。[2]到1941年泰戈尔去世前,英国又相继出版了《采果集》(1916)、《飞鸟集》(1917)、《遁逃集》(*The Runaway*)(1921)、《格比尔诗百首》(*One Hundred Poems of Kabir*)(1915),1925年,汤普森翻译了泰戈尔的散文,收录到《奥古斯都现代诗系列》(*Augustan Books of Modern Poetry*),1931年,出版泰戈尔的英文长篇散文诗《儿童》(*Child*)。1932年,出版诗歌集《金色的小船》。1936年,麦克米伦公司出版《泰戈尔诗歌与戏剧选集》(*Collected Poems and Plays of Rabindranath Tagore*)以庆祝泰戈尔75岁寿辰。在英国,先后出版了泰戈尔的七部戏剧:《花钏女》(1913)、《邮局》(1914)、《暗室之王》(1914)、《春之循环》(*Cycle of Spring*)(1917)、《牺牲》(1917)、《告别时的诅咒》(*Farewell Curse*)(1924)、《红夹竹桃》(1925)。出版的短篇小说包括《饥饿的石头及其他》(*The Hungry Stones and Other Stories*, 1916)、《马西及其他》(*Mashi and Other Stories*, 1918)、《破裂及其他》(*Broken Ties and Other Stories*, 1925),汤普森、罗森斯坦等都

1 Ernest Rhys, “Rabindranath Tagore”, *Everyman London*, November 14, 1913, p.145.

2 E. W. Lewis, “The Eastern Standpoint”, *The Christian Commonwealth*, December 17, 1913, p.220.

对短篇小说给予高度评价，但当时的英国出版界却持批评的态度，认为小说中的文化习俗等各个方面都非常难以理解。另外泰戈尔的三部著名的长篇小说《家庭与世界》（1919）、《沉船》（1921）、《戈拉》（1923）也相继出版。

1913年5月21日，一家媒体对泰戈尔进行了采访，刊登了泰戈尔的照片，在采访中，读者不仅了解到泰戈尔的创作背景，并且还了解了他的教育理念以及在圣蒂尼克坦的学校。次年，拉姆齐·麦克唐纳（MacDonald，Ramsay）（后来的英国首相）应邀访问圣蒂尼克坦。

（四）耀眼后恢复平静甚至遭受冷遇

1913年，泰戈尔获得诺贝尔文学奖之后，评论者对《吉檀迦利》越来越挑剔，尤其是英国出版界越来越欧洲中心主义。甚至在《吉檀迦利》出版八年后，汤普森说道，“泰戈尔和我们原来想象得一点儿也不一样”。早在泰戈尔刚刚获得诺贝尔文学奖之时，《泰晤士报文学增刊》和麦克米伦公司都预测到“泰戈尔热”将是短暂的，因此充分利用其商业价值而完全忽略了其中的文学价值和美学价值。为了获得更多的利润，泰戈尔作品的翻译者更是遭到频繁更换，从而导致了翻译质量良莠不齐，不仅影响了作品原貌的呈现，也大大影响了作品的可读性。而彼时，泰戈尔正在为国际大学筹集资金，很多情况下又不得不接受出版商的各种条件，这也让许多作品的质量大打折扣。

泰戈尔《民族主义》的出版引起强烈反响，《民族主义》包括《民族主义在西方》（*Nationalism in the West*）、《民族主义在印度》（*Nationalism in India*）、《民族主义在日本》（*Nationalism in Japan*），其中泰戈尔强烈抨击造成现代战争的西方物质文明。因而《泰晤士报文学增刊》同样是批评的声音。1919年阿姆利则惨案之后，英国对印度的态度让泰戈尔越来越不满，与此同时泰戈尔在英国越来越受到抨击。1920年再次到访英国，受到空前冷遇。而1926年富有争议的意大利之行给泰戈尔带来更多非议。

虽然这一时期泰戈尔的思想与作品一度受到抨击甚至是冷遇，然而泰戈尔的绘画艺术在这一时期却受到欢迎。1930年，泰戈尔在巴黎成功举办画展，随后，在伯明翰和伦敦分别举办画展。1938年，再次在伦敦举办画展。

（五）沉寂的时代（1941—1985年）及重回视线（1985年至今）

1941年泰戈尔去世后一度被英国所遗忘，即使1961年泰戈尔的百年诞辰似乎也没有太多纪念活动，作品出版数量也非常少。

1985年，牛津大学年轻的诗人威廉·雷迪斯（Radice, William）重新翻译出版《泰戈尔诗选》（*Rabindranath Tagore: Selected Poems*），直接译自孟加拉语，受到极大欢迎。安德鲁·罗宾逊（Robinson, Andrew）出版《泰戈尔的艺术》（*The Art of Rabindranath Tagore*）。与此同时，麦克米伦公司打破55年来的沉默，出版《泰戈尔短篇小说选》（*Selected Short Stories of Rabindranath Tagore*）（1991）。1991年，《我的回忆》《民族主义》再版。

1986年，为纪念泰戈尔诞辰125周年，题为"罗宾德拉纳特·泰戈尔：当下的讨论"（"Rabindranath Tagore: A Perspective in Time"）的国际会议在英联邦学院举行。牛津现代艺术博物馆在伦敦的巴比肯艺术馆、曼彻斯特、格拉斯哥、布拉德福德、牛津展出了50幅泰戈尔画作。

自20世纪60年代起，英国的孟加拉社区在保存与传播泰戈尔诗歌、音乐、剧本、舞蹈等方面做出了大量的努力。1985年，英国的泰戈尔研究中心在伦敦成立，并在格拉斯哥成立分中心。2000年，经过商讨将泰戈尔作品列为学校课程大纲并相继翻译出版了泰戈尔的作品。

五、西葡语区的泰戈尔研究

（一）西语世界

综合来看，泰戈尔在西语世界的影响明显比下文所谈到的葡语世界更显著一些，这主要得益于西班牙的大诗人胡安·拉蒙·希梅内斯（Jiménez, Juan Ramón）和他的妻子瑟诺比亚·康普露比（Camprubí, Zenobia），二人大量翻译泰戈尔的诗歌以及剧本、小说等作品。由于二者的号召力，泰戈尔得以在西语国家流行，尤其是西班牙。当然泰戈尔的作品不只是被译成西班牙语，他的作品甚至也被翻译成了加泰罗尼亚语（Catalan）、巴斯克语（Basque）以及加利西亚语（Galicia）[1]这些方言。

1 加利西亚这一地区比较特殊，虽然位于西班牙，但是加利西亚语和葡语非常接近，因此放在葡语世界来讨论。

以上提到的几位虽然不是泰戈尔作品的最早的西语译者，但却是泰戈尔在西语世界得到广泛关注的至关重要的原因。下面我们先罗列一些关于泰戈尔在西语世界的译介的主要史实。

泰戈尔在西语世界的第一本翻译作品应该是《格比尔诗百首》，译者是著名的阿根廷教育家华金·V.冈萨雷斯（González, Joaquín V.），时间是1914年，几乎可以说是紧跟着英语译本问世。而泰戈尔在西班牙的第一本译作应该是希梅内斯夫妇在1915年翻译的《新月集》。这部作品是参考了加利西亚知识分子维森特·里斯科（Risco, Vicente）（下文会具体论述）最早的注释，这是里斯科在1912年读完昂德希尔的《神秘之路》（*The Mystic Way*）后而作。1913年他就发表了自己关于《新月集》、《园丁集》，以及《人生的亲证》的一些思考。与他同时代的西班牙著名作家佩雷斯·德·阿亚拉（Ayala, Pérez de）于1913年8月在杂志上发现了英语世界对于《吉檀迦利》的兴趣。

希梅内斯对泰戈尔的传播起着不可估量的作用，但是他并不是主动了解泰戈尔的。他的妻子瑟诺比亚在美国首先接触到了泰戈尔诗歌的英语译本，于是她把诗歌寄给了在西班牙的当时还是她的朋友的希梅内斯，二人都表现出对于泰戈尔诗歌的极大兴趣，因此开始将其翻译成西班牙语，从《新月集》开始。二人把泰戈尔当作灵魂上的导师、精神世界的指引。希梅内斯把泰戈尔的《吉檀迦利》当作泰戈尔和神之间的交流，他自己的诗歌创作很显然也受到其影响，他进入泰戈尔的世界，从而开辟了自己的诗歌世界。

1. 翻译

在具体的翻译上，除了加利西亚的里斯科是从孟加拉语直接翻译，其他人基本都是从英语转译，希梅内斯也不例外。但是，希梅内斯并没有呆板地翻译，而是很灵活地应用了西语的一些特征，从这一点上看他的翻译更像是一种再创造，一种诗歌的再书写。他的改动除了更符合西语的韵律之外，还在于用词的选择，或者说为了达到希梅内斯个人更想要的那种诗歌效果，意思会有轻微偏差。这种翻译策略其实是为了适应西班牙的读者，使得泰戈尔的诗歌以一种最易被接受的强有力的形式出现在读者面前。

2. 偶然还是必然的接受

在涉及任何一个作家或者某一种文学思潮的传播的时候，跨国接受一定都不是无缘无故的，总是有着它自己的理由。那么，是什么导致了西班牙或者说西语世界想要接受一位来自当时还是英国殖民地的东方作家呢？笔者认为希梅内斯在当时是觉得有一种内在需求，这种需求引导他向外看，想要试图找到一种外国诗歌传统。他觉得在鲁文·达里奥（Darío，Rubén）去世后，现代主义的天鹅之颈被拧断了，西语世界的诗歌全都是一些二流作品。西班牙诗人在寻找一种亲近自然的诗歌，一种远离那种冰冷的人工大理石的作品。而泰戈尔的诗歌恰好就是这种希梅内斯或者说西班牙诗人们所一直在寻找的，他的那种内在宁静和孤独，他在诗歌中和神的交流，唤醒了当时的西班牙诗人，并且给当时的西班牙诗人带去了一股清流，让他们感受到了诗歌的出路。所以，泰戈尔的接受究竟是一种偶然还是一种必然呢？笔者认为，这种接受是人为的，必然中带着偶然。所谓必然，是指西语诗人一直在寻找出路，那么寻找出路就意味着他们会去关注外国诗歌，关注东方诗歌，而偶然是说这个出路也许不一定是泰戈尔，也许会是另外一个东方诗人的一服良药，但是泰戈尔的特殊之处，不仅在于其诗歌的优美，也在于他和英语世界的联系，使得他更加可能被欧洲接受。

3. 褒扬与贬抑：随时间而变

我们所理解的泰戈尔的接受，印象中可能是正面积极的，但实际上并不是这样。比如前文中所提到的，里斯科这位加利西亚的学者，一开始是非常敬仰泰戈尔的，但是后来由于自身的激进民族主义思想以及法西斯主义倾向，转而批评泰戈尔（后文中葡语世界的接受也有提到）。再比如秘鲁的著名诗人巴列霍（Vallejo，César）和阿根廷的大作家博尔赫斯（Borges，Jorge Luis），就是完全的负面评价，但是智利作家米斯特拉（Mistral，Gabriela）和聂鲁达（Neruda，Pablo）则对泰戈尔称赞有加。米斯特拉认为泰戈尔的诗歌有能力将知识转化为内在精神经验，她认为泰戈尔是稀有的如同唱歌的牧羊人那样的诗人。而其学生聂鲁达承袭了老师对这位大诗人的热爱，他认为泰戈尔的诗歌中饱含深藏的象征和精妙绝伦的表达，他也继承了泰戈尔的关于爱的主题。但相反，巴列霍就很讨厌泰戈尔，他直言“泰戈尔就像是一位服务英国主子的高等妓女”，箭头直指泰戈尔民族身份和立场的暧昧含混。博尔赫斯则不喜欢泰戈尔诗歌中的那种甜美、比喻和繁复。但是后来，泰戈尔频繁的社会介入彰显了自己的民族立场，使得博尔赫斯不吝言辞分析泰戈尔在压制之下的独立人格和自由，但他认为这些想法是来自欧洲的。从这些例子中，我们可以看出，泰戈尔在西语世界的接受是在变化和浮动的，并不是一成不变的，也不是一直都是正面积极的，有时也是负面的。

4. 时间节点，起起落落

另外值得注意的是，西语世界的接受和英语世界的接受节点是基本吻合的，也就是说泰戈尔在英语世界的接受是至关重要的，正是因为他在英语世界被翻译被讨论，瑟诺比亚才得以阅读到泰戈尔的英文译本，最后和自己的丈夫希梅内斯将其引入西语世界。战争也是一个刺激，因为反对殖民、要求民族独立等社会浪潮的影响，加上泰戈尔本人的政治介入——他大声呼吁并且声援其他未独立国家和民族，他的政治身份辅助了他的诗人身份，使得他得以被人关注。但是战争结束，泰戈尔去世后，这种浪潮逐渐衰退了，在今天的西语世界，鲜有人提到或者研究泰戈尔。这也说明了历史进程对于作家在异文化中的接受是有很大影响的。

（二）葡语世界

相较于西语世界泰戈尔的广泛接受以及兴盛的翻译热潮，葡语世界对泰戈尔的反应要冷清得多，也可能是因为葡语文学本身在20世纪并没有像西语文学那样引起广泛关注，也可能是由于缺少像希梅内斯这样的大作家的大力倡导。不过在葡语文学区域，泰戈尔作品还是有着自己的一个传播轨迹。这中间比较有意思的现象是，文学的翻译和传播呈现出附属地或者说殖民地反哺宗主国的现象，尤其是在果阿这一地处印度、曾经的葡萄牙殖民地。这里的作家由于地缘、文化和泰戈尔较为接近等因素，大力译介泰戈尔，进而影响了泰戈尔在整个葡语区的传播。

1. 加利西亚

加利西亚虽然是西班牙西北部的一个自治区域，但是这一地区的主要语言是加利西亚语。加利西亚语和葡萄牙语非常接近，因而将这一区域单独划在葡语区。加利西亚区域内泰戈尔作品的译者和接受者并不多，主要是里斯科这一位。里斯科早在1914年就开始发表关于泰戈尔的演讲，他对于泰戈尔的诗歌有着自己的独特理解，认为泰戈尔的诗歌在被翻译成英文之后，就失去了那种孟加拉语中存在的音乐性。1930年，里斯科有幸参加了泰戈尔在柏林大学的演讲，但在这之后，由于自身的一些原因，其对泰戈尔的喜爱和敬意有所削弱（上文有具体论述）。

2. 葡萄牙

葡萄牙的泰戈尔译介和奥利维拉·萨拉查（Salazar, Oliveira）的独裁统治有着密切的关系。1910年，葡萄牙的君主制落幕，预示着一个共和国的出现，这刺激了一大批民主和文化组织对于社会变革、振兴教育文化的兴趣，直到萨拉查的独裁统治出现。泰戈尔的接受正好经历了政治整个起起伏伏的阶段。当大家能够说话的时候，这种接受自然要强烈一些；相反，当大家被迫沉默的时候，接受就要弱一些。无一例外，这些接受或者说喜爱泰戈尔的葡萄牙诗人们，都是反对战争和法西斯的，本托·德·热苏斯·卡拉萨（Caraça, Bento de Jesus）自然也是如此，他还积极参与了地下的反萨拉查独裁的活动。在1939年1月22日，他发表了一篇关于泰戈尔的演讲，在随后组织的音乐会上，首次将五首泰戈尔的诗歌译成葡语，卡拉萨高度评价了泰戈尔诗歌的张力，认为他的诗歌有着潜在的统一性，如同施加了魔法一样。除此之外他还评论了不少他阅读到的泰戈尔作品的法文译本。

奥古斯托·卡西米罗（Casimiro, Augusto）也同样积极反对独裁，他出于对泰戈尔的崇拜，尤其是对诗歌的喜爱，翻译了泰戈尔的一些诗歌。这些诗歌在1939年以《诗歌：音乐家与诗人》（*Poesias: o músico e o poeta*）为名出版，这是对《吉檀迦利》、《园丁集》和《新月集》的一个选集。1943年，里斯本的一家出版社又出版了一本诗歌选集，由卡西米罗作序、编选翻译，最后以《诗篇》（*Poesia*）为题出版。这本选集主要是从泰戈尔的《园丁集》、《新月集》和《游思集》（*The Fugitive*）中选编。

果阿这一位于印度的葡属殖民地也影响了泰戈尔在葡萄牙的传播。果阿的教育家、学者们对于泰戈尔的翻译推动了泰戈尔作品在葡语区，尤其是葡萄牙的接受。这主要是由于果阿虽然地处印度但是却属于葡语区域，因而在语言文字上天然和宗主国葡萄牙有着联系，这就使得泰戈尔这位印度大作家的作品得以在欧洲传播。泰戈尔的作品被从马拉塔语、印地语、孟加拉语甚至梵语翻译至葡语，并首先发表在果阿所办的报纸上。

20世纪20年代是泰戈尔在葡萄牙传播非常重要的一段时间。1921年印度国际大学成立，泰戈尔游访欧洲做演讲、募集资金、传播自己的思想。在这一背景下，葡萄牙也较为迅速地开始接受泰戈尔。罗兰对于泰戈尔在葡萄牙的传播也有很重要的作用，主要是他对于葡萄牙知识分子的影响号召力，加之他个人对于印度的一些兴趣比如说撰写《甘地传》(*Gandhi*)等等，这些也都加深了葡萄牙的知识分子对于泰戈尔的了解。

在葡萄牙出版的泰戈尔作品中，翻译版本最多的是《家庭与世界》。这本书首版于1941年，译者特洛·德·马什卡雷尼亚什(Mascarenhas, Telo de)是一位果阿作家，并且他是从孟加拉语直接翻译，随后1945年和1955年书籍再版，由此可见果阿对于泰戈尔在葡语区传播的贡献是关键性的。费尔南达·平托·罗德里格斯(Pinto Rodrigues, Fernanda)从英语翻译过同一本小说，1973年出版，1992年和1998年再版。

六、匈牙利的泰戈尔研究

泰戈尔在匈牙利的译介带有鲜明的意识形态色彩，他的形象几经变形，几经解读，成为匈牙利想象东方的一个窗口。

1913年，泰戈尔获得诺贝尔文学奖，匈牙利的读者们惊讶于在欧洲文化式微的时候竟然有一位东方诗人大放异彩，这使他们感到片刻的眩晕。然而这种激情只持续了几个月，很快就陷入了困惑不解的状态中，并最终被世人所遗忘。20世纪20年代，泰戈尔作为一位先知者形象，为浸泡在物欲和血液中的文明召唤着曙光与希望。到了1955年，泰戈尔的形象又成为反帝国主义的思想者、后殖民世界的精神领袖。

然而，匈牙利对泰戈尔的第一次介绍却充满了误读与暧昧的信息。报道中不仅拼写错了泰戈尔的名字，而且将他和另一位音乐家张冠李戴，把正值壮年的泰戈尔描绘成一位82岁的耄耋老人。尽管第二天报道被纠正过来，但是这个错误的介绍暗示了欧洲对于东方极为揶揄的传统偏见，他们难以相信亚洲会有鲜活的现代文化。正如萨义德在《东方学》(*Orientalism*)中所指出的，东方话语投射了一整套虚假的话语系统，在西方人眼中，东方是衰老的、落后的、女人气的、无政府主义的。这个82岁的老人形象代表了时间停滞的东方，中年的泰戈尔被欧洲强加了这一先知老人的面孔，在种种误读与肆意涂抹中越来越飘忽不定。

两周之后，当时一位重要的匈牙利诗人米哈伊·鲍比契(Babits, Mihály)从英语转译过来泰戈尔的三首诗，并写了一篇评论文章，认为泰戈尔是叶芝之后可以与阿西西的圣方济(San Francesco di Assisi)等量齐观的人物。另一位著名诗人德热·科斯托拉尼(Kosztolányi, Dezsö)在没有读过很多泰戈尔作品的情况下，就说泰戈尔是西方文化遗产的继承者。因为泰戈尔名字的发音在匈牙利人听来很奇怪，所以泰戈尔的名字竟然成为当地居民测试醉酒的一种方式。

20世纪上半叶，匈牙利爆发了一场文学运动，这场运动以杂志《西方》(*Nyugat*)为阵地，致力于通过借鉴西方现代文学的成就推进匈牙利文学的现代化。这次轰轰烈烈的运动可以说是忽视或者敌视泰戈尔的原因之一。有趣的是，在敌视泰戈尔的氛围下，《西方》文学圈里有一位打油诗作家弗里杰什·考林蒂(Karinthy, Frigyes)创作了一本漫画集，里面不仅以漫画的手法表现了当时重要的文学人物，也戏拟了泰戈尔。尽管英语版的《吉檀迦利》缺失了印度语言和文化的注解，但是这位匈牙利的幽默文人通过他异国风格的呓语成功阐释了泰戈尔的诗。

关于泰戈尔作品的翻译，其实是很晚近的事情。1914年，叔本华(Schopenhauer, Arthur)和王尔德(Wilde, Oscar)的匈牙利译者费伦茨·凯伦(Kelen, Ferenc)翻译出版了泰戈尔的一卷诗集，应该是匈牙利最早的正式翻译作品。匈牙利中产阶级读者们都熟悉德语，20世纪初接触的都是泰戈尔的德语译本，直到20年代早期，才出现了一些从英语转译过来的匈牙利语译本，这些翻译作品产出很快，但是缺少介绍和注解。匈牙利语的《人生的亲证》出版于1921年，和其他翻译不同的是，这个译本有一篇译者米哈伊·弗尔迪(Földi, Mihály)写的导言。弗尔迪认为泰戈尔作品中所表现的爱与天人之间的和谐并非新东西，而是为人们所一再遗忘的东西，人类需要重新唤醒它们。他还将泰戈尔作为对抗现世生活的一剂安抚的良方，并以《圣经》式的口吻写出了自己对于神—人的疑问。

此外，在泰戈尔诗歌的翻译形式中，也出现了几种情况。有的译者，比如鲍比契偏爱散文化的翻译，他觉得这样更能唤起他对阿西西的圣方济的直白简洁式的诗篇的回忆。还有其他一些译者，试图通过匈牙利韵律的分节翻译形式靠近孟加拉语中原汁原味的泰戈尔。比如维尔莫什·佐尔坦（Zoltán, Vilmos），他翻译的《吉檀迦利》和《园丁集》就是采用的匈牙利传统民歌韵律。将泰戈尔的作品翻译民歌化是一种靠近原典的努力，尽管这只反映了孟加拉诗歌的一面而丢失了精细美妙的另一面，但是这更贴近泰戈尔的自然质地。

散文化的翻译不仅是保守翻译者的选择，也是一些异化翻译者的选择。科斯托拉尼在翻译泰戈尔的过程中就进行了一些改造。比如在《采果集》第37章的《舞女》（*The Dancing-girl*）这篇作品中，婆罗门优波掘多的故事表现了僧侣的原则性与坚定不移的品质，苦乐的消解是通过弃绝世界来实现的。但是科斯托拉尼对于佛的思想并不感兴趣，他转移到了说教自己的思想上，同时将原本沉静入定的人物刻画得更加富有情感性。在匈牙利的版本中，舞女对优波掘多的爱是大胆明晰的，优波掘多也表现出了对于爱的深沉痛苦。这种对于形式和内容的改造并不是个例，之后的山多尔·韦厄雷斯（Weöres, Sándor）也将泰戈尔的诗翻译成了匈牙利式的抑扬格体，并改换了原作内容。科斯托拉尼的翻译悦耳动听，音乐感极强，在匈牙利十分盛行，因此就有人尝试将这些诗应用到音乐中去。比如吉奥基·卡尔达斯（Káldas, György），他把科斯托拉尼翻译的《盲女》谱成了民歌。这是另一种以民间文学形式译介泰戈尔的尝试。

泰戈尔在匈牙利的流行也引起了一些知识分子的反对。反对的声音来自四面八方，并没有政治或者思想团体的组织。教会的一些代表抨击那些想要把泰戈尔塑造成先知者、理念承载者的人，但他们依旧认为泰戈尔是一个优秀的诗人。1926年，什瓦·扎博尔斯基（Záborszky, Isvá）写了一本为泰戈尔做辩护的书。他在西方哲学的视角下阐释了泰戈尔的思想，驳斥了基督教的一些教义，比如一元神论、不依靠上帝的救赎等等。他在书里赞扬了这位印度诗人的高贵品质，尽管作者知道印度教是驳杂的，但是他认为泰戈尔已经达到了精神的顶峰，诗人在诗里表达的爱与积极的态度、精神的深度都是值得珍视的。

匈牙利哲学家捷尔吉·卢卡契(Lukács, György)对泰戈尔进行了强烈的攻击。1922年,在读了泰戈尔的小说《家庭与世界》之后,他写了一篇德语文章,认为这部小说讲述了一个劣质的资产阶级故事(泰戈尔温和的政治态度),并解释了泰戈尔盛名的政治驱动力。卢卡契的态度展现了许多匈牙利知识分子对于印度文化的肤浅认识和将泰戈尔视为共产主义运动敌人的态度。20世纪20年代,主流知识分子对于泰戈尔的兴趣远远低于匈牙利的普通民众,但是一些作家比如山多尔·马洛伊(Márai, Sándor)、法布里·佐尔坦(Zoltán, Fábry)、科斯托拉尼,表达了他们对泰戈尔的复杂感受,他们最终承认了泰戈尔的人性价值和他的诗学成就。

来自特兰西瓦尼亚的两位著名作家阿拉达尔·昆茨(Kuncz, Aladár)和耶诺·奇道(Dsida, Jenö)对泰戈尔持无保留的欣赏态度。昆茨将那个时代最有影响力的匈牙利诗人翁德雷·厄岱(Ady, Endre)与泰戈尔进行了比较。他认为在厄岱的诗里,自然与自我、生存与死亡处于一种和谐统一的状态之中,这与泰戈尔的统一是相似的。但是泰戈尔的统一是印度哲学的基本原则,而厄岱的统一则是基于直觉和情感背景。奇道的早期诗作《向着东方的日出》(*Towards the Eastern Sunrise*)表达了他对西方的失望和对东方的向往。在这首诗里,巴黎和阿纳托尔的玩世不恭代表着西方,而泰戈尔则是东方希望与光明的象征。

20世纪20年代,泰戈尔的思想得到了一些匈牙利作家的积极回应,这些人都是战后成长起来的失落的一代。帕特里克·霍根(Hogan, Patrick C.)称这种积极的回忆为境遇认同(situational identification)。随后到了20年代末,对泰戈尔的欣赏变成了批评,这一时期的重要文本是罗饶·豪伊诺齐(Hajnóczy, Rózsa)的《孟加拉之火》(*Fire of Bengal*)。这本书将泰戈尔描绘成一位疲惫的老人,并很快取代了泰戈尔的作品在匈牙利读者中盛行。

二战后,一些匈牙利语翻译作品在境外出版,泰戈尔的作品成为反法西斯的精神食粮,为反法西斯事业做出了很大贡献。但是匈牙利独立初期,由于印度与西方暧昧不清的缘故,泰戈尔在很长一段时间内被忽视了。直到1955年,泰戈尔被重新挖掘、纪念与宣传,一座泰戈尔的半身像被竖立了起来，一个以泰戈尔命名的组织也在匈牙利成立。泰戈尔被人们重新阐释，他在《戈拉》中表达的对自由的热爱与追求也成为人们反抗意识形态霸权的思想武器。泰戈尔的形象在人们的不同解读下不断叠加，像沉积岩一样不断丰富着匈牙利以及世界的认知。

第五节　美洲地区的泰戈尔研究

一、加拿大的泰戈尔研究

泰戈尔访问美国时，媒体进行了大量的报道宣传，然而，他访问加拿大时，却鲜有人问津。他的言行举止、作品，以及对艺术的观念，对加拿大产生的影响一直被忽略。此部分旨在抛砖引玉，期待更多人能就此课题进行进一步研究。

同为殖民地的印度和加拿大，不被允许建立外交关系，只能通过两种方式进行交流，即移民潮与文化交流。

1906年，华工锐减，印度劳工暴增，印度向加拿大的移民潮由此形成。1907年，加拿大发生了反亚裔暴乱，温哥华当局采取了限制移民的“持续旅行”法案，印度劳工被遣返回国。印度英政府对此给予了密切的关注，担心在加的印度人因不合理待遇而产生骚乱。然而，骚乱还是发生了：1914年“驹形丸号”（Komagata Maru）事件爆发，轮船由印度出发，抵达目的地温哥华时不被允许靠港，乘客等待了几个月，没有采取任何医疗措施，导致数人死亡，最终乘客被遣送回了印度。因此，泰戈尔拒绝了数次来自加拿大的邀请。

文化交流方面，孟加拉文化复兴时期，泰戈尔祖父支持的知梵协会与北美地区文化界有往来，多年后，该组织的外围分支——波士顿和多伦多分会——首次发现了泰戈尔诗歌的价值。泰戈尔第一次访问北美，通过该组织而被人们所熟知。除了上述组织外，杰贝兹·托马斯·桑德兰（Sunderland, Jabez T.）先生也为泰戈尔作品在北美的传播做出了贡献。他在泰戈尔的家乡接触到了泰戈尔的作品。泰戈尔于1912年访问美国时，二人便建立了联系。桑德兰出版了《印度的束缚》

(*Bondage in India*)一书，受到了泰戈尔的赏识，被评价为："证实了林肯总统的名言：没有一个国家伟大到足以去统治另一个国家的程度。"

1913年8月，也就是泰戈尔获诺贝尔奖前3个月，首个引进加拿大的泰戈尔作品《来自印度的诗歌》(*Song offering from India*)出版，它是《吉檀迦利》的节选。出版者是诗人和律师出身的乔治·麦肯齐(Mackenzie, Geogre)。作为泰戈尔的粉丝，麦肯齐曾在1913年写信给泰戈尔，后者也回信了，感谢他寄来自己的诗歌，并写道："以我的诗歌作为你的诗歌创作灵感来源，关于这点我很欣慰。(I am much appreciated the fact that you had found my translations an inspiration of your own verse.)"

泰戈尔于1929年春天访问了加拿大，参加加拿大教育与文化部主办的国际会议，这是他第一次也是唯一一次访问加拿大，是他的第十次国外旅行。1916年时，泰戈尔曾受到邀请访问加拿大，但因为"驹形丸号"事件，他表示此生决不踏入加拿大和澳大利亚的土地。

此次访问中，泰戈尔共发表了三场公开演讲，参与了一次公开活动。他访问的主题是"教育自由"，其中一场演讲题目为"休闲哲学"，具体内容包括教育自由化，艺术家的重要性，日常生活休闲的重要性。他特别强调休闲在激发创意想象方面的作用。当时的社会正在快速发展，交通业(飞机)和通信业(广播)发展迅猛，而他倡导的休闲理念正是一种与外部世界的快速发展及实用主义进行对抗的力量。

二、哥斯达黎加的泰戈尔研究

哥斯达黎加是个有着450万人口的中美洲国家，官方语言是西班牙语。这部分将关注泰戈尔的作品首次出现在这个国家时的情况。哥斯达黎加开始了解泰戈尔是在他获得诺贝尔奖之后。如果泰戈尔没有获得诺奖的话，那很可能这个国家或者整个美洲大陆都不会听说有关他的任何事情。

(一)历史、社会和文化语境

哥斯达黎加自1821年从西班牙独立之后，社会和经济并没有发生显著的变化。19世纪末20世纪初，争取拉丁美洲团结的愿望日益强烈，寻找统一身份的诉求呼声越来越高，诗歌成为受高度重视的文学表达。

何塞·恩里克·罗多（Rodó, José E.）1900年根据莎士比亚（Shakespeare, William）的《暴风雨》（*The Tempest*）发表了一篇题为《爱丽儿》（*Ariel*）的文章。这成为持有"为一切人的教育"这一原则但却有着基督教的怜悯意识的拉丁美洲人的范例，强调了西班牙祖先和对北美物质主义和扩张主义的拒绝，目的是要实现一种无差别的拉丁美洲团结。"爱丽儿主义"运动兴起，表明贵族阶层失去了社会和政治力量，将要取代他们来领导拉丁美洲的那个阶层要以文化和精神价值教育来抵御物质主义对年轻人的影响。

拉丁美洲的文化新生和加勒比（作为一个民族）的联合通过报纸和期刊得到了彰显，这一开始被用来传播独立思想，后来又被用来为促进国家间的团结。因此，知识分子和作家认为出版拉丁美洲的思想家和作家的文学作品和文章很重要。哥斯达黎加也跟随着这个潮流，通过出版和传播人文主义的文化来参与这一运动。

（二）20世纪初哥斯达黎加的文化期刊

19世纪末，哥斯达黎加所有第一代作家都在为巩固民族文学而努力。这是哥斯达黎加社会城市化和现代化的黎明，也是"爱丽儿主义"的实践，这个词被作为一种受神智学者影响的政治想象和神秘主义。欧洲学者推出了一系列把梵语译成英语、法语、德语的文学翻译著作，这些著作在19世纪也被翻译成西班牙语。德国哲学家到达了拉丁美洲，首度将一批梵语文学译成拉丁美洲西班牙语。这建立起了拉丁美洲与印度的第一次联系，因而当泰戈尔出现的时候，社会上就已经有了一种了解这个来自遥远国家，代表着"东方的智慧"和"诗歌之美"的作家的热情。

20世纪初，虽然哥斯达黎加人口很少，文化方面，尤其是偏文学的报纸杂志却很丰富。这些出版物的目标不仅是提供信息，更是希望教育哥斯达黎加的人民，成为与中美洲和拉丁美洲其他期刊交换思想的媒介。

期刊杂志通常都会发表业余爱好者和知名作家的诗歌。渐渐地，一个孤立的文学事件发生了，泰戈尔的诗及关于他的著作和生平的消息出现了，直到后来这在文化杂志《美洲文集》(*Repertorio Americano*)上成为常态。

《喧嚣》(*Pandemonium*)是第一本发表了泰戈尔一首题为《致男孩》的诗的杂志。这首诗由《新月集》中的两首诗组成。《新月集》由翻译家瑟诺比亚，西班牙诗人希梅内斯的妻子翻译成西班牙语，1915年在马德里出版。除了这首诗，还有一部分是关于泰戈尔的生活和工作的。一些新闻根据其他报纸报道了他的朋友圈和他的观点，华金·加西亚·蒙赫(García Monge, Joaquín)，哥斯达黎加的一位作家、教育家和思想家认为这在当时是非常典型的。1914年，《新月集》的西班牙语译本尚未出版。因此以上提到在《喧嚣》发表的这些诗歌是个谜，因为我们不知道谁翻译了它，它从何而来。

这首诗包括两部分：第一部分叫作《何时与为何》，并且紧接着的就是没有任何标题的第三号诗，叫作《泉》。引人注意的是没有任何对书目数据或者来源的说明。

直到1914年11月15日，《喧嚣》上才发表了一篇关于泰戈尔获得诺贝尔奖的解释性文章，紧跟着的是两首翻译成西班牙语的泰戈尔的诗。这篇文章似乎是关于泰戈尔的一条长篇信息的总结。基于船运的信息流通速度非常慢，因此这篇关于泰戈尔的文本在从欧洲或美国到达这儿前很可能花了好几个月的时间。

这篇文章由对阿尔弗雷泽·诺贝尔(Nobel, Alfred Bernhard)的遗嘱的解释开篇，说明了为什么这个奖会被特别地颁给那些写出了最具有理想主义的作品的人，这是泰戈尔获奖的根本原因。正如文章所写，"《吉檀迦利》无疑是长时间以来出版的最具理想主义的作品"。它在下面一段中接着写道："它的作者罗宾德拉纳特·泰戈尔被看作印度民族主义的先知"，这值得重视，因为它谈及了泰戈尔民族主义的一面。然而，使用"先知"这个词让人想到他被视作一个思想家，更多的是出于犹太—基督教传统，这个意义上的先知是指他为人民指明了沟通上帝启示的道路。

前面谈到的这篇文章提到，泰戈尔的父亲是"他的同胞中的著名人物，无论这些人的角色是什么"。此外，这篇文章还提及泰戈尔的家庭在孟加拉的地位很重要，因为他的祖父德瓦尔伽纳塔·泰戈尔曾经被维多利亚女王接见并且“他的父亲是伟大的预言家和泰戈尔大人”。这篇文章中对“maharshi”这个词的翻译有错误，并且还把“Lord of Tagore”和“地主”这个词弄混了。

稍后，一篇文章总结了泰戈尔的生平，并且说明他的文学创作在他很小的时候就开始了。它强调了泰戈尔的教育工作和教学方法，尤其强调了他的户外课程。至于泰戈尔的诗歌写作，这篇文章声明他只是在欧洲为人所知，作品是他自己译成英语的，用韵体散文体裁，表达非常简单精确，从不含糊，他还令人钦佩地表达了由对宇宙的沉思性凝视产生的思想和情感之间的一致。“泰戈尔的诗歌极具音乐性，让我们想到这是由一位对微妙的音乐非常熟悉的音乐家写的。他的诗歌不是用来朗读的，是用来吟唱的。”这篇文章还补充道：“没有诗人比泰戈尔更清楚如何表达人的灵魂与自然间的亲密度，并与此同时，显示出一种清晰而广博的哲理。这样的抒情神秘主义被无与伦比地升华了。”作者将泰戈尔的诗比喻为《圣经》中的颂歌和赞美诗。这篇文章的作者想要通过文学和诗歌教导它的读者了解印度，尤其是通过泰戈尔这样一位很有名望的作家。因此，泰戈尔就被视为印度的使者。

就泰戈尔作为教育家的身份来说，文章重点强调了两个方面：第一，泰戈尔的开创性的措施使之成为一位教育改革者；第二，课程是在户外的树下被教授的。泰戈尔论教育的文章尚未传至这个地区，但是这些方面吸引了哥斯达黎加的思想家和教师们的注意，泰戈尔可以和其他欧洲作家一样在师范学校被阅读。泰戈尔的教育思想影响了哥斯达黎加的教育家，尤其是在大学课堂。

文章的作者高度重视《吉檀迦利》，因为这份颂歌免除了痛苦与悲伤，难过与恐惧，拉丁美洲的读者在他的作品中观察到：泰戈尔在诗歌中更重视美与和谐。

双月刊《雅典娜》于1917年至1920年间发表了许多关于文学话题的文章。1918年泰戈尔的另一首诗发表在了这份杂志上。这次有了诗人的名字，被称为“第十二首诗”，好像之前有十一首诗被发表过一样，但还是没有提供任何书目来源以及译者身份的信息。这首诗来源于《采果集》。

加西亚·蒙赫编辑出版了1919年至1958年的《美洲文集》，它最特别的一刊出版于1959年。随着泰戈尔在这个书目中出现，哥斯达黎加掀起了第二波阅读泰戈尔的热潮。泰戈尔在哥斯达黎加最早发表的作品之一是《园丁集》，由加西亚·蒙赫的出版社印刷，在《美洲文集》做宣传。

《美洲文集》报道了泰戈尔去其他国家的访问，也发表了他的故事、诗歌、散文和采访，尤其是他在阿根廷期间创作的作品。加西亚·蒙赫是从阿根廷的报纸中挑出这些新闻的，通过《美洲文集》的宣传，泰戈尔在拉丁美洲才引起了其他国家的重视。

加西亚·蒙赫没有将泰戈尔理想化，虽然一些人谈论泰戈尔的时候说他是一位“印度圣人”。他的诗歌和教育著作是新闻报道的主要内容。泰戈尔教育改革家的身份受到了人们的关注。他对于教育的主张被高度重视，尤其是在哥斯达黎加这样一个杂志和报纸不仅提供信息也要进行教育的国家里。

《美洲文集》还报道了1950年6月关于泰戈尔的89岁生日的一些事件。在泰戈尔结束他的密集旅行，1924年从阿根廷回到印度之后，关于他的消息就是间断性的。这本杂志从来没有介绍过泰戈尔的绘画，虽然它的确知道泰戈尔这些旅行的目的之一就在于通过卖画为他的国际大学筹集资金。对泰戈尔的接受局限在诗歌、精神性和他的教育想象之内。

《美洲文集》停止出版十年后，希尔达·陈·阿布依（Chen Apuy, Hilda）发表了第一篇关于泰戈尔的研究文章。陈·阿布依是哥斯达黎加大学的荣誉退休教授、教育家和杰出的全球演讲家，被授予了很多国际荣誉。她是第一个读了一所印度大学（巴拿勒斯印度大学）的哥斯达黎加人，也是这所大学的第一个拉丁美洲学生。她后来还在联合国教科文组织的资助下读了亚洲文明和梵语系，并且在哥斯达黎加大学成立了梵语系，开设有关印度、中国、日本的艺术、文学和历史的课程。由于她的权威，哥斯达黎加大学的哲学系和语言与文学中心还在长达32年的时间里开设了一门研究泰戈尔和他的著作的课程。陈·阿布依的目的在于要打开哥斯达黎加这个小国家通往亚洲文化的大门。

（三）哥斯达黎加教育中的泰戈尔

哥斯达黎加的教育改革家奥马尔·淡高·格雷罗（Dengo Guerrero, Omar）认为未来的教育者应该阅读世界文学里伟大作者的作品，这其中就包括泰戈尔。他自己就深受泰戈尔的教育哲学影响。

泰戈尔的作品一直持续地被大学生阅读，选修泰戈尔课程的学生经常喜欢做研究和创造性的工作。比如说，伊雷妮·乌略亚（Ulloa, Irene）就写了一篇关于泰戈尔的小说《家庭与世界》的论文，这本小说只有英语译本，几年之后才有西班牙语译本。乌略亚翻译了泰戈尔的短剧《迦尔纳与贡蒂》（*Karna and Kunti*）以及故事《一封妻子的信》（*A Wife's Letter*），她也根据别人从孟加拉语翻译成英语的译本，再译成西班牙语的。布雷恩·梅森·罗贝尔多（Brenes Mesén, Roberto）写了好几篇关于泰戈尔的文章。最近西尔维娅·克萨达（Quesada, Silvia）在哥斯达黎加大学为庆祝泰戈尔诞辰150周年而举行的研讨会上推出了她对《园丁集》和《邮局》的改编。这个研讨会意义重大，为希望更多了解泰戈尔的学生、教授和其他人提供了契机。

（四）结语

罗宾德拉纳特·泰戈尔的诗歌给20世纪初的读者留下了深刻的印象，这些年来他从未被遗忘。原因之一就在于泰戈尔的诗歌创作成为哥斯达黎加作家的典范，泰戈尔给了哥斯达黎加民族文学新生的推动力。哥斯达黎加民族文学正逐步脱离欧洲模式走上自己的发展道路，就像孟加拉的语言和文学在19世纪做的那样。哥斯达黎加的诞生和拉丁美洲身份的确认是通过拉丁美洲西班牙语实现的，而不是通过在西班牙说的西班牙语。与之相关的是争取避免受到欧洲的美学主张和审美观等模式的过分影响，通过教育和文化的发展争取独立和社会意识。一些知识分子把泰戈尔的诗作为来自东方的充满智慧的神秘回音，大量哥斯达黎加的作家都受到了泰戈尔创作意象的影响。

自从泰戈尔被授予诺贝尔奖，他在哥斯达黎加就一直持续地被阅读。年轻的读者享受他的故事和诗歌，并且想读更多他的作品，这不仅是因为他的情感吸引了他们，还有作者所关注的正义、民族主义、知识和艺术这些相关的话题。这是他们想更多地了解泰戈尔和印度文学的原因。

三、墨西哥的泰戈尔研究

墨西哥和印度之间的商业联系从殖民时代就开始了。17世纪，两地间建立了一条借用菲律宾作为货物交换点的特殊航线。圣胡安的卡塔里娜(Catarina de San Juan)——一个据说有印度血统的偶像性的女性为“新西班牙”和印度之间的文化交流及多种食材间的商业贸易做出了很多贡献。1914年,何塞 · 瓦斯康塞洛斯(Vasconcelos, José),墨西哥的哲学家、作家和政治家开始了某种对墨西哥和印度之间的联系和比较研究。他在墨西哥革命中期开始读泰戈尔的作品,这时泰戈尔刚刚被授予诺贝尔奖。

(一)何塞 · 瓦斯康塞洛斯把泰戈尔带到了墨西哥

在瓦斯康塞洛斯看来,泰戈尔获得诺贝尔文学奖刺激了许多作家和空想家从教条主义中脱离出来。阿根廷是拉丁美洲第一个接受泰戈尔的国家,泰戈尔促使人民重新思考亚洲和拉丁美洲之间的文化和知识关系。泰戈尔作品的反响不仅仅体现在瓦斯康塞洛斯的鉴赏性文章中,泰戈尔的社会和文化观点也被付诸实践。当他在1921年至1924年间担任教育部秘书长时,瓦斯康塞洛斯开展了反教育落后和文盲的奋争,侧重于文化的传播、对当地艺术的欣赏、图书馆的推广和地方学校的创建。首先,他创建了一批真正具有读写能力的教师队伍,他们的核心理念是讲授和推广瓦斯康塞洛斯视作经典的作品,这个系列中包括柏拉图到但丁,托尔斯泰到泰戈尔的作品。这是通过教育来重建国家的象征。瓦斯康塞洛斯免费发放了一些图书,具体的数量不确定,但很可能超过了一万册,其中就有泰戈尔的《新月集》和《民族主义》。在泰戈尔对阿根廷的访问之后,瓦斯康塞洛斯认为墨西哥应该邀请他。虽然泰戈尔没有到墨西哥,但这并没有削弱他的思想和文学的影响力。他的教育思想对墨西哥来说意义空前。

泰戈尔的审美观成为墨西哥文学专业的指导,这体现于瓦斯康塞洛斯写于1926年的文章《印度学》(*Indology*)中。泰戈尔给予了墨西哥的作家、诗人、哲学家灵感和文学指导。20世纪的前20年,墨西哥的人文主义的学者认为泰戈尔的文学是全球传统的一部分,在这个传统中亚洲和中美洲文化的声音在和谐中发出。

(二)泰戈尔的美学观和他在墨西哥引起的反响

成立于1909年的“青年雅典娜协会”是20世纪前25年墨西哥的一个文化、文学、哲学和人文主义运动。它的知识活动吸引了整个国家的文学圈乃至许多相似的拉丁美洲团体的注意。这个运动讨论的核心不仅仅是欧洲的文学和哲学，也涉及东方的传统，尤其是泰戈尔的文学。墨西哥泰戈尔研究的问题是只能通过在墨西哥流通的译本来了解他的著作，这个问题在今天仍然存在。在这场运动中，在实证主义观点和社会的非人道主义被批判的时候，泰戈尔的文学和美学观引发了反响。

瓦斯康塞洛斯认为文学资源并非一定要来自希腊及罗马。他在南亚和日本的美学观和思想中找到了灵感。瓦斯康塞洛斯对泰戈尔的文学作品推崇和与亚洲对话的倾向使得阿方索·雷耶斯（Reyes，Alfonso）称他为“萨巴特克—亚洲人”。这意味着瓦斯康塞洛斯在他对亚洲传统的研究中受到了墨西哥的前西班牙文明的影响，尤其是坐落于南墨西哥瓦哈卡的萨巴特克文化的影响。通过语言的建设，雷耶斯认为瓦斯康塞洛斯他自己就是墨西哥和亚洲之间文化交流的桥梁，这在那时知识界的讨论中是很新颖的。瓦斯康塞洛斯构建了古墨西哥思想和印度传统间的独特桥梁。1929年，在革命前社会不平衡的动荡状态中，他对印度美学观的偏好使得泰戈尔作品的传播超出了文学圈。他致力于通过社会行动来落实泰戈尔和甘地的主张。

1916年，墨西哥陷入了非常复杂困难的处境。在第一次世界大战的语境下，世界性的道德危机使得瓦斯康塞洛斯更加尊重和认可印度的文化和哲学传统。正是在这个时候，对泰戈尔的欣赏发展起来，这伴随着瓦斯康塞洛斯和其他拉丁美洲作家对印度文本的重读。所有这些因素都使得泰戈尔的作品成为进入南亚文化的港口。当瓦斯康塞洛斯返回墨西哥担任两个重要职位——墨西哥国立大学的校长和公共教育部的部长时（1920—1924年），泰戈尔作品的传播、影响和回应在国家层面大大增加。正是这个时期，瓦斯康塞洛斯在墨西哥发放了《民族主义》、《新月集》、《人格》（*Personality*）这些著作以及托尔斯泰和柏拉图等作家的作品。

（三）学者兴趣的兴起

在瓦斯康塞洛斯之后，对泰戈尔作品的回应更多了。20世纪60年代，文学和诗歌充当着墨西哥和印度之间的桥梁，泰戈尔的作品在此时的文学和诗歌中占据着重要的地位。建设这个桥梁的主要参与者是奥克塔维奥·帕斯（Paz，Octavio）。

帕斯是1990年诺贝尔文学奖的获得者，他认为泰戈尔的作品是印度的文学、哲学、人文主义和宗教传统与世界之间的桥梁。泰戈尔作品在拉丁美洲的翻译影响了许多当时的年轻诗人，也包括聂鲁达。从他最开始的作品之一的《二十首情诗和一支绝望的歌》(*Twenty Love Poems and a Song of Despair*)中可以看出，有时泰戈尔的影响明显可见。

早在1967年，帕斯在参与德里大学举办的致敬泰戈尔手稿的一个研讨会时，就曾说：

> 泰戈尔对绘画和诗歌关系的兴趣在他的早期作品中就出现了。泰戈尔想要用色彩和线条歌唱。他和阿波里奈尔不同，他没有受表意文字或者绘画诗吸引。这就是为什么他不是用单词开始，而是从线条和色彩开始，这些诗的节奏感都很强。

帕斯、加西亚·蒙赫及聂鲁达都认可泰戈尔对拉丁美洲文学的影响。最近，哈伊梅·萨比内斯(Sabines, Jaime)，另一位现代墨西哥诗人也表达了他对泰戈尔的欣赏。他认为泰戈尔不仅具有相当的文学影响，也是人们的精神领袖。

(四) 现在的状况

1964年，亚非研究中心作为墨西哥大学的一个特殊的研究中心在墨西哥城成立，这是一个聚焦于社会科学的极负盛名的研究中心，它对亚洲语言的研究和学习是亚洲研究的一个研究生项目。20世纪60年代，联合国的好几个项目都侧重于东西方关系，其中之一就是墨西哥的这个亚非研究中心。从成立伊始，它就对哲学、文学、历史、宗教有很强烈的兴趣，甚至对传统和现代的亚洲语言也很有兴趣。博士生对梵语、印地语、孟加拉语的学习是把亚洲语言翻译成西班牙语这样一个翻译项目的基础。因此泰戈尔的一些作品开始由印地语的版本直译为西班牙语。比如2009年翻译的《喀布尔人》(*Kabuliwala*)等。2011年，随着世界文学的永恒经典的重新出版，对泰戈尔的回应在墨西哥达到顶峰，这些经典中也包括20世纪20年代泰戈尔著作的西班牙语译本。

第二编

泰戈尔接受史研究

第一章

泰戈尔神话观和他的矛盾二重性

马克思说过："每一个民族都经历了自己的以神话传说为中心的童年时期，神话是人类童年的百科全书。"神话能够"显示出永久的魅力"。[1]通过阅读中译本《泰戈尔全集》的诗歌部分，作者了解到神话传统在泰戈尔的诗歌构成中有着极其重要的地位。可以毫不夸张地说，他的诗歌就是一个瑰丽的神话世界。

梁潮在《泰戈尔〈吉檀迦利〉国内评论要端蠡测》一文中写道："东方文学研究界涉及泰戈尔评论的学者认为《吉檀迦利》是一部比较晦涩莫名的诗集。"也许正是由于这个原因致使大家集中大量的精力在探讨泰戈尔诗歌中的"神"这一象征性形象上，然而讨论的中心总是离不开"神"的象征意义。普遍认为"神"超越了"梵"的超自然精神特性，是人格化了的泛神，代表的是一种与自然结合的宇宙精神。神潜藏在自然万物之中，我们则通过"爱"的途径追求超越肉体的内在价值，最终与神结合。

一般研究者认为泰戈尔的创作所受的几大影响大致包括：古典梵语文学、毗湿奴教派思想和西方文学影响。[2]虽然各家说法有所不同，但基本上都符合上述几点，比如纳拉万把泰戈尔思想的源泉概括为：《奥

1 马克思：《〈政治经济学批判〉导言》，《马克思恩格斯选集》第2卷，北京：人民出版社，1972年，第114页。

2 例如：V.S.纳拉万、克里希纳·克里巴拉尼、唐仁虎等：《泰戈尔文学作品专题研究》；朱明忠："泰戈尔的哲学思想"，《南亚研究》2002年第2期（印度古代奥义书和吠檀多哲学；印度教虔信派的泛神论和宗教改革思想；西方近现代思想）等。

义书》、中世纪有神论宗教运动、佛教、基督教、现代思想和文学影响。[1]由于家庭氛围的强大作用力，“该传统思想（印度教思想）主要是通过《奥义书》和中世纪有神论宗教运动对泰戈尔产生影响的……中世纪印度教的虔诚运动对他的影响也是不言而喻的，他特别欣赏毗湿奴虔诚诗歌，并从这些诗歌中汲取营养以丰富自己的哲学思想”。[2]泰戈尔孙女婿克里希那·克里巴拉尼在《泰戈尔传》中也写道：“有三种主要文学影响着罗宾德拉纳特诗歌创作的发展，它们是梵文古典文学、中世纪毗湿奴虔诚诗歌和西方文学。正如三条河流的汇合处普拉雅伽成为圣洁的朝圣地一样，这三股不同的文学潮流汇合在一起，在罗宾德拉纳特的诗里形成了一个神圣的汇合处。”[3]泰戈尔的父亲沉浸于《奥义书》的哲学体系，发起成立了“知梵协会”，敬奉无形且唯一的梵天，后来加入罗摩·摩罕·罗易创立的“梵社”。年轻的泰戈尔于1884年开始担任“梵社”的秘书，并曾积极参与其宗教活动。很多关于他的研究资料和传记都提到这一点。在学界的普遍看法中，三大主神中毗湿奴对泰戈尔的影响最为突出，湿婆则基本不被提及。然而，根据数据分析的结果，笔者发现湿婆神所占比重明显高于另两位印度教主神。

泰戈尔诗歌中对湿婆及其神话的运用有以下倾向：以4、5、6这三卷为例，第4卷统计的13处，其中11处对湿婆有明显的颂扬和支持倾向，另外2处带有中性色彩，感情倾向不是那么明显。第5卷统计的29处，其中20处褒义，8处中性，1处略有贬义色彩。第6卷15处，其中12处褒义，3处中性。可见作者对湿婆基本是持颂扬态度的，至于泰戈尔诗歌中对湿婆所持的中性态度，有的是因为诗歌中难于分辨的对湿婆的情感态度，有的是因为湿婆在诗中只是作为叙事抒情的附带意象，诸如：“雄鹦鹉说，毁灭神湿婆住在深山里”，[4]“远处一棵参天大树，/像是湿

1 V.S.纳拉万：《泰戈尔评传》，刘文哲、何文安译，重庆：重庆出版社，1985年，第45—54页。

2 唐仁虎等：《泰戈尔文学作品研究》，北京：昆仑出版社，2003年，第26页。

3 克里希那·克里巴拉尼：《泰戈尔传》，倪培耕译，桂林：漓江出版社，1984年，第80页。

4 泰戈尔：《总结集补遗·鹦鹉》，载刘安武、倪培耕、白开元主编：《泰戈尔全集》第5卷，石家庄：河北教育出版社，2000年，第568页。

婆神净修林的士兵”。[1]

很明显，印度神话中三大主神的形象都出现在泰戈尔的诗歌中了，但其中出现最多的是湿婆。泰戈尔对湿婆主要持赞颂态度，最为强调湿婆毁灭与创造的神性特征，该特征在泰戈尔的创作中多表现在他对待社会现实和个人内心的态度上，前者格调多激越高扬，后者往往伴随着压抑与痛苦。比如：“毁坏现有的道路，它指示的路/没有尽头。/且一天天将其越轰越远，/轰入北斗星照耀不到的漆黑一片。”[2]“我在心里望见，远古无声的苦修/从坐禅的团蒲里伸出手去/阻截历史的喧嚣。……我无忧无虑的影子一般的名字，/如不幸与它们一起蠕动，/那是该咒骂的贪婪的蜃景。”[3]比起湿婆那令人畏惧的神性，泰戈尔对爱情的抒写比较宁静甜美，偶尔也会给爱情蒙上一层忧郁色彩。这些特征在泰戈尔早期诗作中体现得比较明显，这表明他对爱情的美好向往，也生动地描述出年轻人未经世事的缥缈虚空的愁绪。泰戈尔曾流连于《云使》的爱情，并改写了它，把美好的结局终止在幸福来到之前：“哪儿的鸽子忘记发情，/酣眠在高耸入云的宫顶？/哪儿耐不住寂寞的女郎偷偷出门/去会时刻思念的情人。……谁发出诅咒？为什么制造分离？/为什么爱情找不到自己的路？/为什么压抑的爱欲仰天哭诉？”[4]比起前两者，泰戈尔对待儿童的态度最清晰一致——明朗、轻快、褒扬。

从对传统的继承来看，以湿婆为代表的神话因素对泰戈尔的影响不被学界列入通常认定的几大来源之内。湿婆意象在泰戈尔诗歌创作中很重要，泰戈尔对于湿婆的选择究竟出于何种原因？论及湿婆，人们自然而然地会想起他的舞蹈和舞蹈中蕴含的基本神性特征（毁灭与新生）。四位大神（排除第1卷的毗湿奴）[5]的出现频率都以第5卷为最高，说明这段时期泰戈尔自觉或不自觉地加强了印度神话在诗歌中的象征功能，其中最为突出的当属湿婆意象。

1 泰戈尔：《最后的星期集·20》，载《泰戈尔全集》第6卷，第269页。

2 泰戈尔：《小径集·毁灭》，载《泰戈尔全集》第6卷，第453页。

3 泰戈尔：《最后的星期集·8》，载《泰戈尔全集》第6卷，第239—242页。

4 泰戈尔：《心声集·云使》，载《泰戈尔全集》第1卷，第483—485页。

5 因为《帕努辛赫诗抄》的特殊情况，所以此处不包括毗湿奴在第1卷的数据。

舞蹈是泰戈尔诗歌中的一大重要因素。印度民族是个能歌善舞的民族，泰戈尔本人也十分热衷于歌曲和舞剧创作，他一生创作了大量的歌曲和舞剧，并且对自己的歌喉颇为自得。泰戈尔晚年的一项重要活动便是携其亲手创办的国际大学业余舞剧团四处巡演。根据英迪拉尼·查克拉巴迪（Chakrabarti, Indrani）在2001年对加尔各答的年度书市所做的非正式随机调查来看，对大多数受访者来说，能记住的泰戈尔的著作无论在类别还是数量上都非常有限，主要集中在歌曲、诗作、舞剧、小说几类，除了小说的普及度有部分与现代的传媒手段——电影有关以外，前三类都显示出与印度的文化传统更为密切的联系。[1]在印度，泰戈尔的几部舞剧至今仍然很受欢迎。而湿婆之所以能引起泰戈尔的浓厚兴趣，舞蹈也是一个重要方面。

泰戈尔的诗歌中有非常多的舞蹈成分，尤其是关于湿婆的诗歌，湿婆每每是伴随鼓声和舞蹈来到读者面前的。泰戈尔的诗歌在写社会时有湿婆的舞蹈："啊，鲁陀罗，我的主——/告诉我如何唱你的歌曲，如何拍击心灵的长鼓，/踏着你死亡之舞的旋律？"[2]写自我时有湿婆的舞蹈："毁灭有两种不同的/节奏：稳固和变幻……'活跃'的舞蹈上洒下/'安分'的霏霏甘霖，……哦，心儿，莫拴住自己/以思维的傲岸"；[3]写爱情时有湿婆的舞蹈："你欢快的舞蹈里/也有她的一席之地"，"让她起身与你共舞"，"品尝了宇宙之舞的甘露，/再不会隐藏自己"；[4]写自然时有湿婆的舞蹈："花卉、绿叶、色彩、芳馨；/跟随生命野性的风暴、/形态的疯狂的舞蹈，/那奇迹把创造、毁灭/撒向周围的世界"；[5]写儿童时有湿婆的舞蹈："哦，我童年的湿婆，举起双手，/你疯了似

1 Indrani Chakrabarti, "A People's Poet or a Literary Deity"，孟加拉文学在线数据库：http://www.parabaas.com。

2 泰戈尔：《拾零·美妙的黎明》，载《泰戈尔全集》第8卷，第483页。鲁陀罗即通常所说的楼陀罗，是印度古老的暴风之神，湿婆神的前身，后来也成为湿婆的名号之一，此处鲁陀罗和伊桑、筏伊罗贝都是湿婆的名号。

3 泰戈尔：《晚祭集·遁逝》，载《泰戈尔全集》第7卷，第279—280页。

4 泰戈尔：《歌之花环集·10》，载《泰戈尔全集》第4卷，第172页。

5 泰戈尔：《普尔比集·信函》，载《泰戈尔全集》第5卷，第64页。

的跳舞，/跳到哪里，那里立刻一片狼藉。”[1]

湿婆又称宇宙舞者，关于他的传说几乎都描绘了他的舞蹈，尤其是在南印度。湿婆的舞王[2]造像是所有印度圣像中最有名的一种。当他起舞时，头发随着他的舞动狂乱地飘散开来，抬起一条腿，踏碎邪恶（无知），伸展双臂，解脱奴役。随着舞蹈，湿婆右手所持的沙漏状的小鼓[3]飞动，小鼓里的节奏是宇宙的心跳之声，这是宇宙创造的瞬间，他左手持一朵火焰，毁灭一切使之化为虚无，这是宇宙毁灭的时刻。[4]宇宙则被表现为环绕湿婆的光环，从基座摩卡罗的繁衍之口而出。传说湿婆在发妻乌玛（萨蒂）自杀后，悲痛欲绝，披散着流淌着恒河的蓬发，跳起毁灭之舞，疯子一般在宇宙中游荡。湿婆之舞是一场狂欢化的生命体验，创造，毁灭，再创造。事物的两极在他的舞蹈中完美结合。一场关于生命与死亡的轮回的暗示，通过湿婆的舞蹈形象地体现出来。湿婆宇宙之舞毁灭与创生的双重意蕴引起了泰戈尔强烈的兴趣和共鸣，他对自然、女性、生命、永恒、社会、自我等方面的理解，几乎都可以囊括在湿婆之舞的象征意义之中。泰戈尔敏锐地捕捉到湿婆舞蹈的功能和意义，进一步结合自身需要，拓展自己在湿婆舞蹈中获得的感受，最终把这一切熔铸于他笔下的自然、人物、社会、自我认知等诸多方面。泰戈尔在诗歌中对湿婆及其舞蹈的重视，昭示出他在实际创作过程中，对所接受的传统有所偏离。笔者认为，泰戈尔之所以在诗歌创作中特别重视借用湿婆的意象，其原因在于他把湿婆意象作为自己思想意图的最为恰当的表达基点。

1 泰戈尔：《童年的湿婆集·童年的湿婆》，载《泰戈尔全集》第4卷，第597页。

2 Nataraja，又译纳塔罗阇。

3 小鼓击打出节奏，节奏意味声音，被看作语言的载体，传达天启、符咒和圣谛。例如：“宇宙狂舞”第二段里，天空中萦绕的咒语应该和代表毁灭与创造小鼓有关。

4 Satguru Sivaya Subramuniyaswami, *Dancing with Śiva: Hinduism's Contemporary Catechism*, California: Himalayan Academy, 1993, p.41；罗伊·C.克雷文：《印度艺术简史》，王镛、方广羊、陈聿东译，北京：中国人民大学出版社，2004年，第138页。

第一节　湿婆与泰戈尔的自我意识

泰戈尔的诗歌创作量巨大，其间难免有很多重复的意象，普通读者可能会把不断重复的内容看作欣赏泰戈尔诗歌的遗憾之一，然而换一个角度来看，这些重复之处却进一步表明了泰戈尔最关注的内容。就神话意象来说，湿婆的出现率最高。众所周知，湿婆神在印度的产生和发展导致湿婆及其舞蹈、湿婆神话的内涵极为驳杂，融诸多矛盾于一身；而泰戈尔诗歌的意象也极为宽泛芜杂，但是对于泰戈尔以及很多著名诗人来说，他们并不满足于创作中散乱随意的意象运用，而是努力寻找有代表性的核心象征意象，继而逐步建立自己的意象体系。泰戈尔诗歌里的重复潜在地体现出诗人构建一体化象征神殿的努力，湿婆就是高居这座神殿之上的最重要的神祇。

"我们今日已远离了神话叙事……人们只将它看作社会的超自然结构或心智单纯质朴的表现。'原始人'的生命是在他的躯壳之外……当神化世界衰落而个体得到解放时，它从中开始发现自己。"[1]古老的颂神诗歌，神是终极对象，诗歌围绕这个对象进行，例如印度的《吠陀本集》，埃及的《亡灵书》等。伴随理性的发展，神话世界逐渐远离我们，人类的自我意识日渐觉醒，诗人们笔下的神慢慢成为自我意志的载体。泰戈尔的湿婆处于同样的地位，诗歌中最终起决定作用的不是湿婆而是诗人的个人精神。因此，泰戈尔诗歌中的湿婆等诸神形象的变化与其说是神的降格还不如说是人的自我意识的升格。

莉莲·法斯特（Furst, Lilian R.）声称：浪漫主义时期，艺术创造力成为一种对神性的交流共享，"据此，艺术家被认为接近了神圣的本源，因为他分享了神性的创造力，媒介便是想象，他获得了直觉洞察力，而那些缺乏想象的人，则是盲目、无判断力的"。[2]艺术家通过直觉想象分享神性的创造力，它暗示的是人类自我意识的神圣性，并把它高扬至神性的

1 阿兰·邓迪斯编：《西方神话学读本》，朝戈金等译，桂林：广西师范大学出版社，2006年，第286页。

2 Lilian R. Furst, *Romanticism in Perspective*, London: Macmillan, 1969, p.148.

地位。虽然各派理论有所不同，总体特点却是一致的——强调主观能动性、天才、情感和想象。[1]在这些论点的背后涌动的是不断苏醒、渴望自由的人的自我意识和精神力量。黑格尔（Hegle, Georg W.F.）曾深刻地指出："浪漫主义的实质是绝对的内在灵性。"[2]不论创作上还是思想上，泰戈尔的思想与浪漫主义观念都存在着一致之处。维克托斯·伊夫布利斯认为泰戈尔的诗歌表现出与浪漫主义精神的内在契合："早在他们到达西海岸之前，浪漫主义和象征主义就成为他的诗歌和戏剧连接欧洲文学的主要桥梁，虽然就我们所知，谢林、弗雷德里希·施雷格尔或是诺瓦利斯[3]并不能称为泰戈尔的精神导师，但是泰戈尔的美学观念在许多方面显示出与他们的明显亲近。"[4]同时，理解被浪漫主义广为认同的"生命神性"（the deity of life）是"了解诗人（泰戈尔）复杂个性"的关键。[5]

比较浪漫主义对自我意识的认知，泰戈尔把人看作"迷""不可知"的造物，人的内心蕴含了太多的奥秘和难于把握的思想情感，支撑人心的是神秘的神性所在，这和法斯特和黑格尔对浪漫主义的看法是一致的。外在世界划定了"人的界限"，自我被囚禁在世俗的围墙里，这样的人是"平凡"的人。而个人化的自我意识被外在世俗所束缚，成为孤独的灵魂，他说道："人独自在自己的奥秘中流连，/没有旅伴。"当诗人

1 比如：费希特强调"自我高于一切"，谢林（Shelling, Friedrich W.J. von）则从自然追溯到精神，要把自然还原为精神，弗雷德里希·施雷格尔（Schlegel, Friedrich von）则认为"艺术是上帝在世间的可睹现象""一件艺术品就是模仿永恒的自我创造的"。英国的浪漫主义更倾向于自然生活与工业社会的对照，华兹华斯主张诗是神谕之物，诗的目的在于抒发情感，歌颂自然。这些派别的一致表现在：一方面强调天才和人的主观能动性，提高人的尊严感和对自由的追求；另一方面通过主观的作用达到人神同一，自然和精神同一，使浪漫主义走向神秘主义。参见马新国主编：《浪漫主义》，载《西方文论史》，北京：高等教育出版社，2002年，第203—226页。

2 Georg W. F. Hegle, *Vollständige Ausgabe*. Bd 10. Abt.2. Berlin, 1843. p.123. 转引自 Viktors Ivbulis, *Tagore: East and West Cultural Unity*, Calcutta: Rabindra Bharati University, 1999, p.83。

3 诺瓦利斯（Novalis）是弗里德里希·封·哈登伯格（Hardenberg, Georg P.F. von）的笔名。

4 *Tagore: East and West Cultural Unity*, p.xiii.

5 Ibid., pp.83, xv.

窥见从内心走出的"永久的不可知"时，他发现自我意识中蕴含的神性力量是多么"特殊""神奇""不凡"。诗人知道要与这永恒的不可知亲近，二者间的桥梁必然是创作——"需架设歌的桥梁"，神性既是"来自彼岸的使者"又驻留在他心间，他说："我蓦然看清我中间的'不可知'。"[1]这"时时在更新"的诗歌直觉，就是诗人的自我意识。

意象是诗人为诗意选择的合适的载体，直觉感受是抽象的，它融入诗人自我意识的创造性想象时，必然要求有稳定的形象实体和意象色彩。不论生与死、爱与美、欢乐与悲伤，甚至终极不可知的神，一旦表现在自我意识突出的诗歌[2]里，它们都变得人格化了，成为自我意识的载体。神话意象由于古老、神秘、丰富、富于直觉感受和故事性成为作家的重点选择对象。神话不仅是过去的事，也是至今仍具有生命力的意象。如今，神话依然作为一种意识和思维存在于人类的经验认识里。荣格（Jung，Carl G.）为我们揭示了集体无意识的存在，它可以被称作思维的"原型"。湿婆的神话意象当然也是一个"原型"模式。不仅是泰戈尔，莎士比亚、雪莱（Shelly，Percy，B.）、济慈（Keats，John）、叶芝、庞德、艾略特等诗人，在诗歌创作中都利用了神话幻想的象征功能。

泰戈尔以心灵为媒介把作者与湿婆（诗歌创作的神性源泉）相连，他说："我在心里望见，远古无声的苦修/从坐禅的团蒲里伸出手去/阻截历史的喧嚣。"此时湿婆形象是模糊的，仅以创造的苦修来暗示，虽然有心灵相连，但是创造者与诗人还是两个分离的个体。诗歌的下一段直接抒写自己的所见，心灵的媒介不再出现，作者从与创造者同构的视角来看世界。前一段的中间步骤（心灵和创造者）被压缩到一步完成的"我"的所见中去。诗人的自我意识成为诗歌主角。他歌颂创造世界、历史的艺术家，认为他们描绘的是创世者的宇宙之画，抬高了艺术家作为神和创造者的地位，而印度神话中宇宙的创始者湿婆却从观看的一方转变为被看的一方。诗中"创造者"的形象显而易见是特指湿婆的，泰戈尔却在诗中反复声明这个苦修的创造者是"无名氏"。作者借用湿婆的意象，同时抹去湿婆的名字。"我神往的黑暗中，/静坐着宇宙之画的作者，/没有姓名，/在欢悦中露面。"名字是身份的象征，是个人的

1 泰戈尔：《最后的星期集 · 12》，载《泰戈尔全集》第6卷，第2503—2513页。

2 此处以"自我意识突出的诗歌"的说法来区别颂神诗等自我意识相对薄弱的诗。

代号。泰戈尔抹去湿婆姓名的行为，既可阐释为作者有意弱化人们对湿婆的固定理解，让“他们”（非神的创造者们）都有可能获得湿婆一般的地位，借此提高艺术创作中自我意识的价值，也可以理解成代表艺术创作精神源泉的湿婆排除世间习俗的束缚，以无名的方式获得解放和自由。不管怎么看，湿婆的作用都是为诗歌提供一个有意味的象征意象，对自我精神的崇奉和高扬才是诗人在诗歌中急切表达的主旨。

诞生于印度丰富神话传统的泰戈尔选择神话作为意象，是建构自己象征体系的必然选择。那么在众多神话意象中，他为什么选择湿婆作为自我意识的核心象征物呢？上文已经从湿婆之舞的角度做了分析。如果从泰戈尔的个人意识和性格特征考察：湿婆从摩亨佐达罗文明中的男性生殖神角色，到与雅利安神系的楼陀罗（既是毁灭生命的破坏神，也是挽救生命的医药神）的结合，本土与外来，对抗与合一，其间经历了长期的排斥、融合，湿婆才慢慢被雅利安神系所接纳。因此不论是起源还是发展过程，湿婆这个形象都蕴含着庞杂、多重、背反的象征意义。泰戈尔的精神世界也是一个复杂多元的个体。经历了从少年时代对自我的朦胧感受，到成熟以后的清晰认识。他对自己二重性性格的认识再清楚不过，他在致罗曼·罗兰的信中说：“我能理解他（皮尔森）思想中的这种冲突，因为在我自己的天性里，在我作为一个创造性艺术家的个性里，也持续不断地进行这种内战……我的冲突是我个性中的两方对立力量……在我的个人性情和周遭环境之间，这两项斗争力量是我身上平等的天性，我不能免责于为了把我生命中的难题简单化而摆脱任何一方。”

卢卡斯（Lucas，F.L.）说：诗歌失去了意象就像“失去了太阳的白昼，没有飞鸟的陆地”。[1]就算是再难于用理性语言表明的情感，诗人们也能通过独特的意象传达给读者。泰戈尔自己曾说过，诗不能像商品一样从一个市场运到另一个市场，在他散文化的英译诗中，许多生动的意象都在转译中受到损伤，或消失或失去原有的意义。[2]然而意象却是

1 F. L.Lucas, *Style*, London : Cassell, 1955. p.192.

2 例如：比较白开元从孟加拉原文翻译的《童年的湿婆集·想念》，载《泰戈尔全集》第4卷，第609页，英译诗“Remembering”，以及冰心从英文转译的“仿佛”，不仅篇幅上大为删减，原诗中“阿斯温月”“露水打湿的秋风”等细腻具体的自然意象，也被删减或是变化成为“秋天”等普世化的词语。

理解诗歌、理解诗人不可或缺的一项内容,《泰戈尔全集》的诗歌部分相对完整地保留了诗人原有的纷繁复杂的意象。从对中译本《泰戈尔全集》中8卷诗集的分析来看,不论是对自然的描摹还是对人物的刻画,泰戈尔不仅仅把它们当作外在的对象,更视之为展现内心自我的一面镜子。按艾加·辛格(Singh,Ajai)的说法,泰戈尔的意象是由记忆累积而成的创造力,所有意象并非仅出自作者笔端,而是"从诗人头脑中的画室里给召回的"。[1]他很恰当地概括出泰戈尔诗歌的一大特征——创新建立在对过去的回忆中。它揭示出泰戈尔选择湿婆的一个最为重要的内在原因——诗人不断在生活、在个人内心层面上寻找合适的象征体。泰戈尔对记忆与过去的重视,促使在传统文化熏陶下植根于他头脑中的湿婆原型,由于符合诗人的内心诉求,不断地被激发,最终成为一种有意识的创作,体现在他的诗歌中。这令读者得以在他的诗歌里发现湿婆的重要地位。这并非说泰戈尔执着于书写过去,而是说那些古老的意象,诸如湿婆和其他神话意象,成为泰戈尔艺术想象的源泉。它们从泰戈尔艺术创作的无意识中升腾而出,被用来表达泰戈尔的个人情感和自我意图。在他关于爱神被焚的两首诗里,泰戈尔对湿婆和爱神的古老神话做了新的阐释。他把湿婆神话看作生命时序的轮回变迁,爱神被焚不再只是逝去的古老神话,而是在过去、现在、将来的永恒的时间舞台上上演的常新的剧目。爱神死去,复活,再死去,再复活,古老的神话永远是未完成的作品。就像艾加·辛格说的:"永恒的过去已写入未完成的我们先辈的故事里,'载入我们命运之页无形的手稿中'。它将无法回忆的'新的形象的形状特征'引导回生命之中。"[2]

泰戈尔对湿婆形象所关注的几个重点,但是,不论是舞蹈还是爱情,甚至是其他方面,泰戈尔对湿婆形象的运用都紧紧围绕着自然和女性意象展开,他本人对自然和女性的热爱是毋庸置疑的,从他的传记和散文能够获知,自幼年开始,诗人的注意力便集中在这两方面。[3]当泰戈尔寻找到湿婆意象之后,更是把湿婆的象征意义在这两方面发挥得淋漓

1 艾加·辛格:《泰戈尔诗歌的意象》,徐坤译,沈阳:沈阳出版社,1992年,第33页。

2 出处同上。

3 不论是泰戈尔的自传还是别人为他写的传记都把这两个方面看作他生命中的重要部分。

尽致。泰戈尔的自然意象和人物意象完全可以单列为一个研究专题。所谓弱水三千，只取一瓢饮，下文仅从与湿婆相关的角度切入，探讨在具体意象构成上，湿婆神及其主要特征是如何展现在泰戈尔诗歌中的。

泰戈尔诗歌中的自然意象极其丰富多样，其中与湿婆联系最紧密的当数时序昼夜意象。生命是永恒的运动，是循环的变化。缤纷的四季从荣到枯，从雪原的寒冷死寂到积雪庇护下的新生。对季节的品味是艺术家们普遍的灵感源泉，而对四季吟咏最多的恐怕非诗人莫属。雪莱《西风颂》（*Ode to the West Wind*）[1]里西风中的秋天“万木萧疏，/似鬼魅逃避驱魔巫师，蔫黄，黢黑，/苍白，潮红”。秋日西风是摧毁者也是保护者，它“疫疠摧残的落叶无数”又把“有翅的种籽/凌空运送到他们黑暗的越冬床闱”。斯温本（Swinburne，Algernon C.）的《初步》[2]把婴孩和“五月的花原”联系在一起：“快乐得像春天笑看着招手——/第一片小叶子开始玩。”霍普金斯（Hopkins，Gerald M.）用春秋比喻人的生命：玛格蕾的悲悼不是悲悼脱落的叶子，而是悲悼自己，就像林中树叶，“心一天比一天老”。[3]时令和昼夜都属于轮转的时间，对于泰戈尔，他又是怎么看待轮转中变与不变的时间呢？

泰戈尔肯定湿婆象征的本能性欲，又把湿婆苦修禁欲的特征变成从单纯性欲过渡到纯洁神圣的爱情的催化剂，改写了雪山神女和湿婆的爱情神话。[4]首先，古典神话中湿婆与雪山神女的成婚，更像是完成任务，他们的婚姻很大程度上基于众神的再三恳求和爱神箭矢的神力。虽然爱神失败了，但是众神的赞美让湿婆愉悦，为了拯救世界，[5]方才答应和雪山神女成婚。他们的婚姻笼罩着禁欲的色彩，婚后湿婆仍然继

1 雪莱：《雪莱诗选》，江枫译，长沙：湖南人民出版社，1987年，第87页。

2《英国诗选》，卞之琳译，长沙：湖南人民出版社，1983年，第130页。

3 同上书，第133页。

4 另一种说法有所不同，焚毁爱神的故事发生在湿婆与雪山神女成婚之后，突出了神女化身杜尔迦的能力和作用，但其原因也是由于湿婆正在苦修弃绝性欲。可参考 William Radice, *Myth and Legends of India*, New Delhi: Penguin Books India (P) Ltd., 2001, pp.155-157。

5 传说只有湿婆的儿子才能打败威胁天界的阿修罗，迦梨陀娑的《鸠摩罗出世》写的就是这个故事，泰戈尔也写过名为“战神出世”的诗歌。

续他的修行，严格说来他与神女并没有生育孩子，鸠摩罗由湿婆的精液洒到六个女子身上并渗入毛孔而怀胎，象头神迦内沙是湿婆撕下的衣服碎片在女神的怀里所变。在泰戈尔歌颂湿婆爱情的诗歌里，爱神和众神的作用被剔除，湿婆对雪山神女的接受纯粹是被爱情所感染，湿婆的苦修总是被爱情和世俗生活所搅扰，而湿婆也乐于接受这样的干扰，主动放弃了苦修的生活，与神女结合。其次，流传至今的湿婆神话虽然已附加上很多禁欲的色彩，但依然有许多直白描写湿婆的性能力以及他与雪山神女的性生活的成分，泰戈尔的诗歌完全抛弃了此类描述，代之以高尚、纯洁的精神之爱的性爱观。例如《终止苦修》[1]这首诗：

我的年华涌溢着青春激情的蜜汁，
哦，岁月之王，这，恍惚中你竟忘记？
哦，迷茫的游方僧！
三月春意如潮的夜里，
与绚烂的木棉花一起，
它们毫不依恋地飘向无边的虚空？
阿斯温月乘坐纤弱的白云的航船，
参加勇悍的飓风的游戏，前往忘却之岸，
不理会冰冷的怠慢？

在你灰褐的蓬发上，我那些年华
灵巧地插上红紫黄白各种颜色的鲜花，
你也已忘记？
哦，乞丐，他们
是盗贼，最后笑吟吟
抢夺你的长鼓、法螺，给你弦琴、竹笛。
花香中春神姗姗而来，豪放的情趣
注满你捧着的钵盂，浓烈的芳菲
化解滞重的疲惫。

1 泰戈尔：《普尔比集·终止苦修》，载《泰戈尔全集》第5卷，第26页。

那天你的修行骤然升向高空，
快速向北方枯叶旋转、情歌绝种、
天气寒冷的沙漠飞去。
溜出你的冥想，
咒语爬到河岸上，
潜入花香中迷失方向的南风的惊奇。
那咒语使白玫瑰、金色花、夹竹桃心迷神乱，
树林里曲径两旁的新叶中那咒语点燃
一团团绿色火焰。

春妍汹涌的洪流淹没对红尘的憎厌，
流过盘纡着发髻的恒河含泪的咏叹，
又专注地倾听。
那天你双手捧出
创造的新奇财富，
面对自己的奇迹，心中暗暗吃惊。
自己找到了多年寻找的广博的美，
消解世界干渴的玉液斟满你欣喜
高擎的闪光的金杯。

那天我一直在如疯似狂的你的身侧，
为你穿过一片片树林时跳的舞蹈斟酌
节拍、韵律、乐曲。
你额上新月闪光，
从乐园眼含的梦想，
我观赏常新的戏剧，心里踏实。
我看见美的隐形的欢悦的笑容，
我看见羞色掩护的激动、迟疑的神情、
素波般玉容的清纯。

那天斟满玉液的金杯今已罄空？

鲜红的两片嘴唇好似微曲的青藤，
　　　　　　　　　　　吻痕已抹去？
　　未唱的歌曲之岸，
　　有你一座花园，
盛满泪珠的破钵不慎垂落泥地？
被你狂舞的双脚踩成齑粉？
新年清贫的暴风中，消逝的光阴
　　　　　　　　　　　莫非在哀鸣？

不，不，它们仍在，冥想的夜里，
它们被你耐心地收容，秘密地置于
　　　　　　　　　　　一片寂静之中。
　　恒河从你的乱发中间
　　泻出，如今水势平缓，
你额上的一弯新月在酣眠中藏隐。
出门装成穷汉，你玩什么新花样？
遥望天边，一种声音在黑暗中回响——
　　　　　　　　　　　“不，不是这样！”

你是岁月的牧童，黄昏吹响法螺，
慢慢吞吞返回你牧场冷清的茅舍，
　　　　　　　　　　　一群流年的牛犊。
　　死气沉沉的旷野，
　　点点磷火闪耀，
闪电之蛇嗞嗞地扑咬时代的云雾。
所有活泼的瞬息陷入黑暗中难忍的
失望，在苦修持久的凝神屏息里
　　　　　　　　　　　渐渐凝成冷寂。
……

这首诗的前半部分没有出现女性的具体形象，但是诗篇开始处的主人公，那个叙说的“我”无疑是女性，诗人以女性的口吻开始，这个女性是妻子、是情人，充满青春激情的诱惑，她象征着爱欲的诱惑，并且在这首诗里不断对苦修的湿婆进行招诱。需要注意的是，作者对禁欲的否定不等于高扬纵欲，泰戈尔对禁欲苦修的反对是有尺度的，比如这首诗里女性的招诱在语言上始终是委婉、优雅、有节制的，诗歌完成的是爱情的招诱，性欲的招诱则被隐藏到众多的自然意象的隐喻中去。她张口便是温柔的质问：“岁月之王”“恍惚中你竟忘记？”湿婆是岁月之王，本应清醒地超越时间之上，但是在问句中却变成对他的否定——沉迷在岁月的海洋里忘记了过去的情意。忘却情意的苦修者是迷惘的，他曾经的爱人这样断定。接着是对往事的回忆，这位女性试图通过回忆唤醒湿婆的爱情，一系列春天的象征，隐喻性欲本能，情意绵绵的春的涌动蕴藏在“如潮的夜里”“绚烂的木棉花”里。可是这样的美景并不能唤回逝去的爱情，它们都“毫不依恋地”向着“虚空”和“忘却之岸”飘去。她的语气蕴含着哀婉和懊恼，但是丝毫没有就此放弃的意思。下一段继续质问，她曾经装饰在湿婆不加整理的苦修者的蓬发上的那些象征爱情芬芳的鲜花，难道也都被忘记？她不无气恼地抱怨“乞丐”是“盗贼”。印度神话里湿婆常常以捧钵行乞的形貌出现，是出家的僧人和游荡的修行者的形象。从第一段就能看出她显然不喜欢湿婆的乞者形象，认为他夺取了生命和爱情本该有的欢乐，但是第一段的失败促使她转换策略，把禁欲的形象和解放欲望的目的融合在一起，湿婆本来就是集二重性于一体的神，从对立面进行说服显然比单方面说服更有说服力。她说：正是你自身的禁欲的形象偷走了你象征死亡、毁灭的法器，而给你象征甜蜜爱情的弦琴和竹笛。竹笛是毗湿奴的象征，也是情歌的象征，毗湿奴颂歌就常常歌颂他的化身——手持竹笛的牧童黑天和罗陀幽会的场景。在这里诗人创造性地把毗湿奴的形象和湿婆的形象融于湿婆一身。按S. C.圣笈多（Sengupta，S.C.）的说法就是：泰戈尔在“恋爱中发现了短暂的尘世之美的柔弱与永恒的禁欲者的严酷之间的和谐”。[1]

第一、二段是女性也是爱情对湿婆的初步招诱，从问句开始，引发

1 S. C.圣笈多：《泰戈尔评传》，董红钧译，长沙：湖南人民出版社，1984年，第69页。

对象对往事的进一步回忆。第三段开始进入招诱的下一过程，不再提问题，而是直截了当地重现以往的情形。在湿婆初次接受诱惑的那天，"苦修"向着北方荒芜干枯的沙漠飞去，新生和创造的梵音溜出冥想，使"白玫瑰、金色花、夹竹桃心迷神乱"。"春妍汹涌的洪流淹没对红尘的憎厌"，抛弃苦修的湿婆对自己创造的奇迹心生惊异，没有爱情弃绝生命的世界是"干渴"的，在苦修中试图寻找的"广博的美"只有在放弃苦修的时刻才能得到。湿婆从宁静冥想的状态中解脱出来，欣喜得"如疯似狂"。爱人提醒他注意，在那个时刻"我"一直陪伴在你身旁。"为你穿过一片片树林时跳的舞蹈斟酌/节拍、韵律、乐曲。"根据印度曼尼普利舞起源的传说，湿婆和雪山神女在曼尼普利山峦中发现一个神奇的湖泊，湿婆很高兴，用三叉戟劈山排水把湖泊变成一个大舞台，夫妻俩在这里编排了人类第一个舞蹈，最初被称为"拉依·哈罗巴舞"，后冠以地名为"曼尼普利舞"。[1]这一段很可能就是女主人公对曾经有过的此类生活的回忆。

第六段，这位女性以她特有的柔韧和坚持，把思绪从回忆拉至现今，在对比中加强招诱的力量。她用了诸多富于尘世诱惑的意象，通过过去与现在，有与无的对比凸显美好的旧日时光。曾经斟满玉液的金杯，诱惑的红唇，富于曲线美的青藤，现如今金杯罄空，红唇的吻痕被抹去。上一段湿婆还满含对乐园的梦想，这一段花园成了彼岸遗存。"盛满泪珠的破钵不慎垂落泥地"隐喻湿婆苦修禁欲面与世俗感性面的对立，前文自由洒脱的狂舞变成了毁灭的信号，爱人对现实景况感到感伤，情绪略微出现低潮，感叹过去的美好时光成为"哀鸣的""消逝的光阴"。

第七段，她坚决地否定自己透露出的消极感伤情绪，在她一系列的情感跌宕里，满含泰戈尔赋予女性的柔弱美和柔韧品质。贯彻招诱过程始终的女性的柔韧也是爱情、欲望、尘世世界的柔韧，泰戈尔把它们都贯注在这位女性身上。她坚定地相信"它们仍在"，但是这位女性不以磐石般的强硬解决问题，她的坚强就像坚韧如丝的蒲苇，她以耐心和宽容继续等待："它们被你耐心地收容，秘密地置于/一片寂静之中。"恒河在湿婆的乱发中间变得平缓，新月正在睡眠。"恒河""新月"是两

1 黎蔷：《湿婆舞神论》，《北京舞蹈学院学报》1999年第2期，第54页。

个象征新生和生殖的意象，它们没有被消灭，而是在沉睡中等待苏醒的那一天。她略为嘲弄湿婆的乞丐形象，认为这不过是一场心血来潮，这时，一个独立的声音发话了："不，不是这样！"这句话不是针对她而言，而是针对湿婆而言，也可以看作她内心对湿婆必将归来的笃信。

第八段，湿婆的苦修感染了周遭的气氛，自然界也变得沉闷压抑，"黄昏""闪电""云雾""黑暗"这些自然景象既配合诗歌表层意义上欲望的压抑，也隐喻了欲望的膨胀和高潮，[1]"岁月"和"流年"是传统神话中湿婆固有的特征，"牧童""牛犊"则是属于黑天（毗湿奴）的特征。诗人继续把毗湿奴的特征融入湿婆，并通过自然意象间接地告诉读者，湿婆隐匿的对爱欲的向往。因此，这一段里的爱人即便很忧虑，但还是在"冷清的茅舍"和"凝成冷寂"的"失望"中看到了蕴含在湿婆自身中的希望。

第二节　湿婆与泰戈尔的社会现实取向

读了泰戈尔的《人类的诗人》后，艾加·辛格对他有这样一句评论："大自然总是使他着迷，而人类却使他困扰。"[2]分析泰戈尔的诗歌，确实能感受到这样的感情倾向，在《人类的诗人》一诗中泰戈尔本人也有类似的表白。但是辛格进一步说："尽管有这种坦率的表白，泰戈尔仍然不失为人类的诗人。"[3]泰戈尔对人类的热爱是不言自明的，他热爱祖国和人民，并兼具国际主义理想，可以说他的爱是对人类的博爱。但他的这种博爱的与众不同之处在于，他常会把对人类的爱"无意识地融进他对神的爱……将人赋予神性的爱和将

1 印度诗歌传统把乌云和雨当作生殖力的具象表现，诸如：《梨俱吠陀》中的"雨云""蛙"等诗篇。毗湿奴教派诗歌里，罗陀和黑天的相会也常在这样的场景下。印度绘画中也有借乌云和雷雨隐喻欲望的高涨和达成的例子，比如：属于帕哈里派艺术的"秋千"，参考罗伊·C.克雷文：《印度艺术简史》，王镛、方广羊、陈聿东译，北京：中国人民大学出版社，2004年，第220—221页。泰戈尔继承了这样的传统，他的不少爱情诗歌都安排情人在黑夜或是乌云密布的雨天幽会。

2《泰戈尔诗歌的意象》，第93页。

3 出处同上。

神人格化的爱”。[1]辛格认为他在《吉檀迦利》中使用“thou”(你)和“thy”(你的)时没有使用大写开头的“Thou”和“Thy”的原因也正在于此。

这种倾向也决定了泰戈尔并不仅仅是一个只为自己的灵魂而歌唱的诗人,更是一个为祖国、为人类歌唱的诗人,他的很多诗都体现了对社会生活与普通民众的关怀与亲近,与湿婆有关的诗也多是如此,这些诗与当时的印度社会状况紧密相连,湿婆司毁灭与创造的双重职能色彩也最为浓烈。诗人曾高声吁求:“啊,湿婆,我无法预测/你将在哪天的庄严时刻/唤醒沉沦的印度。”[2]八卷诗集中的第五卷是湿婆形象出现最多的一卷。值得注意的是,这卷诗歌的创作时间主要集中在20世纪20年代,另有一小部分是在30年代初。而这一时期印度的民族运动正在轰轰烈烈地展开,甘地和国大党领导的非暴力不合作运动形成了声势浩大的群众运动,并对印度的社会生活产生了极大的影响。仅从泰戈尔年表上来看,这段时间泰戈尔在世界范围内访问演讲,并积极为国际大学募集资金,似乎已疏离了印度国内的社会生活。然而通过他的传记及书信可以看到另外一个信息,即这个时期正是他(在不断的旅行和演讲中)总结自己的思想、深化认识并寻求民族解放道路的时期。克里巴拉尼和安德鲁·罗宾逊等人指出,此时的泰戈尔站在两个世界之间,也站在民族主义和国际主义之间。[3]泰戈尔试图在东方与西方、传统与现代之间找到一个平衡点,这给他招来广泛的误解,也使他陷入无尽的痛苦中。也许正是这种徘徊在世界与家国、理想与现实之间的矛盾与痛苦使他在这一时期极度偏爱湿婆,因为湿婆不仅如诗人自身一样充满矛盾,而且这种矛盾还预示着在死亡的阵痛中孕含的新生的希望。

泰戈尔怀着迫切的社会同情心,希望自己的诗能贴近社会生活,走向人民,甚至为此探索散文诗的创作。就泰戈尔本人而言,他虽然深切地关心印度的发展问题,同时却因不断的失望而叹息甚至试图退避。这种矛盾构成了他二重性性格的一个主要方面:

1《泰戈尔诗歌的意象》,第94页。

2 泰戈尔:《瞬息集·63》,载《泰戈尔全集》第3卷,第195页。

3《泰戈尔传》,第141页;Krishna Dutta and Andrew Robinson (eds), *Selected Letters of Rabindranath Tagore*, Cambridge and New York: Cambridge UP, 1997.

> 我有时觉察到，我的内心是一个战场。两股敌对力量在那里不断活动着：一种力量想使我脱离一切斗争，转向和平；另一种力量鼓励我战斗。两方活跃的精力和行动的意志，不断地冲击着我那座印度平静的堡垒。因此，我总在强烈的痛苦和平静的超脱之间，在自由抒情和哲理思考之间，在对祖国的热爱和对爱国主义的嘲弄之间，在热望投入战斗和沉湎于思索之间摇摆不定。结果，这种持续不断的斗争，在我内心产生了一种失望和超脱交织的情绪。[1]

细心观察就能发现这条情绪的暗流几乎贯穿了他整个诗歌创作生涯，难怪克里巴拉尼毫不犹疑地肯定这种矛盾的情绪“存在于他创作的主要作品中的最优美、最独特的倾诉里”。[2]这种思想上根深蒂固的矛盾，可以通过他的“自我”[3]理论来分析。泰戈尔的“自我”在他的哲学理论中分成两个层次：第一层自我的“我”反映的是人的现实性，对现世欲求的过分执着，是社会丑恶的根源，他把它称作“物质的人”；第二层“我”是自我的超越，是高级的，是实现“梵我合一”的通途和条件，是“人格的人”。[4]理想的社会状态由道德约束下人人自律自爱的第二层“我”来实现。道德约束下的自律自爱不是强制的精神统一，而是在充分肯定个体独立、精神自由基础上的自主选择，而那些看似表面的联合一致，掩盖了压制个人意志的危机。

他的立场反映在他对印度非暴力不合作运动的深入思考中，首先他肯定不合作运动以善制恶的良好意图，反对以暴力驱逐暴力，他的演讲《真理的召唤》更多地显示出他对不合作运动的担忧，认为盲目的服从压制了个人的自由意志，不合作运动的这一弊端妨害了真正的自由与真理，泰戈尔相信普通人心中的力量，认为道德自律不是道德征服，[5]

1《泰戈尔传》，第149—150页。

2 出处同上。

3 见于《人格》《人的宗教》等论述。

4 泰戈尔多次提到“物质的人”和“人格的人”的概念，此处摘引自《什么是艺术》，载《泰戈尔全集》第22卷，第154页。原属《人格》一书。

5 Prabhu, R. K. and Ravindr Kelekar（comp）and（eds）, *Truth Called Them Differently: Tagore-Gandhi controversy*, Ahmedabad: Navajivan Pub. House, 1961, pp.15–16.

真正的精神独立出自个体自主、自愿的选择。为此他拒绝了甘地的请求，不愿出面号召不合作运动。结果，他的立场使他在印度本土不仅得不到应有的理解反而备受非难和指责。

怀着这种内心的矛盾，泰戈尔似乎从湿婆之舞中感受到了共鸣，激荡的节奏带给人的不仅是毁灭般的震撼，也让人看到希望的曙光。"超越的自我"意味着精神的净化，净化象征着新生，新生隐含着破坏。泰戈尔认识到只有经历了湿婆之舞，破除、毁灭、扬弃，新生才能开始。但是作为一个寻求精神完美及呼吁博爱包容的诗人，泰戈尔笔下湿婆冷酷残暴的一面弱化了，湿婆的神力不再令人恐惧，反而让人振奋，湿婆似乎不再是世界末日的最终裁断者，而是破除枷锁一路高歌的斗士，人们不是通过虔诚的膜拜来获得他的庇护，而是跟随他向着胜利前进。因此在泰戈尔的诗歌里既可以看到他的激情时不时地站出来借湿婆形象大喊："轻舟的白帆涨满/湿婆神坚毅的气息……一切贪欲一切忧愁，/奴役的胜利锣鼓，/荡涤！荡涤！荡涤！"也可以看到他从来都会给自己的情绪留有余地："撕扯，飞舞——/你慨叹着摇头：/'毁灭我已看见'/'切莫忧伤'风暴说道，/'凡你给予的留存到'/永远！永远！永远！"[1]在他求取和谐、平衡的信念里，新生背后的破坏诉求被群体精神自律的改良方式掩盖。矛盾双方的对立冲突和试图调和矛盾的努力与矛盾本身的冲突，越发加剧他内心的痛苦。作为一个时代酝酿出的忧国忧民的诗人，他的社会政治理想不可能不反映在他的创作里，因此我们看到他的大量作品甚至在优美恬和的气氛中都蕴含着狂野不安的情绪，交织着悲伤、痛苦和死亡。在他的诗中天空会"像失望者在哀号"，树林是"愁惨的"，[2]"我"是孤独的旅人，是罗网中的囚徒。[3]

泰戈尔的焦灼和悲伤真切地回荡在他的诗行中，这些情绪的基础是他彻底的真诚。泰戈尔的诗歌是真诚的诗歌，不会在形式和表达上设置太多的障碍。泰戈尔情感外露，晚年谈及诗歌艺术时他曾坦言：

1 泰戈尔：《普尔比集·风暴》，载《泰戈尔全集》第5卷，第92—93页。

2 泰戈尔：《吉檀迦利·23》，载《泰戈尔全集》第4卷，第279页。

3 关于旅人、罗网、囚徒的形象，可供参考的诗歌有很多，例如：《泰戈尔全集》第3卷，第78页；第4卷第281、282页；第5卷，第425、561页；第7卷，第24、253页等。

"要了解他隐蔽的心，/得袒露自己的心，与之交融。"[1]他的声音从来就是诗歌主体的声音，他的诗比起西方现代主义诗歌要容易理解得多，也能够给人以比较确定的对诗歌中自我的把握。在这一基础上分析泰戈尔的二重性问题，我们发现二重性几乎是泰戈尔毕生诗歌创作的永恒问题，但这并不意味着泰戈尔性格中的二重性是静止不变的。从早年到晚年，从社会现实到个人内心，他的二重性在不同的年龄阶段，在不同的取向上是渐进发展的，并且具有微妙的相异性。

……

是谁把我关在深夜的牢房里，
　　让我深陷囹圄之中，
我活着仅仅是为了进入梦境，
　　做破坏和建设之梦。

黑暗中我望着自己，
　　却看不清是什么样子；
在心灵的陌生王国花在开鸟在啼，
　　我却不知道路在哪里。

黑暗中我看不到自己
　　就对自己更加爱惜，
我用双手把他紧紧搂在怀里，
　　欣喜地游去。

……

东方的天边我看见了
　　披着彩霞的彩云的奇景，
不不，不是呀——原来是东方
　　焚尸场上的火焰在升腾。[2]

1 泰戈尔：《生辰集·10》，载《泰戈尔全集》第8卷，第189页。

2 泰戈尔：《画与歌集·午夜的宇宙》，载《泰戈尔全集》第1卷，第176—179页。

这是作者早期的一首直指社会现实的诗歌，这时的他对于个人的二重性显然还处在一个朦胧的认识阶段。本性中的二重性造成他无法彻底归属矛盾的任何一方。他把自己比作黑暗河流中摸索的行人，孤独、深陷囹圄。对待现实困境，他失望、哀叹，试图在虚空中重建湿婆一般的自己，他说："我活着仅仅是为了进入梦境，做破坏和建设之梦。"就连想要把自己抽离，以旁观者的身份审视自己也做不到。即便能抽离开来让"我望着自己"，可黑暗中依然看不清自己是什么样子。比起他日后对自己心灵的熟知，现在的泰戈尔完全把自己的心灵世界看作一个陌生国度，一个异己的存在，身处其中"却不知道路在哪里"。尽管对自己的内心并不能透彻了解，他还是感受到他本性中对自己的不自信的骄傲，就像诗里说的，迷惘促使他对自己更加爱惜，他的这一特点在关于他的传记里已有很清晰的表现。在这一点上，终其一生，他似乎一直很坚定。也许是因为早期对自己的态度、性格都还不甚明白，所以诗的最末一节，在写作方法上以幻景描摹现实，并不具体评断任何一方。纵观整首诗也始终是描绘、抒发自己的感情，没有结论，没有判断，甚至没有后期出现的对无法判断的苦恼的认识。这首诗准确地表明他当时的认知状态：一片黑暗，什么也看不清。而在下一首诗《信》中，我们可以看见泰戈尔对其二重性认识上的变化——他告诉我们，"我"看到并且很明白地知道"我"是"一次次走到门口，一次次退回沉默的孤屋"——比起早年的《午夜的宇宙》，他对于自身二重性的认识显然更为清晰、深入，即便仍然显得无能为力。

以《信》[1]一首为例，开篇是一片宁和的气氛：黄昏访问归来，"一缕芳香的笛音"，幽香的兰花"出落得清丽而高雅"，赴宴前作者决意在兰花面前赛歌。"黄昏""笛音""赴宴"一连串的铺垫，气氛舒缓、安详，多少还有些沙龙气息。他一边极力描绘出悠闲赏景的氛围，一边告诉友人自己"至今羁旅异国"；一边陶醉于兰花那"极其纯正的孟加拉情趣"，一边意识到兰花"不提示这是操西班牙语的区域"。读者当然不会怀疑作者忧国忧民的拳拳之心，可是这种稍显刻意的营造，再加上

1 泰戈尔：《普尔比集·信》，载《泰戈尔全集》第5卷，第152页。由于该诗比较长，没有作为单独的引用部分放在文章中，从这一段开始直至第一节结束，除了单独开列的注释外，文本分析中的引文全都出自这首诗。

对比写作手法的使用，却使得完整连贯的情绪割断。很多现代诗为了达到一定的审美效果会在诗歌形式上特意制造比这更决绝的暴力断裂。例如西默斯・希尼(Heaney, Seamus)的《个人的诗泉》(*Personal Helicon*)在一片静谧之中突然“从蕨丛和高大的毛地黄间跳出身，/一只老鼠啪一声掠过我的面影。”[1]可是泰戈尔的处理却藕断丝连，就好像一个灵魂被分成了两半，一半流连于此方，却又挂念着彼方的另一半。其效果就是既不能让读者感受到现代诗中强行断裂的震颤，又不能完整彻底地进入该对立情绪的任何一方。第一节就令读者产生这样的阅读感受，不能不让读者猜测这是否和作者灵魂深处的矛盾感触一致。

第三节诗歌的情绪急转直下：“警察在故园助纣为虐，挥舞警棍。”孟加拉的动荡现实与宁静雅致的花园形成对比，“传说他们正把孟加拉的甜笑、乐曲/悉数囚禁在阿里普尔的阴暗监狱”。惩罚的角色本应当属于湿婆神，可漫溢在故园的毁灭绝不是以创造、新生为基础的毁灭。罪人和助纣为虐者僭越了湿婆的权力，并且像阿修罗一样妄图颠覆世界。诗人以贵族的姿态、鄙夷的口气声称：“我只知在喜马拉雅山修道的湿婆/勃然大怒，烧死爱神，眼喷烈火。”高贵的孟加拉怎容得你们这些“土气十足的神祇。”这岂不是小人跋扈！诗人首先以居高临下的态度划分了自己与警察的等级，并以站在高处的视角搬出了愤怒的湿婆来表明态度。他过于急切的表态让人感到：相对于现实情况他不过是个所谓的道德胜利者，对现实的无能为力增进了他的不安，所以一出场他就要确证自己在精神世界的胜利。强调湿婆的惩罚和他可怖的愤怒在那样的社会又能吓倒谁呢？英国人？助纣的警察？无力的精神胜利法致使这首诗里的湿婆只有愤怒，没有行动。对于那些“烧毁孟加拉的盎然生机”的僭越者，假如在这里象征正义与秩序的湿婆处于更有利的地位的话，“眼喷烈火”似乎更应该紧接着对僭越者惩罚的到来，然而却是湿婆的消失，转而变成警察们的为所欲为。

无奈的现实激起的情感是复杂的。或是由于无力对抗现实，或是由于挣扎着坚守自己“善”“爱”的理想，紧接着，泰戈尔搬出朋友做掩护：“我估计你会劝我：‘请暂且搁笔，/眼下到处铁链哗啷啷，不宜吹

1 西默斯・希尼：《个人的诗泉：为米凯尔・朗莱而作》，袁可嘉译，http://www.lyrist.org/ms/english/heaney.htm。

笛。'" 泰戈尔很清楚自己的二重性，又无法不对自己的二重性做出解释。以至于这一托词苍白得仅仅是一个假想："我估计"。甚至还没有等朋友回复他是否真的这么想。泰戈尔已经把这个假设当成了存在的既定事实，顺着这个被确定了的台阶，泰戈尔轻松地为自己开脱："你别担心我听了此言会变色发怒，/来日方长，眼下确非吹笛的时候。"本来到此可算一个结束，可是他还是不安心，一定要为自己再辩护一次："我创作的素材不是幻影，它向来/不穿灰制服，不佩高位的金字牌，""永恒的金光为它描耀眼的吉祥痣。"他的理想简单美好，却一点也不符合现实，在残酷的现实之下，他还在坚持一个缥缈的未来："日后当人间残酷的拳击比赛告终，/将采撷兰花置于金盘，祭祀神明。/用祭器盛倒同胞手足的热血的人，/岂能世世代代建造监牢戕杀苍生？"诗人的灵魂似乎总是找不到愈合分裂的良药，只能不断地徘徊在两者之间，在表达自己的理想之后，诗作立刻很微妙地转向自我检讨："忍耐、宽厚如果跨过正义的界线，/定与贪婪、暴戾合流，四处蔓延。"顺理成章的检讨变成了声讨："四马轿车在天帝的哀痛上面奔跑。/故而没有编爱情花环的闲情逸致。"诗人挣扎着询问何处才有他渴望的"平静的求索"，也很清楚如今的一切"名为和平却沿袭完全相反的旧辙"。他反对孤注一掷的破坏，却乐于咀嚼痛苦，把自己置于对立情感的撕扯中间，徜徉在品味痛苦换来的激情里，甚至表达出对死亡的变相渴望："谁企图躲避死神，谁被死神吞噬；/谁大胆拥抱死神，谁反倒平安无事。"相同的时代，相似的背景，泰戈尔缺少鲁迅对待刘和珍那种成熟深刻的悲痛，也少了鲁迅面对现实与生命的冷静审慎。这首诗绝大部分都沉浸在激情与苦难的澎湃中，这种对痛苦的陶醉由于急切的表达而显得粗糙，有些地方变成了自我的说教，比如"能宽容的是爱，而非主子的暴虐""我将呐喊，弘扬正义"等等。虽然他声称文学应重"情味"而不是为社会和教育服务，可是在具体创作中，他仍然难于摆脱他反对的文学功利性的影响。诗人变成了预言家，诗歌变成了教诲。虽然只是短短的一瞬，他的矛盾二重性却暴露无遗。诗的最后四节，亢奋的呼喊戛然而止，恢复初始的基调，诗人又退回到他审美情趣的小圈子里，温婉地对心目中的玉兰（祖国）歌唱着"我爱你！"他有爱，而这爱却无能为力，最后一节他给玉兰的是满腹的哀愁和盈眶的热泪，玉兰给他的是悠悠岁月的一声长叹。

相比诗歌中间部分由于冲动暴露出的第一层自我(本我),结尾的处理是稍许冷静过后的第二层自我(超我)。很难说到底哪种更真切,第一层"我"偶然透露出人类的本能情绪,却被加工得做作。第二层"我"符合作者坚守的原则,却显出刻意的脆弱。直到最末几句才让人看到最为纯粹恳切的自我:"在我胸口压上跨越时代的重复——怅然眺望大路,/一次次走到门口,一次次退回沉默的孤屋。"依然是矛盾重重,依然是不了了之。大半生已过的诗人仍然在徘徊中寻找道路,即便路已在门口他还是犹疑着难以迈步。对于理想,湿婆符合诗人的气质,兼容了他的两重自我。对于个人现实,湿婆和他一样是矛盾的统一体。

第三节　湿婆意象与泰戈尔的个人内心取向

精神为表现自己寻求意象,意象以它的内涵表达精神,湿婆就是一个复杂的精神意象。当诗人把对外在世界的关注,转向个人的精神世界时,湿婆意象的内涵也随之改变。在个人的精神世界深处,外部世界的道德律令不再步步紧逼,而赋予自我最大的自由,诗人可以在自己向往的理想世界中尽情游弋。泰戈尔天性中的矛盾倾向在这种状态下仿佛实现了某种和谐。下面的诗非常明确地传达出泰戈尔的这种心态:

目光在天际逡巡,
　　创造与毁灭的理论
　　　　时时把你拖入痴迷;
登上游思的飞车,
　　星辰之路,倏然掠过,
　　　　追踪流星如飞;
横穿九天的想象力
　　高声吆喝着六七只
　　　　飞马,凌空飞行。
徐徐降落在梅地尼县,
　　携带你这位旅伴,

曾穿越国家，穿越时空。

漫游宇宙，可你
不恋天上的丽日，
惦记着地上的太阳——
作别满天的繁星，
你眷恋的那个凡人
早已不放射光芒。
你忘却飞行的轨道，
望远镜偏离目标，
在哪儿选着陆点？
远离璀璨的银河，
朝人躯之路陨落——
进入血肉、骨髓之园。

天命顺意遂愿，
错误接连地出现，
容错误轮回转世——
然而，转瞬之间，
你又常常露面，
在尘埃的游戏室。
如今你定居迦尸，
近日在湿婆神那儿
又获得了庇护所；
……

这首诗的名字同样叫作《信》[1]（引用部分为该诗的第一节及第二节前半部分），可是风格上与前一首完全不同，前一首诗中，诗人不断地挣扎在矛盾的思想和自我辩护里，这一首则轻灵地穿梭在矛盾之间，通过湿婆的意象为自己建造起心灵的庇护所。

1 泰戈尔：《戏谑集补遗·信》，载《泰戈尔全集》第7卷，第359页。

同现实取向一样，湿婆毁灭与创造的两重性特点并未改变，但诗人运用这一特征所表达的内容却有了变化。

这一段内容的主人公是“你”。关于“你”的这段叙述，很容易被理解成所谓的诗艺、真理、神等抽象实体。这种理解确有其理由，毕竟泰戈尔常用“你”来称呼他的神。但是“你”一旦被做此理解很容易让人忽视了这个“你”本也是“我”。第一节的中间部分最容易使人产生误解，开头和节选段的结尾给出了两个纠正的信号。这部分诗起于湿婆止于湿婆，假如“你”是所谓的至上的神，是不可能出现对湿婆的痴迷以及向湿婆寻求庇护的。湿婆原本就是泰戈尔至高神的一个表现意象，而“你”明显是低于神的存在。第一节的第五、六小段出现了泰戈尔本人，[1]因而，“你”和现实中的泰戈尔又区分开来，诗歌叙述的角色变成三层：湿婆、“你”和“泰戈尔”。湿婆对应泰戈尔的“神”，“你”对应“自我”理论的第二层“超越的自我”，“泰戈尔”对应第一层现实的“自我”。三者构成循序向下的关系，“你”是自由恣意的灵感、灵魂和理想，是纯粹的个人精神，追随湿婆，时时被他“创造与毁灭的理论”拖入痴迷。在艺术和精神的个人私有世界里“你”是插上翅膀的伊卡洛斯（Icarus），[2]游思与想象力被“你”役使，接纳“你”为同伴，完成穿越时空的行旅。这一段洋溢着无限的放纵，诗人的灵魂像脱缰的野马狂奔、跃动，似乎仅仅是眨眼的一刹那，就从眼前腾飞到星空邈远的深处。可是灵魂的无限自由也只有这短短的一瞬间，很快缰绳就被拽住了，“漫游宇宙，可你/不恋天上的丽日，/惦记着地上的太阳”。不论人生还是艺术都是自由与抑制的共同体，泰戈尔的幸运在于理智的羁勒，使他免于伊卡洛斯忘形的悲剧，与“天上的丽日”保持距离，理想也不至于痛失翅膀坠海而亡。

作者在诗里说：是天上的“自我”眷恋着地上的“自我”，尽管地上的“自我”远没有值得天上的“自我”眷恋的光芒，可实际情况恰恰相反，天上的“自我”只是地上的“自我”放飞的风筝：“你忘却飞行的

1 根据诗文注释，“太阳”“凡人”都是指泰戈尔。

2 希腊神话人物，因过分陶醉于飞翔的快乐，离太阳过近，太阳的热量溶化了粘着翅膀的蜡，导致翅膀脱落坠海而死。在西方文学中常被用来象征凌空的理想或是精神，他一般作为悲剧性的人物出现。

轨道，/望远镜偏离目标，/在哪儿选着陆点?”“忘却”“偏离”很武断地给“你”下了定义，把话语权牢牢掌握在地上的“自我”手里。这样的裁断与前文地上的“自我”的谦卑形成对比。既要放飞又要牵扯羁绊；既是谦卑的下位者又是高傲的上位者；既想超脱一切又害怕远离现实。和他自己说的一样:“我不愿诀别这美好的人世，/我愿活在普天下黎民之中。”[1]泰戈尔在诗中给自己指出了一条道路:“远离璀璨的银河，/朝人躯之路陨落——/进入血肉、骨髓之园。”诗人很精妙地在这里分成两小节，仿佛前半截是投胎前的灵界，后半截是投胎后的人世一般。世界发生了变化，矛盾却固执地遗留下来。天命顺遂了“自我”的意愿走上“人躯之路”，“你”和“凡人”之间难以调和的斥力不可避免地致使错误连连，想“容错误轮回转世”，然而“转瞬之间，你又常常露面，/在尘埃的游戏室”。“尘埃的游戏室”是一个很有意味的意象，既可以理解为尘封已久，“你”终于重新归来，也可以表示天上的“自我”和地上的“自我”的对立。泰戈尔把生活看作精神或生命的游戏，在《诗人的辩白》中他说:“我们称生活为生命的游戏。”[2]比如下面一首诗里就用“泥土的游戏室”指代人世的精神世界。尘埃属于现实世界，是最常见的现实之物，“游戏室”则经常被看作灵魂的世界，也是精神创造力的居所，“游戏”这个观念在印度原本就常常与湿婆联系起来，在印度观念中，湿婆的纳塔罗阇舞蹈，既可以看作庄严神圣的舞蹈，也可以看作创造的运动或游戏。[3]另外湿婆在印度又称“比霍拉那特”，意思是“永久的遗忘”。[4]泰戈尔写的一些儿童抒情诗，便取名为“西苏—比霍拉那特”，游戏、孩子和湿婆，泰戈尔探索三者的相似之处。游戏是难以言说的体验，是诗人通往艺术世界、灵魂世界的途径，“阳光下袒露人生，/我步入新奇的/凡世的日子，借助/儿童游乐的技巧，遍布哪个世界？哪儿/哪个人说得清楚?”[5]游戏室是孩子的领域，是幻想、真纯无羁的理想国。孩子在游戏中砸碎玩具，毁灭再重建，没有任何怜惜，只有打破旧有重新创造的乐

1 泰戈尔:《刚与柔集·序言》，载《泰戈尔全集》第1卷，第219页。

2 泰戈尔:《诗人的辩白》，载《泰戈尔全集》第22卷，第195页。

3 约翰·鲍克:《神之简史》，高师宁等译，北京：生活·读书·新知三联书店，2007年，第107页。

4《泰戈尔评传》，第70页。

5 泰戈尔:《童年的湿婆集·儿童的生活》，载《泰戈尔全集》第4卷，第600—601页。

趣，湿婆也和孩子一样，一会儿制造供自己游乐的玩具，一会儿在单纯的游戏（舞蹈）中毁了他们。孩子是纯洁的、毫不功利的，诗人把他们当作纯洁无私欲的湿婆看待，是最高神性的体现。诗人常常不是把儿童看作湿婆，就是把湿婆看作儿童，诗人渴望自己也能像儿童的湿婆，在光怪陆离、神奇莫测的游戏中回溯生命的真谛，他写道："儿童世界，再次展现，/融合你与我的游戏。/深情地端详你的脸，/我朴实的眼睛看见/朴实的你和你的天地。"[1]

> 仙童描绘世界是他[2]的游戏，
> 你与他同龄，在泥土的游戏室。
> 　　你几时以年龄
> 　　掩盖那年轻，
> 让生命乘游戏之舟向无限漂去。
>
> 如今诗人做你的游戏已上瘾，
> 鲜嫩的阳光中诞生新型的稚童。
> 　　他的思绪沉入语言——
> 　　对他睁开的双眼
> 展示宇宙之美，他的心正朝你的路飞奔。[3]

在想象的游戏室，诗人通过湿婆、儿童、游戏与宇宙、无限、永恒交融。游戏室的意象与湿婆的内在联系是作者为后文湿婆的出面所做的铺垫，接下来的一句，"你"冲破血肉、骨髓之园的束缚出现以后，诗人不无自嘲地发现，来来回回绕了一圈，自己又回到了最初的原点——湿婆，"如今你定居迦尸，/近日在湿婆神那儿/又获得了庇护所"。在另一首诗里，他没有选择毗湿奴，而是让湿婆引领他内心的"步伐"，"与我

---

1 泰戈尔：《童年的湿婆集·儿童的生活》，载《泰戈尔全集》第4卷，第603页。

2 第一段中的"他"可以理解为仙童，也可以根据上文："你的画布上我知道/永远缠绕/舞蹈之王湿婆的长发的蓬乱。"把"他"和"仙童"理解成湿婆，在泰戈尔的诗里常出现年幼的湿婆、儿童的湿婆一类意象。

3 泰戈尔：《五彩集·祝福》，载《泰戈尔全集》第6卷，第174页。

同行"。他说:"我的心里没有飞升波伊昆吐的一丝愿望——/这儿有我的泥房,……闪耀永恒光芒的蓝天下,/舞王的狂舞引领我的步伐。……我的神魂/忘却世俗的责任,越过黑白混淆的是非之地,/由诱人迷途的/笛音相伴,/飞向邈远。"[1]

较之侧重现实的那些诗,在个人内心问题上诗人的态度显得优游多了,也自信多了,并且最终能为自己的心灵找到一个恰当的居所——湿婆。湿婆被称作"始发者"和"止步者",[2]在这首诗里,作者对应湿婆"始发"和"止步"的特点,开篇即通过湿婆展开自身的矛盾二重性,之后矛盾层层铺开,最终以湿婆为"止步"点。有了前文借助湿婆意象所做的铺垫,在诗歌第二节的后半段,诗人才能平稳地过渡到后文,抒发自己对"诗情"(对应天上的自我)与个人诗才(对应地上的自我)之间关系的感慨。比较分析泰戈尔对待现实和个人内心的态度,在内心世界里,湿婆形象更为温和,诗歌中作者的情绪也更为和缓。

湿婆本身就是一个复杂矛盾的综合体,《激流》[3]一诗更加明显地表明湿婆死亡与新生的双重寓意,是泰戈尔借以表现自我的复杂双重性(只涉及个人的、内心的)的最佳象征载体:

我不是崎岖、遥远的山顶上
　　沉默无语的冰雪,
我是忘情的清泉,
　　汩汩奔进泥土的世界。

我在碧潭的沉闷中
　　注入泛沫的狂舞,
灵巧的手鼓掌似敲击
　　僵立的山岗的紧蹙的眉头。

1 泰戈尔:《晚祭集·仙境》,载《泰戈尔全集》第7卷,第277—278页。波伊昆吐是保护大神毗湿奴的居住地。

2 葛维钧:《湿婆和"赞词之王"(续)》,《南亚研究》2004年第1期,第43页。

3 泰戈尔:《普尔比集·激流》,载《泰戈尔全集》第5卷,第146页。

我在幽深的岩洞的黑暗中
　　雷鸣般地念诵经文，
惊扰原始森林的冥想，
　　以高亢、豪放的笑声。
我用素馨似的白沫的花环
　　装饰文底耶山的胸膛，
在湿婆的蓬发中间
　　把清波的足铃摇响。
老榕树贪婪的根须
　　妄图抓住我的辫子，
一束束阳光像稚童
　　总想扑进我的怀里。

我没有恐惧，没有忧愁，
　　僵死的法则，从不遵从。
我奔向四面八方，
　　流动的年华洁白、纯净。
黧黑的潜流在我的胸中，
　　眼里含着光流——

我的话音飘向天国，
　　我的舞姿人间遍布。
痛哭、欢笑这两条河
　　在我的左右奔腾，
静止的歌曲的海洋里，
　　结束活泼的歌声的旅行。

冰雪是圣洁、高远的，就像印度宗教传统中的追求出世解脱的沉默的圣哲，相比之下，泰戈尔更愿意做灵活忘情的清泉，从不可亲近的高处汩汩而下，直奔“泥土的世界”，为“沉闷”添加“狂舞”；让舒缓取代僵直；以“笑声”惊扰“冥想”。湿婆的蓬发挽起恒河野性的浪涛，让恒河驯服地缓流而出，"我"却希望"把清波的足铃摇响"，为这种驯服的平静注入些许原有的生机。"我"在自然中寻求天然的亲昵，老榕树、阳光，这些自然之物回报"我"美好愉悦的图景。接着作者高调地宣告自己的自信："我没有恐惧，没有忧愁，/僵死的法则，从不遵从。/我奔向四面八方，/流动的年华洁白、纯净。"诗人始终不能忘记他的矛盾二重性，在这里他没有把它们等置，而是把其中一方压制成幽暗的"潜流"（可以理解成解脱、冥思等等），把对现世、自然、人生的热爱看作明朗的"光流"，这般处置矛盾之后，他坚信自己的积极乐观定能传达到理想的天国。天国是与人世对立的所在，可见泰戈尔依然顾念着被他看待为潜流的东西。依印度的传统，通过冥想苦修求得解脱是达到"梵我合一"的途径，是摆脱轮回进入神界的方式。《侨尸多基奥义书》明确告知人逝后有两条道路可供选择，"其灵有南北二道可循：南道者祖灵乘道（Pitryāna），重返于人间；北道者，天神乘道（Devayāna），至于大梵世界者也。……衡于教史，实开释氏往生之先河"。[1]进入月亮——天界之门，面对提问"能答者"可以继续前进，"不能答者"化为雨水返回世间，因其"业""明"转生。《奥义书》提供一例作答范文："嗟尔诸季候！我自远光来；聚集为精气，出于十五分，祖灵之世界，以人为作者，置我于母体；我生又重生，为十有二分，或十三连月，是由十二分，或十三分父。我知此且知，与此相对者。嗟尔诸季候！导我至永生！"[2]这段作答是对"我"的来历的回答。月亮被当作祖灵世界，超越祖灵世界者方能踏上"天乘之路"——一个不再再生的世界。泰戈尔对"天国"的向往毋庸置疑，他和传统的不同仅在于选择的道路上，传统的道路被他看作自己心中的潜流。"我的话音飘向天国，/我的舞姿人间遍布。"前面是终极理想，后面是现实选择。于是二重性又不知不觉地被等置起来："痛哭、欢笑这两条河/在我的左右奔腾"。直到诗的最后一句，二重性才愉快地找到了平衡："静止的歌曲的海洋里，/结束活泼的歌声的旅行。"海洋同时象征着毁灭和新生，在泰戈尔的诗歌中海洋是常用的死亡意象，很

1《五十奥义书》，徐梵澄译，北京：中国社会科学出版社，1984年，第33页。

2《侨尸多基奥义书·第一章·二》，载《五十奥义书》，第35页。《侨尸多基奥义书》（*Kausitaki Up*）又译《考史多启奥义书》。

多时候与湿婆直接挂钩。《奔驰》[1]是典型的一例，作者把人世比作“流动的洪水”，迅速流向彼岸，融聚在时空的海面上。湿婆拍击死亡的神鼓，既是否定（消亡）也是否定之否定（“不！不！”），之后得出结论：“恒久的毁灭是创造之河的流水”，末了，以无忧的大海终结全诗。印度民歌中，生命的旅程常被比拟为渡过一条河流，掌船的艄公则是死亡或神。河流的目的是大海。大海以她的黑暗和沉寂接纳江河，也接纳了泰戈尔。“我们的生命扬起风帆，在无人渡越过的大海上前进；这儿的波涛互相追逐，在捉着一个永恒的迷藏。这是变幻莫测的躁动的大海，在哺育着它那一群又一群飞散的泡沫，在拍手打破天空的宁静。爱，在这光明与黑暗循环的战争舞蹈的中心诞生。”[2]海洋埋葬一切，终结一切，也是最初的诞生，“彼自思惟：‘吁！此诸世界也，我其创造护持世界者乎！’——彼遂直由诸水取出一真元体而形成之。”“水受彼思虑之凝集已，形质遂生。夫惟所生之形质，食物是已。”[3]印度神话里也有一种说法，世界最早浩渺一片，水生热力（火），于是水里出现一个金蛋，里面诞生了造物主梵天。另一个著名神话说的是众神搅乳海，从海里诞生十四宝，最重要的就是象征生命永恒能让人长生不死的甘露。因此海在印度传统里也有新生和永恒的寓意。这一句“静止的”海洋是安宁的，隐喻个体生命的死亡；“歌曲”的海洋是愉快的，象征着一曲终了后的新生。死亡不是灵魂的终结，若说泰戈尔渴望着湿婆的死亡面还不如说他渴望着湿婆的新生面，一切将重新开始，也许会不再迷惘不再彷徨。对待现实、社会，他没有解决问题的办法，站在了门口，又立刻退回屋中，对自己他只有一个解决办法，就是接纳那必然的死亡，宛若大海接纳了江河也终结了江河。

泰戈尔在自己的自传中也谈到了他对死亡的钟情。“生命这道裂

1 泰戈尔：《总结集·奔驰》，载《泰戈尔全集》第5卷，第501—503页。

2 泰戈尔：《泰戈尔散文诗全集·28》，华宇清编，杭州：浙江文艺出版社，1990年，第278页。

3《爱多列雅奥义书·第一章》，载《五十奥义书》，第20、23页。《爱多列雅奥义书》（*Aitareya Upanisat*）又译《爱达雷耶奥义书》，真元体：puruṣa，取注家义谓：原始人或有形质之“神我”。

隙对我显露的可怖的无底黑暗却昼夜不停地吸引着我。”[1]遍布人世间的“存在”的压力正是以生与死的平衡来让人保持稳定，不至于被压垮。随着生命之杯的渐空，生命也将以更为浓缩且精华的方式来求取平衡。泰戈尔对尘世的眷恋逐渐淡漠，大自然的美开始填补之后心灵可能出现的空白。泰戈尔在自然和超自然的灵魂中寻找到更深的含义。死亡赋予他正确观察事物的能力，使得他全面理解到世界的完美，“当我看见以死亡为背景的宇宙画面时，我发现它令人神往。”[2]这种宇宙画面就是湿婆舞蹈所代表的宇宙力量在创造、维护和毁灭世界时的工作。湿婆毁灭的目的在于创造，创造、新生皆以毁灭、死亡为母体。泰戈尔把他的问题展开在湿婆身上再归结至湿婆，他有不少诗很直接地歌颂死亡，例如《献祭集》的第45首，诗人反反复复呼唤死神，死神面带情人的表情，像要劫夺新娘一样走来，结合的仪式是朴素的，诗人平静且略带欣喜地说道：“你若感到自豪就把我带走”，“啊主呀，我会自己走来”。[3]

“当年逾古稀的泰戈尔被问到他最大的优点是什么时，他答道：‘自相矛盾。’而当被问到他最大的缺点是什么时，他说：‘仍是它。’”[4]诗人这种逡巡不定的情感特质在他的诗里充分展现了出来。在毁灭与新生的双重寓意中，尤以毁灭性为特征的湿婆形象比主司维护的毗湿奴、主司创造的梵天更加具有颠覆性、重建性。两种矛盾职能既对立又统一，构成恰到好处的张力，符合泰戈尔对现实世界和精神世界的复杂情感，不失为泰戈尔表达自身最为妥帖的选择。

泰戈尔曾被人称为“孟加拉的雪莱”。虽然他的某些作品，尤其是《吉檀迦利》这样带有神秘主义特色的诗歌，往往像雪莱的诗歌一样，很容易从个体自我走向非我，并达到与宇宙、神性的融合，但是他绝大部分的诗歌都是自我观念的率真表述。泰戈尔坚持人存在于神之中的诗歌观念，究其根本是人的观念[5]。在他诗歌的湿婆意象上，这一点反映得

1 泰戈尔：《我的回忆》，吴华译，太原：北岳文艺出版社，1994年，第185—186页。

2 出处同上。

3 泰戈尔：《献祭集·45》，载《泰戈尔全集》第3卷，第429—432页。

4《泰戈尔传》，第209页。

5 他自创的“人格”这个特殊用语，是他这一观念的具体体现。

非常明显。

湿婆形象与泰戈尔的自我意识、内心情感是相互促进、和谐共处的。在泰戈尔的诗歌中，湿婆的意象如同量身定做的服饰，妥当地表现了他丰富且矛盾的内心世界，可以说湿婆是泰戈尔心灵和自我认知的最佳容器。

本章通过对泰戈尔创作中湿婆意象的分析，探究泰戈尔对印度神话传统的继承和创新，展现湿婆意象与诗人个人气质、思想情感与文本写作上的互动关系。认为泰戈尔对与湿婆相关的神话元素的继承和创新，对自然、爱情、人性的深刻认识，都巧妙地融合在湿婆这一个丰富的意象中，他的诗歌也因此显得更加博大宽广。面对现实中的挫折，泰戈尔仍执着地追寻心中的理想世界，在不断地徘徊、肯定与否定、人性欲望既追求现世又渴望解脱的复杂情感之中，他的诗歌超越了传统文化语境下湿婆具有的特定意义，并赋予湿婆形象以新的象征内涵。

从不同时期泰戈尔对湿婆意象的不同阐释中，读者可以感受到他内心情感的发展和变迁，并勾勒出诗人自我求索的发展脉络。泰戈尔凭借湿婆形象表达出的“人的观念”使他的诗歌不仅仅停留在个人情感的狭小世界里，由于触及了人类的普遍情感，这使得他的诗超越了时空，具有了普遍而恒久的意义。对泰戈尔诗歌中湿婆形象的深入认识，不仅有助于我们更深入地认识泰戈尔真实而丰富的内心世界，而且也为读者准确理解他的诗歌的审美意蕴提供了一条新的途径。

第二章 泰戈尔与莎士比亚

泰戈尔不仅是一位优秀的文学创作者，更是一位思想博大、极具个性的文学评论家。通过对24卷中译本《泰戈尔全集》的搜集和归纳，我们可以发现泰戈尔一生中阅读了东西方众多国家的文学作品。其中的西方文学作品包括古希腊罗马文学和英国、爱尔兰、西班牙、德国、法国、美国、俄国、冰岛、挪威、意大利等国的文学；东方文学作品包括古代希伯来文学、中古阿拉伯文学、中国以及日本等国的文学。在外国作家中，泰戈尔提及莎士比亚的次数最多。泰戈尔是东方文学杰出的代表，莎士比亚是西方文学杰出的代表，目前学界尚无专论泰戈尔与莎士比亚关系的专题研究论文，关于两者关系的论述，只在屈指可数的几部有关泰戈尔的评传和研究著述中略有提及。本篇通过统计数据的整理分析，采用比较文学的相关理论，深入分析泰戈尔对莎士比亚的阅读和认知，以期深入探究两位世界文学大师之间的深层联系，以求推进并拓展泰戈尔研究的深度和广度。

泰戈尔一生中对莎士比亚的阅读和认知经历了从无限的崇拜到理性的思考的转变。早期，泰戈尔将莎士比亚视为"文学之神"，尤为赞叹莎士比亚戏剧中激情的力量。这个时期泰戈尔对莎士比亚的无限崇拜，与英国殖民统治的加强推广英语、兴建剧院、印度文坛对莎士比亚的推崇等社会文化背景因素有关。晚期，从1898年开始，随着印度文化复兴和民族解放思想的日益深入，泰戈尔对莎士比亚的认知进入理性的思考时期。在泰戈尔眼里，一方面，莎士比亚作为一位"普通的英国人"，其作品中存在着模仿与独创，体现出人与自然处在一种不和谐状态的特征；另一方面，莎士比亚作为一位"世界诗人"，具有强大的世界影响力。此外，在这一时期，泰戈尔运用印度的情味论，对莎士比亚的

《安东尼与克莉奥佩特拉》(*Antony and Cleopatra*)一剧加以解读,并提出了“历史情味”这一全新的情味种类。

在搜集、归纳并分析泰戈尔对莎士比亚的阅读和认知后,笔者以事实的研究为基础,深入泰戈尔戏剧文本中。通过文本细读和对比分析,笔者认为泰戈尔的剧作《国王与王后》深受莎士比亚剧作《安东尼与克莉奥佩特拉》的影响。泰戈尔的戏剧创作既有自身独特的创造个性,又是外来文化因素和民族文化传统碰撞的结果。泰戈尔不仅是一位优秀的文学创作者,更是一位思想博大、极具个性的文学评论家。他一生著作颇丰,创作了50多部诗集、13部中长篇小说、100多部短篇小说、[1]近60部戏剧,还有书简、游记、回忆录及有关文学、哲学、宗教、教育等领域的论文和多种著作。泰戈尔作为东方第一位获得诺贝尔文学奖的作家,其特定的身份也是引发全世界学者对其展开研究的重要原因之一。在中国,泰戈尔一直是印度文学和东方文学研究的热点人物。从1913年钱智修的论文《台莪尔氏之人生观》[2]发表至今,泰戈尔研究在中国走过了近百年的历程。学者们从思想、文学、哲学、宗教、教育、文化等多个角度来研究泰戈尔,成果斐然。但我们也看到,中国的泰戈尔研究并没有完全成熟,甚至有学者指出泰戈尔研究“在方法论上陷入了困境”。[3]笔者认为,这从另一方面也说明了泰戈尔研究亟待深挖的必要,泰戈尔研究的视角应当可以更加丰富、开阔,泰戈尔研究期待更多新的阐释。

2000年12月,河北教育出版社24卷中译本《泰戈尔全集》(其中诗歌8卷,小说7卷,戏剧3卷,散文6卷)的出版,为中国学者更加全面、深入地进行泰戈尔研究起了重要推动作用。通过阅读《泰戈尔全集》,我们近距离感受到一位真正的世界文学大师——泰戈尔的魅力。他不仅是一位优秀的文学创作者,更是一位才华横溢的文学评论家。通观《泰戈尔全集》,我们可以发现,泰戈尔不仅深谙印度文学,造诣颇深,而且

1 因评述者对短篇小说的概念有不同的认识,所以目前学界对泰戈尔短篇小说的数量并未达成一致,有两种说法较为流行:100多篇和80多篇。参见倪培耕:《泰戈尔短篇小说译序》,载《泰戈尔全集》第6卷,第1页。

2 钱智修:《台莪尔氏之人生观》,《东方杂志》1913年第10卷。

3 参见张羽:《20世纪中国的泰戈尔研究述评》,载张羽:《泰戈尔与中国现代文学》,昆明:云南人民出版社,2004年,第287页。

他也提到并评点了外国许多优秀的作家，其中莎士比亚被提及的次数最多。这为笔者运用比较文学的研究方法，探索泰戈尔与莎士比亚的关系提供了丰富的研究材料。

考察目前学界关于泰戈尔与外国作家的比较文学研究，这些作家涉及英国、爱尔兰、德国、法国、挪威、比利时、美国、俄国、西班牙、瑞典、尼日利亚、埃及、日本和中国等14个国家，包括莎士比亚、华兹华斯、雪莱、济慈、勃朗宁、艾略特、奈保尔、叶芝、歌德、施雷格尔兄弟、雨果、莫泊桑、易卜生、梅特林克、惠特曼、庞德、契诃夫、希梅内斯、海登斯坦、马哈福兹、索因卡、松尾芭蕉、川端康成、孔子、陶渊明、王维、谢灵运、王国维、陈独秀、鲁迅、周作人、胡适、郭沫若、许地山、徐志摩、王统照、丰子恺、郑振铎、瞿秋白、冰心、沈从文等40余位。[1]学者们运用平行研究、影响研究、接受美学等比较文学的研究方法，探讨泰戈尔与这些作家的联系。

20世纪以来，学界有关泰戈尔与外国作家作品的影响研究可以分为两个方面。一方面，泰戈尔作为一位影响的"发送者"，[2]对叶芝、庞德、海登斯坦、陈独秀、鲁迅、周作人、胡适、郭沫若、许地山、徐志摩、王统照、郑振铎、瞿秋白、冰心等作家产生了影响，这方面的研究占泰戈尔与外国作家作品影响研究的绝大部分，研究成果很多。另一方面，泰戈尔作为一位影响的"接受者"，[3]在诗歌创作中受到了华兹华斯、雪莱、济慈、勃朗宁的影响；[4]在戏剧创作中受到了莎士比亚、易卜生、梅特林克、

1 有关泰戈尔与外国作家的比较文学研究文章，笔者从目前学界有关泰戈尔的中英文研究专著和中国知网、Gale、Jstor等网络数据库的中英文研究论文中进行搜集。

2 乐黛云：《文化转型与比较文学的新发展》，载乐黛云、陈跃红等：《比较文学原理新编》，北京：北京大学出版社，1998年，第104页。

3 出处同上。

4 爱德华·汤普森认为，华兹华斯的诗歌在庄严的美中夹杂着平凡，在崇高的思想中富于想象的色彩，这对泰戈尔的诗歌创作产生了影响；泰戈尔的《梦幻集》中对旧时代的厌恶，诗歌庄严的情绪，可看出受到了雪莱的诗歌《西风颂》的影响；济慈的《希腊古瓮颂》(*Ode on a Grecian Urn*)对泰戈尔的创作有影响；另外，在泰戈尔创作最多产的时期，勃朗宁对泰戈尔的影响是相当大的。参见Edward J. Thompson, *Rabindranath Tagore: Poet and Dramatist,* London: Oxford University Press, 1926, p.243, p.164, p.300, p.305。

叶芝、庞德等作家的影响；[1]在诗学方面受到了以华兹华斯、施雷格尔兄弟、雨果为代表的浪漫主义的影响。[2]泰戈尔思想博大精深，文学创作不拘一格、个性鲜明，要研究泰戈尔具体受到了哪些作家作品的影响并加以论证，具有一定难度。因此，泰戈尔作为影响的"接受者"这一部分的研究，学界在有关泰戈尔的一些评传和研究著述中稍有提及，但并未深入开掘。

泰戈尔提到次数最多的作家是英国伟大戏剧家莎士比亚，由此可见泰戈尔是非常重视莎士比亚的。但目前学界尚无专论泰戈尔与莎士比亚关系的专题研究论文，这主要是因为目前学界还未曾有人做过这种统计，也就未能发现这一重要线索，但印度和中国的一些研究者已经隐约感到泰戈尔与莎士比亚之间在文学创作中存在某种联系。

在印度，三位泰戈尔知名评论家爱德华·汤普森、S. C.圣笈多、克里希那·克里巴拉尼在其著述中都曾从比较文学的角度研究分析了泰戈尔与莎士比亚在文学上的关系。汤普森在1926年发表的著作《罗宾德拉纳特·泰戈尔：诗人和戏剧家》中指出，泰戈尔的剧作《牺牲》是莎士比亚式的戏剧，分为五幕。在《牺牲》这部剧作中，"泰戈尔继承了莎士比亚式戏剧的许多传统"。[3]另外，印度当代评论家圣笈多在1948年发表的《泰戈尔评传》中，用平行研究的方法，以莎士比亚的戏剧作为戏剧创作的标杆，将泰戈尔的戏剧与莎士比亚的戏剧做了简要的比较分析。圣笈多将泰戈尔的戏剧《大自然的报复》与莎士比亚的《哈姆雷特》(*Hamlet*)在人物形象的塑造上做了比较。他指出，泰戈尔的《大自然的报复》一剧除了男主角外，其他人物形象没有一个描绘得细致，因此对读者不具备吸引力，而《哈姆雷特》的主要角色和其他次要角色

1 如季羡林认为，泰戈尔的戏剧受到了易卜生、梅特林克的影响，参见季羡林：《泰戈尔的生平、思想和创作》，《社会科学战线》1981年第2期，第325页。如珍认为，泰戈尔戏剧创作中象征手法的运用，"或多或少受到叶芝、庞德等象征主义作家的影响"，参见如珍：《浅论泰戈尔的戏剧创作》，《南亚研究》1984年第2期，第85页。S.C.圣笈多认为，泰戈尔的戏剧《国王与王后》中，王后苏米德拉的形象塑造受到了易卜生主义的影响，参见《泰戈尔评传》，第156页。

2 侯传文：《泰戈尔诗学与西方文论》，《外国文学研究》2003年第6期，第14—15页。

3 *Rabindranath Tagore: Poet and Dramatist*, p.286.

都刻画得鲜明生动。此外，圣笈多指出，泰戈尔的戏剧《马利尼》(又译《马丽妮》)只是描绘了一种悬而未决的冲突，这一点很像莎士比亚的悲剧。他还将泰戈尔的戏剧《国王与王后》与莎士比亚的《安东尼与克莉奥佩特拉》中主角的塑造相比较。圣笈多认为，《国王与王后》中的国王维格拉摩这一主人公的描写具有本质上的弱点，总是处于一种疯狂的状态，一会儿是爱情狂，一会儿又突然变成了战争狂和复仇狂；而《安东尼与克莉奥佩特拉》中的主角安东尼即使在最多情的话语中也具有一种伟大的气质。另外，圣笈多认为泰戈尔的戏剧《牺牲》与莎士比亚的《麦克白》(*Macbeth*)在剧情安排上存在着某些相似。圣笈多的研究主要是在泰戈尔与莎士比亚的平行研究层面，指出了泰戈尔在戏剧创作中许多人物形象过于单调、不够丰满的缺点。与圣笈多平行研究的方法不同，1962年，泰戈尔传记作家克里巴拉尼指出，泰戈尔在戏剧创作中受到了莎士比亚的影响。他认为泰戈尔在1886年创作的戏剧《国王与王后》，是泰戈尔“最受莎士比亚戏剧结构影响的得力之作，也就是说，它具有复杂的剧情，层出不穷的阴谋，充斥全剧的暴力，千差万别的鲜明人物形象，必不可少的次要情节等特点”。[1]但克里巴拉尼又并非有意想把泰戈尔和莎士比亚摆在同一个层面上加以研究，他指出，泰戈尔“作为一个剧作家，他并非莎士比亚”。[2]可惜的是克里巴拉尼并未对此加以深入的分析。

在中国，孟昭毅、侯传文和尹锡南也觉察到了泰戈尔与莎士比亚之间的联系。孟昭毅对克里巴拉尼的观点持赞同态度，认为泰戈尔的戏剧《国王与王后》“深受莎士比亚戏剧结构影响”。[3]侯传文在梳理印度文学与世界文学的横向联系在近代、现代和当代表现的不同时代特点时，指出近代的印度文学主要受到了英国文学的直接影响，并以泰戈尔为其中的一个例证。侯传文认为，泰戈尔的《国王与王后》《牺牲》等早期戏剧“深得莎士比亚戏剧的精妙”。[4]但对这一例证作者并未加以阐明和论证。尹锡南在解读泰戈尔眼中的中国、日本、印度和西方文明

1《泰戈尔传》，第141页。

2 出处同上。

3 孟昭毅：《泰戈尔与比较文学》，《南亚研究》1994年第1期，第77页。

4 侯传文：《现代印度文学与世界文学》，《东方论坛》2001年第2期，第34页。

时，较广泛地搜罗了《泰戈尔全集》中泰戈尔评论莎士比亚作品的部分，即泰戈尔认为莎士比亚的作品具有高超的艺术概括力，他也发现在莎士比亚的某些诗歌中狂热的人的激情遮蔽了宇宙万物的存在。另外他还点评了泰戈尔运用印度古典诗学理论的核心术语“情味”来探讨莎士比亚的作品。[1]

由此可见，目前学界有关泰戈尔与莎士比亚的比较文学研究从影响研究肇始，平行研究紧随其后。这些研究是对泰戈尔研究有益的探索，只是尚未深入展开。尤其在影响研究层面，泰戈尔的文学创作是否受到莎士比亚的影响，尚需更加有力的论证。

比较文学的研究范围，已由最初的西方国家之间作家作品的比较，扩大到东西方各国作家作品的比较。季羡林先生曾指出，东方文学与西方文学之间的比较研究，对于世界文学的发展具有尤为重要的意义。他认为，“从这种比较研究中，我们可以探讨出世界文学，也就是人类整个文学的发展规律”。[2]通过对泰戈尔与莎士比亚的比较研究分析，我们不仅可以探索两位世界文学大师之间的深层联系，而且可以拓展泰戈尔研究的广阔空间。本章运用影响研究的方法，借鉴平行研究、接受美学等理论，搜集、归纳并分析《泰戈尔全集》中泰戈尔对莎士比亚的阅读，以事实的研究为基础，论证泰戈尔在戏剧创作中受到了莎士比亚的影响，最终得出泰戈尔的戏剧创作既有自身独特的创造个性，又是外来文化因素和民族文化传统碰撞的结果的观点。

泰戈尔是一位具有世界文学意识的文学评论家。1907年，他在《世界文学》一文中指出，那种把文学作品只看成某个人或者某个国家的创作的想法，是无知和狭隘的。泰戈尔说：“我们的目的是，去掉那些无知和狭隘，从世界文学中观察世界的人。我们要在每一作家的作品里看到整体，要在这个整体里看到整个人类为表现自己所做的努力。”[3]由此，我们可以看到泰戈尔的世界文学意识。他之所以阅读东西方众多国家的文学作品，是因为他想借此把握世界文学的整体面貌。

1 尹锡南：《世界文明视野中的泰戈尔》，成都：巴蜀书社，2003年。

2 季羡林：《简明东方文学史·序》，载季羡林等编：《简明东方文学史》，北京：北京大学出版社，1987年，第2页。

3 泰戈尔：《论文学·世界文学》，载《泰戈尔全集》第22卷，第99页。

在泰戈尔眼中，世界文学经典之所以能成为经典，是因为它们具有跨越时空的永恒的艺术价值，反映了世界各国人民“普遍的精神世界”，具有“普遍的意义”。1941年，泰戈尔在他生命末年发表的演讲文章《文明的危机》中指出：“人最美好的东西，不可能囿于某个狭隘民族范围内，绝不是守财奴关闭的库房里的财物。”[1]到晚年，泰戈尔仍然将世界各国经典文学作品看成人类共同的财富，并且指出了世界各国文学的交流融合是世界文学发展的必然趋势。

第一节　无限的崇拜：泰戈尔早期对莎士比亚的阅读和认识

一、“文学之神”

在泰戈尔的青少年时代，莎士比亚曾被视为那个时代的“文学之神”。泰戈尔对莎士比亚充满了无限的崇拜，他狂热地阅读和学习莎士比亚的作品。

莎士比亚在印度作为一位伟大戏剧家的地位的确立，与英国殖民统治的强化、剧院的兴起、英语教育的确立和学校教育的促进有着密切的关联。莎士比亚作为英国文学乃至西方文学的杰出代表，受到了印度文坛的极力推崇。

莎士比亚传入印度的历史最早可以追溯到18世纪中后期。1756年，第一家英语剧院在加尔各答建立了。这家剧院是由在加尔各答的一些喜欢娱乐的英国人建立的，他们大多不与印度人建立私人关系，只与本国人一起娱乐。他们一项重要的娱乐内容就是聚集在一起看戏。1775年，英国人出资十万卢比建立了加尔各答剧院。从1780年起，许多英国戏剧就开始在加尔各答剧院上演，其中就包括莎士比亚的《哈姆雷特》。

19世纪初期，英国殖民政府为进一步加强对印度的统治，开始意识到英语教育的重要性。学校鼓励学生去剧院看戏，有时甚至将戏票免费发放给学生。学生们对西方戏剧学习和表演的热情日益高涨。1837

1 泰戈尔：《文明的危机》，载《泰戈尔全集》第24卷，第503页。

年,印度大学的学生自导自演的《威尼斯商人》(*The Merchant of Venice*)获得了巨大的成功。此后,他们创办了"东方剧院",莎士比亚的许多戏剧作品被搬上了舞台。"东方剧院"于1853年9月22日上演过《奥赛罗》(*Othello*),1854年3月22日上演过《威尼斯商人》,1855年2月15日上演过《亨利四世》(*Herry IV*)。[1]1857年,在孟加拉、孟买和马德拉斯等地建立印度最早的大学之后,莎士比亚的戏剧伴随着英国文学学科的建立,成为大学课程教育的重要部分。在政府官办的学校里,莎士比亚的戏剧作品《哈姆雷特》《奥赛罗》《麦克白》列入学生的课本。另外,此时的英语剧院及其演出在印度已有相当规模,为了招揽印度顾客,英语剧院有时也上演孟加拉语戏剧,这样,不仅英国人是剧院的常客,不少印度人也经常光顾。从中亚移居的具有商业天赋的波斯人从中看到了商机,他们觉得有利可图,便抓住机会,开始投资成立剧团。从1853年至1861年,短短的八年时间里,就有20多个波斯人剧团成立。波斯人剧团主要以盈利为目的,将英语剧本译成孟加拉语、乌尔都语等,在印度各地上演,其中又以莎士比亚的剧本居多。此外,印度文坛对莎士比亚也推崇备至。不少近代印度剧作家将莎士比亚的戏剧奉若范文,有不少人进而对其加以翻译、改编。印地语戏剧作家谢利尼瓦斯·达斯(Das, Srinivas)于1877年创作的五幕戏剧《勒伦提尔和伯列姆默黑妮》就是"受莎士比亚的《罗密欧与朱丽叶》(*Romeo and Juliet*)的启示而写成的"。[2]到19世纪晚期,莎士比亚的作品在印度许多城市的市中心传播开来。在孟加拉、孟买、德里以及印度其他地区,随着剧院数量的不断增加,观看并研究莎士比亚的戏剧,成为孟加拉知识分子的时尚追求。这些剧院也将莎士比亚的戏剧推进到人民大众的文化生活中。莎士比亚的戏剧《尤里斯·恺撒》(*Julius Caesar*)、《哈姆雷特》、《罗密欧和朱丽叶》、《理查三世》(*Richard III*)和《奥赛罗》等经常被搬上舞台。从印度的精英分子到普通大众,他们对莎士比亚的文学作品都非常熟悉。1948年,英国戏剧导演诺曼·马歇尔(Marshall, Norm)在回忆自己的印度之行时写道,许多印度人"对莎士比亚的全部戏剧都是

1 参见Prabhucharan Guha-Thakurta, *The Bengali Drama: Its Origin and Development*, London: Routledge, 2000, p.50。

2 姜景奎:《印地语戏剧文学》,北京:中国对外翻译出版公司,2002年,第82页。

烂熟于心的。印度人的记性好是天赋的。当戏剧表演者迟缓地说出剧本的某句台词时，观众中总会有几个人立刻提醒他。过去许多印度人阅读莎士比亚仅仅是出于现实的考虑，因为英国在印度的殖民统治时期，对于那些有野心的印度年轻人来说，掌握英语是一项基本条件。但是大部分的印度人只是为了增进对英语的了解而研究莎士比亚，最终这种研究发展为对这位诗人和戏剧家的崇拜”。[1]1963年，梅塔在两卷本《印度语舞台剧目录》中，记录了印度文坛对莎士比亚文学作品“随意、有时甚至是粗暴的剽窃现象。书中记述，莎剧的印度语改编和翻译版本近两千部”。[2]1964年，根据加尔各答的印度国家图书馆资料记载，“翻译或改编莎士比亚戏剧的印度语种有孟加拉语（128部），马拉地语（97部），泰米尔语（83部），北印度语（70部），埃纳德语（66部）和泰卢固语（62部）”。[3]经过两个多世纪的发展，莎士比亚在印度已经拥有了稳固而卓越的地位。

通过泰戈尔的自传和回忆录，我们可以发现泰戈尔在很小的时候就知道莎士比亚的名字了。在《生活的回忆》中，泰戈尔提到，在他七八岁的时候，有一位年纪比他大得多的外甥，“十分迷恋英国文学，常常怀着极大热情，反复朗读《哈姆雷特》的大段独白”。[4]《往事悠悠》中，泰戈尔回忆道“品尝莎士比亚的戏剧趣味”，[5]活跃了他家庭的气氛。另外，泰戈尔少年时代的家庭教师曾用孟加拉语向泰戈尔解释莎士比亚的《麦克白》，并把泰戈尔关在屋子里，强令泰戈尔将《麦克白》全剧用孟加拉语翻译出来。泰戈尔用无韵诗的形式将《麦克白》翻译出来后，得到了老师的肯定。可惜泰戈尔的译文并没有全部保留下来，只有该剧第一部分关于女巫的翻译，于1880年发表在一份叫《曙光》的文学杂志上。“这个译本残存至今的部分显示出译者（指泰戈尔——笔者注）对韵律和习语的用法已掌握纯熟，这部翻译作品竟出自一个不满十四

1 Norman Marshall, “Shakespeare Abroad”, in John Garrett (ed), *Talking of Shakespeare*, London: Hodder & Stoughton, 1954, p.103.

2 拉文德·卡尔：《莎士比亚戏剧在印度》，《艺术评论》2008年第1期，第86页。

3 出处同上。

4 泰戈尔：《生活的回忆·诗歌创作的开始》，载《泰戈尔全集》第19卷，第116页。

5 泰戈尔：《往事悠悠》，载《泰戈尔全集》第24卷，第330页。

岁的少年之手，真是令人难以置信。”[1]令泰戈尔感到惊喜的是，他的另一位家庭教师居然让他将自己翻译的《麦克白》念给当时印度的一些知名人士听。泰戈尔在念完自己的译本后，他清晰地记得当时印度著名诗人拉吉卡利希那·穆考巴塔亚叶（Mukobataya, Raja Khirina）对他的教诲：“与戏剧其他部分相比较，女巫说话的语言和韵律应与其他角色不同，应保持差异的特殊性。”[2]这件事在泰戈尔的记忆中留下了深刻的印象，他在后来的自传中也有所提及。[3]到泰戈尔17岁时，他出国到英国伦敦大学去留学，清晰地记得自己当时为了更好地理解英国老师亨利·马林（Morley, Henry）讲授的英国文学课程，先是靠笔记自学了莎士比亚的《科利奥兰纳斯》（*Coriolanus*）、弥尔顿（Milton, John）的《失乐园》（*Paradise Lost*）等作品，然后通过老师的教导，更好地理解了其中“最内在的情趣”。[4]

除了泰戈尔本人及其家庭成员对莎士比亚的推崇，泰戈尔还在很多文章中回忆了他青少年时期，印度文学青年如饥似渴地拜读莎士比亚的文学作品的场面。如《东方和西方》中，泰戈尔提到了印度的学生们对莎士比亚的戏剧充满了狂热，他们通过阅读莎士比亚的作品，“让诗情浸润心田”；[5]在《英国文学》中，泰戈尔谈到莎士比亚作品对于文学青年们产生的极大的震撼；《孟加拉文学的发展》中，泰戈尔回忆起，他年幼时看到印度许多文学青年“陶醉于英国文学的美的享受之中”，[6]这些青年带着巨大的热情背诵莎士比亚的作品；甚至在泰戈尔逝世之前的演讲文章《文明的危机》中，泰戈尔还提到了在他青少年时期，日日夜夜地朗读莎士比亚的作品的情景，欣赏莎士比亚成为当时的一股风气，因为“通过英语熟悉和欣赏英语文学作品，是高雅情趣和博学多

1《泰戈尔评传》，第22页。

2 泰戈尔：《生活的回忆·家庭学习》，载《泰戈尔全集》第19卷，第164页。

3 在1940年发表的《童年》这部传记中，泰戈尔也回忆到家庭教师命令泰戈尔用孟加拉语翻译《麦克白》的事情，足见泰戈尔对这件事情记忆深刻。参见泰戈尔：《童年·十四》，载《泰戈尔全集》第21卷，第113页。

4 泰戈尔：《大学的形式》，载《泰戈尔全集》第22卷，第402页。

5 泰戈尔：《东方和西方》，载《泰戈尔全集》第23卷，第149页。

6 泰戈尔：《论文学·孟加拉文学的发展》，载《泰戈尔全集》第22卷，第177页。

才的标志”。[1]

勤奋的阅读、英语的学习、老师的教导、文坛的推崇，使泰戈尔从各种渠道接触到了莎士比亚的作品。他被莎士比亚作品中的魅力深深地吸引住了，他将莎士比亚视为“文学之神”，对莎士比亚怀着无限的崇拜。

二、激情的震撼

泰戈尔早期无限崇拜莎士比亚，尤为赞叹莎士比亚戏剧中激情的力量。在泰戈尔看来，莎士比亚对于激情的描写是非常具有震撼力的。莎士比亚作品中“所包含的内心激情的力量，极大地震撼着”[2]泰戈尔的心。泰戈尔说道：“无论在罗密欧与朱丽叶的疯狂爱情里，李尔王不可宽恕的悔恨痛苦里，还是奥赛罗带有毁灭性的忌妒里，都有一种达到顶峰的东西，那就是充满在他们心中的激荡的感情。”[3]泰戈尔指出，莎士比亚所创造的激情的力量是与英国文学传统一脉相承的。他将情感的奔放看作英国文学的本质。英国文学作品中，人物“内心激情极大地奔放，然后在熊熊烈火中泯灭”。[4]而莎士比亚作为英国文学的杰出代表，其戏剧中狂醉而激荡的感情，更加强烈地震撼着泰戈尔的心。莎士比亚塑造了罗密欧、朱丽叶、李尔王、奥赛罗等众多经典的人物形象。在泰戈尔看来，这些人物形象是多彩多姿的，但他们又有着一个共同的特点，那就是他们心中蕴藏的激情。莎士比亚在作品中对激情的抒发，的确令人惊叹和折服。早在1679年，英国著名批评家、剧作家约翰·德莱登（Dryden, John）就指出莎士比亚的戏剧创作之所以成功，是因为莎士比亚“有一颗通天之心，能够了解一切人物和激情”。[5]莎士比亚作品中的激情对读者具有极大的俘获力量。雨果也

1 泰戈尔：《文明的危机》，载《泰戈尔全集》第24卷，第502页。

2 泰戈尔：《生活的回忆·英国文学》，载《泰戈尔全集》第19卷，第207页。

3 出处同上。

4 同上书，第206—207页。

5 约翰·德莱登：《悲剧批评的基础》，载杨周翰编选：《莎士比亚评论汇编》（上），北京：中国社会科学出版社，1979年，第34页。

赞叹莎士比亚这位“天才是不可抗拒的”，[1]“当他攫住了你，你便被他俘虏了”。[2]

泰戈尔指出，这种激情在表现方式上也是成功的，它具有“表达的强烈、丰富和自由等特征”，[3]“人好像想把自己心灵的自然本质，从自己禁锢的一切中解放出来，观赏它奔放力量的最美形象”。[4]莎士比亚对于人物激情的出神入化描写，是青少年时代的泰戈尔最为钦佩的地方。

泰戈尔早期对莎士比亚的无限崇拜，使他一想到福斯塔夫的形象时，就会“捧腹大笑”；[5]当他站在班多拉的海滨看到大海翻腾时，他甚至联想到了莎士比亚笔下那位受到暴风雨吹打的李尔王形象。“大海过去曾是唯一的君主，绝对地自由。陆地从它子宫里升起，篡夺了王位。从那时起，这个狂怒的老家伙，从苍白的泡沫浪峰，不停地哀哭，就像受暴风雨吹打的李尔王。”[6]泰戈尔将大海翻腾汹涌的状态看作李尔王人生遭际的象征，对李尔王的敬佩与叹惋之情溢于言表。

泰戈尔回忆起，在青少年时代，他的心中涌动着各种各样的激情，这些激情“像一个身躯不均衡的稀奇古怪的怪物游荡在没有名称、没有道路、毫无止境的森林阴影里。那时，他们既不认识自己，也不认识自己外部的世界。因为他们不认识自己，所以他们一直亦步亦趋地模仿着某个东西”。[7]在19世纪七八十年代，印度的文学青年都被英国文学传递的巨大激情所裹挟，“不仅我（指泰戈尔——笔者注）的年龄是18岁，我周围所有人的年纪仿佛也都是18岁”。[8]因而，泰戈尔早期对莎士比亚的无限崇拜，既与当时印度的社会历史文化环境息息相关，又是对莎士比亚创作神来之笔的折服。

1 雨果：《莎士比亚的天才》，载《莎士比亚评论汇编》（上），第408页。

2 同上书，第407页。

3 泰戈尔：《生活的回忆·英国文学》，载《泰戈尔全集》第19卷，第207页。

4 出处同上。

5 泰戈尔：《孟加拉风光·博尔塔尔1892年杰斯塔月8日》，载《泰戈尔全集》第19卷，第377页。

6 泰戈尔：《孟加拉风光·班多拉海滨1885年10月》，载《泰戈尔全集》第19卷，第352页。

7 泰戈尔：《生活的回忆·破碎的心》，载《泰戈尔全集》第19卷，第205页。

8 出处同上。

第二节　理性的思考：泰戈尔晚期对莎士比亚的阅读和认知

尼赫鲁认为："印度的觉醒是双重的，它瞻望着西方，而在同时它在观察着本身和自己的过去。"[1] 18世纪末叶，印度的文化复兴运动开始兴起。加尔各答地区作为印度当时的经济、政治中心，也是这场印度文化复兴运动的中心。印度文化复兴运动"具有如下特征：不仅尊重中古文化，而且尊重《吠陀》和《奥义书》等古代文化；打破文化上停滞不前、形式主义和因循守旧的状态；尊重孟加拉的文化；加强与西方外来文化的联系和交流；致力于个人的全面发展；发扬孟加拉和印度的民族意识"。[2]印度文化复兴运动对于弘扬印度自身的传统文化具有重要的意义。与泰戈尔同时代的印度作家普列姆昌德（Premchand）也参与印度文化复兴中来。他在1912年发表了一篇文学评论《〈罗摩衍那〉和〈摩诃婆罗多〉》，这篇评论的主要目的就在于弘扬印度的传统文化。在这篇评论中，他高度赞扬了印度的伟大史诗《罗摩衍那》和《摩诃婆罗多》。他指出，这两部史诗"所取得的成就是世界上其他任何诗人都未能取得的"，[3]史诗中人物塑造手法的高妙是无与伦比的，"这些人物不是没有生命的不动的画像，而是活生生的有说有笑的完整的人。这样完整的人物远远超出了莎士比亚、但丁、荷马、维吉尔、内扎米和费尔多西的幻想范围"。[4]由此可见，普列姆昌德将印度两大史诗的艺术价值置于莎士比亚、但丁、荷马等西方优秀作家作品之上，试图把它们推向文学艺术成就的最高峰。

面对西方文化对印度的冲击，印度的知识分子表现出三种不同的态度：一种人坚守印度固有的民族文化传统，抵制西方文化；另一种人

1 贾瓦哈拉尔·尼赫鲁：《印度的发现》，齐文译，北京：世界知识出版社，1956年，第433页。

2 何乃英：《泰戈尔论》，《国外文学》1990年第1期，第2页。

3 普列姆昌德：《〈罗摩衍那〉和〈摩诃婆罗多〉》，载《普列姆昌德论文学》，唐仁虎、刘安武译，桂林：漓江出版社，1987年，第16页。

4 同上书，第17页。

完全抛弃固有的民族文化传统，对西方文化全盘接受；还有一种人则既坚持继承民族文化传统，又积极吸收外来的西方文化。泰戈尔的态度属于第三种，但是又有着他个人的特点。从总的倾向上来看，泰戈尔坚持以继承民族文化传统为主，以汲取外来文化养分为辅。但对印度民族文化传统和外来文化，泰戈尔都是既有所吸收，又有所舍弃。泰戈尔"最完美地体现了兼采印度和外国传统文化之长，他被人恰当地称颂为'印度文艺复兴'的列奥那多·达·芬奇"。[1]

1857—1859年的印度民族大起义虽然以失败告终，但民族解放的思想开始在印度扎根。到19世纪90年代中后期，以提拉克（Tilak, Bal Gangadhar）、奥罗宾多（Aurobindo, Sri）等为代表的新一代民族主义者登上政治舞台。1895年，提拉克提出了"司瓦拉吉"（即自主、自治）的政治斗争纲领，使得印度民族运动进入了一个新的阶段。英国政府对此非常担忧，"仁慈的外衣下露出了屠刀"，[2]于1897年以叛逆罪逮捕了提拉克。1898年2月18日，为遏制印度民众民族主义情绪的暴涨，英国政府通过《反煽动法案》，这更加激起了印度人民的不满。在法案通过的前一天，加尔各答举行群众集会，泰戈尔在会上宣读了著名的文章《无声的抗议》，发出了反对英国殖民政府镇压政策的有力声音。会后，泰戈尔又参加到援救提拉克的募捐活动中。1905年，为削弱民族运动的力量，制造印度教徒和伊斯兰教徒的矛盾，英国当局宣布对孟加拉实行分治，引发了印度民众强烈的不满。印度民族解放运动出现了第一次高潮。印度社会的动荡和不公引发了人民的不满，"心灵深处已积聚了种种反感的力量"。[3]从20世纪初期开始，印度文学青年们对莎士比亚戏剧的狂热开始减退，"过去的学生们如饥似渴地阅读莎士比亚和拜伦的文学作品，让诗情浸润心田，那种情景如今已不复存在"。[4]印度文化复兴运动和民族解放运动的兴起，使泰戈尔开始重新思考自身和以

1 G. V. Raj, *Tagore: The Novelist*, New Delhi: Sterling Publishers Pvt. Ltd., 1983, p.2. 中译文转引自尹锡南：《泰戈尔的文明观及其在东西方的反响》，硕士学位论文，四川大学，2002年5月。

2《泰戈尔传》，第210页。

3 泰戈尔：《诗人的宗教·一所东方大学》，载《泰戈尔全集》第21卷，第180页。

4 泰戈尔：《东方和西方》，载《泰戈尔全集》第23卷，第149页。

英国为代表的西方文化。

1898年，泰戈尔发表了短篇小说《教授》。在这篇小说中，泰戈尔认为莎士比亚在创作中存在模仿和独创的情节，这说明泰戈尔对莎士比亚的认知态度开始从无限的崇拜向理性的思考转变。1898年以来，泰戈尔对莎士比亚的一些看似较为分散的评论中，理性的思考态度贯穿始终。在泰戈尔眼里，一方面，莎士比亚作为一位"普通的英国人"，[1]其作品中存在着模仿与独创，体现出人与自然处在一种不和谐状态的特征；另一方面，莎士比亚作为一位"世界诗人"，[2]具有强大的世界影响力。此外，在这一时期，泰戈尔运用印度的情味论诗学理论，对莎士比亚的《安东尼与克莉奥佩特拉》一剧进行解读，并提出了"历史情味"[3]这一全新的情味种类。

一、模仿与独创

在小说《教授》中，当小说中的人物就文学创作是否应当模仿他人而争论不休时，小说中的主人公"我"借莎士比亚在文学创作中同样存在模仿其他作家作品这一事实，来说明文学中的创作不仅仅是独创，也存在着模仿甚至剽窃。文学创作中"是存在着模仿，但它构不成被责难的依据。文学王国里剽窃是一门很大的学问，甚至被捉住也可如是说。文学领域里的许多大人物都是这样做的，鼎鼎大名的莎士比亚也没有摆脱掉。其实，文学里人们进行着无以数计的独创，也勇敢地从事着剽窃活动，他们完全能把别人的东西变成自己所创作的"。[4]

关于莎士比亚是否模仿、改编、借鉴前人的戏剧，包括英国戏剧家本·琼生(Jonson, Ben)[5]在内的大量戏剧家和学者都曾分析过。事

1 泰戈尔:《自我介绍》,载《泰戈尔全集》第24卷,第163页。

2 泰戈尔:《莎士比亚》,载《泰戈尔全集》第4卷,第505页。

3 泰戈尔:《论文学·历史小说》,载《泰戈尔全集》第22卷,第133页。

4 泰戈尔:《教授》,载《泰戈尔全集》第9卷,第485页。

5 本·琼生,是莎士比亚的朋友和剧坛敌手。他于1623年写的《题威廉·莎士比亚的遗著,纪念吾敬爱的作者》就指出莎士比亚受到了黎里、基德、马洛等戏剧家的影响。参见《莎士比亚评论汇编》(上),第12页。

实上，莎士比亚的确受到了与他同时代而稍早的戏剧家的影响，如黎里（Lyly, John）、基德（Kyd, Thomas）、马洛（Marlowe, Christopher）等。1919年，英国学者罗伯逊（Robertson, J.M.）考证出莎士比亚的《哈姆雷特》一剧，是在基德原剧的情节基础上发展起来的。基德原来粗糙的复仇的故事，经过莎士比亚的改编之后，发展成为千古不朽的杰作。在莎士比亚的笔下，人物性格更加突出、言辞更加生动。[1]此外，莎士比亚在其文学创作中受到前人创作影响的事实，不仅是泰戈尔，印度作家普列姆昌德也有所了解。普列姆昌德在1922年写作的《长篇小说创作》中也提到，"莎士比亚有好几部剧作都是以意大利的长篇小说为基础创作的"。[2]可见，到20世纪初期，莎士比亚的文学作品在印度已经得到了较为深入的研究。印度人并不只是一味地观看、表演、阅读、背诵莎士比亚的戏剧，他们开始全方位地认识和研究莎士比亚的作品。

莎士比亚作品存在着模仿与独创，在泰戈尔看来，这并不仅仅是文学创作的事实，更是文学创作的经验和技巧。泰戈尔深知，文学创作并不仅仅是一个人创作出来的结果，更是对前人创作经验技巧的模仿与创新。他自己的文学创作就是有力的证明。

二、人与自然

孟加拉戏剧研究领域的开创人物P. 古哈-泰古塔（Guha-Thakurta, P.）指出，泰戈尔"不仅仅是一个大自然的爱好者；更是一个大自然的崇拜者，他用灵魂全身心地崇拜着大自然"。[3]在泰戈尔的文学作品中，我们能真切地感受到泰戈尔对大自然的执着和热爱。在一些有关人与自然关系探讨的评论文章中，泰戈尔认为，莎士比亚戏剧中人与自然经常处于一种不和谐的状态，因而泰戈尔对莎士比亚的这种处理方式并不满意，甚至带有批评的意味。

英国学者威廉·琼斯（Jones, William）曾将印度杰出的戏剧家迦梨

1 J. M.罗伯逊：《莎士比亚的"推陈出新"》，载杨周翰编选：《莎士比亚评论汇编》（下），北京：中国社会科学出版社，1979年，第54—68页。

2 普列姆昌德：《长篇小说创作》，载《普列姆昌德论文学》，第27页。

3 *The Bengali Drama: Its Origin and Development*, p.222.

陀娑看成"印度的莎士比亚",[1]认为他们都创作了伟大的戏剧作品。1902年,在文学评论《沙恭达罗》中,泰戈尔将莎士比亚的《暴风雨》和迦梨陀娑的《沙恭达罗》两部戏剧在题材的选择、整体意境的营造、人与自然关系的处理以及人物形象的塑造方面做了较为全面的比较,最终突出了梵语文学较之于欧洲文学的优秀之处。

泰戈尔认为,两部戏剧虽然在题材选择上是相似的,讲述的都是爱情故事,但是意境方面却存在着巨大的差异:"《暴风雨》中充满了暴力、裹挟和压迫,而在《沙恭达罗》中则是爱情、宁静和善良。"[2]泰戈尔认为,《暴风雨》是暴力主宰着一切,《沙恭达罗》则是宁静支配着一切。他甚至指出,在莎士比亚的所有剧本中,"没有一个具有《沙恭达罗》那种深深的平静和从容不迫"。[3]

泰戈尔将这种意境上的差异,归因于莎士比亚、迦梨陀娑对人与自然关系的不同处理。他认为,在莎士比亚的《暴风雨》中,"自然虽被拟人化了,但与人却不心心相通",[4]"大自然在这个剧中好像是恶魔,把它当作半兽人一样加以驯服、控制和奴役",[5]在这部剧作中,"人与自然之间存在敌意,人与人之间存在敌意,而这敌意便导致争权夺利。整个剧本自始至终充满了争斗和惶恐不安的情绪";[6]而迦梨陀娑的《沙恭达罗》中,"大自然被人格化了",[7]在该剧中,"甚至于树木花草,飞禽走兽都与人息息相关、互为依存"。[8]泰戈尔进而将《沙恭达罗》作为梵文文学乃至印度文化的代表,突出了印度文化相较于欧洲文化的优秀之处。他认为:"大概除梵文文学之外,无论哪一种文学都没有让沉默的大自然起过如此这般重要的,甚至可以说是无法替代的作用。"[9]而与

1 Garland Cannon, "Sir William Jones and the Sakuntala", *Journal of the American Oriental Society*, Vol. 73, No. 4, 1953, p.200.

2 泰戈尔:《论文学·〈沙恭达罗〉》,载《泰戈尔全集》第22卷,第19页。

3 出处同上。

4 出处同上。

5 同上书,第23页。

6 同上书,第19页。

7 出处同上。

8 出处同上。

9 出处同上。

此不同的是，“欧洲诗人盲目地复制生活，如实反映生活，他们没有用咒语或超自然力量的干预来解释过去。他们用诗的支配取代生活的支配”。[1]通过同以莎士比亚为代表的西方文学的比较，泰戈尔突出了印度文学作品中人与自然和谐相融、重视自然的地位的优点。

关于人物形象塑造，泰戈尔主要比较了沙恭达罗与米兰达这两部戏剧作品的女主人公。泰戈尔认为，两位女主人公虽然都是美丽的少女，但是，她们的处境、经历和性格是截然不同的。其一，米兰达自幼在孤独的环境中长大，这破坏了她的自然发展，而沙恭达罗是在净修林里面与同龄女伴们一起长大，天性得到了自然的发展；其二，米兰达“以自己的淳朴使人感到可爱，但这种淳朴出于无知和无经验”，[2]而沙恭达罗的淳朴则“经历了背信弃义、痛苦、忍受和仁慈的淳朴，她的淳朴是因阅历而变得聪慧的淳朴，是深沉的淳朴，是永久不变的淳朴”；[3]其三，米兰达对她生活的周围环境一点也不眷恋，而沙恭达罗和她四周富于诗意的自然环境融为一体了，当沙恭达罗离开净修林时，她与大自然难舍难分；其四，米兰达的形象需要通过对腓迪南的爱情来展现，但沙恭达罗的美即使没有豆扇陀这个人物也可以得到多方面的开掘。

通观整篇文章，泰戈尔通过比较研究的方法有意在褒扬《沙恭达罗》，批评《暴风雨》。自比较过《暴风雨》和《沙恭达罗》之后，泰戈尔多次指出莎士比亚作品中人与自然的关系总是处于一种不和谐状态。

1908年，在评论文章《净修林》中，泰戈尔说：“莎士比亚的《皆大欢喜》(*As You Like it*)一剧中，有林居的故事。《暴风雨》里也有。《仲夏夜之梦》(*A Midsummer Night's Dream*)也是森林诗篇。但是在所有这些作品之中，只有人的权力和各种爱好的游戏才能得到主要的地位。我们在这里看不到人同森林的友谊。在林居中，没有人类精神的一致。要么试图征服森林，要么想把它抛弃。对待森林要么反对，要么放弃和漠视。人类的天性把世界的天性排除在外面而自由自在，而且表现出他自己的光荣。”[4]由此，泰戈尔指出了莎士比亚《皆大欢喜》《暴风雨》

1 泰戈尔：《论文学·〈沙恭达罗〉》，载《泰戈尔全集》第22卷，第30页。

2 同上书，第31页。

3 出处同上。

4 泰戈尔：《宗教·净修林》，载《泰戈尔全集》第21卷，第403—404页。

《仲夏夜之梦》中，人类对待自然的征服、抛弃、反对、放弃或漠视，人与自然处在对立或冲突的状态。

1933年，在比较印度和西方戏剧有关人与自然的描写中，泰戈尔看到，西方戏剧里大自然“偶尔地显现一下，但她几乎总是一个非法入侵者，必须表示歉意，或愧疚地转身离开”；[1]而印度的戏剧中，如《小泥车》《沙恭达罗》《后罗摩传》等作品中，“大自然总是坚持自己的权利，证明自己有很大的功能，使人类的感情得到永恒的宁静”。[2]泰戈尔以莎士比亚为西方戏剧最突出的代表，并说明自己的观点。泰戈尔指出，在莎士比亚的两首朝气蓬勃的诗歌中，狂热的激情以及人类凶猛的欲望占据了突出的地位，“没有绿色的土地或蓝色的天空”[3]的大自然作为背景，从而使这两首诗显得孤立、突兀。泰戈尔认为莎士比亚的戏剧作品中，隐藏着对宫廷中背信弃义和虚假生活的厌恶。泰戈尔较多地关注到了莎士比亚戏剧中宫廷生活的虚伪，人与大自然之间难以和谐相处的一面。泰戈尔指出了莎士比亚许多戏剧作品的不足。在评论文章《森林的宗教》中，泰戈尔分析了莎士比亚十一部剧作——《雅典的泰门》(*Timon of Athens*)、《辛白林》(*Cymbeline*)、《皆大欢喜》、《暴风雨》、《麦克白》、《李尔王》(*King Lear*)、《哈姆雷特》、《奥赛罗》、《罗密欧与朱丽叶》、《安东尼与克莉奥佩特拉》、《冬天的故事》(*The Winter's Tale*)中所体现出来的人与自然之间的关系：

> 这在《雅典的泰门》中十分明显——但那里，大自然并没有把启示或慰藉给予人的受伤的心灵。在《辛白林》里，山区的森林和洞穴在外表上看来似乎妨碍了生活的机遇。它们只是比不自然的宫廷生活中命运的变化无常显得好一些。在《皆大欢喜》中，阿尔登森林的训斥是道德说教。它存在的是布道，不是宁静……在《暴风雨》里，通过普洛斯彼罗如何对待爱丽儿和凯列班，我们明白了人和大自然的斗争，以及他们与她切断关系的渴望。在《麦克白》里，于变节和叛国的该死的罪行的序幕中，介绍给我们的是贫瘠的

1 泰戈尔：《诗人的宗教·森林的宗教》，载《泰戈尔全集》第21卷，第223—224页。

2 同上书，第224页。

3 出处同上。

> 荒原场景，那里出现的三个女巫是作为大自然的邪恶力量的化身；在《李尔王》里，父亲的慈爱变为诅咒的狂怒，是由于不自然的无穷时间的任何影响而有所缓和。除了《威尼斯商人》中一掠而过的月夜的可爱景色外，大自然并没有被允许在其他剧本中（包括《罗密欧与朱丽叶》和《安东尼与克莉奥佩特拉》在内）将她自己的音乐贡献给人类爱情的音乐。在《冬天的故事》中，国王猜疑的残酷性赤裸裸地无情，大自然在它面前畏缩了，没有提供安慰。[1]

在泰戈尔看来，除了《威尼斯商人》，莎士比亚在上述戏剧中人与自然的不和谐具体表现为：大自然不能慰藉人的心灵、缓和人类的悲伤，它有时甚至是邪恶的，妨碍人类的发展；而人类对大自然也没有共鸣产生，渴望与自然切断联系。泰戈尔并不否认在莎士比亚的戏剧作品中也存在着大自然的美，他强调自己"并不想贬低莎士比亚作为戏剧诗人的伟大才智"，[2]只是对莎士比亚过多地强调人的地位、忽略大自然的作用的处理方式持保留态度。泰戈尔进而分析了产生这种状况的原因：第一，莎士比亚还不了解"人类生活和世上无穷无尽的生活互相渗透的真理"，[3]没有意识到人与自然应当是互为依存、互相渗透的关系；第二，莎士比亚是英国乃至西方戏剧的代表人物，从古希腊以来，西方就一直存在着大自然与人类的性格之间存在鸿沟的"传统思想"，[4]因而莎士比亚戏剧中体现出的人与自然不和谐的特点，是与西方的这一传统思想文化密切相关的。

"一千个读者就有一千个哈姆雷特。"古往今来，众多的学者和作家以自己的方式解读着莎士比亚的戏剧作品。单就哈姆雷特这个人物来说，随着时代的变化，在研究者的视野中他的性格也在产生变化。"伊丽莎白时代哈姆雷特被看成一个愤世嫉俗者；18世纪把他看成温情主义者；哥德（Goethe, J.W. von）（指歌德——笔者注）说哈姆雷特是他的多愁善感的维特；柯尔律治（Coleridge, S.T.）甚至于说哈姆雷特就是

---

1 泰戈尔：《诗人的宗教·森林的宗教》，载《泰戈尔全集》第21卷，第228—229页。

2 同上书，第229页。

3 出处同上。

4 出处同上。

他自己，具有大智而缺乏决心。”[1]从接受美学的角度来看，莎士比亚的戏剧文本的确留下了许多“空白”[2]给读者留下进一步创造和解读的空间。泰戈尔对莎士比亚有关人与自然的解读，是对莎士比亚文本的新的阐释。泰戈尔认为，在莎士比亚的大多数剧作中，人与自然处在一种不和谐的状态，自然的地位受到了人类的压制，它并未给人类以慰藉和启悟。莎士比亚的戏剧中，缺乏《沙恭达罗》那种“深深的平静和从容不迫”。

季羡林先生指出：“人与自然的关系问题，也是泰戈尔哲学中的一个主要问题。印度的传统哲学认为：人的实质同自然实质没有差别，二者都是世界本质‘梵’的一个组成部分，互相依存，互相关联。”[3]泰戈尔有关人与自然关系的思考，受到古代印度《梨俱吠陀》《奥义书》《吠檀多》等教义著作中有关“梵”的观念和“人与自然合一”[4]观念的影响。从哲理的角度来看，“梵”是宇宙的本源和基础，宇宙万物皆产生于“梵”，并且统一于“梵”。人类和自然都是“梵”的组成部分。既然梵我合一，我与非我合一，人与自然合一，其间的关系，也就是宇宙万有的关系，就只能是和谐与协调。和谐与协调可以说是泰戈尔思想的核心。在泰戈尔看来，人与自然是息息相关、互渗互感、和谐共存的。泰戈尔对莎士比亚作品中人与自然关系的评价深受印度传统哲学观念的影响。

另一方面，泰戈尔对莎士比亚作品中有关人与自然关系的解读，受到

1 斯图厄特：《莎士比亚的人物和他们的道德观》，参见《莎士比亚评论汇编》(下)，第208—223页。

2 “空白”是接受美学的重要理论点之一。姚斯认为：“文本写出的部分给我们知识，但没有写出的部分才给我们想见事物的机会。的确，没有未定性的成分，没有文中的空白我们就不能发挥想象。”参见霍拉勃、姚斯：《接受美学与接受理论》，沈阳：辽宁人民出版社，1987年，第8页。伊瑟尔认为，“正是文本的意义空白与未定性成为联结创作意识与接受意识的桥梁，成为前者与后者转换的必要条件。它们召唤读者以各自不同的方式赋予未定性以确定的含义，填补文本中的空白，在与读者的相互作用活动中，将文本现实化和具体化……文本正是通过意义空白与未定性来构筑自身的开放性空框结构”。参见金元浦：《文学解释学》，长春：东北师范大学出版社，1997年，第361页。

3 季羡林：《泰戈尔的生平、思想和创作》，《社会科学战线》1981年第2期，第322页。

4 出处同上。

了西方自18世纪晚期以来对印度传统哲学文化推崇的影响。泰戈尔在《沙恭达罗》一文中，为证明《沙恭达罗》的完美，他引用了“欧洲诗人的精神之父”[1]歌德对《沙恭达罗》的赞美诗句：“谁欲知什么是人间和天堂，烦请一读《沙恭达罗》。”[2]泰戈尔认为歌德对《沙恭达罗》的赞美是“真知灼见”，[3]并无半点夸张。歌德对《沙恭达罗》的推崇不仅使泰戈尔对自身传统文化的骄傲倍增，而且由于歌德在当时欧洲文坛的巨大影响力，印度传统哲学文化在19世纪的欧洲受到了更加广泛的推崇，并产生了巨大的影响。

实际上，印度的智慧从古希腊开始就对西方产生了影响。印度文化对世界文化的价值从18世纪又被重新挖掘出来。对印度古典文化的重新挖掘，主要归功于英国、法国、德国的学者和作家的努力。1789年，英国学者威廉·琼斯将梵语和帕拉克里语的《沙恭达罗》翻译成了英语。他的翻译，使印度古典文化走出了国门。尼赫鲁在《印度的发现》中说道：“通过琼斯的作品和译本，欧洲第一次开始意识到梵文文学的许多宝贵之处。”[4]1791年，琼斯的《沙恭达罗》英译本被译成了德文。法国的巴黎是梵文研究的中心之一。在德国，赫尔德（Herder, Johann. G.）很强调印度文化的重要性，将印度比作人类的摇篮，他的人道主义观点对德国文学有着持久的影响。弗雷德里希·施雷格尔曾将梵语看作所有语言的源头，将梵语文学看作所有思想的源泉。1808年，他的《关于印度人的语言和智慧》一书出版。施雷格尔奠定了德国梵文研究的基础。他的哥哥奥古斯特·施雷格尔（Schleger, August）是德国大学里第一个研究印度学的教授，1818年他被任命为波恩大学的梵文教授。他使波恩大学成为梵文研究的中心，出版了《薄伽梵歌》《嘉言集》《罗摩衍那》的大部分章节的德译本。德国的一些诗人在接触印度文化的过程中获得了灵感。通过赫尔德，歌德

1 泰戈尔将歌德称为“欧洲诗人的精神之父”，参见泰戈尔：《论文学·〈沙恭达罗〉》，载《泰戈尔全集》第22卷，第15页。

2 出处同上。

3 出处同上。

4 Jawaharlal Nehru, *The Discovery of Indian*, New York: John Day, 1946, p.317. 转引自Friedrich Wilhelm, “The German Response to Indian Culture”, *Journal of the American Oriental Society*, Vol. 81, No. 4, 1961, p.398。

开始接触印度文学。歌德读了从英语转译成德语的《沙恭达罗》。1797年,他的《浮士德》(*Doctor Faustus*)中的《舞台上序剧》[1]就模仿了《沙恭达罗》的序曲。歌德也非常喜欢迦梨陀娑的《云使》。当《云使》翻译成英语时,他感叹道:"我通过英语获得了印度伟大而古老的财富。"[2]席勒(Schiller, Johann C.F. von)对《沙恭达罗》也赞不绝口。他在杂志《塔利亚》上刊登了《沙恭达罗》的德语译文的一部分。席勒曾经写信给威廉·封·宏保特(Macrop, W.),在信中席勒指出:"在古代希腊,竟没有一部书能够在美妙的女性温柔方面,或者在美妙的爱情方面与《沙恭达罗》相比于万一。"[3]德国诗人诺瓦利斯、海涅都非常欣赏印度文化,海涅于1827年发表的《歌集》中有关印度的场景描写比较常见。

18世纪以来,英国、法国、德国、美国、丹麦、荷兰、意大利、俄国等各国学者在印度文学研究方面做了大量的工作,[4]他们对印度传统文化的弘扬起了重要的作用。

此外,在泰戈尔看来,以华兹华斯、雪莱为代表的欧洲浪漫主义对自然的强调,也主要源自印度传统哲学的影响。他说:"我们看到较晚的英国诗人如华兹华斯和雪莱就有完全不同的看法,大体上可归因于欧洲在思想上的巨大改变,在这段特殊时期,由于新发现的印度哲学的影响,它惊动了德国人的心灵,引起其他西方国家的注意。"[5]同样,通过欧洲对印度传统哲学文化的推崇,泰戈尔对自身文化的宝贵性有了更深的理解。印度文化复兴运动中对自身文化的弘扬,西方对印度传统文化的推崇,如同两翼使泰戈尔对印度本土文化的骄傲倍增。"梵"的观念、"人与自然合一"的观念,是印度传统文化相较于世界其他民族文化不同的思想。泰戈尔继承了印度传统哲学观念,坚定勇敢地指出

1 引自季羡林:《沙恭达罗·译本序》,载《季羡林文集》第15卷,南昌:江西教育出版社,1998年,第20页。

2 Friedrich Wilhelm, "The German Response to Indian Culture", *Journal of the American Oriental Society*, Vol. 81, No. 4, 1961, p.397.

3 引自季羡林:《沙恭达罗·译本序》,载《季羡林文集》第15卷,第20页。

4 参见Friedrich Wilhelm, "The German Response to Indian Culture", *Journal of the American Oriental Society*, Vol. 81, No. 4, 1961, p.398。

5 泰戈尔:《诗人的宗教·森林的宗教》,载《泰戈尔全集》第22卷,第15页。

了西方文学的杰出代表——莎士比亚作品中体现的人与自然不和谐的特点,这对于泰戈尔思想和创作的日益成熟具有重要的作用。

三、"世界诗人"

1916年,在莎士比亚逝世300周年之际,泰戈尔作了一首题名为《莎士比亚》的诗,后收入诗集《鸿雁集》,该诗写道:

> 世界诗人,遥远的大洋彼岸,你诞生的那天,英国的广袤大地把你搂在胸口,以为你只是她的财富;她热吻你光润的前额,伸出森林的绿臂抱着你凝视片刻;在林花盛开、芳草萋萋、露水晶莹的仙女的乐园里,用雾纱遮盖你一段时间。
>
> 岛国的林园尚未在对诗人这轮太阳的颂曲中苏醒。尔后你缓缓离别地极的暖胸,受到"无限"的无声的暗示,踩着纪元的阶梯,终于登临正午阳光灿烂的苍穹;在各个方向的交叉点,你辉煌了世界的心田,获得尊贵的宝座;你望见时代之末印度海岸椰子林摇曳的树叶高唱你胜利的赞歌。[1]

在所有文学体裁中,泰戈尔最喜爱诗歌。而在泰戈尔所论及的近70位外国作家中,泰戈尔只为莎士比亚一人创作了诗歌,因此我们也能

1 泰戈尔:《莎士比亚》,载《泰戈尔全集》第4卷,第505—506页。这首诗的原文是:When you arose beyond the distant sea,/And England drew you to her beast, then she,/O Universal poet, for her own/Believed you—held you hers, and her alone!/A space she kept you, kissing your bright brows,/Hid in the tangle of her forest boughs,/Screened with her skirts of fog, within the court/Whither the elvish tribes for play resort,/With dewy grass and full-blown wildwood flowers/Made bright! Not yet the island's silvan bowers/Had wakened to your praise, O Poet-Sun!/But, while the ages in calm sequence run,/You, at the signal of Eternity/Leaving the horizon's lap, by slow degree/Have mounted to the noon's bright-blazing height,/Have taken, filling the world's heart with light,/Your seat i' the centre! At the ages' end,/Lo, now beside the Indian sea ascend,/Where fronded coco-palms sway to the breeze,/Your praises, crowning the full centuries! 原文转引自Edward J. Thompson, *Rabindranath Tagore: Poet and Dramatist,* London: Oxford University Press, 1926, pp.244–245。

看出莎士比亚在泰戈尔心目中的地位。泰戈尔将莎士比亚誉为“世界诗人”，认为莎士比亚的光芒如同正午的阳光一样璀璨夺目，这一评价是相当高的。泰戈尔也曾将华兹华斯看作一位属于世界的诗人。在泰戈尔的心目中，所谓“世界诗人”，指的是那些具有强大世界影响力的优秀作家，这些作家所创作的作品不会局限于一时一地，定能走向世界，成为各国文学的财富。

泰戈尔曾经说过：“任何国家的文学不主要是为本国享用，它的价值在于它对外国来说也是十分必需的。”[1]世界诗人会在世界文学发展“各个方向的交叉点”，丰富世界文学这座宝库。泰戈尔对莎士比亚的这一评价，与1623年本·琼生评价莎士比亚的名言——“他不属于一个时代而属于所有的世纪”[2]有异曲同工之妙。莎士比亚在世界文学史上的地位之高，自不必赘言。莎士比亚不仅创作了众多经典的戏剧作品，也影响了全世界众多优秀的作家，如柯尔律治、莱辛、歌德、海涅、雨果、普希金、列夫·托尔斯泰等等。此外，印度作家普列姆昌德同样也发出感叹：“有多少当代长篇小说作家和剧作家从莎士比亚那里获得了帮助。”[3]此外，泰戈尔还描述了印度人对于莎士比亚的喜爱与赞赏。到20世纪中期，莎士比亚的戏剧作品在印度的改编和翻译版本近2 000部，许多印度人几乎随口就能说出莎士比亚戏剧的台词，莎士比亚在印度受欢迎的程度在全世界都可称得上是首屈一指的。

泰戈尔用诗歌的语言将莎士比亚从英国走向世界的过程叙述出来，并说明了莎士比亚的诗歌对世界各国具有“普遍的意义”的重要原因。泰戈尔指出，莎士比亚的作品之所以能走向世界，是因为莎士比亚的艺术魅力是“无限”的，或者可以说是永恒的。因而，泰戈尔对莎士比亚的评价，与上一章所述的泰戈尔对于世界文学经典的认识是一致的。在泰戈尔心目中，世界文学经典就是那些具有永恒艺术价值的作品，这些作品能跨越时空的限制，为全世界读者喜爱。

1《泰戈尔传》，第295页。

2 本·琼生：《题威廉·莎士比亚的遗著，纪念吾敬爱的作者》，载《莎士比亚评论汇编》（上），第13页。本·琼生评价莎士比亚的两句名言——“时代的灵魂”和“他不属于一个时代而属于所有的世纪”，后人经常引用。

3 普列姆昌德：《长篇小说》，载《普列姆昌德论文学》，第47页。

四、《安东尼与克莉奥佩特拉》的情味论解读

1905年，泰戈尔在《历史小说》中，探讨了如何创作历史小说的问题。泰戈尔认为，一部成功的历史小说，应当是一部富有"历史情味"的小说。在分析莎士比亚的《安东尼与克莉奥佩特拉》这部以历史为素材的剧作时，泰戈尔指出："如果历史学家曼森对莎士比亚这个剧进行历史考证，那他可能会找出许多违反时代的错误和历史错误，但是莎士比亚在读者心灵上所施加的魔力和通过虚构的历史所复制的历史情味，不会因为历史的新证据的发现而泯灭。"[1]泰戈尔认为，《安东尼与克莉奥佩特拉》这部作品是一部富有"历史情味"的作品，即便其中的某些细节经不起历史学家的考证，但对于读者来说这部戏剧仍具有强大的艺术魅力。除了着重提出"历史情味"之外，泰戈尔认为，《安东尼与克莉奥佩特拉》这部戏剧作品还具有"艳情与同情情味"，[2]该剧的基本内容"是世上一个天天受到检验和熟悉的真实，许多名不见经传的有才能的男子在女人的魔力迷网里，糟蹋了自己的今世和来生，世界充满了这类短暂意义和人性的可悲的废物"。[3]因而，泰戈尔通过分析认为莎士比亚的《安东尼与克莉奥佩特拉》一剧共有三种情味——历史情味、艳情味和同情味。

在泰戈尔看来，情味是艺术创作的灵魂，"文学进行着情味形象的创造"，[4]文学的评论、欣赏和创作都要根据情味而定。对情味理论的探讨与更新贯穿于泰戈尔的一生。他说："多年以来，我执着地谈论着情味文学的奥秘，人们可以从我各个时期的文章里认识它。"[5]除《安东尼与克莉奥佩特拉》之外，泰戈尔还运用情味论赏析了莎士比亚笔下的福斯塔夫这一人物。他认为："莎士比亚以自己的天才力量把我们许多人感觉的共同点凝聚在福斯塔夫的性格里，他没有把那些片段的感受硬性

1 泰戈尔：《论文学·历史小说》，载《泰戈尔全集》第22卷，第133页。

2 出处同上。

3 出处同上。

4 同上书，第241页。

5 泰戈尔：《论文学·〈文学的道路〉序言》，载《泰戈尔全集》第22卷，第183页。

地黏合,而是把它们融化在想象的情味里进行加工创作。"[1]在这里,泰戈尔将想象与情味结合在一起,既是对莎士比亚戏剧文本的新阐释,又是对印度古典味论诗学的丰富。[2]另外,泰戈尔还指出,荷马、弥尔顿、丁尼生(Tennyson, Alfred)等人的作品也富有情味。[3]文学作品是否富于情味,在泰戈尔看来,是判断其是否优秀的重要尺度之一。

味论是印度诗学的核心内容。从公元前15世纪吠陀时代开始,味论"是印度诗学舞台上绵延三千多年的影响最深广最持久的一种文论思潮"。[4]味(也可译为"情味""情趣"),原义是指食品或酒的滋味。公元前2世纪到公元2世纪,婆罗多在《舞论》这部印度最早、最系统的文学理论著作中,将生理意义上的滋味移用到文学艺术领域中,把味作为一个基本的诗学概念加以提出。他指出,在文学艺术领域中,通过对戏剧和诗歌的品味和欣赏而产生快感的东西,就叫作味。婆罗多认为:"离开了味,任何意义都不起作用。"[5]他对味论进行了专门的研究,并将味与情紧密联系在一起。他认为,味产生于常情,常情"产生于情由、情态和不定情的结合",[6]"正如善于品尝食物的人们吃着许多物品和许多佐料揉在一起的食物,尝到味一样,智者心中尝到与情的表演相联系的常情的味。因此,这些常情相传是戏剧的味"。[7]在《舞论》中,婆罗多提

1 泰戈尔:《论文学·文学的意义》,载《泰戈尔全集》第22卷,第296页。

2 中国学者倪培耕认为,印度的古典味论"很少涉及想象问题",但泰戈尔却特别强调想象。参见倪培耕:《泰戈尔美学思想管见》,《外国文学评论》1987年第3期,第109页。

3 泰戈尔认为,荷马的史诗富于艺术情味,参见泰戈尔:《论文学·文学的意义》,载《泰戈尔全集》第22卷,第175页;弥尔顿的史诗具有"深邃恢宏"的情味,参见泰戈尔:《论文学·〈罗摩衍那〉》,载《泰戈尔全集》第22卷,第41页;丁尼生的作品具有"能够维持永恒情味的特殊性",参见泰戈尔:《论文学·现实》,载《泰戈尔全集》第22卷,第191页。

4 倪培耕:《印度味论诗学》,桂林:漓江出版社,1997年,第4页。

5 婆罗多:《舞论》,转引自黄宝生:《印度古典诗学》,北京:北京大学出版社,1993年,第48页。

6 出处同上。

7 婆罗多:《舞论》,转引自曹顺庆主编:《东方文论选》,成都:四川人民出版社,1996年,第83—84页。

出了艳情、滑稽、悲悯、暴戾、英勇、恐怖、厌恶和奇异等八种味，这八种味源于人的八种常情：爱、笑、悲、怒、勇、惧、厌和惊。婆罗多确立味论以后，梵语诗人和戏剧家都普遍接受了味的概念。婆罗多奠定了印度古典味论诗学的基础，使味派发展成为印度蔚为大观的诗学学派。

泰戈尔运用印度古典诗学的相关理论，指出《安东尼与克莉奥佩特拉》这部剧作富有艳情味、同情味和历史情味。在印度古典味论诗学中，艳情味是根本的味之一，在八种味中具有重要的地位。婆罗多之后，"婆阇、雪月、罗摩琼德拉和毗首那他等古典文论家推崇它为诗王或基味"。[1]艳情味产生于常情爱，它源于男女之间的爱情。婆罗多说："它以男女为原因，以优美的少女为本源。它的两个基础是会合和分离。"[2]10世纪，印度文论家胜财的《十色》，是另一部重要的梵语戏剧学著作。同婆罗多的《舞论》相比，胜财的《十色》更为简明扼要、条理清晰。因而，自《十色》发表后，作为梵语戏剧学手册，它的通行程度远远超过了《舞论》。胜财在婆罗多的基础上，将艳情味又进行了细分。他把艳情味分为失恋、分离和会合三种：失恋艳情味，指的是"一对青年心心相印，互相爱慕，但由于隶属于他人或命运作梗，不能结合"；[3]分离艳情味，指的是"一对深深相爱的人分离"；[4]会合艳情味，指的是"一对情投意合的人愉快地互相观看、抚摸等等"。[5]另外，胜财将分离艳情味分成傲慢的远行和远行的分离两种。值得注意的是，胜财将傲慢又分为亲昵的和嫉妒的两种。亲昵的傲慢属于双方，但嫉妒的傲慢只属于女方，"她们听到（如通过女友之口）、推测（如通过梦话、欢爱的痕迹、无意中听到的名字）或亲眼看到爱人与别的女人相好，从而嗔怒"。在此处，胜财将女性的角色作用更加具体化和规范化了。莎士比亚的戏剧《安东尼与克莉奥佩特拉》，讲述了罗马大将安东尼与埃及王后克莉奥佩特拉的爱情悲剧。这部戏剧写的是中年人的爱情，克莉奥佩特拉在初见安东尼时已是中年。从年龄特征来说，这并不符合

1《印度味论诗学》，第292页。

2 婆罗多：《舞论》，转引自《印度古典诗学》，第51页。

3 胜财：《十色》，转引自《印度古典诗学》，第52页。

4 出处同上。

5 出处同上。

印度古典味论诗学中，将艳情味锁定在少女这一范畴的限制。但泰戈尔并没有受这种限制的束缚，他从安东尼与克莉奥佩特拉之间令人着迷的爱情故事中，品尝到了艳情味。在这部剧作中，刚开始是安东尼与克莉奥佩特拉的会合，到最后是分离。安东尼与其他女性的纠葛，让克莉奥佩特拉忌妒不已。安东尼与克莉奥佩特拉之间的爱情悲剧的造成，有着命运的因素。因而，在泰戈尔看来，《安东尼与克莉奥佩特拉》具有艳情味的诸多要素，所以仍将该剧看成富有艳情味的作品。泰戈尔用艳情味来分析西方的文学作品，拓宽了印度味论诗学的研究空间。

此外，泰戈尔从安东尼这一“人性的可悲的废物”身上，体会到了一种强烈的同情味。安东尼原本是一位枭雄，在战场上叱咤风云。但在遇见美艳的埃及女王克莉奥佩特拉之后，他逐渐丧失了治国的雄心，最终消遁在克莉奥佩特拉的“魔力迷网”中。泰戈尔虽然认为安东尼是“废物”，但对于安东尼的毁灭，泰戈尔又体会到了一种同情味，看到了安东尼可悲的一面。另外，泰戈尔对于莎士比亚的悲剧《奥赛罗》中的主人公奥赛罗也抱有同情。从奥赛罗这个形象身上，泰戈尔感受到了痛苦，并指出“对痛苦的强烈的认识也含有快感，因为它以极其深刻的形式提供自我存在的信息”。[1]通过对莎士比亚的悲剧作品《安东尼与克莉奥佩特拉》和《奥赛罗》的阅读，泰戈尔体会到了一种同情味。读者通过对悲剧的阅读感受到了同情和痛苦。从对作品的痛苦感受中，读者感受到了自身的存在，因而这种痛苦含有一种快感。

事实上，泰戈尔的同情味理论与西方杰出的文艺理论家亚里士多德（Aristotle）的悲剧理论有着许多相通的地方。亚里士多德说，悲剧的目的在于唤起观众的怜悯与恐惧。“怜悯是由一个人遭受不应遭受的厄运而引起的，恐惧是由这个这样遭受厄运的人与我们相似而引起的。”[2]观众对悲剧主人公的厄运产生同情，与之共悲欢。亚里士多德指出，怜悯与恐惧都是一种痛苦的情绪，而悲剧引起的怜悯与恐惧之情是一种

1 泰戈尔：《论文学·〈文学的道路〉序言》，载《泰戈尔全集》第22卷，第184—185页。

2 亚里士多德：《诗学》，转引自《罗念生全集》第1卷，上海：上海人民出版社，2004年，第55页。

特别的快感，能给观众以感情上的满足。因而，这种痛苦是和快感交织在一起的。因而，我们可以看到，泰戈尔在同情味理论上与亚里士多德的悲剧理论的相通之处在于，他们都看到了痛苦与快感的密不可分的关系。中国学者倪培耕认为："泰戈尔有意识地把印度古典'同情味'理论与西方悲剧美的思想加以比较，指出人们之所以在震撼人心的悲剧和心肝欲裂的痛苦里产生快感，是因为人们在观照物里深刻地、清晰地认识自己，振奋自己，产生一种'崇高的精神'或一种深沉的同情感。"[1]泰戈尔把握了印度古典味论诗学与西方诗学的某些相通之处。他没有提及印度古典味论诗学的概念化、程式化的内容，而是通过分析西方的文学作品，实现了东西方文化的对话交流和互为阐发。

泰戈尔在借鉴印度古典诗学传统的基础上又有所创新，提出了"历史情味"这一全新概念。此外，泰戈尔突破印度古典味论只运用于诗歌与戏剧的探讨的限制，将味论拓展到小说的领域。他认为，历史小说要富于"历史情味"。泰戈尔的"历史情味"论的涵义，涉及了两个层面：其一，是作者创作的层面，强调作者对真实与虚构的娴熟把握；其二，是读者审美和欣赏的层面，即读者在阅读历史小说的过程中，可以感受到作品所传达的情味和真实感。

真实与虚构关系的处理，是历史小说是否具有"历史情味"的关键。泰戈尔认为，"历史情味"是一种"通过虚构的历史所复制"的情味。在泰戈尔看来，历史既是真实的，也是虚构的。历史之所以有虚构的一面，是因为随着研究者的不断考证，目前确定下来的历史真实，将来并不一定就是真实准确的。他说："我们怎么知道，我们称为历史可靠真实的东西，难道不会在明日由于新的证实而从历史宝座上跌落下来吗？[2]由此，泰戈尔解构了历史的绝对真实性，突出了在历史小说创作中虚构的重要。托尔斯泰曾说过："没有虚构，就不能写作。整个文学都是虚构出来的。"[3]与托尔斯泰一样，泰戈尔非常强调历史小说乃至文学创作中虚构的重要性。另一方面，泰戈尔并没有贬低历史真实的地

1 倪培耕：《泰戈尔美学思想管见》，《外国文学评论》1987年第3期，第108页。

2 泰戈尔：《论文学·历史小说》，载《泰戈尔全集》第22卷，第133页。

3 转引自吴药声、石若山编译：《作家警语简释》，哈尔滨：黑龙江人民出版社，1984年，第161页。

位，他非常重视历史的真实。他认为，“任何诗人都没有勇气把黑的说成白的”，[1]因为一旦将“众所公认的真实颠倒过来，情味就被破坏了”。[2]一部具有“历史情味”的小说，必须让读者相信它的真实性。要创造出具有“历史情味”的作品，首先必须尊重历史的真实，以历史的真实为基础，并掌握一定数量的历史资料。泰戈尔认为，作家在创作历史题材的作品时，不应局限于历史真实的牢笼，而应以历史的真实为基础，通过一定的虚构手法，创造出具有“历史情味”的作品。

泰戈尔有关“历史情味”理论的提炼和阐发，既是对莎士比亚《安东尼与克莉奥佩特拉》文本“空白”的独特阐释，又是对历史小说创作技巧的创新。“历史情味”理论，“深入接触到了文学的真相，真正厘清了小说与历史之间的界限；比起以历史之真或历史观的进步与否来裁决历史小说，‘历史情味’显得更为浸润灵动，更能区分历史小说审美品格的高低”。[3]由此可见，“历史情味”理论的提出，对于历史小说创作技巧的丰富起到了重要作用。

泰戈尔是有意识地用“历史情味”论去丰富和发展印度传统诗学理论的。15世纪以后，由于社会文化发展的停滞，印度的诗学陷入形式主义的泥沼裹足不前，缺乏鲜活的原创精神。而作为印度主流诗学话语的味论诗学也没有任何实质性的发展。泰戈尔站在时代的前沿，异常敏锐地看到了印度味论诗学发展的危机，他力图改变这种僵化的局面。他说：“我们的修辞经典谈到九个基本情味，然而，它没有努力去叙述许多难以言状的混合情味，在这所有未确定的情味里可以提出一个‘历史情味’，这个情味就是史诗的生命。”[4]一方面，泰戈尔创造了一个崭新的“历史情味”，增加了味的种类；另一方面，泰戈尔看到了印度古典味论诗学的局限性，他将味论运用到小说创作和批评实践中，激活了印度传统味论诗学。泰戈尔通过对味的开发和创新，更新和发展了印度味论诗学，他最终成为印度现代味论诗学的代表人物。

1 泰戈尔：《论文学·历史小说》，载《泰戈尔全集》第22卷，第135页。

2 同上书，第134页。

3 孙宗胜、吴子林：《历史·历史观·历史情味》，《中国海洋大学学报》（社会科学版）2006年第4期，第73页。

4 泰戈尔：《论文学·历史小说》，载《泰戈尔全集》第22卷，第132页。

泰戈尔指出:"印度有她的文艺复兴,她准备对未来的世界做出贡献。过去她产生过伟大的文化,当代她也将对旧世界残骸中出现的新世界的文化做出同样重要的贡献。"[1]从泰戈尔对莎士比亚认知的转变中读者可以看出泰戈尔思想的逐步成熟过程。他运用印度传统的哲学观念,如"梵"的观念和"人与自然合一"的观念去思考莎士比亚的作品,并指出了莎士比亚作品中体现出来的人与自然不和谐的特点。莎士比亚的作品虽然描绘了大自然的美,但是大自然总是无法平息人类的愤怒、斗争与欲望。当人离开大自然的怀抱,并没有表现出对大自然深深的留恋和不舍。18世纪晚期以来,西方众多著名作家、学者对于印度传统哲学文化的推崇与借鉴,更加坚定了泰戈尔弘扬印度哲学文化中的优点的信心。泰戈尔对莎士比亚悲剧作品《安东尼与克莉奥佩特拉》的情味论解读,并没有单纯地因袭传统。泰戈尔不断拓展印度传统诗学的生存空间,最终成为印度优秀的味论诗学家。

第三节　莎士比亚戏剧对泰戈尔戏剧的影响

泰戈尔对于莎士比亚的阅读和认知,主要涉及莎士比亚作品中人物情感的表达、文学创作的技巧、题材、意境、人与自然关系的处理、人物形象的塑造以及情味的创造等层面。从影响研究的角度来看,不同民族文学之间的交流和影响首先表现为一种事实上的联系。只有搜集和分析这种事实上的联系,研究者才能深入挖掘和研究各民族文学间的影响关系。"一个作家接受或者给予另一个民族文学(或该民族的某一作品)的影响,常常可以找到事实上的证明。如果一个作家根本没有读过另一外国作家的书,或者根本不了解该作家,也没有通过间接的途径与该作家发生某种关系,要说这位作家接受了外来的影响,那是不可想象的。影响的产生是建立在'事实'的基础上的,只有从事实出发,才能进一步探讨深入的影响。"[2]泰戈尔不仅多次提到莎士比亚,而且他阅读分析了莎士比亚大量的戏剧作品,这些都构成了一种事实上的

1 泰戈尔:《诗人的宗教 · 一所东方大学》,载《泰戈尔全集》第21卷,第182页。

2 陈惇、刘象愚主编:《比较文学概论》,北京:北京师范大学出版社,2000年,第116页。

联系。在这些事实的联系中，我们可以看到泰戈尔与莎士比亚之间有着密切的关系。

本章的前两节主要介绍了《泰戈尔全集》中散文卷和诗歌卷里泰戈尔对莎士比亚的阅读和评价。从中可以看到，泰戈尔欣赏莎士比亚作为一位伟大的文学家所具有的强大的文学震撼力、模仿独创能力和世界影响力。另一方面，他对莎士比亚作品中体现出的人与自然之间不和谐的特点，又带有批评的意味。此外，在《泰戈尔全集》小说卷和戏剧卷中，我们能找到泰戈尔与莎士比亚之间更多的事实联系。泰戈尔的小说和戏剧中的人物，或改造莎士比亚戏剧中的某些经典台词，或阅读、朗诵、翻译、评价莎士比亚的作品。如在短篇小说《饥饿的石头》中，泰戈尔化用莎士比亚《哈姆雷特》中哈姆雷特对好友霍拉旭的感叹，“霍拉旭！天地之间有许多事情是你们的哲学里没有梦想到的呢！”这一句台词，改为小说中某一人物说：“霍拉旭！天地之间有许多事情是你们的报纸里没有梦想到的呢！”[1]此外，泰戈尔也会安排其小说、戏剧作品中的人物朗读、背诵莎士比亚的戏剧。如在短篇小说《教师先生》中，有一人物不仅讲解莎士比亚的戏剧《尤里斯·恺撒》，并能背诵《威尼斯商人》戏剧中主人翁安东尼奥的精彩独白。[2]在中篇小说《两姐妹》中，有一人物能背诵《威尼斯商人》《尤里斯·恺撒》和《哈姆雷特》的一些片段。[3]在戏剧作品《滑稽剧本集》中，有一人物提到了莎士比亚的戏剧《奥赛罗》。[4]

在搜集、归纳并分析《泰戈尔全集》中泰戈尔对莎士比亚的阅读之后，笔者将以事实的研究为基础，深入泰戈尔戏剧作品的深层，论证泰戈尔与莎士比亚在戏剧创作方面的影响关系。

一、泰戈尔戏剧与莎士比亚戏剧的关系

正如上文所介绍的，在所有外国作家中，泰戈尔提及莎士比亚的次数最多。他通晓英语，可以直接阅读莎士比亚的戏剧。泰戈尔在12岁

1 泰戈尔：《饥饿的石头》，载《泰戈尔全集》第9卷，第431页。

2 泰戈尔：《教师先生》，载《泰戈尔全集》第10卷，第190页。

3 泰戈尔：《两姐妹》，载《泰戈尔全集》第15卷，第231页。

4 泰戈尔：《滑稽剧本集》，载《泰戈尔全集》第16卷，第562页。

时，翻译了莎士比亚的戏剧《麦克白》。克里希那·克里巴拉尼因此指出："成长中的诗人应把头一分感恩，奉献给英国伟大的戏剧家。"[1]泰戈尔与莎士比亚的联系是相当紧密的。纵观泰戈尔一生对莎士比亚的评价，对莎士比亚天才手笔的褒扬和赞叹居多，青少年时期的泰戈尔对莎士比亚更是充满了无限的崇拜。

泰戈尔从小喜爱戏剧，他对戏剧表演和戏剧创作都有着极大的热情。有趣的是，他非常喜欢演出自己创作的戏，因为他觉得从中可以收获戏剧创作的欢乐。1889年，泰戈尔创作了戏剧《国王与王后》，并在这部剧作中饰演了国王的角色。

泰戈尔的戏剧创作走过了从学习模仿，到借鉴创新的历程。关于泰戈尔戏剧创作的分期，有的学者认为有三个时期：第一个时期，主要是歌剧和诗剧的创作，包括《蚁垤的天才》(1881)、《大自然的报复》(1884)、《花钏女》(1892，又译《齐德拉》)等，这一时期以学习和模仿为主，反映了泰戈尔青年时期的浪漫生活，感情真挚动人；第二个时期，主要是悲剧和喜剧，包括《国王与王后》(1889)、《牺牲》(1890)、《根本错误》(1892)、《马丽妮》(1896)、《拜贡特的巨著》(1897)等，这一时期泰戈尔创作的艺术技巧日渐成熟，"更多地吸取了欧洲戏剧传统"，[2]情节富有戏剧性，人物性格鲜明，反映了泰戈尔的民族民主思想；第三个时期，主要是象征剧的创作，包括《秋天的节日》(1908)、《国王》(1910)、《邮局》(1911)、《摩克多塔拉》(1922)等，这段时期是泰戈尔戏剧创作最富有个人特色的时期，他的思想和艺术都达到了成熟阶段。[3]另外，也有学者将泰戈尔的戏剧创作分为两个时期：前期，1892年《花钏女》发表以前，采用了直接描写的表现方法，风格质朴清新，意思比较好懂；后期，1911年《邮局》发表以后，采用象征主义的表现手法，意思比较难懂。[4]这一分期笔者认为有所遗漏，存在着从1891—1911年近20年的断层。而第一种分期紧扣泰戈尔戏剧创作的特色和时代特征，因此将泰戈尔的戏剧创作分为三个时期的方法较为合理。

1《泰戈尔传》，第65页。

2 如珍：《浅论泰戈尔的戏剧创作》，《南亚研究》1984年第2期，第76页。

3 出处同上。

4 参见何乃英：《泰戈尔论》，《国外文学》1990年第1期。

综观泰戈尔一生的戏剧创作，他既受到了印度文学传统的影响，又汲取了西方的戏剧养分。泰戈尔的《花钏女》和《离别时的诅咒》都取材于印度史诗《摩诃婆罗多》，其中人与自然和谐相处的描写，又可以看到迦梨陀娑影响的痕迹。但泰戈尔在戏剧创作中又有他自身的特点。他"不愿因袭传统，步他人后尘，而总是另辟蹊径，刻意求新，形成别具一格的戏剧艺术风格"。[1]泰戈尔"既不模仿任何流行的形式，又不趋附任何沿袭的人们的兴趣爱好。他自己创造自己的形式和性格"。[2]对于这样一位个性鲜明、创新意识强的作家，要寻找其受到外国某位作家影响的痕迹是有一定难度的。从其创作的前期看，当泰戈尔在摸索自己的戏剧创作之路的时候，明显可以看到泰戈尔受到了外来文化的影响。

泰戈尔戏剧创作的第二个时期，即19世纪的80年代末和90年代，他受到了莎士比亚戏剧的影响。这段时期也是泰戈尔对莎士比亚无限崇拜的时期，他将莎士比亚的剧作视为典范之作。1896年，泰戈尔在剧作《马丽妮》的序中写道："从一开始，莎士比亚戏剧就成为我们的典范。它的曲折情节，优美的形式，反映生活的冲突和深度深深地使我们慑服。"[3]泰戈尔在这个时期创作的戏剧如《国王与王后》《牺牲》，"深得莎士比亚戏剧的精妙"。[4]这两部剧作有着强烈鲜明的戏剧冲突，"美与丑，善与恶，牺牲与复仇，爱情与阴谋，正义与罪恶"[5]的矛盾层出不穷，情节极具戏剧性，人物性格突出，"戏剧冲突往往通过性格冲突来体现"。[6]《国王与王后》和《牺牲》两剧充斥着阴谋、暴力与冲突，与泰戈尔后来"既富有诗情画意又深寓哲理的戏剧风格"[7]截然不同。

在莎士比亚创作的戏剧作品中，泰戈尔尤为重视莎士比亚的悲剧

---

1 如珍：《浅论泰戈尔的戏剧创作》，《南亚研究》1984年第2期，第74页。

2《泰戈尔传》，第248页。

3 泰戈尔：《泰戈尔作品选集》，印地文版，第15卷。转引自如珍：《浅论泰戈尔的戏剧创作》，《南亚研究》1984年第2期，第83页。

4 侯传文：《现代印度文学与世界文学》，《东方论坛》2001年第2期，第34页。

5 如珍：《浅论泰戈尔的戏剧创作》，《南亚研究》1984年第2期，第76页。

6 出处同上。

7 出处同上。

作品如《奥赛罗》《安东尼与克莉奥佩特拉》等。泰戈尔的《国王与王后》这部戏剧，在他整个的戏剧作品中是非常特殊的，它是泰戈尔戏剧中少有的几部悲剧之一。在这部戏剧中，泰戈尔“将人生的有价值的东西毁灭给人看”，[1]正义和善良的一方最终以自杀的方式结束了自己的生命。

通过对泰戈尔戏剧的阅读，笔者发现，莎士比亚的戏剧《安东尼与克莉奥佩特拉》和泰戈尔的戏剧《国王与王后》之间的关系最为密切，这两部戏剧存在着影响和被影响的关系。《国王与王后》这部戏剧的题材、主题、人物形象塑造、情节结构和艺术风格，明显借鉴了莎士比亚的戏剧《安东尼与克莉奥佩特拉》的创作手法。

二、借鉴与创新：《国王与王后》和《安东尼与克莉奥佩特拉》个案分析

泰戈尔17岁时曾前往英国伦敦留学，在英国老师亨利 · 马林的指导下阅读了莎士比亚的戏剧作品。在莎士比亚所有的戏剧作品中，泰戈尔说自己“非常喜欢《安东尼与克莉奥佩特拉》”[2]这部剧作。

那么怎样证实甲国作家作品对乙国作家作品的影响呢？美国著名比较文学学者约瑟夫 · T. 肖（Shaw, Joseph T.）认为：“一位作家和他的艺术作品，如果显示出某种外来的效果，而这种效果又是他的本国文学传统和他本人的发展无法解释的，那么，我们可以说这位作家受到了外国作家的影响……一个作家所受的文学影响，最终渗透到了他的文学作品之中，成为作品的有机部分，从而决定他的作品的基本灵感和艺术表现，如果没有这种影响，这种灵感和艺术表现就不会以这样的形式出现，或者不会在作家的这个发展阶段上出现。”[3]肖进而指出了从事影响研究可以采用的方法：“有意义的影响必须以内在的形式在文学作品

---

1 鲁迅：《再论雷峰塔的倒掉》，载《鲁迅全集》第1卷，北京：人民文学出版社，1973年，第297页。

2 引自 *Rabindranath Tagore: Poet and Dramatist*, p.31。

3 约瑟夫 · T. 肖：《文学借鉴与比较文学研究》，载张隆溪选编：《比较文学译文集》，北京：北京大学出版社，1982年，第38页。

中表现出来，它可以表现在具体作品所反映出的内容、思想、意念，或总的世界观上。”[1]中国学者王向远借鉴了肖的观点，将“内容、思想、意念、或总的世界观”等影响的层面更加具体化。他更加明确地指出，要证实一个作家对另一个作家“影响”的存在，“方法和途径有多种，但最主要的，还是对具体作家作品的分析，其中包括对主题与题材的分析，对典型人物的解剖，对情节结构的解析，对艺术手法和艺术风格的对比，等等。总之，主要是对具体作品的审美的批评”。[2]因此，笔者将以事实的研究为基础，深入泰戈尔戏剧文本，从《国王与王后》中的题材、主题、人物形象塑造、情节结构以及艺术风格等角度来论证泰戈尔所受到的莎士比亚的影响，并进而分析泰戈尔在借鉴莎士比亚戏剧创作手法的同时又有着自己的创新。

（一）题材：因情误国

题材方面，莎士比亚的戏剧《安东尼与克莉奥佩特拉》和泰戈尔的戏剧《国王与王后》都取材于真实的历史事件，讲述的都是帝王将相因情误国的故事。

《安东尼与克莉奥佩特拉》可称作莎士比亚的第五大悲剧，写于1607年，是莎士比亚艺术成熟期的杰作。该剧取材于希腊作家普鲁塔克（Plutarch）的《希腊罗马名人传》中的《安东尼传》。莎士比亚从罗马三执政之一安东尼与埃及女王克莉奥佩特拉的著名历史故事出发，对其中的历史事实进行了大胆的艺术加工。莎士比亚将《安东尼与克莉奥佩特拉》分为五幕。安东尼是罗马的三个执政者之一，他不在罗马恪尽职守，却沉溺在埃及首都亚历山大宫中，与埃及女王克莉奥佩特拉过着荒淫无度的生活。罗马的内忧外患，以及妻子去世的消息，迫使安东尼回到罗马，同罗马其他两位执政者该撒、勒必特斯聚首。安东尼和该撒两人虽然相互指责，但迫于形势的压力，不得不联合起来。为了巩固同盟，安东尼同意续弦，与该撒的妹妹结婚。罗马的内忧外患稍稍平定之后，该撒找借口罢黜了罗马的三执政之一勒必特斯，这样罗马的执政者只剩下安东尼和该撒两人。为

1 约瑟夫·T.肖：《文学借鉴与比较文学研究》，载《比较文学译文集》，第39页。

2 王向远：《大胆假设，细致分析——比较文学“影响研究”新解》，《北京社会科学》2003年第2期，第153页。

了争权夺利，安东尼和该撒之间的战争一触即发。安东尼的后妻去找她的哥哥该撒劝和，她一走，安东尼立即回到埃及女王克莉奥佩特拉的怀里。安东尼与该撒之间的战争随即引爆，安东尼固执地放弃他在陆地作战的优势，选择在海上与该撒决一雌雄。两支舰队一相遇，克莉奥佩特拉所在的船掉头逃跑，安东尼见此失掉理智，追随克莉奥佩特拉的方向而去，安东尼的海军不战而降。安东尼回到埃及，对克莉奥佩特拉又责怪，又抚慰，并企图重整旗鼓。该撒率军队步步紧逼，追至埃及，兵临城下。安东尼的陆军一度小胜，但大势已去，部下纷纷倒戈。恰又讹传克莉奥佩特拉已死，安东尼感到穷途末路，自刺未死之际，传来克莉奥佩特拉未死的消息。安东尼跑到克莉奥佩特拉的墓室里，在她的拥吻中死去。克莉奥佩特拉对人世已无眷恋，暗中弄到尼罗河的剧毒小蛇，自杀而死，她的两个女仆也追随主人而去。

同《安东尼与克莉奥佩特拉》一样，泰戈尔的戏剧《国王与王后》也取材于历史，但具体的历史背景尚不可考。中国学者刘安武先生认为，《国王与王后》这部剧本取材于历史，"其中有多少是历史事实，可以暂且不必去核实，因为古代印度的信史晚至十二、十三世纪才出现。但剧本的背景和故事肯定是历史过去的事件"。[1]泰戈尔传记作家克里巴拉尼认为，《国王与王后》写的是旁遮普的一个土邦统治者和克什米尔的一个公主的故事。[2]《国王与王后》讲述了国王维格拉摩和王后苏米德拉的故事，全剧分为两幕。第一幕，剧本场景是在国王的御花园。国王维格拉摩疯狂地爱着王后苏米德拉，他不希望国家事务干扰他和王后快乐的生活，他希望他和王后在少男少女时代那段浓得化不开的感情可以继续。因此国王维格拉摩抛开所有的国家事务，成天想和王后待在一起，他甚至希望王后苏米德拉和他一样不理朝政，尽情享乐。然而王后苏米德拉较为理智，她认为自己除了履行一个妻子的职责外，还应当履行作为王后参与处理国家大事的职责。因此当她看到国王不理朝政时，她就帮助他处理，并时时劝诫国王应当履行执政者应尽的职责，以至于疏离了国王，这让国王感到不

1 刘安武：《关于泰戈尔的戏剧》，载《泰戈尔全集》第16卷，第8页。

2《泰戈尔传》，第141页。

满。此外，国王的不理朝政，造成国内时局动荡。外戚滥用自己的权力，巧取豪夺，弄得国内的百姓忍饥挨饿。不堪忍受饥饿的百姓们在御花园外叫嚷，喊声惊动了王后。王后开始意识到问题的严重，她大义凛然，要求国王即使是出兵也要把那些在百姓头上作威作福的官僚们清除出国。国王刚开始也想按照王后的意思出兵镇压，但是当首相告知局面已经无法扭转时，他立刻退却了。王后看到国王这样逃避自己的责任，非常失望，她背着国王偷偷地前往她的老家克什米尔，向克什米尔的国王——她的兄弟古马尔森求援。国王得知此事后，不但不理解王后的行为，反而觉得这是对他的侮辱。第二幕的场景是克什米尔的一个军营。国王维格拉摩平定了国内的暴乱，但他并没有停下来在国内休养生息，而是将战场延伸到了克什米尔。他联合叛军打败了古马尔森的军队，布下罗网，拼命寻找逃命的古马尔森。王后苏米德拉先后三次来到军营请求国王的宽恕，她想要为她的兄弟和克什米尔国的人民求情，可是国王维格拉摩拒不见面，因为他想要的是古马尔森当面向他承认失败，但古马尔森的仆人辛格尔却告知他这是不可能的。局面僵持不下。这时，有一位克什米尔地区的酋长求见国王维格拉摩，并将女儿伊拉献给国王以示妥协。伊拉请求国王维格拉摩放过她，并以自己的生命威胁国王，因为她早已心有所属，她深爱着古马尔森并等待着他的迎娶。维格拉摩被伊拉的痴情深深地震撼了，他从伊拉的身上看到了自己的影子，他许诺伊拉一定会把她嫁给古马尔森，并让伊拉做好结婚的准备。大婚之日，一辆封闭的车到达，从车上下来的不是古马尔森，而是王后苏米德拉。她的手中托着用手帕盖着的盘子，揭开手帕，里面是古马尔森的一颗人头。苏米德拉随即自杀倒地而死，古马尔森的仆人辛格尔也跟着死去，而伊拉此时正盛装等待着婚礼。

莎士比亚和泰戈尔都选取了因情误国的历史题材来创作剧本，但在“误”的程度上又有所不同。国王维格拉摩误国的程度稍轻，他虽然没有给予深受战争创伤的国家以休养生息的机会，但他并没有让这个国家毁灭，仍握有这个国家的控制权。安东尼最终一败涂地，丧失了对国家的控制权。泰戈尔对安东尼既鄙弃又同情。在他看来，历史上像安东尼这类因情误国的人是非常多的，他曾经说过：“许多名不见经传的有才能的男子在女人的魔力迷网里，糟蹋了自己的今世和来生，世界充满了这类短暂意义和人性的可悲的废物。”[1]许多作家都热衷于以帝王将相因情误国的故事为题材进行创作。唐玄宗和杨贵妃的爱情故事在白居易的《长恨歌》、白朴的《梧桐雨》和洪昇的《长生殿》中各有千秋。依托真实的历史题材进行文学创作，对于创作者发挥想象力进行文学的虚构提出了更高的要求。泰戈尔被《安东尼与克莉奥佩特拉》“在读者心灵上施加的魔力和通过虚构的历史所复制的历史情味”[2]深深地折服了，他深知以历史为题材进行文学创作的巨大魅力。在真实与虚构之间，作品可以形成一种叙述的张力，从而有益于“历史情味”的酿造。

此外，以历史为题材创作戏剧，作者不单是为了讲述历史故事，其中还体现了作者对他所处时代历史环境的思考。莎士比亚的《安东尼与克莉奥佩特拉》讲述的是公元前1世纪的故事，但安东尼与克莉奥佩特拉对爱情的执着，对人性的强调，体现了莎士比亚对人文主义精神的强调，“对中世纪违反人性的禁欲主义的抨击”。[3]克莉奥佩特拉感叹道：“我只是一个平凡的女人，平凡的感情支配着我，正像支配着一个挤牛奶、做贱工的婢女一样。”[4]莎士比亚将身为女王的克莉奥佩特拉当作“平凡的女人”来塑造，反映了他所处的时代对个性解放和维护人权的思想的强调，具有浓厚的时代气息。

莎士比亚将帝王将相的爱情塑造为平凡人的爱情，受其影响，泰戈尔也描写了国王维格拉摩作为普通人的爱情。维格拉摩这样表达自己因爱而引发的伤痛：“你能否也忘掉一会儿，忘掉我是国王，我的胸膛里也像普通人一样有着一颗心，那颗心中也有痛苦。”[5]但与莎士比亚不同的是，在《国王与王后》一剧中，泰戈尔的着力点不在于颂扬这种普通人的爱情，而在于对人民地位的强调。

1 泰戈尔：《论文学·历史小说》，载《泰戈尔全集》第22卷，第133页。

2 出处同上。

3 李景尧：《论莎士比亚笔下的克莉奥佩特拉》，《吉林艺术学院学报》1988年第1期，第31页。

4 莎士比亚：《安东尼与克莉奥佩特拉》，载《莎士比亚全集》，朱生豪等译，北京：人民文学出版社，2002年，第2264页。

5 泰戈尔：《国王与王后》，载《泰戈尔全集》第16卷，第120页。

在泰戈尔的《国王与王后》中，对人民地位的强调是泰戈尔的一大创新。“该剧是印度山河破碎、饿殍千里的现实的真实写照，是作者忧国忧民思想的深刻表现”。[1]在这部剧作中，人民因饥饿而发出的哀号，他们辛辛苦苦的劳动成果遭到上层各方的盘剥，是泰戈尔所处时代的真实反映。1884—1901年，泰戈尔在他父亲的庄园长住，这段时间他广泛接触了农村社会。泰戈尔看到印度的民众不仅受到殖民政府的压迫，而且受到封建地主的剥削。他对于印度人民的双重苦难深表同情。在这部戏剧中，王后苏米德拉渴望拯救穷苦百姓脱离苦海，对穷苦人民百姓的同情，反映了泰戈尔的民族民主思想。此外，王后的兄弟古马尔森之所以选择死亡，不仅仅是为了维护自己的荣誉，更是为了不使人民因为他的躲避而受到更多的灾难。莎士比亚的《安东尼与克莉奥佩特拉》则没有突出人民的地位，全剧主要围绕安东尼和克莉奥佩特拉这两位统治者来写，他们走上战场的目的并非为了人民而战，更多的是为了自己的权力和统治地位。因此，在《国王与王后》中，泰戈尔不是一味地模仿莎士比亚的《安东尼与克莉奥佩特拉》因情误国的题材，在借鉴莎士比亚的基础上又有所创新。

（二）主题：爱情与职责生存与死亡

《安东尼与克莉奥佩特拉》和《国王与王后》，都是以男女主角来命名剧本的。从主题方面来看，莎士比亚的《安东尼与克莉奥佩特拉》和泰戈尔的《国王与王后》两部戏剧集中体现了爱情与职责、生与死的冲突。泰戈尔将莎士比亚的剧作视为“典范”，对莎士比亚“反映生活的冲突和深度”的能力尤为钦佩。而从泰戈尔的戏剧创作实践来看，他“给自己生活的最深感受——奇异的亲身感受——以戏剧形式”。[2]泰戈尔在戏剧创作中总是力求将自己对生活的感受反映到戏剧中来。

《安东尼与克莉奥佩特拉》讲述的是罗马执政者之一安东尼“为了一时的欢乐而牺牲了一个王国”[3]的故事。爱情对于安东尼与克莉奥佩特拉来说，几乎是毁灭性的。安东尼对克莉奥佩特拉的盲目的爱，使得

1 如珍：《浅论泰戈尔的戏剧创作》，《南亚研究》1984年第2期，第76页。

2《泰戈尔传》，第247页。

3 莎士比亚：《安东尼与克莉奥佩特拉》，载《莎士比亚全集》，第2179页。

"他的情欲完全支配了他的理智"，[1]他鬼使神差般地忘记了自己作为一名大将应在战场上指挥军队英勇抗敌的职责，"让儿女之私牵掣了他的大将的责任"。[2]当安东尼发觉大势已去，他对自己只有无尽的忏悔："当我们沉溺在我们的罪恶中间的时候，聪明的天神就封住了我们的眼睛，把我们明白的理智丢弃在我们自己的污秽里，使我们崇拜我们的错误，看着我们一步步陷入迷途而暗笑。"[3]安东尼的理智虽然在一步步丧失，对克莉奥佩特拉的情感却一步步加深。当安东尼听到克莉奥佩特拉死亡的谣传，他甚至没有对谣传进行必要的确证，就决定走向死亡。而同样深爱着安东尼的埃及女王克莉奥佩特拉，她原本是一个坚强的女性，最终也选择了死亡。她这样做不仅仅是因为安东尼的死亡带给她心灵巨大的冲击，而且因为她不愿意向该撒屈服，她在临死之前，还想保全自己作为一个女王的荣誉。通过安东尼与克莉奥佩特拉的爱情悲剧，莎士比亚想要告诉人们，"超越社会诸因素制约的爱情就是放纵。它带来的必然是灾难性的后果"。[4]安东尼与克莉奥佩特拉沉迷于爱情和享乐之中，他们疏于履行自己作为国家统治者的职责，最终造成了自身的毁灭。

同安东尼"为了一时的欢乐而牺牲了一个王国"[5]相似的是，在《国王与王后》中，国王维格拉摩对王后苏米德拉的爱使他完全忽略了作为一个国王的职责，他感叹，"我爱这个女人。我为了这种爱情准备牺牲我的王国"。[6]安东尼为了欢乐，维格拉摩为了爱情，他们都准备牺牲自己的王国。同国王相反的是，王后苏米德拉却一直在强调职责。在她看来，国王不仅应当将国王的职责摆在第一位，她自己作为王后，也有王后的职责。国王和王后的职责从本质上来说是一致的，那就是为国家的安定兴盛负责。当王后为了解救国家的危机去寻求她哥哥古

1 莎士比亚：《安东尼与克莉奥佩特拉》，载《莎士比亚全集》，第2233—2234页。

2 同上书，第2234页。

3 同上书，第2238页。

4 陈春生：《激情引爆的悲剧——论〈安东尼与克丽奥佩特拉〉的悲剧冲突及主题》，《外国文学研究》1992年第1期，第67页。

5 莎士比亚：《安东尼与克莉奥佩特拉》，载《莎士比亚全集》，第2179页。

6 泰戈尔：《国王与王后》，载《泰戈尔全集》第16卷，第122页。

马尔森的救援时，国王完全丧失了理智。维格拉摩竟然认为，王后这样做有损他的荣誉，对于他来说是一个极大的“侮辱”。[1]维格拉摩不顾国家的利益和人民休养生息的需要，执意联合国内的叛军攻打古马尔森。而王后苏米德拉和古马尔森，为了维护自己的尊严，在国王给予他们生的机会面前，毅然决然地选择了死亡。由此我们可以看出，同莎士比亚一样，泰戈尔也强调了职责、理性和荣誉。泰戈尔传记作家克里巴拉尼认为，泰戈尔的《国王与王后》一剧体现了“爱情与职责之间的冲突”，[2]“爱情是吞噬理性的情欲，如果不用维护人性的职责加以遏制，爱情成为悲剧的原因”。[3]

两部戏剧最耐人寻味的是，泰戈尔和莎士比亚在死亡这一悲剧结局的处理方式上非常相似。两位女主角都有选择生存的权利，却都毅然走向了死亡。该撒和国王维格拉摩虽然都是战争的胜利者，但是他们并不想让她们死亡。因为除了赢得战争的胜利之外，他们还想赢得荣誉的胜利。泰戈尔和莎士比亚一样，并没有去讴歌他们的胜利，而是揭示出他们的野心和企图，该撒和维格拉摩最终成为荣誉之战的失败者。与此相反的是，克莉奥佩特拉和苏米德拉两位女主角都走向了死亡这一“胜利的大门”。[4]她们越是积极地行动，离死亡的大门越近。一方面，当爱情与职责、情感与理智、荣誉与利益的冲突无法解决时，她们毫不犹豫地选择死亡；另一方面，通过她们的死亡，爱情与职责、情感与理智、荣誉与利益的矛盾又被巧妙地揭示出来。死亡是生命的必然，这个事实本身并不具有震撼人心的悲剧力量。但是在这两部戏剧中，死亡不仅是一种揭示人物复杂性格和精神力量的重要手段，而且它本身被赋予了深刻的意义。

莎士比亚和泰戈尔对死亡所蕴藏的内涵的理解是一致的。对于克莉奥佩特拉和苏米德拉来说，死亡是她们的权利，死亡意味着精神的胜利，意味着无限的自由。克莉奥佩特拉和苏米德拉两位女主角，用自杀的方式维护了自己的荣誉和高贵。克莉奥佩特拉在得知一位乡下人拿着

1 泰戈尔：《国王与王后》，载《泰戈尔全集》第16卷，第123页。

2《泰戈尔传》，第143页。

3 出处同上。

4 泰戈尔：《国王与王后》，载《泰戈尔全集》第16卷，第127页。

一条会让她即刻毙命的毒蛇来到宫中的消息后，她叹道："他给我送自由来了。"[1]她将死亡看作自己的"权利"，[2]不容被他人剥夺。在《国王与王后》中，王后苏米德拉在临死之前对国王维格拉摩说道："现在我再也不是你的王后了，因为死亡对我也有权利了。"[3]由此可见，克莉奥佩特拉和苏米德拉都将死亡看成她们的权利。美国作家莱奥诺拉·莱特·勃若德温（Brodwin, Leonora L.）认为，莎士比亚戏剧中主人公的死亡"是在自我毁灭的心碎神迷的一瞬间体验到自由的无限"，[4]此外，"自我毁灭的迷狂不是导致感情上对死亡的屈服，而是超越死亡的、不可征服的精神上的胜利，取得了最后和自由声明的无限性"。[5]克莉奥佩特拉和苏米德拉肉体的毁灭，象征着精神的自由和胜利。

泰戈尔的《国王与王后》是一部悲剧，这一点看似普通，但他一生所创作的悲剧是非常少的。《国王与王后》中，代表正义和善良的一方被逼入绝境，最终走向死亡的结局，完全不同于泰戈尔所创作的大多数戏剧。泰戈尔的大多数戏剧是"以圆满和谐而告终，或者以正义一方得胜而告终"。[6]即使是《邮局》中的主人公阿马尔也走向了死亡，但他却是带着美好的希望和人们的关怀离开人间的。全剧表现了儿童的纯真和人间的温暖，体现了一种安宁和谐的氛围。

"大圆满、大和谐正是东方戏剧的传统特点。"[7]泰戈尔所处时代，印度国内将戏剧写成悲剧的结局是很少见的。因为印度梵语戏剧中缺乏悲剧，悲惨的结局在印度梵语戏剧中是不被许可的。在印度，"剧作家接受的是一般人所承认的那种宗教信仰：例如生死轮回、因果报应等等。意外的事或无缘无故的邪恶都不用作戏剧的题材，因为今生发生

1 莎士比亚：《安东尼与克莉奥佩特拉》，载《莎士比亚全集》，第2277页。

2 出处同上。

3 泰戈尔：《国王与王后》，载《泰戈尔全集》第16卷，第134页。

4 Leonora L. Brodwin, *Elizabethan Love Tragedy: 1587–1625*, New York: New York University Press, 1971, p.58. 中译文转引自李莉：《论莎士比亚悲剧中的死亡主题》，《吉林大学社会科学学报》1991年第3期，第65页。

5 出处同上。

6 如珍：《浅论泰戈尔的戏剧创作》，《南亚研究》1984年第2期，第83页。

7 出处同上。

的事，一定是前生某些事情必然的结果”。[1]印度的戏剧，“具有美学上的谐和和逻辑上的一致”。[2]泰戈尔所创作的《国王与王后》一剧中，人物之间激烈的冲突、人物悲剧的结局，明显地受到了以莎士比亚为代表的西方戏剧的影响。这一时期，各种激情的力量在泰戈尔的心中奔突，泰戈尔从模仿与借鉴中，探索着自身戏剧的发展之路。

（三）人物形象塑造

《国王与王后》一剧，在人物肖像刻画、女主角性格塑造、人物语言的抒情性等方面，泰戈尔借鉴了莎士比亚的人物形象塑造手法。

人物肖像刻画方面，莎士比亚运用自然景物来衬托人物。安东尼在指挥大军时，“他的英勇的眼睛像天上的火星一样发出棱棱的光”，[3]这显示出安东尼作为一名大将勇猛善战的特点。当克莉奥佩特拉第一次出现在安东尼的面前，她那震人心魄的美一下子就抓住了安东尼的心。她的纤手如同花一样，就连“那空气倘不是因为填充空隙的缘故，也一定会去观看克莉奥佩特拉，而在天地之间留下一个缺口了”。[4]在《国王与王后》中，泰戈尔吸取了莎士比亚人物形象的塑造手法。他同样也描绘了国王维格拉摩与王后苏米德拉初次见面时苏米德拉的美。苏米德拉“眼睛里含着一种异样的羞涩，使人感到好像一滴露珠被裹在花瓣里”。当伊拉来到国王维格拉摩的营帐中，伊拉“像太阳光一样照进来”。[5]而伊拉对古马尔森的痴情，如同阳光般地照亮了国王维格拉摩的心。这种用自然景物来描画人物肖像的手法，既可以使人物的面貌形象逼真，也有助于烘托戏剧气氛。

女主角的性格塑造方面，克莉奥佩特拉和苏米德拉虽然是女性，但是却具有男性的刚毅特征。在国家面临危机的时候，她们都没有选择留守宫中，而是走向战场。当克莉奥佩特拉想要上战场，部下极力劝阻时，她反驳道：“我是一国的君主，必须像一个男子一般负起主持战局的

1《印度的发现》，第197—198页。

2 同上书，第198页。

3 莎士比亚：《安东尼与克莉奥佩特拉》，载《莎士比亚全集》，第2166页。

4 同上书，第2193页。

5 泰戈尔：《国王与王后》，载《泰戈尔全集》第16卷，第129页。

责任。不要反对我的决意，我不能留在后方。”[1]泰戈尔笔下的王后苏米德拉的坚定、果断、勇敢、勇于担当，使她看起来简直如同男性一般。她一直在劝说国王要励精图治，好好治理国家。当苏米德拉得知是她的亲戚在鱼肉百姓、横征暴敛时，出人意料的是她居然没有半点私心，立即要求国王把他们清除出去。当国王还在犹豫是否要对她的亲戚开战时，她坚定地表明了与她的亲戚势不两立的决心。苏米德拉的性格几乎没有女性的温婉，她的身上具备了男性的许多特质，代表了理性和责任感，更多的是一种阳刚之美。在《国王与王后》中，国王维格拉摩与王后苏米德拉，一个是纵欲的代表，一个是禁欲的代表。泰戈尔没有表现王后苏米德拉作为女性柔弱、善变的一面，这与克莉奥佩特拉完全不同。克莉奥佩特拉从整体上而言，虽然贵为埃及的女王，但莎士比亚还是将她作为一位处心积虑要博取安东尼欢心、一上战场还是会心虚的普通女性来刻画的。虽然克莉奥佩特拉有想要成为一位男性、有所担当的一面，但苏米德拉却比她走得更远，更加男性化。她的坚毅和果断、不愿受制于感情的羁绊，是克莉奥佩特拉所不具备的。泰戈尔戏剧创作的第二个时期，是泰戈尔走入农村，面向生活的一段时期，也是他的民族民主思想逐渐形成的一段时期。泰戈尔坚信“救世主”[2]的到来，“幻想有一批具有崇高品格、高度职责感的统治者能拯救苦难的印度，拯救印度的灵魂，谋取民族的独立和繁荣”。[3]苏米德拉这一果敢、坚毅、爱民如子的人物形象寄托着泰戈尔的民族主义理想。

在《安东尼与克莉奥佩特拉》和《国王与王后》这两部戏剧中，人物语言具有抒情性。两剧中的人物将各自的喜、怒、哀、乐、爱、憎直截了当地表达出来。泰戈尔深知莎士比亚的戏剧之所以具有震撼人心的力量，很大的原因就在于莎士比亚戏剧中激情的直接表达。这种对情感的直接表达方式，有助于观众的理解和欣赏，引起观众的共鸣。刘安武先生认为，“抒情的成分在泰戈尔的戏剧中占有相当的比重，他作为抒情诗人的特性在戏剧中也有充分的反映”。[4]抒情性是泰戈尔戏剧

1 莎士比亚：《安东尼与克莉奥佩特拉》，载《莎士比亚全集》，第2255页。

2 泰戈尔：《文明的危机》，载《泰戈尔全集》第24卷，第507页。

3 如珍：《浅论泰戈尔的戏剧创作》，《南亚研究》1984年第2期，第83页。

4 刘安武：《关于泰戈尔的戏剧》，载《泰戈尔全集》第16卷，第30页。

创作的特点之一，但泰戈尔笔下人物语言的直抒性要稍弱一点。当安东尼从战场上逃离，追随克莉奥佩特拉而去，最终发现自己大错铸成，他的心中充满了狂躁的情感，他高声叹道："我要到高山荒野之间大声咆哮，发泄我的疯狂的悲愤！"[1] 当安东尼听到克莉奥佩特拉死亡的讹传时，他彻底地崩溃了，在自杀前他咆哮道："碎裂了吧，我的胸膛！心啊，使出你所有的力量来，把这脆弱的胸膛爆破了吧。"[2] 同样是在死亡之际，王后苏米德拉并没有说太多的话，她说道："现在我再也不是你的王后了，因为死亡对我也有权利了。"[3] 最后的结尾，泰戈尔没有描写国王维格拉摩在看到王后苏米德拉死后疯狂的反应，全剧以伊拉对婚礼的渴盼结束，泰戈尔没有写出国王维格拉摩的悔恨。可以说，从感情直抒胸臆的程度而言，《安东尼与克莉奥佩特拉》整部戏剧都在展现人物的情感，而泰戈尔则是有所保留的。另外，泰戈尔对爱情的描写也不像莎士比亚写得那么彻底，着墨不多。泰戈尔自己也认为，自己戏剧情感的直抒性不是很强烈。他说："戏剧在表现感情时需要相当的直率性，而这种直率性正是东方人所忌讳的。"[4] 在泰戈尔看来，西方的戏剧家善于抒情，而东方的戏剧家并不善于做到这一点。直至晚年，泰戈尔戏剧情感的表达不再是强烈了。这也是后来许多评论家认为泰戈尔戏剧到晚年时期情感的力度走向弱化的原因。[5]

（四）情节结构

在戏剧情节结构的安排上，泰戈尔的戏剧既不同于西方的"三一律"，[6] 也不同于印度梵语戏剧文学中的结构安排，具有自身独特的创造个性。"西方的什么'三一律'，在泰戈尔的戏剧中是不存在的。什么'序

1 莎士比亚：《安东尼与克莉奥佩特拉》，载《莎士比亚全集》，第2238页。

2 同上书，第2258页。

3 泰戈尔：《国王与王后》，载《泰戈尔全集》第16卷，第134页。

4《泰戈尔评传》，第181页。

5 刘安武：《关于泰戈尔的戏剧》，载《泰戈尔全集》第16卷，第30页。

6 "三一律"是西方戏剧结构理论之一，是一种关于戏剧结构的规则。最初由文艺复兴时期意大利戏剧理论家提出，后由法国古典主义戏剧家确定和推行。"三一律"规定剧本创作必须遵守时间、地点和行动的一致，即一部剧本只允许写单一的故事情节，戏剧行动必须发生在一天之内和一个地点。

幕'"剧情的开展'"戏剧性高潮'"剧情的下降'等戏剧结构也是不存在的。他是自由地剪裁戏剧的故事或情节,加以发挥……自由地发挥是他戏剧的一大特色。"[1]《国王与王后》就体现了泰戈尔这种"自由地发挥"的特色。该剧的故事情节并非发生在一天之内、一个地点,也没有印度梵语戏剧中的"序幕"。在情节结构方面,莎士比亚对泰戈尔的影响并非体现在全剧的整体结构中,主要集中在几个具体的情节安排上。

第一,侍从报信遭拒情节。《安东尼与克莉奥佩特拉》开端,安东尼终日荒淫无度不理国事,当侍从报告说罗马有信来时,他甚至不想管。《国王与王后》戏剧的开展部分,国王维格拉摩沉溺在对王后的爱里,不想理会任何国家事务。当侍从报告他大臣有要事进见时,他马上推辞:"不行,这个时候不行。"[2]通过侍从报信遭拒这一情节的设置,安东尼和维格拉摩追求享乐的性格跃然纸上。

第二,主角骑马离场情节。在安东尼骑着马离开克莉奥佩特拉奔向罗马之后,克莉奥佩特拉非常伤心,她询问侍从,安东尼离开时"是忧愁的还是欢乐的"。[3]同样,王后苏米德拉也是骑着马离开国王维格拉摩去她哥哥那里寻求支援的。国王维格拉摩在得知王后走后,他询问祭司:"当她经过神庙前面时,她是否停留下来祈求过一会儿?她的眼中是否有眼泪?"[4]克莉奥佩特拉和维格拉摩询问他们的情人骑马离别时的情景,很好地刻画了他们对爱情既焦灼又渴望的特点。

第三,预言情节。《安东尼与克莉奥佩特拉》的第二幕,有一位预言者对安东尼说,"你的本命星是高贵勇敢,一往无敌的,可是一挨近该撒的身边,它就黯然失色"。[5]预言者准确地预言了安东尼在与该撒的战斗中屡屡失败的命运。《国王与王后》的剧中,古马尔森的奴仆在与维格拉摩的交谈中,预言了古马尔森的死亡。预言情节,为悲剧的结局起到了较好的铺垫作用。

第四,女主角和仆人的死亡情节。通过前面对《安东尼与克莉奥佩

1 刘安武:《关于泰戈尔的戏剧》,载《泰戈尔全集》第16卷,第30页。

2 泰戈尔:《国王与王后》,载《泰戈尔全集》第16卷,第114页。

3 莎士比亚:《安东尼与克莉奥佩特拉》,载《莎士比亚全集》,第2183页。

4 泰戈尔:《国王与王后》,载《泰戈尔全集》第16卷,第122页。

5 莎士比亚:《安东尼与克莉奥佩特拉》,载《莎士比亚全集》,第2194页。

特拉》和《国王与王后》两部剧情的介绍,我们可以看到,在两剧的结尾部分,在女主角死亡之后,仆人的死亡紧随其后。多人的死亡,加重了戏剧的悲剧性。

因此,《安东尼与克莉奥佩特拉》和《国王与王后》两剧在侍从报信遭拒情节、主角骑马离场情节、预言情节、女主角和仆人的死亡情节等具体情节结构的设置上是极为相似的。从这些细节的相似可以看出,泰戈尔在戏剧创作中借鉴了莎士比亚的情节结构手法。它们以强有力的事实说明了泰戈尔在戏剧创作中曾受到了莎士比亚的影响。

(五)艺术风格:对称冲突

《安东尼与克莉奥佩特拉》和《国王与王后》两部戏剧都有一种对称冲突的艺术风格。通过前面对两部戏剧主题的分析,我们知道两部戏剧中存在着强烈的爱情与职责、情感与理智以及生与死的冲突。这种冲突也构成了两部戏剧的艺术风格之一。

法国著名作家雨果认为,莎士比亚戏剧的对称性是其天才手笔的表现。雨果指出,"莎士比亚的对称,是一种普遍的对称:无时不有,无处不有;这是一种普遍存在的对照,生与死、冷与热、公正与偏倚、天使与魔鬼、天与地、花与雷电、音乐与和声、灵与肉、伟大与渺小、大洋与狭隘、浪花与涎沫、风暴与口哨、自我与非我、客观与主观、怪事与奇迹、典型与怪物、灵魂与阴影"。[1]在莎士比亚的《安东尼与克莉奥佩特拉》中,这种对称普遍存在。陆战与海战,构成了该剧宏大广阔的叙述背景。人物之间爱情与政治、忠诚与背叛、灵与肉、生与死的较量,灵魂深处伟大与渺小、公正与偏倚、享乐与禁欲、真与美、善与恶的冲突,将女性视作天神与魔鬼的化身,这些构成了一种巧妙的对称。这种对称,使得莎士比亚的戏剧富有强烈的戏剧性和叙述张力,具有恒久的艺术魅力。

泰戈尔的戏剧《国王与王后》同样也具有这种对称之美。国王维格拉摩的玩忽职守与王后苏米德拉的忠于职守从全剧一开始就得到了鲜明的体现。在国内,一方是受苦受难的人民,另一方是横征暴敛的贪官。象征着拯救的"河水",[2]怎样也熄不灭维格拉摩"战争的烈火和爱

1 雨果:《莎士比亚的天才》,载《莎士比亚评论汇编》(上),第415页。

2 泰戈尔:《国王与王后》,载《泰戈尔全集》第16卷,第128页。

情的烈火”。[1]伊拉如同太阳光般的美丽照亮了维格拉摩黑暗的营帐，维格拉摩从伊拉对古马尔森的爱中看到了自己对苏米德拉的爱。在生与死的选择中，泰戈尔将婚礼变成了葬礼。因而，在《国王与王后》中，国王与王后、人民与贪官、水与火、阳光与黑暗、生与死、婚礼与葬礼的描写构成了一种对称冲突的艺术风格。

泰戈尔的《国王与王后》创作于1889年，这时正处在泰戈尔对莎士比亚的崇拜时期。通过对泰戈尔的戏剧《国王与王后》和莎士比亚的戏剧《安东尼与克莉奥佩特拉》有关题材、主题、人物形象、情节结构以及艺术风格的分析，我们能够看出泰戈尔在戏剧创作过程中明显受到了莎士比亚影响的痕迹。

在戏剧创作中，泰戈尔不仅积极借鉴了莎士比亚的戏剧创作手法，而且在莎士比亚的基础上又有所创新。他对人民地位的强调，对王后苏米德拉这一正直刚毅形象的描绘，反映了他的民族民主思想。为复兴本民族的文化，泰戈尔在积极地借鉴和吸收国外优秀作家的创作经验的基础上，又有所创新。泰戈尔敏锐地把握住文化发展的脉搏，他清楚地看到："即便英国的文化教育有其先进之处，也不应简单模仿，而应创造性地吸收。"[2]1901年，泰戈尔在帕特那举行的孟加拉省会议上指出："我们国家现行的教育制度……降低了我们的自尊心，它鼓励我们愚蠢地用借来的羽毛装扮自己，自我炫耀，结果是我们只能复制，但不能自行生产。"[3]由此可见，泰戈尔并不赞成一味地模仿英国文化。因为如果印度作家只是简单地"复制"别人的创作，那么就会丧失"自行生产"的能力。他认为，对待英国文化正确的态度应该是"创造性地吸收"。

此外，泰戈尔突破印度传统梵语戏剧的限制，创作了悲剧作品。因而，我们也可以看到，在戏剧创作中泰戈尔不仅没有照搬照抄外国的作品，而且他也没有按照本国传统戏剧的条条框框来束缚自己的创作。在文学创作中，泰戈尔"希望在东西方之间找到一条理解、对话、融合的桥梁"。[4]泰戈尔借鉴了莎士比亚的戏剧创作手法，并赋予作品新的面

1 泰戈尔：《国王与王后》，载《泰戈尔全集》第16卷，第126页。

2 林承节：《印度民族独立运动的兴起》，北京：北京大学出版社，1984年，第401页。

3 出处同上。

4 魏丽明：《泰戈尔文学起源思想探析》，《国外文学》2002年第1期，第115页。

貌。他"使印度文学采取了西方精神，从而使印度文学真正成为成熟的现代文学"。[1]

有学者将泰戈尔在孟加拉人民心中的地位比之于莎士比亚在英语国家中的地位。"在七百万个说孟加拉语的人的心中，他（指泰戈尔——笔者注）的声誉牢固建立于他那具有魔力的文字中。在泰戈尔大量的诗歌、散文、戏剧和歌曲中，他不仅将孟加拉语铸造成一种灵巧流畅的语言表达工具，而且无限拓展和丰富了孟加拉文学自身。他在他的人民心中的地位因而可比之于……莎士比亚在英语国家中的地位"。[2]的确，泰戈尔和莎士比亚都是各自民族语言文学发展史上的里程碑式的人物，都是世界文学史上的重要作家。

泰戈尔一生中阅读了东西方众多国家的文学作品，在外国文学中，泰戈尔最为关注英国文学。在外国作家中，泰戈尔提及莎士比亚的次数最多。他对莎士比亚的阅读和认知，是经过自身民族文化传统、社会时代需求等选择和转化的结果。文化交流在通常情况下是互通有无、取长补短。无论是古为今用、英为印用，假若只是着重一味地吸收，那就必然导致自身文化传统的流失。泰戈尔并非民族文化传统的逃逸者和否定者，而是民族文化发展的倡导者和驱动者。他对莎士比亚的评价和接纳，是出于自身民族文化发展的需要。他运用自身传统哲学文化理论评价莎士比亚的作品，对莎士比亚文本中的"空白"做出了新的解读，并力图将自身的传统加以发挥和改进。泰戈尔对莎士比亚文学作品的种种新阐释，在戏剧创作中对莎士比亚剧作的借鉴与创新，在世界文学交流史上写下了一段令人难忘的佳话。

1 克里希那·克里巴拉尼：《现代文学》；A .L.巴沙姆主编：《印度文化史》，闵光沛、陶笑虹等译，北京：商务印书馆，1997年，第606页。

2 Amiya Chakravarty (ed), *A Tagore Reader*, New York: The Macmillan Company, 1961. 转引自Stephen N. Hay, "Reviewed work(s): A Tagore Reader", *The Journal of Asian Studies*, Vol. 21, No. 1, 1961, p.100。

第三章 泰戈尔对基督教的认知

泰戈尔与基督教之间的关系，一直是学术界长期研究和争议的课题。一种观点认为，泰戈尔的作品散发着浓烈的基督教气息，他心目中的至高神[1]有强烈的基督教色彩，基督教对泰戈尔的影响是不可否认的事实。[2]如汤普森就认为，不管泰戈尔有没有承认自己是基督徒，"但在他身上我们看到了印度基督徒应该具有的模样"。(but in him we get a glimpse of what the Christianity of India will be like...)[3]另一种观点则认为，泰戈尔作品中的宗教气息和泰戈尔对"神"或"上帝"的理解是印度传统宗教智慧的表现，其本质属于印度传统而非基督教传统。如拉达克里希南(Radhakrishnan, Sarvepalli)在《泰戈尔的哲学观》一书中分析《吉檀迦利》第11首诗歌时就指出，诗人"'一再致敬的神'来自《奥义书》。吠檀多中的'无限'和罗宾德拉纳特的神一样，都是有形的神"。(The God ...I bow again and again, is from the Upanishads. The

1 泰戈尔在自己的作品中有时将至高神称为"一"、"梵"、"神"或者"上帝"。但无论哪种称呼，其含义指的都是泰戈尔心目中所追求的终极目标。尤其是"上帝"这一概念，有时并不一定等同于基督教意义上的"上帝"，这其中有汉语翻译的原因，有时也有泰戈尔本人创作时选词的原因。

2 这里面又可以分出两种倾向来：一种认为基督教是泰戈尔某些作品（比如《吉檀迦利》）的绝对主题，其作品中和观念中的"神"或者"上帝"就是基督教观念中的"上帝"；另一种认为，泰戈尔观念中和作品中的"神"或"上帝"虽不一定绝对等同于基督教观念中的"上帝"，但泰戈尔对"神"或"上帝"的理解肯定有基督教"上帝"的影子或者说是受到基督教的影响。

3 转引自 Sarvepalli Radhakrishnan, *The Philosophy of Rabindranath Tagore*, London: Macmillan, 1918, p.6。

Vedantic Absolute as much as Rabindranath's God is a concrete spirit.)[1]

但在围绕这一课题展开研究和争论的文章中，笔者并没有看到系统梳理泰戈尔与基督教有无接触、有无直接论述以及泰戈尔本人对基督教的态度或认识的研究成果。笔者认为，泰戈尔与基督教有无事实联系是研究泰戈尔与基督教关系时的重要问题。首先，如果泰戈尔根本没有接触和关注过基督教，即使泰戈尔对自己心目中至高神的理解有和基督教相似的地方，我们也不能说这是基督教影响的结果。泰戈尔到底是在印度传统影响下成长还是在基督教影响下成长的争论，将没有任何意义。其次，如果泰戈尔根本没有论述过基督教，我们对他是否受到基督教影响的争论将如同纸上谈兵，结论也很难具有说服力。对这一问题的研究，最后很可能会变成研究者自己的主观印象在泰戈尔身上的投射，而不是事实的原貌。最后，如果没有梳理出泰戈尔对基督教的认知和态度的事实论据，有关泰戈尔与基督教关系的研究就没有事实的依据。这引发了笔者对这三个问题进行探讨的兴趣。本章无意卷入泰戈尔作品的宗教性和泰戈尔的宗教观是东还是西的争论，目前也无力一一理清泰戈尔思想中哪些观点和理解是受基督教影响的，哪些又是受印度教或佛教等其他宗教影响的等诸多问题，只是希望在梳理泰戈尔作品中与基督教相关内容的基础上，集中辨析泰戈尔对《圣经》、耶稣、基督教的认知和分析。

就目前笔者掌握的资料来看，涉及泰戈尔与基督教关系的研究成果有：欧东明的《泰戈尔〈吉檀迦利〉的宗教思想试析》、刘建的《泰戈尔的宗教思想》、唐仁虎等著的《泰戈尔文学作品研究》、W. S. 厄克特（Urquhart, W. S.）的《泰戈尔的哲学传承》（*The Philosophical Inheritance of Rabindranath Tagore*）、V. R. 巴塔查里亚（Bhattacharya, V.R.）的《泰戈尔的地球村视野》（*Tagore's Vision of a Global Family*）、拉达克里希南的《泰戈尔的哲学观》、汤普森的《罗宾德拉纳特·泰戈尔：诗人和戏剧家》以及诺贝尔文学奖授奖辞等文章。欧东明的论文主要论述宗教思想在《吉檀迦利》中的表现，以及对泰戈尔的影响。该论文将印度教和基督教作了简单的对比，认为“与基督教相

1 *The Philosophy of Rabindranath Tagore*, p.46.

比，印度教中没有神学的‘道成肉身’来直接显现圣爱的福音”。[1]但文章并没有结合具体内容论述泰戈尔对基督教的认知。刘建在论文中分析泰戈尔宗教思想的成因时认为，泰戈尔的宗教思想受到印度本土的印度教、伊斯兰教苏非派[2]、佛教等教派以及个人（如诗圣迦比尔、孟加拉民间教派巴乌尔派的歌手们）和国外的琐罗亚斯德教、达尔文进化论、老子哲学等的影响，文中也较详细地分析了上述内容对泰戈尔的具体影响。至于基督教的影响问题文中则没有直接涉及，而只是在分析泰戈尔宗教思想的特点时指出："将God翻译成上帝只能混淆印度教与基督教这两个大异其趣的宗教体系。从本质上讲，泰戈尔的宗教思想属于印度教体系，此外，他根本不信基督教……他笔下的God只能理解为印度教的神，一个主宰一切的大写的神。"[3]并认为泰戈尔"人的宗教"观念"与基督教的原罪说相比，泰戈尔的学说具有极大的进步意义"。[4]显然，作者在谈及泰戈尔"根本不信基督教"时是从宗教信仰的角度来谈的，即是指泰戈尔并非基督教徒，而与泰戈尔对基督教的态度无关。而作者将泰戈尔的宗教观念与基督教的"原罪"说相比也只是在阐明个人看法，而与泰戈尔自身对基督教的认知无关。刘建在其另一篇文章《〈吉檀迦利〉——泰戈尔的哲人绝唱》中也表达了相似的观点。[5]姜景奎在《泰戈尔文学作品研究》中曾指出，"佛教、基督教等是泰戈尔哲学思想来源之一"。[6]在分析泰戈尔对佛教教义的理解时，该文指出泰戈尔非常赞同佛教"宣扬对万物慈悲为怀的修养和献身于爱这一无限真理"的思想，并认为这一佛教思想对泰戈尔产生了更大的影响，它使泰戈尔非常"注重自我的存在，因为

1 欧东明：《泰戈尔〈吉檀迦利〉的宗教思想试析》，《南亚研究》2001年第4期，第69页。

2 常写作"苏非派"，此章写作"苏非派"。

3 刘建：《泰戈尔的宗教思想》，《南亚研究》2001年第1期，第64页。

4 同上书，第65页。

5 刘建：《〈吉檀迦利〉——泰戈尔的哲人绝唱》，《上海教育》（半月刊）2005年增刊第2期，第72—73页。

6 唐仁虎等：《泰戈尔文学作品研究》，北京：昆仑出版社，2003年，第27页。

只有自我的存在，才能以慈悲为怀对待万物和献身于爱”。[1]接着，文章指出泰戈尔对这一佛教思想的理解实际上是一种博爱思想的理解。而也正是在博爱这一点上，泰戈尔找到了基督教和印度教相通的地方。但文章并未就泰戈尔对基督教的认知展开进一步的分析或论证。厄克特在《泰戈尔的哲学传承》一文中所提出的泰戈尔“很大程度上是西方宗教世界的一员”的说法，只在某种程度上具有一定的参考价值，因为从整体上看，人们的确可以说“照耀泰戈尔的阳光不只从东方的窗户射进来的。他也向西方思想敞开了自己的灵魂，并且从基督教当中汲取了一些东西”，[2]这就像泛泛地指出一个事物的产生是诸多因素共同影响的结果一样，对于理清事件的前因后果没有实质性帮助。应该说这种观点是非常中肯的，甚至可以说恰到好处地概括了关于这一问题的研究状况。但可惜的是文章并没有就泰戈尔对基督教的认知问题展开进一步的分析或论述。巴塔查里亚在《泰戈尔的地球村视野》中也谈到了泰戈尔与基督教的关系这一问题。他认为，泰戈尔反对基督教的说法是对泰戈尔的一种误解，其实恰恰相反，泰戈尔对基督教怀有一种深深的敬意。为证明这一观点，文章列举了泰戈尔生活中的一些活动，比如泰戈尔经常在圣蒂尼克坦借圣诞节的机会举行各种活动来祈祷和平。[3]但文章同样未能结合具体论据来系统分析泰戈尔对基督教的认知。

总之，国内外学者在谈到泰戈尔与基督教关系这一论题时，多是概览式的评价，而未能结合泰戈尔的作品分析、论证泰戈尔对基督教的认知和态度。因而笔者认为有必要就这一问题展开更为具体和深入的探讨，本章即是这一努力的结果。

本章主要采用数据统计、比较分析和文本细读的方法。泰戈尔有关基督教的创作是散落在不同作品之中的，因此，只有将泰戈尔作品中论及基督教相关内容的部分梳理出来，才能进一步分析泰戈尔对基督

1《泰戈尔文学作品研究》，第27页。

2 W. S. Urquhart, “The Philosophical Inheritance of Rabindranath Tagore”, *International Journal of Ethic*, Vol. 26, No. 3, 1916, p.398.

3 参见V.R. Bhattacharya, *Tagore's Vision of a Global Family*, New Delhi: Enkay Publishers, 1987。

教的认知。也只有通过比较泰戈尔对基督教的认知和一般基督教徒的认知，才能理出泰戈尔认知的独特之处。而以上两种方法都是以泰戈尔具体的文本为基础的。

本章共分三节，各自内容和彼此间的关系为：第一节，分析泰戈尔对基督教的整体认知，集中分析他对基督教历史以及基督教本质的认知。第二和第三节则在第一节这一“面”的基础上，以《圣经》和耶稣基督这两个“点”为对象，进行个案分析。《圣经》和耶稣基督是基督教最重要的两个问题。对它们的分析，将进一步凸显泰戈尔对基督教的认知。

梳理泰戈尔作品中与基督教相关的内容，进而研究泰戈尔对基督教的认知，可以为辨析泰戈尔与基督教的关系提供有价值的材料和可供参考的观点，并使这一课题的研究视角更加丰富。泰戈尔与基督教的关系，是泰戈尔研究中的一个重要课题。但以往的研究多将重点放在辨析《吉檀迦利》中的神，或者说泰戈尔心目中的神是不是基督教的上帝，泰戈尔的宗教观有没有受基督教的影响等问题上，鲜有学者专门论述泰戈尔是如何认知基督教的。这样，在泰戈尔与基督教关系的研究中，从泰戈尔的角度看待问题的视角缺失了。

在泰戈尔看来，宗教本身并没有高低之分，问题的关键在于这种宗教对人的态度如何，它在历史发展进程中曾有过什么样的作用。基督教对于泰戈尔来说并非只是简单的认知对象，而是一面镜子。泰戈尔对基督教的关注不仅仅是对这一宗教本身的关注，也是对其所负载的历史与文化内涵的关注。泰戈尔希望借此来认识西方社会，促进东西方文化的进一步交流，进而实现人类社会的互相认识与深入理解。研究泰戈尔对基督教的认知和态度，对处理当今随着全球化程度的加深而不断加剧的教派冲突、文化冲突，无疑具有借鉴意义。

第一节　泰戈尔对基督教的整体认知

在对宗教的理解上，泰戈尔以“清高孤傲”[1]的姿态保持着自己的独立性，决不人云亦云、随波逐流。1930年，69岁的泰戈尔在伦敦向包

1 泰戈尔：《人的宗教》，载《泰戈尔全集》第20卷，第296页。

括牛津大学学生在内的西方听众发表“希伯特演讲”，阐述自己的宗教生活和他对宗教的理解时，他不无自豪地说，他的“精神是在一种自由的氛围中成长起来的——这里所谓的自由，是指不受任何由某种经典确切无疑的权威或某种组织良好的信徒团体认可的信条主宰的自由”，[1]甚至有时“仅仅因为自己周围的人们对某种宗教教义信以为真，就拒不接受任何宗教教义”。[2]但这种独立性并非出自某种做作的特立独行，而是源于泰戈尔一直以来的认知习惯，即他总是要根据自己的生活阅历和生命体验得出能够让自己信服的结论，而这些结论中，又必然包含着他对人类生活终极目标的坚定信仰和美好愿望。在对基督教的认知上亦是如此。泰戈尔通过对基督教历史和本质的理解，进而明确了自己对于基督教的整体认知。

一、泰戈尔对基督教历史的认知

泰戈尔说，“那些只读诗而没有时间读历史的人是不幸的。”[3]因为不读史，就像我们无法全面认识站在我们眼前的巨人一样，我们无法立即理解眼前发生事情的缘由和意义。对历史事件和历史人物的理解更是如此，而要想真正认识和理解他们，“我们就应该站在远离这一类伟大人物的地方——在往昔的岁月里塑造他们，把他们和他们唱主角的昔日舞台结合起来看待”。[4]因此，在看待基督教时，泰戈尔也首先把自己的眼光投向了基督教的历史。从现有资料来看，虽然我们无法重现泰戈尔认识和了解基督教的具体过程，而且他本人似乎也不曾系统和深入地研究过基督教文化，但他的确一直在关注基督教及其相关内容，包括基督教的历史。比如，他了解基督教在欧洲传播初期的艰难。1932年，当他在加尔各答大学做演讲时，泰戈尔谈到古往今来知识的获得和传播并不是轻而易举、一帆风顺的，除了用佛教的传播作为论据之外，他还提到了基督教发展史上的情形。他说，基督教在欧洲传播的初

1 泰戈尔：《人的宗教》，载《泰戈尔全集》第20卷，第297页。

2 同上书，第296页。

3 泰戈尔：《论文学》，载《泰戈尔全集》第22卷，第135页。

4 同上书，第132—133页。

期，不同的宗教和信仰之间进行着斗争，“而要接受新宗教的虔信，必须通过无情压迫的考验”。[1]他也批评了基督教在欧洲站住脚跟之后，某些信徒出于宗教狂热而迫害其他人的暴力行为。他说：“当欧洲笃信基督教的狂风吹得正猛烈的时候，可以看到这样的景象：信徒们把人的腿骨折断，把他们捆在柱子上，用火烧死或用石头砸死，企图以此来证明这种宗教的真实性。”[2]他还指出了西方在挣脱了日益僵化的基督教教规对世俗生活和人性的全面束缚之后，所获得的胜利和发展：“曾经有过一天，在欧洲，宗教也强烈地统治着社会的一切部门。当欧洲把它的罗网铰掉而出来时，正是从那个时候起，那里的人民才能拓宽了自己权利的道路而前进。”[3]“今天，欧洲大大小小的一切国家中，人民群众的头抬起来了，因为各地的宗教权利被取消了，而人们学会了尊重自己。”[4]泰戈尔对基督教历史的关注聚焦于它早期产生和成长的这一阶段。他试图在对基督教历史的追忆和叙述中，一方面表达他对基督教的理解和认知，另一方面表达他对目前西方殖民者在印度和其他殖民地做法的不满和批评。

在泰戈尔眼中，基督教的产生是对早期犹太教的背叛，是对心灵之爱的呼唤和回归。泰戈尔在《简明的宗教典范》中，用“油灯和晨光”的比喻来说明，真正的宗教是关乎心灵而不是外在于仪式的，接受真正的宗教要做的仅仅是敞开你的心扉。他说油灯的准备过程繁杂，比如油的准备就要经过种、收、榨、售等牵涉很多人力的程序，灯的准备也同样要经过不少程序，而且油灯在黑暗中的效力微小。但晨光则不同，它自然而然、不假人力。你一觉醒来之后，睁开双眼，推开门窗，照亮世界的阳光便照亮一切。但遗憾的是，现实中人们总是喜欢用油灯来照亮自己的精神世界，而不是用晨光。于是“宗教已被无数的咒语、人为的繁缛仪式、纷繁的教条和离奇的想象弄得面目全非，高深莫测，以至于在人类亲手创造出来的这种晦涩的复杂性中，每天都产生出一个个顽强的斗士，一条条崭新的道路，一个个新的宗派”，而这些宗派和教条间

1 泰戈尔：《大学的形式》，载《泰戈尔全集》第22卷，第395页。

2 泰戈尔：《俄国书简》，载《泰戈尔全集》第20卷，第455页。

3 泰戈尔：《主的意志》，载《泰戈尔全集》第21卷，第447页。

4 同上书，第448页。

的争斗“使这个世界永无宁日，总也摆脱不了对抗和仇恨”。[1]具体来说，泰戈尔把基督教的产生看作爱的回归，有以下两种表现和动因：个体心灵之爱的渴望和民族互爱的呼唤。

首先，泰戈尔认为，基督教的产生是在耶稣渴望回归心灵之爱的呼唤下产生的。泰戈尔说，仅仅靠外在的经文而被人们继承的宗教，绝不会成为人类自己的宗教。因为这种情况下，信徒和所信仰的宗教之间唯一的纽带是习惯，而不是发自内心的激情。慢慢地，习惯将变成一种外在的机械动作和形式，人内心的情感将被逐渐忽视甚至仇视地扼杀。所以，一个人终其一生所要完成的宗教事业并不只是找到某种宗教，而是要从内心找到自己的宗教，并与它一起成长。正是基于这种理解，泰戈尔在评价雪莱时说，雪莱的宗教信仰是和他的生命一起生长的，“它给他的不是固定的陈腐的教义”，[2]因为作为一位诗人，雪莱反对这些东西，认为他只能通过创作成就的欢乐才能接近真理。

因此，泰戈尔在追溯基督教为何从犹太教脱离出来、独自生长时说，信仰犹太教的犹太人，将自己束缚在了教规教义之中，教徒们把宗教礼俗放在最高位置，谨小慎微，生怕违反教规犯下罪行。执行教规的人容易产生死板地维护教规的极端想法，认为教规具有永恒不变的性质。而这种仅仅按照宗教法规祈祷、恪守宗教礼俗和禁忌的做法，“只会给心灵带来沉重的打击，只会使宗教的狂热抬头，使人心胸狭窄，如果心中没有温情，那么与它的融合就决不可能”。[3]这种情况下，基督教开始萌芽了：“耶稣基督谴责外部的以拜神为主的宗教而宣布成立形而上”[4]的宗教，他批评犹太人认为遵守表面的法规就是宗教的观点。在犹太人歧视其他民族和“异教徒”，把上帝当作自己的私有财产，拒绝与所谓的“异教徒”一起进餐和相处，并将所有这一切都归为上帝的意旨的时候，“耶稣出世并说出一句极其简单淳朴的话语：宗教发自内心，上帝是内心的财富，所有人都是上帝的孩子，只有用对人毫无恶意的爱和对上帝的虔诚才能完成修行，而只重视外部形式则是死亡的根由，生命

1 泰戈尔：《简明的宗教典范》，载《泰戈尔全集》第21卷，第302页。

2 泰戈尔：《诗人的宗教信仰》，载《泰戈尔全集》第21卷，第206页。

3 泰戈尔：《西行日记》，载《泰戈尔全集》第20卷，第142页。

4 泰戈尔：《虔诚的信徒》，载《泰戈尔全集》第21卷，第374页。

存在于内心的精华之中”。[1]

当然，关于基督教与犹太教、《新约》与《旧约》之间的关系，基督教神学内部也有两种观点。其中一种就认为，《新约》和以《新约》为核心的基督教与《旧约》和犹太教是不同的。“基督教是爱的宗教，其中没有律法的任何位置”，[2]甚至认为“《旧约》中描写的上帝与《新约》中的上帝并不是同一位上帝”。[3]随耶稣而来的基督教信念表明，“宗教的原则与观念（例如上帝参与人类历史并对历史拥有主权的观念）被认同，而宗教的实践（如关于饮食的律法和献祭的礼仪）则不再被接受”。[4]但这种观点毕竟被基督教主流当成一种绝对异端而打压。正统基督教徒仍然认为律法是一个非常重要的内容。

其次，泰戈尔认为，耶稣基督在传教之初，便有使基督教冲破单个民族限制从而走向全世界的气质和倾向。在泰戈尔看来，宗教观是可以感知和认识的对象，随着人们认识的变化而不断发展。因此，一个民族的宗教观不会一成不变，宗教观也不会成为不同民族间相互区别的永久标志。[5]当伟大的宗教祖露出自己爱的意蕴时，各种各样的障碍（当然也包括民族障碍）就会消除，全体人民就会迅速地奔向团结统一。因为对爱的渴望没有界限。至于基督教，虽然泰戈尔认为它有很强烈的东方色彩，在精神气质上它是属于东方的，本质上大部分基督教精神“不仅违背欧洲的传统文化，还与欧洲的气质完全相悖”。[6]但耶稣在传教时并没有说对犹太人来说它是拯救的宗教，而对非犹太人来说它就不是；没有说“对能理解它的人来说这是宗教——对不能理解它的人来说则不是”。耶稣只是说，只要你爱上帝、爱邻人，你就是我的信徒。终于，耶稣释放的爱和虔诚的洪流冲破了犹太教和犹太民族的顽固壁垒，而走向了西方、走向了世界，与其他民族在情感上展开了亲密的接

1 泰戈尔：《虔诚的信徒》，载《泰戈尔全集》第21卷，第375页。

2 阿里斯特·E.麦格拉思：《基督教概论》，马树林、孙毅译，北京：北京大学出版社，2003年，第11页。

3 出处同上。

4 同上书，第249页。

5 泰戈尔：《自我介绍》，载《泰戈尔全集》第24卷，第160页。

6 泰戈尔：《一所东方大学》，载《泰戈尔全集》第22卷，第291页。

触，“为解除民族利己主义的牢固束缚而不懈地努力”。[1]直到今天，它“仍吸引着人们去冲破一切偏见和隔阂，走向人与人欢聚的大道”。[2]也正是在这一点上，泰戈尔认为，基督教并不是《新约》里所描述的死板而孤立的宗教，相反，它是丰满的生活的宗教。对于欧洲人来说，基督教就是整个欧洲民族的全部历史。

当然，某些基督教神学家，也会以严谨为学的姿态，提出基督教起源于东方这种观点，[3]但这种情形下，他们在点出基督教的东方渊源的同时，也会强调其间出现的暴力冲突。无论是在基督教刚刚从犹太教中演变出来的时期，还是在基督教逐渐站稳脚跟后开始在欧洲传播的时期，都是伴随着迫害、暴力和冲突的。前者著名的例子有保罗在皈依前对基督徒的疯狂迫害；后者的例子有尼禄对基督徒的迫害以及德西乌斯皇帝对基督徒的迫害。[4]而当基督教在欧洲获得统治地位之后，基督徒针对其他“异端”的暴力事件又不断出现。19世纪，欧美传教士在亚洲的传教过程中，血腥事件同样存在。但在上面的分析中，我们可以看出，泰戈尔更刻意于突出基督教是东西方文化经由耶稣的爱的洪流汇合而成的，更愿意把基督教的产生看成民族互爱的一种呼唤和实现。

在认知基督教历史的时候，泰戈尔之所以如此强调“爱”对于基督教的产生、对于基督教从东方走向西方过程中的作用，是与他极力呼唤东西方和谐相处的意图相一致的。东西方的和谐相处，是泰戈尔毕生奔波于世界各地所追求的目标。新兴的西方，有其优点和可资借鉴之处，他们也应该推广自己成功的经验。但这种推广和交流，应该是在平等友好的氛围中进行，而不应该是在刀光剑影中展开。既然西方人口口声声宣称自己信仰耶稣和基督教，他们就应该注意到基督教产生初期这些充满爱意的举动，就应该以充满爱意的方式来对待东方，就像当初基督教从东方走向西方一样。而不应该像现在这样，

1 泰戈尔：《情味的本质》，载《泰戈尔全集》第22卷，第141—142页。

2 出处同上。

3 比如约翰·德雷恩就说：“对于西部地区的城市居民，基督教还带有某种令人好奇的色彩，即这是从东方传入的一种信仰。”（约翰·德雷恩：《新约概论》，胡青译，北京：北京大学出版社，2005年，第16页。）

4 参见《基督教概论》，第249—273页。

是用坚船利炮轰开东方的大门。泰戈尔在《社会差别》中说:“文明最早从欧洲学到的是‘人人平等’。因此,我们曾准备消灭与文明的新教师之间的不平等,但这时候,高尚的教师们却合上他们的《圣经》说:东西方之间的不平等是神圣不可侵犯的!……现在我们看到的是互相谩骂、指责,互相开炮袭击。基督教新纪元就是这样开始的。如果西方明智地、友好地、真诚地承认东西方之间有差异,但却没有本事进入亚洲的内心,那么,西方1900年来在弘扬基督教教义方面干了些什么呢?是用炮弹去炸开东方的城墙,还是用钥匙去打开东方的铁门?”[1]这是对英国等西方列强暴力统治和掠夺印度、中国等殖民地的质问,也是泰戈尔面对战争乌云笼罩世界时开出的药方:用基督教爱的教义打开东方的铁门,进入亚洲的内心,相互取长补短,而不是相互仇视。

同时,泰戈尔对基督教历史的这种认知,也隐含着他有意无意想为东方正名的意图。泰戈尔极力反对西方人以猎奇的眼光对待东方,把东方丑陋化、程式化,而不是去认识和理解真正的东方。这种愿望在他第一本记录和反思英国生活的《旅欧书札》中表露无遗。1878年,他第一次到达英国,在欧洲文化的包围之中,接触到了丰富而真实的西方人的生活。在日常交往中,他发现了英国人狭隘而伤害诗人自尊的一些偏见:有位英国教师居然认为,谁不是英国人,谁就不是基督教徒,谁不是基督徒,谁就不会按照十章《圣经》行事,谁不按照十章《圣经》行事,谁就不会有说谎心慌等起码的道德感和人性。[2]泰戈尔评价这位教师时说,虽然“他的座右铭是:快乐地学习,快乐地教人。但依我看,他该学的甚多,可传授的学问甚少”。[3]但不可否认,由于情感作用,泰戈尔在评价西方人时也有模式化之嫌。比如,有时候泰戈尔就认为,欧洲人秉性野蛮。“基督教《圣经》是欧洲的主要教科书,然而欧洲保持了易怒、粗野的秉性,《圣经》提倡的宽容和仁义至今未能打动他们的心灵。”[4]欧洲是物欲的化身和集合体,“西方,就它对我们的关系而言,全

1 泰戈尔:《社会差别》,载《泰戈尔全集》第23卷,第127—128页。

2 泰戈尔:《旅欧书札》,载《泰戈尔全集》第21卷,第36页。

3 同上书,第37页。

4 泰戈尔:《论东方和西方》,载《泰戈尔全集》第23卷,第231页。

是打算和意图的化身，没有一点太多的人性”。[1]与此相反，东方是关心人的精神价值和道德实现的。他在《教师》一文中说：“我决不认为，孪生的东方精神与西方精神，也就是马利亚与马大，能够永不相会以做出对真理的完善认识。”[2]马利亚和马大的故事，是《圣经·新约·路加福音》中的一个典故。讲的是在耶稣前往马利亚家讲道时，马大忙着打扫等具体的“伺候”工作，而马利亚则径直坐在耶稣的脚前听他讲“道”。这则故事中，马利亚和马大两人分别代表着两种倾向：马利亚关注“道”的理解，而马大则看重工作、行动等“道”的实践，或者说“做工”，且马大心中怀有怨愤。[3]泰戈尔显然把东方看成关注“道”的马利亚，而把西方精神看成注重实际和工作的马大。虽然泰戈尔在这里不一定认为马利亚和马大有高下优劣之分，但认为两者的精神气质不同是肯定的。所以，泰戈尔呼唤注重实际的西方（马大）和注重精神之道的东方（马利亚）相会，“做出对真理的完善认识”。[4]

另外，泰戈尔还表示，是基督教在欧洲的传播，使欧洲文明有了自己的灵魂，对欧洲思想的发展起到了巨大的、难以描述的推动作用。[5]也就是说，如果没有源自东方的这一宗教，西方也很难有目前的这些成功。他说，“大部分的基督精神，不仅违背欧洲的传统文化，还与欧洲的气质完全相悖。然而，这种陌生的思想运动，不断和欧洲固有的思想倾向相碰撞……成为使欧洲文化昌盛和丰富的重要因素。”[6]显然，这里泰戈尔将东方——基督教的发源地——看成西方的精神导师，东方对欧洲的发展做出了巨大的贡献。而如今，西方成熟了，发展了，却驾着他们的战车蹂躏昔日的老师来了。即使这个时候，“落后”的东方把

1 泰戈尔：《东方与西方》，载《泰戈尔全集》第21卷，第249页。

2 泰戈尔：《教师》，载《泰戈尔全集》第20卷，第352页。

3 参见《圣经·新约·路加福音》10：32—48。“他们走路的时候，耶稣进了一个村庄。有一个女人名叫马大，接他到自己家里。她有一个妹妹名叫马利亚，在耶稣脚前坐着听他的道。马大伺候的事多，心里忙乱，就进前来说：‘主啊，我的妹妹留下我一个人伺候，你不在意吗？请吩咐她来帮助我。’耶稣回答说：‘马大，马大，你为许多事思虑烦扰，但是不可少的只有一件。马利亚已经选择那上好的福分，是不能夺去的。’”

4 泰戈尔：《教师》，载《泰戈尔全集》第20卷，第352页。

5 泰戈尔：《论东方和西方》，载《泰戈尔全集》第23卷，第232页。

6 泰戈尔：《诗人的宗教》，载《泰戈尔全集》第21卷，第291页。

西方当成自己的“新教师”，西方也只是眼睛眨也不眨地把《圣经》合上说：“东西方之间的不平等是神圣不可侵犯的！”[1]西方俨然忘记了他们曾经从东方获得了多么珍贵的东西！

总之，对泰戈尔来说，他把关注的重心放在基督教的产生和成长这一阶段，是不无道理也是必然的。这和他关注基督教的理由密切相关。无论是基督教的过去还是现在，泰戈尔对他的关注有其现实性和功利性的一面。泰戈尔一方面希望基督教为印度添加新的活力，呼唤它心中宗教的真诚与博爱的力量，另一方面也希望这种交流和活力的传递，是在平等和互爱的氛围中进行的。

泰戈尔对基督教这段历史的认知，也透露出他对基督教本质的认知。

二、泰戈尔对基督教本质的认知

历史在人们各自的叙述和回忆中总是千姿百态的，因为人们总是有意或者无意地通过记住或忘掉、夸大或缩小、强调或忽略等方式重组往事，以反映叙述者的意图。正如泰戈尔所说，“事情的潮流在生活的表层上流动着，与此同时，内心的图画总被描摹着。两者肯定有吻合，有联系，但两者决不是同一东西”。[2]泰戈尔对基督教历史的叙述和认知，就是他对基督教本质认知的一个体现。

对于基督教的本质，泰戈尔说，“博爱便是这个宗教的核心，而为全人类服务则是这个宗教的纪律。”[3]当然，把基督教看成一种博爱的宗教，与基督教信徒或者基督教研究者的认知相比，泰戈尔的认知并没有什么特别之处。泰戈尔与他们之间的相通之处在于赞同博爱所体现的人与人之间和谐相处的理想。这点在上面分析泰戈尔对基督教的历史认知中已经讨论过了。但在看待基督教的博爱和“罪恶”之间关系，以及强调这种认知的意图上，却有着鲜明的不同。

基督教认为，耶稣基督走向十字架，用自己的生命所彰显出来的博

1 泰戈尔：《社会差别》，载《泰戈尔全集》第23卷，第128页。

2 泰戈尔：《生活的回忆》，载《泰戈尔全集》第19卷，第95页。

3 泰戈尔：《论合作》，载《泰戈尔全集》第24卷，第305页。

爱，其最有价值和意义之处是对人类罪恶的承担。而泰戈尔则不这样认为。泰戈尔觉得基督教的博爱更是对苦难的承担。

泰戈尔也承认，"罪恶"的确客观地存在于生活之中，就像世界客观地存在着一样。但他不赞成将认知的焦点放在"罪恶"上，因为"追问为什么有罪恶，就像追问为什么有不完美一样——或者换句话说，就像追问究竟为什么有创世一样"。(The question why there is evil in existence is the same as why there is imperfection, or, in other words, why there is creation at all.)[1]在泰戈尔看来，这是一个毫无实际意义的问题(后文将展开分析)。同样，泰戈尔也不同意基督教关于人是罪恶的、人应该向上帝赎罪的看法。他说，"西方宗教经典中的'恶'和'赎罪'是极为复杂和残酷无情的。人类的智慧把它变得越来越深奥艰涩，并且通过这种奇异的原罪说对神加以诋毁，令人难以企及。"[2]泰戈尔认为，强调"罪恶"是对神的亵渎，因为它从某种角度否定了神的善与爱，而这只能使人远离神。基督教提出这一观念的立意在于使人保持谦卑并寻求重回神的怀抱，但这一基点却是建立在对人的根本的否定上，这显然是泰戈尔所不能同意的。为了解决这一问题，泰戈尔对伊甸园故事进行了新的解释。

基督教"原罪"说的直接渊源就是伊甸园的故事。有关伊甸园的典故，是基督教的核心事件之一，是基督教对人的规定和认识的最重要来源。基督教认为，正是由于亚当、夏娃对上帝的背叛，使人类承受了上帝的诅咒，失去了衣食无忧的生活。被逐出伊甸园之后，人类不得不痛苦地经历劳顿奔波、生老病死。而且由于人类始祖的过错，所有的人一出生就承担着"罪"的重压。人若想结束苦难、重归伊甸园，重获上帝的宠爱，就必须严格恪守上帝对人的种种规定。但在泰戈尔看来，亚当和夏娃在伊甸园里的所作所为，不但不是堕落，而且是人类进取的一种表现：他们违背上帝的意愿，偷吃园中的禁果，是人类不再仅仅关注自己的物质需求的表达，是人类对所谓平静的"幸福"的舍弃。他们想追寻包括物质在内的更多的满足。这是一种求知求真的行为。泰戈尔说，"夏娃，'生命精神'冒着失去自己平静自守的幸福，以赢得自己的自

1 转引自 Harendra Prasad Sinha, *Religious Philosophy of Tagore and Radhakrisnan: A Comparison and Analytical Study*, Delhi: Motilal Banaridals Publishers, 1993, p.90。

2 泰戈尔：《简明的宗教典范》，载《泰戈尔全集》第21卷，第308页。

由……到此为止，生命的利益是她自己王国里的唯一利益，但随着‘精神’这位来自一个未知海岸的冒险者的莅临，另一种至为强大足以平分秋色的利益产生了。”[1]之所以如此，是因为“生命精神不是允许一个臻于鼎盛的完美天堂，继续其虽然无懈可击合乎规矩但却无精打采因循怯懦的统治，而是大胆宣告赞成进一步的自由”，[2]于是，亚当和夏娃“决定吃知善恶树之果”。[3]泰戈尔认为，生命进化如同文学创作，是一个不断提出障碍并超越障碍的过程，如果生命轻而易举地到达完美境界，就如同文学作品中困于暗室的主人公轻而易举地找到了开启自由之门的钥匙，只能使作者和读者都意味索然。因此，我们必须主动地“进一步发现障碍”，努力“对抗大量的‘惰性物质’的非常强悍的挑战”，[4]不断向真相迈进，进而展开自己的生命篇章——虽然这一过程的真相还未完全为世人所了解。亚当和夏娃的行为便是如此：夏娃在冲破“惰性物质”的阻碍和亚当一起背叛上帝之后，开始以积极的姿态和新的目标继续鼓励亚当“在地球上创造一个他们自己的伊甸园”。[5]这与《圣经》中悲剧性的故事结局截然不同。泰戈尔将伊甸园事件演绎成了一个洋溢着爱和创造力的求真故事。这个“真”是什么？就是人类生动而活泼的爱，是对外在机械状态的反抗和发自内心的积极求索。

为什么泰戈尔一方面承认“罪恶”的客观存在，但又不赞同“西方宗教经典中的‘恶’”[6]呢？这和他对《奥义书》中所阐述的“简明的宗教典范”——“梵”这一印度古老的宗教观念的认同有关。

泰戈尔认为无论是现在的印度教还是西方的基督教，他们都把注意力太多地投向了“恶”。而这是一种难有实际效果的做法。泰戈尔说，“外国人和他们得意的学生”所说的“古印度经典中未能注意到罪恶，这正是印度教的不完美和缺陷之处”的观点并不正确。相反，他们所发现的这个问题，“恰恰证明了印度教的优越性”，证明古印度经典

1 泰戈尔：《人的宗教》，载《泰戈尔全集》第20卷，第262页。

2 同上书，第261页。

3 出处同上。

4 同上书，第256页。

5 同上书，第275页。

6 泰戈尔：《简明的宗教典范》，载《泰戈尔全集》第21卷，第308页。

"确实把握住了善与恶的根本"。[1]因为泰戈尔认为,如果宗教过多地把注意力放在恶上,为防止人们犯恶,宗教就会对人们做出种种规范,而这种规范是难以穷尽的,即使能够完善这种规范,恶也不会因此而从根本上得到消除。相反,这种观念和做法只会使人们更加焦虑和紧张,更加拘泥于仪式和典籍,而当人性被套上这层层枷锁之后,会因窒息而僵硬,因僵硬而变得冷酷,人间最终将成为冰窟。所以泰戈尔认为,"西方宗教经典中的'恶'和'赎罪'是极为复杂和残酷无情的"。[2]在他看来,"原罪"和"赎罪"的观念把人们生活的基点建立在了恶上而不是善或爱上,相比之下,印度古典宗教中的相关观念则显得更为智慧和友善,因为它把人的注意力集中到善上,鼓励人们用"爱"来思考生活,这样人们就会"在得到梵的瞬间""消除了一切恶"。[3]为了说明这一点,泰戈尔打了个"母亲如何对待孩子"的比喻:如果母亲把自己的注意力集中在"恶"上,就会规定孩子不能做A事、不能做B事、C事、D事……种种的规定和限制,无数的批评和责难就会接踵而来;相反,如果母亲把自己的注意力集中在"爱"上,就会看到孩子做A事会获得快乐,做B事、C事、D事……也都会快乐,即使孩子在做了不好的事情或者遇到灾难时,因为母亲内心充满了爱,她也会跟孩子一起面对和承担,而这也会使孩子的心中充满温情,使他懂得善与爱。泰戈尔认为,爱的介入虽然不一定能从根本上解决苦难,却会使苦难多几分温暖的色调,并减轻苦难。[4]这对于人类的生活来说显然极为重要。

在否定了基督教的"罪恶"观之后,泰戈尔则将敢于承担苦难视为基督教的真正本质。泰戈尔这样谈到耶稣走向十字架为人类献出生命的举动,他"把充满痛苦的有刺的王冠戴在自己头上……在这汇聚苦的圣地上同人类相会"。[5]与赎罪的观念相比,泰戈尔更为强调耶稣为人类受难的观念,在他看来,其实恶本身就是人类的苦难,这样一来,人不再是作恶者,而是受难者,这充分表达了泰戈尔对人类的爱与信心。

1 泰戈尔:《简明的宗教典范》,载《泰戈尔全集》第21卷,第308页。

2 出处同上。

3 出处同上。

4 出处同上。

5 泰戈尔:《苦》,载《泰戈尔全集》第23卷,第271页。

这种关于基督教是承担人类苦难的认知，和泰戈尔对宗教产生条件的认知有关。他认为，“宗教必须在人的极端的痛苦中产生”，[1]而非在“罪恶”中产生。因为在泰戈尔看来，苦的意义在于，它是通向真理和终极之乐的途径，在某种意义上甚至是唯一的途径，他认为，“只应通过苦来理解乐的伟大意义，而且只应通过苦来真正承认幸福”。所以，苦“是解脱，是上帝”。[2]需要指出的是，泰戈尔在这里所谈的“苦”有着颇为深刻的内涵，它既指人类在肉体上所受到的折磨，更强调人类在心灵上的受难，这种受难包含了人类对未知事物所感受到的困惑与恐惧，也包含了人类寻求解脱苦难的艰难历程，也正因如此它才能成为所有宗教形式的共同起点。在这一点上，基督教的与众不同之处在于，它“把痛苦当作最高财富而接受它”，[3]而泰戈尔将这一点视为基督教的活力所在。

从某种意义上说，泰戈尔就像犹太教历史上的斐洛（Philo）。[4]斐洛企图调和犹太教哲学和罗马哲学，而泰戈尔则力图用一种宽容的眼光和调和的姿态来沟通印度教和基督教，使印度教的信徒了解和学习基督教文明，同时也提醒作为“强者”的西方以博爱的姿态来对待东方，从而沟通东方和西方，使印度乃至世界消除宗教、教派冲突，进而消除民族冲突、种族冲突乃至国家冲突，实现诗人心目中爱与和谐的大同世界和真理。

第二节　泰戈尔对《圣经》的认知

牛津大学历史神学教授阿里斯特 · E.麦格拉思（McGrath，Alister

1 泰戈尔：《孟加拉风光》，载《泰戈尔全集》第19卷，第426页。

2 泰戈尔：《苦》，载《泰戈尔全集》第23卷，第268页。

3 泰戈尔：《旅行之前》，载《泰戈尔全集》第24卷，第45页。

4 斐洛（Philo）：约公元前20—公元50年，亚历山大城的著名犹太哲学家，出身望族，与耶稣同时代。斐洛发现很多希腊作家的思想和犹太教非常相似，于是开始着手证明希伯来《圣经》和希腊哲学是在用两种不同的方式阐述同一件事情。为了证实这一点，他必须把犹太人的传统故事视为哲学家所述真理的一种寓言式的或者象征性的表现。罗马帝国内的正统犹太人当然会把斐洛看作犹太信仰的叛徒，但是他认为自己是忠实地解释了他所为之骄傲的祖先的传统，他认为自己做得极有价值也很有必要。

E.)说:“任何人开始研究基督教,很快就会认识到《圣经》的重要性。”[1]因为《圣经》作为宗教典籍是基督徒和耶稣基督、上帝之间的精神交流场、交流中介,是这种交流过程的反映和结晶。作为基督教的圣典,《圣经》问世以来,一直是不同年代和不同文化背景的信徒们认知和信仰的对象,并得到不同的阐释。因此有必要展开分析泰戈尔对《圣经》的认知历程。

泰戈尔曾盛赞《圣经》所具有的文学价值,说“不能不承认,所罗门和大卫的赞歌是真正的史诗,而翻译的语言也具有如此令人惊奇的力量,使得歌中诗的原意和美都保存了下来”。[2]但显然泰戈尔并没有将自己的认知和兴趣仅仅局限在《圣经》体现出来的文学之“美”上,他更看重的是《圣经》作为宗教经典所包含的教化作用——他13次直接引述《圣经·新约》中耶稣对信徒们讲的“道”,并将《圣经》称为是“欧洲主要的教科书”。[3]那么泰戈尔对这本“教科书”是如何认知的呢?

一、《圣经》:东西方文化的结晶

泰戈尔对《圣经》产生和传播过程的认识,反映出他将《圣经》看成东西方文化交流结晶的观点。这和他认为基督教起源于东方,是东西方文化交流产物的认识相一致。

泰戈尔曾说,由于混血成分比较多,西孟加拉人总是倾向于接受、创造新鲜事物,并保持着开阔的眼光和宽容的胸怀,看待问题时总是力图避免狭隘。所以泰戈尔也总是力图在多元文化背景中,采用多维的视角认识和讨论问题。在看待《圣经》的问题上,泰戈尔也是如此,他认为,《圣经》是东西方文化交流的结晶,《圣经》在东西方文化间的传播和相互影响上,起到了积极作用。他说:“借助《圣经》的帮助,东方的情感和想象在欧洲的心灵深处占有一席之地,充分显示了自己的诗意和美。不是依凭训诫,而是通过与其他民族的全部情感的亲密接触,

1《基督教概论》,第5页。

2 泰戈尔:《散文诗和自由体诗》,载《泰戈尔全集》第22卷,第314页。

3 泰戈尔:《论东方和西方》,载《泰戈尔全集》第23卷,第231页。

它心中公认的权力得到了极大扩展，如今谁来分析、展示？”[1]在这里泰戈尔传达了以下两点信息。

第一，《圣经》是东方情感和想象在西方心灵中的诗意显示，是东西方文化相互吸引的产物和结晶。前文已经提到，面对动乱不堪的世界，东西方的和谐相处是泰戈尔毕生追求的理想。因此，他坚决反对任何孤立彼此或独尊一家的做法。他说：“美好的事物从来都是相互合作，而不是相互对立的。”[2]或许，由于文化传统不同、历史进程各异、思维方式和价值观等的不同，不同的民族或群体间会存在各种各样的差异。但这些差异绝不是我们要排斥或清除的对象，相反，倒是值得我们了解甚至学习的，因为正是这种差异的存在，使我们能够更为全面和深入地看待一件事情。“况且所有的美好中都有某种亲缘关系，排斥一个人势必削弱另一个人。这样，残缺的人性就会失去自己的动力，在人世的路边停滞不前，甚至误以为自己停滞的地方就是发展的终点。”[3]而故步自封对人类来说将是一种极大的悲哀，我们因为否定了差异，就可能失去进步和发展的机会。所以，人类应当认识到，任何时候我们都不应以自己的真善美为标准，去打击另外一种真善美。

泰戈尔用小树苗的比喻，形象地说明了这个道理。泰戈尔说，我们假设小树苗足够聪慧，那么在它思考自己与大地、天空的关系时，会怎样想呢？它或许会说，大地是自己的母亲，赐予了自己生命，因此它应该将自己紧紧贴在地面上，决不长高长大，以保持和大地母亲的亲密关系而远离天空；但它也许又会想，虽然大地给了我生命，但是来自天空的雨水和阳光使我能够茁壮成长，而且天空那么蓝，那么美丽和宽广，自己应该像飞鸟一样，自由自在地享受这种美丽和宽广，而不是像现在这样被紧紧地束缚在大地上。于是问题就出来了：小树苗到底是该紧贴大地远离天空呢，还是应该自由翱翔飞离大地呢？其实，这只是人类社会才会面临的所谓“两难选择”，因为小树苗既不会拒绝天空也不会远离大地，而是积极地享有两者。同样，在面对自我与他者，本国与外国，本教与异教的时候，我们所要强调的不应是差异和界限而应是理解

1 泰戈尔：《论东方和西方》，载《泰戈尔全集》第23卷，第232页。

2 出处同上。

3 出处同上。

和借鉴，同时我们完全不必担心失去自我，因为我们自己所植根的一切已使我们形成了自己的生命特征，并不会因为曾饮异域之水而成为别的。因此，在面对他者的时候，我们应视之为实现新的成长的契机和营养，而不应该因为过于亲近母亲而丧失成长的机会。[1]

第二，《圣经》“不是依凭训诫，而是通过与其他民族的全部情感的亲密接触”才获得扩展的。也就是说，泰戈尔认为这种传播和相互影响的方式是和平的而不是暴力的，甚至不是说教的；它唤起的情感色彩是温情的而不是血腥的。但事实上，基督教在欧洲早期的传播是相当曲折的，其中不仅有“全部情感的亲密接触”，也有政治斗争和武力冲突，存在暴力和血腥的一面，甚至耶稣基督为此而献出了自己的生命。泰戈尔知道，欧洲接受基督教之后，在某些阶段可以看到这样的悲惨而让现代人觉得不可思议的景象：“信徒们把人的腿骨折断，把他们捆在柱子上，用火烧死或用石头砸死，企图以此来证明这种宗教的真实性。”[2]

既然泰戈尔对这些暴力和冲突是有了解的，他为何在这里有意突出《圣经》传播过程中和平、温情的一面呢？这除了有泰戈尔要突出“爱”的目的之外，还可以看作泰戈尔引用《圣经》时的一些策略或倾向：既然《圣经》是“欧洲主要的教科书”，那么指出《圣经》的东方色彩与温情平和，就能在一定程度上促使欧洲人反省，也间接地批评了当时某些基督教徒的行为，即如今有些基督徒在印度、在东方传教或者进行文明接触和交流时，不是靠心灵和温情的传递和感染，而是靠强迫和暴力来传递文明的。这是一种违背耶稣基督所倡导的博爱的做法。泰戈尔对这点认识很清楚，他在《鸦片——运往中国的死亡》中说：“英国人根本不讲什么道义、什么责任、什么良知，只有敛财的强烈欲望，这就是19世纪他们的基督教文明！”[3]这种局面令泰戈尔感到不安乃至愤怒，他在《新与旧》中诘问道：“与耶稣的圣血也无法软化的冷酷心肠作战？弱肉强食，自古如此，我们又如何去战胜这远古的兽性？”[4]因此泰

1 泰戈尔：《论东方和西方》，载《泰戈尔全集》第23卷，第232页。

2 泰戈尔：《俄国书简》，载《泰戈尔全集》第20卷，第455页。

3 泰戈尔：《鸦片——运往中国的死亡》，载《泰戈尔全集》第23卷，第4页。

4 泰戈尔：《新与旧》，载《泰戈尔全集》第23卷，第156页。

戈尔才感叹“如今谁来分析、展示”真正的基督教精神？并热切希望自己的呼声能够引起人们的注意与思考。

二、《新约》：博爱的“福音”

泰戈尔作品中涉及《圣经》的情况有三种：一是引述经文，二是引用典故，三是进行评论。笔者在本章第一节中，就泰戈尔引用《圣经》典故的意图、作用和反映出的认知进行了分析，认为泰戈尔用“马利亚和马大”的典故，反映了他潜意识中将东方看成关注精神生活和价值实现之“道”的马利亚，而把西方精神看成注重实际和工作的马大；而泰戈尔对亚当、夏娃、禁果等与伊甸园事件相关典故的认知，表明泰戈尔并不支持基督教有关人是罪恶的，人应该以卑微的态度恪守种种仪式，以期向上帝“赎罪”并重获天堂的观点。在《宗教迷信》一诗和长篇小说《眼中沙·序》中，泰戈尔用“撒旦”这一基督教魔鬼形象，象征了某些邪恶力量的存在。在前一部分中，笔者分析了泰戈尔对《圣经》的评论，认为这些评论表明，泰戈尔将《圣经》看成东西方文化间交流的结晶。他通过对交流过程中和平友好一面的强调，将《圣经》塑造成东西方充满爱意的交流结晶，以和当时东西方文化交流中一些暴力做法形成对照。

本部分将重点分析泰戈尔引述《圣经》经文的情况。

首先，对泰戈尔引述《圣经》经文的分析。泰戈尔曾14次在论文或书籍中引用此经典。现将相关内容统计如下：

统计表一：泰戈尔引述《圣经》经文的整体情况[1]

	所引内容	所在篇目	次数
《圣经·旧约》	1.“要有光，就有了光。”	1.《最后的话》	1

1 因为二次转译，摘抄自24卷中译本《泰戈尔全集》中所引述的经文和《圣经·新约》原文不一定完全一致，除了“福音源自创造之初”和有关谦虚的两句话未找到明确对应的经文外，其余的对应情况分别为：2、8、11、12是《马太福音》19：21—23；3、6是《马太福音》5：5；4是《马太福音》5：6；5是《约翰福音》9：58；9是《约翰福音》8：16；10是《马太福音》5：39。

（续表）

	所引内容	所在篇目	次数
《圣经·新约》	1. 福音源自创造之初。	1.《黑牛集》	13
	2.“一个富人进入天堂比让骆驼钻过针眼还难。”	2.《个人与宇宙的关系》	
	3.“温顺者有福气，因为他们必将继承整个大地。”	3.《灵魂意识》	
	4.“饥渴慕义的人有福，因为他们必得饱足。”	4.《灵魂意识》	
	5.“在亚伯拉罕前就有了我。”	5.《自我问题》	
	6.“温情将主宰世界。”	6.《瀛洲纪行》	
	7. 谦虚的人能征服世界，是优秀财富的唯一所有者。	7.《净修林》	
	8.“骆驼穿过针的眼，比财主进天国还容易呢！”	8.《创作》	
	9.“我同我父亲是同一的。”	9.《论教育》	
	10.“你右脸挨了一巴掌，把你的左脸送上去。”	10.《鸦片——运往中国的死亡》	
	11.“富有的人就得施舍。”	11.《东方与西方》	
	12.“正如骆驼穿不过针孔，对富翁来说要获得解脱也是难上加难。”	12.《世界博爱观》	
	13.“胜利属于谦虚的人。”	13.《圣雄甘地》	

从“统计表一”中，我们可以发现一个非常突出的特点：即《新约》与《旧约》相比，泰戈尔更倾向于引用《新约》，因为其14次引述中有13次源自《新约》。为什么会有这么大的区别？这种区别又说明了什么问题？

应该说这种区别主要源自新旧约本身的区别。麦格拉思曾指出，"'旧约'和'新约'这两个基督教术语具有强烈的神学色彩"，"这些用语反映了这样一种信念：旧约属于上帝对待世界的一个阶段，新约中基督的降临将以某种方式超越旧约或是旧约相对化"。[1]早在公元2世纪，基督教内部就有关于一场围绕《新约》与《旧约》之间的区别的纷争。一种观点认为，"旧约叙述的是与基督教没有任何关系的宗教"，因为"基督教是爱的宗教"。[2]的确，从整体氛围来看，《旧约》中的上帝是严厉的上帝，虽然他也爱人，但他习惯于以"罚"来告诫人远离"罪"，人和上帝的关系是不断背叛和不断惩罚的关系。其中充满命令、禁止等强制性内容，《旧约》中的牧师更为关注规则、礼仪和仪式等外在形式，总的来看，"旧约引起恐惧和战栗，使良心受捆绑"。[3]而《新约》则不同，它更重视倡导面向人类的爱的"福音"，《新约》中的主角是耶稣基督，他平和、宽容、充满爱心。耶稣基督"向他那个时代的体制化的宗教发出了挑战"，当"虚伪的法例赛教派教徒沉湎于宗教规则和仪式，向他发问道：'什么是最大的律令？'耶稣的回答直截了当，即最大的律令是爱上帝和爱邻人"。[4]正是这种对爱与心灵的关注及对外在形式的轻视深深地吸引了泰戈尔，使他更为重视和喜爱《新约》而不是《旧约》。对泰戈尔来说，真正代表基督教精神的也应是《新约》而非《旧约》，而泰戈尔对基督教的整体认知也是通过《新约》获得的，或者可以说，这是他有意识或有策略地进行选择的结果。

那么泰戈尔更为关注的是《新约》中的哪些内容呢？我们仍先通过具体统计来直观地了解一下：

1《基督教概论》，第9页。

2 同上书，第11页。

3 同上书，第14页。

4 大卫·艾尔金斯：《超越宗教：在传统宗教之外构建个人精神生活》，顾肃、杨晓明、王文娟译，上海：上海人民出版社，2007年，第25页。

统计表二：泰戈尔引述《圣经·新约》的情况分类

类别	经文内容	次数
爱仇敌	1.“你右脸挨了一巴掌，把你的左脸送上去。”	1
温情	1.“温顺者有福气，因为他们必将继承整个大地。”	2
	2.“温情将主宰世界。”	
施舍	1.“一个富人进入天堂比让骆驼钻过针眼还难。”	4
	2.“骆驼穿过针的眼，比财主进天国还容易呢！”	
	3.“富有的人就得施舍。”	
	4.“正如骆驼穿不过针孔，对富翁来说要获得解脱也是难上加难。”	
饥渴义	1.“饥渴慕义的人有福，因为他们必得饱足。”	1
谦虚	1.谦虚的人能征服世界，是优秀财富的唯一所有者。	2
	2.胜利属于谦虚的人。	
其他	1.“在亚伯拉罕前就有了我。”	3
	2.“我同我父亲是同一的。”	
	3.福音源自创造之初。	

若根据《圣经·新约·哥林多前书》13：4—7中的《爱的赞歌》，所引经文中前五项中的十次引文都属于爱的范畴。[1]

虽然《新约》作为基督教的核心，与《旧约》相比有着很大的区别，昭示着基督教历史上一个新阶段的开始。但它也延续了《旧约》的一些内容，比如贯穿始终的一个中心：见证上帝和弥赛亚。由于它是早期基督教历史进程中，在不同时期、地点，由不同的人所撰写的27部作品的合集，因此其内容肯定是丰富多样的。其中有恩典、爱的推崇，宣称“因信称义”，但也有同《旧约》相似的律法（如《登山宝训·论律法》）、宗教仪式（如《登山宝训·论禁食》《论祷告》）、惩罚（如《启示录》）、诱惑（如《耶稣和撒旦》）。但泰戈尔在引述《新约》时，却紧紧抓住了耶稣宣扬“博爱”这样一个中心：泰戈尔13次直接或间接地从《新约》

1《林前》13：4—7：爱是恒久忍耐，又有恩慈；爱是不嫉妒，爱是不自夸，不张狂，不做害羞的事，不求自己的益处，不轻易发怒，不计算人的恶，不喜欢不义，只喜欢真理；凡事包容。凡事相信。凡事盼望。凡事忍耐。

中引述经文，其中十次引文都是耶稣基督对宽容、博爱气质的召唤。[1]泰戈尔几乎一有机会就说，耶稣要求信徒温情和顺，因为只有温顺的人才能真正地继承大地；[2]耶稣预言“温情将主宰世界”；[3]耶稣要求信徒“饥渴慕义”；[4]耶稣说“谦虚的人能征服世界，是优秀财富的唯一所有者”；[5]耶稣让信徒们爱仇敌，在“右脸挨了一巴掌”时，把“左脸送上去”；[6]耶稣认为“富有的人就得施舍”；[7]否则富人就会被财富孤立、变得自高自大、脱离大众，不能够把所有的人当作亲人对待，所以泰戈尔认同耶稣说的“一个富人进入天堂比让骆驼钻过针眼还难”这句话。[8]

总之，经过他的评论和引述等做法，泰戈尔把《圣经》看成东西文化间充满爱意的交流结晶，把《圣经·新约》看成耶稣基督有关“爱”的集中阐释。这一认知除了与泰戈尔对基督教的本质认知相一致，也是泰戈尔希望新兴的西方善待东方，并进而实现东西方和谐相处的美好理想的愿望。

1 另外两次分别是泰戈尔在论述什么是“一”的时候所引述的“耶稣说：‘在亚伯拉罕前就有了我。’”。参见泰戈尔：《正确地认识人生》，载《泰戈尔全集》第19卷，第50页；泰戈尔对“实质”的论述：“什么叫实质？用耶稣基督的话来说：‘我同我父亲是同一的。’这就叫实质！我们同父亲的同一是真实的，而苦力同经理的同一则不是真实的。”参见泰戈尔：《论教育》，载《泰戈尔全集》第20卷，第373页。

2 泰戈尔：《正确地认识人生·灵魂意识》，载《泰戈尔全集》第19卷，第21页。

3 泰戈尔：《瀛洲纪行》，载《泰戈尔全集》第19卷，第310页。

4 由这句话所在的语境可以看出，泰戈尔将“饥渴慕义”中的“义”这个在基督教中含义非常丰富的词理解成了“善”，因为泰戈尔在下文中明确地说道：“你就是善，你就是最高的善。”参见泰戈尔：《正确地认识人生》，载《泰戈尔全集》第19卷，第26页。

5 这里的“谦虚”需要解释一下。根据语境可以看出，泰戈尔将“谦虚”理解成和“强力”相对应的一种爱的精神力量，是一种“不排斥别的”的宽容精神，是通过“牺牲自己”而获得一切的慈悲。参见泰戈尔：《宗教·净修林》，载《泰戈尔全集》第21卷，第414页。泰戈尔对谦虚的这种理解也可以在另外一处找到证据，《圣雄甘地》中他说：“耶稣说得好：胜利属于谦虚的人。可是基督教国家却说：用无情的残暴取得胜利。”参见泰戈尔：《圣雄甘地》，载《泰戈尔全集》第24卷，第457页。

6 泰戈尔：《鸦片——运往中国的死亡》，载《泰戈尔全集》第23卷，第5页。

7 泰戈尔：《东方与西方》，载《泰戈尔全集》第23卷，第149页。

8 泰戈尔：《创作》，载《泰戈尔全集》第22卷，第227页。

第三节　泰戈尔对耶稣基督的认知

耶稣基督是基督教的核心。"从某种意义上讲，基督教就是耶稣基督。"[1]因此，泰戈尔对耶稣的认知，就是他对基督教认知的集中反映；耶稣基督身上也反映了泰戈尔对基督教以及基督教文化占绝对优势的西方文明的更多感受。再加上泰戈尔认为人是宗教的核心、宗教起源于伟大个人的魅力，[2]因此了解泰戈尔眼中的耶稣基督形象的深层内涵，将具有十分重要的意义。

在基督教诸要素中，泰戈尔对耶稣基督的论述最为突出，其表现有二：一是泰戈尔为耶稣基督专门创作了一诗、一文：《人类的儿子》和《圣诞节》；二是据克里巴拉尼的《泰戈尔传》中的记载，泰戈尔去世之后，印度于1959年整理出版了《基督》专辑。这是一部诗歌和论文的合集。[3]但遗憾的是，《泰戈尔全集》没有收录此书。笔者在国内也没找到它的中译本、英译本等单行本。

就目前掌握的资料看，从1902年耶稣基督在《戈拉》中仅仅作为一幅画像出现开始，泰戈尔对耶稣基督的关注不断增多、加深。在1909年1月的《新时代的节日》中，耶稣基督作为"梵的化身"[4]走进了泰戈尔的作品中，此后他又先后在17篇文章中提到耶稣基督。为了直观地展现泰戈尔笔下有关耶稣基督的内容。笔者统计了《泰戈尔全集》中译本的有关篇章。统计表见下：

统计表三：泰戈尔笔下有关耶稣基督的篇章

年代	序号	作品名	关键语句
1902年	1	《戈拉》 （长篇小说）	墙上挂着彩色耶稣像

1《基督教概论》，第3页。

2 泰戈尔：《精神融合》，载《泰戈尔全集》第20卷，第283页。

3《泰戈尔传》，第503页。

4 泰戈尔：《新时代的节日》，载《泰戈尔全集》第23卷，第332页。

（续表）

年代	序号	作品名	关键语句
1909年	2	《新时代的节日》（散文）	雅吉纳法尔迦、众友仙人、佛陀、基督、穆罕默德等不同时代、不同地域诞生的伟人，在他们眼里都是梵的化身。
	3	《出自本性》（散文）	耶稣诞生在一个无名村落边的牲口棚里，而不是诞生在学者之家、王宫、繁华的都市或名山胜地。
	4	《虔诚的信徒》（散文）	耶稣不得不远赴荒凉的沙漠去修行，并最终接受被活活钉在十字架上的蒙受耻辱的死刑。
1910年	5	《情味的本质》（散文）	耶稣释放的爱和虔诚的洪流冲破犹太教顽固的壁垒，因此他的宗教至今仍在为解除民族利己主义的牢固束缚而不懈地努力。
1911年	6	《美》（散文）	他（耶稣）的美表现在出污泥而不染的高尚人格。
1912年	7	《宗教的权力》（散文）	当耶稣基督谴责外部的以拜神为主的宗教而宣布成立形而上的宗教时，犹太人没有接受它。
	8	《印度的历史潮流》（散文）	黑天、耶稣、穆罕默德、阇多尼耶等圣哲都是这一事实（即"用唤醒宗教虔诚来代替外部宗教的圣人，他自己也就成了被供奉的对象"——笔者注）的范例。
1929年	9	《彻悟无限》（散文）	佛陀和耶稣以及其他所有的先知们都代表着这样一种观念（即在摆脱对财富的依恋之前，坚持痛苦而卑微地生活的信念——笔者注）。
1932年	10	《人类的儿子》（诗歌）	（见本章第二部分）
	11	《圣诞节》（散文）	如何让我相信耶稣已降临人世？有什么值得兴高采烈？莫非要我们一面玷污他，一面空话连篇地宣扬他的复活？
1933年	12	《现代》（散文）	另一种宗教等待基督的来临。因基督在宣讲仁爱的同时，宣讲圣父和众多的教友为一体的时候，宣讲了和平。

（续表）

年代	序号	作 品 名	关 键 语 句
1934年	13	《人生四幕》（小说）	他见了谁都称兄道弟，然后上前拥抱，以为这就是他从事工作的开端。依我看，这与拿耶稣开玩笑没什么两样。
1935年	14	《时间的转移》（散文）	在欧洲承认耶稣的教导是正确的并认为对敌人施加暴力也是不人道的人们，他们的情况怎样呢?
1937年	15	《错位集》（诗歌）	卡鲁嘴上讲很好吃，/心里却哀叹自己命太苦。/肚子疼痛就喊钉在十字架上的耶稣。
年代未定	16	《圣雄甘地的神圣誓言》（散文）	上层的犹太人把耶稣当作敌人痛打了。
	17	《英格兰的乡村与牧师》（散文）	它（生命的活力——笔者注）不承认三元论，[1]不承认耶稣是救世主。

值得一提的是，自从在1909年2月的《出自本性》中将耶稣基督看成一个出生在"无名村落边的牲口棚里，而不是诞生在学者之家、王宫、繁华的都市或名山胜地"[2]的完完全全的人之后，耶稣基督身上洋溢着博爱精神的人格魅力，不断成为泰戈尔关注的焦点。在众多因素的刺激下，促使他在1932年先后写下了《人类的儿子》和《圣诞节》两篇专以耶稣为主题的文章。

一、"完完全全的人"

耶稣基督是一个复杂的宗教形象，有着丰富而深刻的象征内涵。据雅罗斯拉夫·帕利坎（Pelikan, Jaroslav）在《历代耶稣形象》中的梳理，从基督教发展初期到20世纪，耶稣基督在西方文化史上先后被赋予了拉比（教师）、万王之王、人与上帝间的中保、人子、统治世界的修士、灵魂的新郎、神性楷模和人的楷模、普遍的人、永恒的明镜、和平之君、

1 笔者认为这里所谓的"三元论"可能是基督教的"三位一体"。

2 泰戈尔：《出自本性》，载《泰戈尔全集》第23卷，第357页。

属灵诗人、解放者等象征内涵。[1]泰戈尔对耶稣基督的认知是属于哪一种呢?

“这个世界是人的世界。”1930年，泰戈尔与爱因斯坦会晤时说，“与我们相分离的世界并不存在。”(This world is a human world...the world apart from us does not exist.)[2]所以，泰戈尔总是从以人为本的角度来看待问题。宗教上也是如此。在《精神融合》中泰戈尔指出，“所有伟大的宗教在历史上均起源于个人”，比如佛教起源于佛陀。而基督教起源于耶稣基督。[3]

因此，泰戈尔首先是把耶稣基督作为一个人——一个平凡的人——来看待的。这种观点在他作于1909年2月的《出自本性》一文中表达得非常清楚。我们也经常看到他在其他谈及耶稣基督的文章中，把耶稣基督看成人，而不是极具权柄的神的观念。在《虔诚的信徒》中，他把《圣经·新约》中耶稣基督在沙漠经受撒旦诱惑、对上帝表示坚定信心的情节，看成耶稣基督无法接受人们把本应是发自内心情感的“爱上帝”僵化为各种各样的仪式规则，而“不得不远赴荒凉的沙漠去修行”[4]的失望举动；他认为耶稣基督的“美”即在于他“出污泥而不染的高尚人格”；[5]他认为耶稣之所以能够征服世人并非由于他有着“神”的权力，而是由于他代表了“一个活人的声音和一个人的心里涌流出来的爱”。[6]

泰戈尔之所以将耶稣基督看成一个普通人，除了缘于他以人为本的一贯立场外，这和当时特定的社会环境也有一定关系。1849年，英国凭借阴谋诡计和先进武器，在政治上将整个印度变为自己的殖民地之后，又利用基督教的传教活动，开始了对印度的文化殖民，企图在精神上同化和征服印度。出于这一目的，殖民主义者开始通过这些文化

1 参见雅罗斯拉夫·帕利坎:《历代耶稣形象》，杨德友译，上海：上海三联书店，1999年。

2 *Selected letters of Rabindranath Tagore*, p.531.

3 泰戈尔:《精神融合》，载《泰戈尔全集》第20卷，第283页。

4 泰戈尔:《虔诚的信徒》，载《泰戈尔全集》第21卷，第375页。

5 泰戈尔:《美》，载《泰戈尔全集》第22卷，第149页。

6 泰戈尔:《印度的一种民间宗教》，载《泰戈尔全集》第21卷，第233页。

殖民活动“不加分析地鄙视、排斥”印度文化，并不怀好意地“通过各种手段把民族虚无主义、自卑感、崇洋媚外的心理灌输到人们心田，对年轻一代，特别是知识分子的思想生长产生了严重毒害作用”。[1]在这种情况下，印度人在民族文化和民族身份方面开始面临着严重的认同危机，有人主张全盘西化，有人则主张固守本土文化。泰戈尔对此感到极为忧虑，他在诗中写道：

啊，湿婆，我无法预测
你将在哪天的庄严时刻
唤醒沉沦的印度。大神，它拥有
崛起的力量？它选择哪条道路？[2]

因此，如何恢复民族的自信心，使传统文化实现健康的自我扬弃，就显得非常重要。为此，泰戈尔采取了两种策略。一是在适当的场合盛赞印度以及东方传统曾经的辉煌；二是凸显西方文明的某些不足和平凡之处。在如何处理西方文化与本民族文化关系的问题上，泰戈尔不赞成任何一种极端立场。他看到了西方文化对本民族文化的冲击，但他认为人们不应畏惧或排斥这种局面，他“相信，为了给我们的知识界人士以活力，这种外来力量的冲击是必需的”。[3]在对待基督教的问题上泰戈尔采取了同样的态度，他认为印度有着古老而优秀的文化传统和宗教传统，印度人民应对此抱有信心。1912年4月，在国际大学的演讲中，泰戈尔谈到了印度的宗教和文化传统，他说：“我们可以从历史上看到：在佛陀时代，当印度接受了爱的施舍时，那时社会便像今天的欧洲那样发展。那时，印度对病人有卫生保健的药物和食物制度。甚至对牲畜也建立了兽医站。用各种方法来试图消除生活中的各种痛苦。那时宗教的大师们不顾自己的生命和休息，在难以通行的道路上行走，为了外国人和野蛮民族的幸福，承担着痛苦……所以印度那时用宗教不但征服了自己的灵魂，还征服了整个大地，并用精神的光辉同时

1 林承节：《印度近现代史》，北京：北京大学出版社，1995年，第104页。

2 泰戈尔：《祭品集·63》，载《泰戈尔全集》第3卷，第195页。

3 泰戈尔：《一所东方大学》，载《泰戈尔全集》第21卷，第291页。

获得了今世和来世的进步。那时欧洲的基督教文化连影子也见不到哩。”[1]在这里，泰戈尔的本意并非贬抑基督教，而是希望人们在认识和理解自身文化传统的基础上保持信心，他希望人们看到，虽然现在基督教在某种意义上占据了强势地位，但只要我们保持了平和的心态和清醒的认识，就无需惧怕它的威胁。

同时，泰戈尔也希望印度民众能看到，今日极其强大、成功的西方文明，也有其平凡的一面。因为西方文化最为核心的基督教，就实在是由一个出身极其平凡的人开创的。他诞生在一个“无名的村落”之中，他既不是人们膜拜的神，也不是出身富贵的人。基督教成功征服世界的原因，是耶稣基督身上强烈的人格魅力。甚至，泰戈尔还不忘指出，如今在世界上“大行其道”的基督教，在“两千年前它还是那么弱小和贫乏”，“在当时没有迹象表明这一事件会有如此重大的意义”，但如今“它却在征服世界”。[2]泰戈尔在此表达的显然不是忧虑或愤慨，而是希望人们从中能有所借鉴，此外，他也希望印度民众能够有信心复兴民族的优秀文化传统。所以，泰戈尔呼唤印度的“无信仰者、胆怯者、懦弱者，请接受那力量，请追随那行动。不要认为自己软弱无能，在外面捧着乞求的钵盂，白白浪费时光。以你极少的财物，使帝王的金银财宝感到羞愧”。[3]

在泰戈尔看来，基督教的一个极为值得关注之处就在于它提供了耶稣基督这一“人子”形象，而泰戈尔也是把耶稣基督作为一个人来看待的。这种立场与伊斯兰教的相应观点类似，因为“在《古兰经》中，耶稣是一个完完全全的人……他处于一个先知的序列之中。在这个先知的序列中，耶稣没有任何特殊之处。他只是先知序列中的一个，既不是第一个，也不是最后一个”。[4]事实上，泰戈尔的确曾受到伊斯兰文化的影响。泰戈尔本人曾多次指出，自己的家族是印度教文化、伊斯兰文化和英国文化的结合体，而他本人则是在这三种文化的共同熏陶下成长

1 泰戈尔：《旅行之前》，载《泰戈尔全集》第24卷，第47页。

2 泰戈尔：《出自本性》，载《泰戈尔全集》第23卷，第357页。

3 出处同上。

4 王宇洁：《〈古兰经〉中的耶稣形象》，载卓新平主编：《宗教比较与对话》第5辑，北京：宗教文化出版社，2004年，第147—158页。

起来的。泰戈尔的祖父通晓阿拉伯语和波斯语，他将对伊斯兰教传统及波斯文献的了解结合起来，同时借助自己关于梵语文献和古代印度教典籍的知识形成了很多独特的见解。[1]这种家族文化显然会对泰戈尔产生重要的影响。

但泰戈尔的用意与《古兰经》显然不同，他希望人们认识到，基督教是强调“人”的宗教而非强调“神”的宗教。不过泰戈尔的这一用意并非推崇基督教或希望人们去信仰基督教，而是推崇其所包含的“人的宗教”的精神，泰戈尔希望人们能够从这一角度来重新认识宗教的真正含义，并在这一过程中恢复民族自信心。

当然，并不是所有的个人都能成为一代宗师，开一代新风。泰戈尔认为，只有当个人的生命体悟出一种真理，一种无关乎“宇宙方面的或超越道德范畴的真理……一种与人类有关的且并属于善的范畴的真理”时，[2]伟大的宗教才能在这个人的感召之下产生。那么，这是一种什么样的“善”呢？就是追求人的心灵之美和心灵之爱的向内的关怀，摆脱宗教礼仪、规矩、规则、教条等外在束缚，冲破种族、国界、教派樊篱的普世之爱。所以，在《情味的本质》一文中泰戈尔说，是“耶稣释放的爱和虔诚的洪流冲破犹太教顽固的壁垒，因此他的宗教至今仍在为解除民族利己主义的牢固束缚而不懈地努力，至今仍吸引着人们去冲破一切偏见和隔阂，走向人与人欢聚的大道”。[3]

总之，泰戈尔努力消解围绕在耶稣基督头上的神的光环，还之以人的面貌，同时将耶稣基督“爱”的气质突现出来。这既和他的精神气质相关，也与他受到的文化熏陶和所处的历史环境相关。

二、“人类之子”

从前文的分析可以看出，泰戈尔显然将耶稣基督看成了一个具有博爱气质的伟大个体。那么，神性消散之后，泰戈尔赋予耶稣基督怎样

1 阿马蒂亚·森：《惯于争鸣的印度人》，刘建译，上海：上海三联书店，2007年，第70页。

2 泰戈尔：《精神融合》，载《泰戈尔全集》第20卷，第283页。

3 泰戈尔：《情味的本质》，载《泰戈尔全集》第22卷，第141页。

的形象？在他的形象中，泰戈尔寄托着怎样的情感呢？作于1932年的《人类的儿子》，为读者透露了更多的信息。

全诗如下：

为感悟闻讯赶来观看的人，
耶稣在十字架上
献出了不朽的生命。
自那时起，许多个世纪过去了。
今日，他从天国降临人世，
极目四望，
只见旧日刺得人遍体鳞伤的罪恶凶器——
狰狞的矛戟，
狡诈的匕首、短剑，
残忍狠毒的巨钺，
在吊着一面乌烟熏黑的旗子的工厂里，
飞快地霍霍磨砺，飞溅出炫目的火花。

而新近制造的死亡的箭矢，
在刽子手的手里闪着寒光，
教徒以尖利的指甲
在上面镌刻着姓名。
耶稣手捂胸口，
恍然醒悟他死刑的执行期
远没有结束；科学的殿堂里试制的新式戟矛
一一刺进他的关节。
那天站在宗教庙宇的黑影里
杀害他的凶手，一群群地复活了；
而今站在庙宇神坛前面，
诵经似的命令行刑的士兵：
“斩尽杀绝！斩尽杀绝！”
人类的儿子悲怆地仰天长叹：

“哦，上帝，世人的上帝，

你为什么把我抛弃？”[1]

首先引起读者注意的，是泰戈尔在此诗中所假设的耶稣基督二次降临的失败。据基督教《圣经·新约》，耶稣基督在传教过程中曾向他的门徒和世人预言自己的死亡和复活，并向门徒和世人许诺自己的第二次降临。耶稣基督说，他的门徒会把他出卖掉。之后，他将被钉死在十字架上，但三天之后将会复活。然后，他将回到天父的身边，并在“审判日”再次降临。再次降临时，他将恢复自己的神性，享有无上荣耀和权柄，并以上帝的公义审判世界，结束现世的邪恶和不义，成就上帝救赎的计划，并结束人类的历史。[2]在《人类的儿子》一诗中，我们的确看到了耶稣基督的再次降临：基督在十字架上献出了不朽的生命之后，“许多个世纪过去了。/今日，他从天国降临人世”。[3]但是，在泰戈尔笔下，耶稣基督的降临完全不像四福音书中耶稣向弟子们所许诺的那样，也不是《启示录》中描写的那样，[4]而是相反，旧恶未除，又添新罪：周围乌烟瘴气，旧的罪恶凶器依旧磨刀霍霍，而新的死亡之箭也开始散发出瘆人寒光。尤其让对二次降临抱有希望的人震惊和“绝望”的是耶稣基督的“醒悟”：他看到自己死刑的执行期远没有结束！科学的新武器刺进了他的关节，刽子手竟依然在叫嚣“斩尽杀绝”！以至于耶稣基督不得不像第一次被钉上十字架时那样喊道：“哦，上帝，世人的上帝，你为什么把我抛弃？”[5]这几乎是同一剧情的再次上演。在泰戈尔笔下，耶稣基督的第二次降临以失败告终了。

于是，耶稣基督不再是威严逼人、权柄压人、有着结束人世罪恶之

1 泰戈尔：《人类的儿子》，载《泰戈尔全集》第6卷，第144页。

2 参见《圣经·马太福音》24：1—25：46；《圣经·马可福音》13：1—37；《圣经·路加福音》21：5—36。《圣经·帖撒罗尼迦前书》2：19；3：13；5：2。《圣经·雅各书》5：7、8等。

3 泰戈尔：《人类的儿子》，载《泰戈尔全集》第6卷，第144页。

4《圣经·启示录》以一种极富激情的笔调，详细描述了“审判日”时耶稣基督的再次降临，其时充满荣耀和奇迹。

5 泰戈尔：《人类的儿子》，载《泰戈尔全集》第6卷，第144页。

神力的上帝之子，而成为一个面对科学的威力和强大的罪恶势力无力回天的凡人之子，“耶稣手捂胸口，/恍然醒悟他死刑的执行期/远没有结束；科学的殿堂里试制的新式戟矛/一一刺进他的关节。/……人类的儿子悲怆地仰天长叹：/‘哦，上帝，世人的上帝，/你为什么把我抛弃？’”[1]我们尤其要注意最后一节诗中，泰戈尔对耶稣基督呼唤上帝时的描写。在《圣经·新约·马太福音》中，耶稣基督被钉上十字架之后确实高呼了一句“我的神，我的神！为什么离弃我？”[2]但《马太福音》并没有描写耶稣基督呼告时的情绪状态。一些基督教学者认为，耶稣基督此处的呼告是为了应和《圣经·旧约·诗篇》第22篇的首句，以便向世人证明现在被钉上十字架的拿撒勒人耶稣就是诗篇中那位受难者，也是上帝派到人间的弥赛亚。[3]而泰戈尔在演绎这个情节时却有意突出了耶稣基督呼告上帝时的绝望神情：人类的儿子悲怆地仰天长叹。耶稣基督有些绝望了。耶稣基督成了一位饱含悲怆之情的人类之子。这里的悲怆，其实也是泰戈尔的悲怆。泰戈尔创作此诗的1932年，是泰戈尔连续两次受重创的一年：1月4日，英国背信弃义地把甘地抓捕入狱。对英国政府抱有幻想的泰戈尔拍电报给英国首相表示抗议，并在1月26日打算公开发表自己的抗议声明，但被政府全文禁止，“诗人因此受到了打击，感到深沉的痛苦”[4]并创作了一首向上帝发问的诗《问》：

我的神，你一次又一次，派遣使者来到这个无情的世界，
教导我们“饶恕一切人”，
教导我们“爱所有的人”。
“从心底里驱除仇恨的毒焰。”
他们具有依附高贵的心灵，
永远值得人们铭记和怀念。
而在今天的不幸的日子，

1 泰戈尔：《人类的儿子》，载《泰戈尔全集》第6卷，第144页。

2《圣经·新约》太27：46；可15：34；路23：45；约19：29；据考证，这里耶稣的呼喊是为了引证《圣经·旧约》诗22：1。

3 参见《基督教概论》，第103页。

4《泰戈尔传》，第443页。

我却把他们撵出门外，
丢一个虚伪的敬礼给他们。
今天我的喉咙哽咽，我的芦笛吹不出悠扬的音乐。
我的整个世界在漆黑一团的深夜的噩梦里消失。
我因此含泪问你一个问题：
那些毒污了你的空气的人，
那些扑灭了你的光亮的人，
你能饶恕他们吗？你能爱他们吗？[1]

而同年8月，垂暮之年，且健康状况每况愈下的他，忽然接到了他唯一的外孙在德国去世的消息。“他唯一的外孙的死对他是个沉重的打击。”[2]一个政治希望的破灭，一位亲人离世的沉重打击，使泰戈尔对世界、对人生产生了深深的绝望感。从此，再谈到耶稣基督时，他总是满怀悲怆之情。

1932年的圣诞节，泰戈尔向耶稣基督的西方信徒们质问，如果对耶稣基督的赞美和呼唤只是在教堂之中，对耶稣基督的尊奉只是在圣诞节这天发一通议论，而在其他364天将耶稣基督置之不理，并行凶伤人、欺凌弱者，那么“如何让我相信耶稣已降临人世？有什么值得兴高采烈？莫非要我们一面玷污他，一面空话连篇地宣扬他的复活？……他召唤人类，倡导人类情谊。他在人类正义的祭坛前献出生命，永远为我们留下了和睦相处的号召。可是我们一代又一代地拒绝他的号召。对抗他教诲的活动甚嚣尘上。”[3]

1939年圣诞节，面对日本的张牙舞爪和德国的狂热野心，泰戈尔写道：

从前以自己统治者的名义打击他人的人，
又出生在这个时代。
他们穿起了洁白衣冠，

1 转引自《泰戈尔传》，第444页。

2 同上书，第448页。

3 泰戈尔：《圣诞节》，载《泰戈尔全集》第24卷，第393页。

走进祈祷的小屋，
一次次叫唤自己士兵，
“去打！去打！”
他们荣光的乐曲，在他们的吼声中回荡。
人类的儿子那时在自己的痛苦中请求：
“唉，上帝，掷掉，
把那斟满剧毒的苦杯，
掷得远远的吧！”[1]

泰戈尔对耶稣不得不满怀同情之心，因为现在的西方是“耶稣的圣血也无法软化的冷酷心肠”，他用生命发出的爱的呼唤，在机器大行其道的轰隆声给淹没了。耶稣基督不得不再次经历死亡，在无尽的轮回中体味无数的失败。从这一点来看《人类的儿子》一诗，其分节形式也具有了象征意味：诗歌共分三节，第一节是耶稣降临之后看到的往昔旧恶，第二节是现在出现的新罪，第三节是耶稣基督不得不再次面临的死亡。本应该是象征无限荣耀的圣父、圣灵、圣子的“三”，在这里却仿佛象征了以再临和再死连接起来的过去、现在、未来的无穷轮回，其中充斥着不断涌现的旧恶新罪。人类的出路在哪里？

透过耶稣基督的悲怆，泰戈尔表达了自己对西方文明的悲观看法。19世纪30年代之后的欧洲，一战的硝烟刚散去不久，二战的阴影开始加重，经济危机吞噬着欧洲和其他地区普通人的生活。就与东方的关系而言，西方世界全然成了一个打算和意图的化身，为了实现自己的意图和打算，不择手段，以至于毫无人性和温情可言。欧洲成了一个令人恐惧的“巨大的恶魔”，这个恶魔“没有形体，没有意识，但却有两只能打能撕，能破坏的手，一张能吞噬的张开的嘴和能密谋、算计的脑袋。它是一种意图，它有活生生的躯体，但没有完美的人性去节制它。因为这是一种激情……”[2]这是一种在科学日益发展的基础上催生出的“贪婪”的激情。而这种激情，带给人世的就是人精神的死亡以及随之而来的世界的荒芜。泰戈尔说：“科学事业在极大地膨胀人享受成果的欲望

1 转引自《泰戈尔传》，第478—479页。

2 泰戈尔：《诗人的宗教》，载《泰戈尔全集》第21卷，第249页。

的地方，它成为阎王的坐骑。”[1]受此激情毒害的人，也将拒绝所谓的来自上帝的救赎。正如诗中所写：“那天站在宗教庙宇的黑影里/杀害他的凶手，一群群地复活了；/而今站在庙宇神坛前面，/诵经似的命令行刑的士兵：/‘斩尽杀绝！斩尽杀绝！’”这将是一种多么可怕的景象！这种对西方失望的情绪，在泰戈尔晚年更为突出。

1941年去世之前，面对愈演愈烈的二战，泰戈尔说：“在人生的起点，我由衷地相信：欧洲心中的宝藏是文明的贡献。可是在行将辞别人世之际，我的信念彻底破灭了。”[2]耶稣基督在基督教中的重要意义在于，“信徒们相信他能够战胜魔鬼对于死人的权力，从死里复活；他是圣子，与圣父、圣灵共同构成三一神上帝”，而不是“作为一个活生生的、有血有肉的殉道者，曾经对卑贱者发出的关爱，对罪人表示的宽容，”[3]但在泰戈尔的笔下，基督的形象整个反转了过来。在泰戈尔看来，耶稣基督的伟大就在于他虽是一个“完完全全的人”，却表现出了无与伦比的崇高品质、追求“爱”的坚毅、大无畏的牺牲和奉献精神。泰戈尔无疑将耶稣基督作为众多为承担人类苦难而献身的有血有肉的伟大之子序列中的一个，不是一个有无边法力、可以将人拯救到神学意义上的天堂的上帝之子，而是泰戈尔所追求的具有泛爱色彩的“梵”的众多化身中的一个，是人类相互认知和团结的中介，是“新时代”人们重新以失落已久

1 泰戈尔：《爪哇通讯》，载《泰戈尔全集》第20卷，第164页。当然，这里并不是说泰戈尔反对科学，恰恰相反，泰戈尔支持科学的发展，也明晓科学给世人带来的有利之处，正如克里巴拉尼所说：“与圣雄甘地相反，罗宾德拉纳特相信科学的力量和能力，虽然他也顾虑，这样有可能使人变成机器的奴隶……事实上，他对每一种不尊重人的价值、扼杀人的个性的外力都是担心的，不管它是社会的、政治的或是工业的。”（《泰戈尔传》，第11页。）泰戈尔自己也说：“科学倡导的纯正的修炼，是为所有的国家、所有的时代和所有种族的人的。为此，人获得神赐的力量，制造武器，奋力把各种痛苦、贫乏、灾难逐出人类世界。科学是创造人间天堂的艺术之神。”这是因为，泰戈尔看到了宗教和科学各自的长短之处，他说：“必须遏制的是贪欲，靠宗教箴言能遏制吗？恐怕不能彻底遏制。还需要有科学的参与。在心理扑灭贪婪的修炼，属于宗教的范畴；而在外部消除贪婪的缘由的修炼，则属于科学的范畴。两者结合，修炼才有成果。人们期待着科学领域的智慧与宗教领域的智慧携手联袂。”（泰戈尔：《爪哇通讯》，载《泰戈尔全集》第20卷，第164页。）

2 泰戈尔：《文明的危机》，载《泰戈尔全集》第24卷，第505页。

3 喻天舒：《五四文学思想主流与基督教文化》，北京：昆仑出版社，2003年，第175页。

的爱的眼光来重新认识灵魂、认知意义的提倡者。所有的伟大和意义都统一于“爱”这个唯一的“主”身上：

> 不久以前，这里寂静无声，然而现在却传来一声声呐喊，走来一位获得解脱的人。他们视全人类为一家，雅吉纳法尔迦、众友仙人、佛陀、基督、穆罕默德等不同时代、不同地域诞生的伟人，在他们眼里都是梵的化身。他们的居所不是充满陈规陋习的坟场，也没有刻板教条的围墙；他们的言语不是回声，他们的行动不是模仿，他们的方向不是追随，他们在全世界面前高唱人类灵魂之歌，歌中句句充满我们祖先的智慧：
>
> 主是唯一的。[1]

第四节　结　语

泰戈尔以独特的视角辨析基督教历史，探讨基督教的本质，点评基督教经典《圣经》经文和典故，重新塑造基督教的核心耶稣基督的形象，进而阐释了自己对基督教的独特认知。在泰戈尔的笔下，内涵丰富的基督教被定义为一个似乎只关乎“爱”的宗教。首先，泰戈尔认为基督教的产生源于犹太教心灵之爱的缺失。犹太教恪守的礼仪教规、律法命令等繁琐的外在形式，束缚了信徒的心灵，并使之日趋干枯、僵硬。泰戈尔认为，为了使犹太教重新焕发爱的光辉，亲近人类，耶稣使犹太教的影响超越了单一民族，并扩展到全人类。泰戈尔深刻地批评基督教的“原罪”观点，他不认为人类是罪恶的，不主张人类应该谦卑地向上帝赎罪以获救赎的观点，他坚持，基督教的本质是对世人苦难的承担，“博爱”和“为全人类服务”是基督教的“核心”和“纪律”。其次，泰戈尔认为基督教所信奉的圣典《圣经》是充满爱意的东西方文化交流的结晶，是对爱的集中阐释。在《新约》与《旧约》两者之间，泰戈尔明显偏爱《新约》，而在内容丰富的《新约》经文中，他又将焦点集中在了耶稣对“爱”的论述上，并把自己对基督教的认知倾注在耶稣形象的

1 泰戈尔：《新时代的节日》，载《泰戈尔全集》第23卷，第333页。

再阐释上。泰戈尔认为，基督教的创始人和信仰对象耶稣，是一个洋溢着博爱精神的出身平凡但人格伟大的个体。耶稣之所以吸引泰戈尔，并不仅仅因为他是圣父、圣灵、圣子三神格中的一格，更在于他是一个有限的个体，却以血肉之躯勇敢地将人类苦难的荆棘之冠戴在了自己的头上。但西方日益膨胀的欲望，以及为了满足这些欲望给全世界造成的苦难，使耶稣满怀悲怆和无奈之情。耶稣看不到自己献身的意义，在一次次的生死轮回中，他悲怆而无奈地慨叹自己的“死刑远没有结束”。面对越来越恶化的世界形势，连耶稣也不得不恳请“上帝”扔掉斟给他的“苦难之杯”。泰戈尔笔下再现的耶稣的无奈和悲怆，正是曾对西方充满信心的泰戈尔内心情感的真实写照。

徜徉在书香之中的泰戈尔，曾经对以英国为代表的欧洲文明满怀期待。他毫无戒备地接受了英国文明的影响，并将这种文明扶上了诗人“心灵宝座”[1]的最高位上。但当他“冲破意蕴深厚的文学作品的包围，走到书斋外面”[2]之后，却突然发现，以推行文明统治为旗号的英国，导致了“印度目前最深重的灾难，不但是缺少食品、衣服，令人悲哀的教育、健康水平的低下，还在于印度人民中间悲痛的自我分裂”。[3]而“在整个欧洲，野蛮张牙舞爪，散布着恐惧。折磨人类的瘟疫，在西方文明的骨髓里复活，凌辱着人类的灵魂！”[4]世界被包裹在了“密不透气的苦厄中”。[5]因此，在自己的辞世之年，泰戈尔不得不将期待的目光投向东方：“我坚信救世主即将诞生在贫穷困扰的茅屋里，我期待着他走出东方的地平线，携来文明的福音，对人们做出最可信的承诺。”[6]

笔者认为，泰戈尔对基督教的这些认知，是他对自己所生活的时代的回应，对引发印度和世界极大冲突与灾难的以基督教为核心的西方文明的真诚思索，其中也体现了泰戈尔与西方交往时的一些策略。诗人以一种包容的眼光和肯定的态度阐释了他对基督教的看法。这些观

1 泰戈尔：《文明的危机》，载《泰戈尔全集》第24卷，第503页。

2 同上书，第504页。

3 同上书，第505页。

4 同上书，第506页。

5 出处同上。

6 同上书，第507页。

点源于泰戈尔的现实目的，比如他想让西方接受耶稣的博爱，以和平、尊重的方式与东方展开交流，进而实现世界的共同进步和繁荣；他想给当时自卑的印度和整个东方以信心，从而促使他们用自强的心态面对西方这个“新教师”。泰戈尔对基督教的认知与泰戈尔“人的宗教”的理解相契合，与泰戈尔爱的精神气质相一致。泰戈尔有关基督教的认知和他的“人的宗教”之间，是一个相互影响、相互启发的双向过程。

泰戈尔渴望的独立，在印度实现了。但他思考的印度教与基督教、伊斯兰教等宗教间，印度传统和西方文明等文明间的冲突和融合的问题，依然是印度和世界不得不面对的课题。而且，这一课题又随着全球化程度的加强而更加突出的趋势。泰戈尔的观点是，让我们用心中的爱冲破外在的差异，和谐地走到一起。这是泰戈尔对基督教的认知中反映出的态度，也是他面对其他与印度教有分歧的宗教——如伊斯兰教、锡克教、佛教时的态度。泰戈尔对基督教的这种认知和态度，对处理当今随着全球化程度的加深而不断加剧的教派冲突、文化冲突，无疑具有借鉴意义。

第四章

《吉檀迦利》：经典的形成和巩固

泰戈尔是一代文学巨匠，也是第一位获得诺贝尔文学奖的东方人。《吉檀迦利》[1]是泰戈尔的代表作之一，这本薄薄的诗集为泰戈尔一举赢得了世界性的声誉，同时也是泰戈尔获得诺贝尔文学奖的扛鼎之作。《吉檀迦利》1912年在英国出版后，一时好评如潮，一年内再版十次之多，"泰戈尔"迅速成为当时欧洲的文学爱好者们耳熟能详的一个名字。这本诗集在20世纪20年代初被译介到中国，此后，中国学界对这本诗集一直褒扬有加，几十年来研究它的中国学者难以胜数，其中不乏名流大家。在学术圈之外，这本诗集也以其清新隽美赢得了无数读者，它的各种译本一再出版，是罕见的诗歌类畅销书。

然而20世纪初随着诺贝尔文学奖而来的热潮过去之后，西方国家的读者们就再也没有过多关注过《吉檀迦利》。而在泰戈尔的祖国印度，《吉檀迦利》的受欢迎程度也一直远不如泰戈尔的歌曲和戏剧等作品。只有在中国，《吉檀迦利》真正成为经典，被一代代中国读者欣赏，其研究著作几近汗牛充栋。

这是一个十分有趣的现象，为何中国读者对《吉檀迦利》一直保持热情，且持续几十年而不衰？为何西方读者对这本诗集很快失去兴趣？为何泰戈尔的同胞们对《吉檀迦利》这部为印度文学带来荣誉的诗集不甚关注？这些问题恐怕不能简单地用不同文化背景的读者欣赏眼光迥然有异来解释。

因此，本章拟从接受美学和译介学两个角度，来考察《吉檀迦利》

1 在本章中，《吉檀迦利》指由泰戈尔自己编译，包含103首诗的英文版《吉檀迦利》及其中文译本，除非另有说明。

在不同国家的接受情况及其原因，并由此展示在东西方不同国家，外来的翻译文学与本土文化之间的不同互动状况。

需要说明的是，迄今为止，并没有多少中国学者注意到《吉檀迦利》在中外的接受状况差异。国内对《吉檀迦利》的分析，目前大多局限在诗歌本身，包括其内涵、意象、语言，以及《吉檀迦利》对中国诗歌的影响上，鲜见论及《吉檀迦利》在其他国家的接受情况，更缺乏对《吉檀迦利》的中、英文本和《献歌集》[1]中、英文译本之间的对比研究。事实上，国内研究《吉檀迦利》的学者，有很多主要依据冰心的中文译本来展开分析。在这种情况下，引入对《吉檀迦利》英文本的分析，以及借鉴其他国家对《吉檀迦利》的认知、评价，对于了解这本诗集的真正价值所在，是大有裨益的。

第一节 《吉檀迦利》的缘起及其在中国的研究现状

1913年，诺贝尔文学奖首次颁给了一位东方人：诗人罗宾德拉纳特 · 泰戈尔。这位诗人于1861年生于印度加尔各答，十几岁时便以过人的才华在文坛上崭露头角，到50岁时，他在孟加拉语地区早已是家喻户晓的文豪，但是直到1912年以前，他在世界上的其他地方却一直默默无闻。正是《吉檀迦利》这本诗集的出版，使欧洲注意到了泰戈尔。这本诗集为泰戈尔赢得了极大声誉，也是他获得诺贝尔奖的代表作品，而诺贝尔文学奖又将泰戈尔的名字传扬到世界各地。

泰戈尔在给侄女英迪拉 · 黛维（Devi, Indira）的信中提到《吉檀迦利》的面世过程：这并不是一本全新的诗集，而是诗人将自己的一部分孟加拉文诗作翻译成英文后，重新编辑而成的诗集，共包含103首诗，题名为“Gitanjali: Song Offerings”，现在流行的中文译本一般都译为《吉檀迦利》。这本诗集中所选的诗篇主要来自孟加拉文的《献歌集》《祭品集》《怀念集》《儿童集》《献祭集》《渡口集》等诗集，还有几

1 或译《吉檀迦利》，“Gitanjali”一词本义即“献歌”。在本章中将一直使用《献歌集》来称呼这个孟加拉文本的诗集及其中、英文译本，以便和泰戈尔自己编译的英文本《吉檀迦利》区别开来。

首他在旅途中写的新诗(后来这几首诗被收入1914年出版的《歌之花环集》),其中收录最多的是《献歌集》中的作品,有51首。《吉檀迦利》的翻译编辑工作完成于1912年,当时泰戈尔准备第三次前往英国,启程之前不幸病倒,在休养期间,他开始将自己的一部分诗作翻译成英文。恢复健康、登上前往英国的航船后,泰戈尔的翻译工作继续进行,在船上泰戈尔最终完成了《吉檀迦利》这本英文诗集的编译。泰戈尔的翻译具有相当大的随意性,他放弃了孟加拉文原诗的韵律,在英文译文中采用了散文诗的格式,着重于诗歌意象的捕捉、意义的传递,而不在意字词的对应。下船之后,他将手稿交给了他的英国友人、画家罗森斯坦。罗森斯坦在文学界有许多好友,其中包括著名英国诗人叶芝。叶芝对《吉檀迦利》大加推崇,他的赞誉不但促成了《吉檀迦利》在英国的迅速出版,也引起了诺贝尔文学奖评奖委员会的注意。[1]

《吉檀迦利》在英国出版后,[2]很受欢迎,一年之内(到1913年11月)重印达十次之多。有了《吉檀迦利》的成功,《新月集》《园丁集》等诗集,《人生的亲证》等论文集,还有《孟加拉掠影》等随笔集,都相继出版,同样大受好评。泰戈尔声誉鹊起,犹如超新星爆发,从一个无人注意的印度来客,迅速成为欧洲文化界光芒炫目的明星。1913年底,他获得了诺贝尔文学奖,全世界由此卷起一股泰戈尔热。在崭新的光环笼罩下,泰戈尔游历了欧洲各国、美国和苏联,并在1924年和1929年两次访华,所到之处均受到热烈欢迎。人们把他看作"东方哲人"的典型代表,不但欣赏他的文学作品,也愿意聆听他在其他方面的见解。几年之内,《吉檀迦利》被译成多种语言,其中也包括中文。

将近一个世纪之后的今天,人们能够以更理性的态度看待《吉檀迦利》当年的成功,也有越来越多的研究学者发觉了《吉檀迦利》和《献歌集》之间的差异。《献歌集》的各种语言译本也逐渐出现,两种《吉檀迦利》同在文坛争辉,实是少见而有趣的文学现象。

在中国,对《吉檀迦利》最早的译介是1915年10月15日发行的

1 叶芝将泰戈尔的作品推荐给了英国皇家文艺协会的摩尔(Moore, Thomas S.),实际出面向诺贝尔文学奖评奖委员会推荐泰戈尔的便是摩尔。

2 1912年11月,《吉檀迦利》在伦敦以印度学会(India Society)私人出版形式面世,1913年3月由伦敦麦克米兰公司公开发行。

《青年杂志》第1卷第2号上发表的四首译自《吉檀迦利》的诗，题名为《赞歌》，译者陈独秀。但此后五六年间，泰戈尔在中国并没有得到多大关注，一则因为新文学的高潮尚待时日，二则由于当时新文学前驱者的目光主要放在借鉴西方文学上。

20世纪20年代之后，随着泰戈尔的访华和新文学运动的蓬勃兴起，在中国也兴起了一股泰戈尔热潮。在商务印书馆1923年的《文学研究会丛书》存留下的书目中，就列出了《吉檀迦利》选译本，译者可能是郑振铎，[1]可惜如今这套丛书已经散失，无从细考。翻译过《吉檀迦利》的还有陈南士（《偈檀迦利》，1922）、赵景深（《偈檀迦利》，1923）、李金发（《偈檀迦利》，1925）、张炳星（《太戈尔献诗集》，1945）、施蛰存（《吉檀耶利》，1948），但这些译本都没有产生太大的影响，今天的读者也难以看到。

建国之后，泰戈尔在中国的外国文学界被经典化，他的作品被批量地翻译和重译。不久，《吉檀迦利》在中国的权威译本终于出世，这就是由冰心翻译的《吉檀迦利》，初版于1955年。

改革开放、文化市场放开之后，泰戈尔的大多数英文诗集都被各出版社一再重译，《吉檀迦利》也未能免俗。现在市场上流行着多种版本的《吉檀迦利》，除了冰心和吴岩的两个译本被多家出版社反复翻印出版之外，还有一些《吉檀迦利》重译本出现，例如白开元译的《吉檀迦利：泰戈尔抒情诗赏析》（中国广播电视出版社，2006年1月第1版），深幻、王立译的《吉檀迦利·献歌》（当代世界出版社，2004年6月第1版），林志豪译的《吉檀迦利：献给神明的颂诗——双语经典》（有两个版本，分别是哈尔滨出版社2004年9月第1版和天津教育出版社2005年12月第1版），韩雪译《泰戈尔诗集》（内收《飞鸟集》《新月集》《吉檀迦利》，黑龙江人民出版社，2005年10月第1版），王勇译《泰戈尔诗歌选》（内收《吉檀迦利》《渡口》，哈尔滨出版社，2003年12月第1版），张炽恒

1　郑振铎的《吉檀迦利》译本现在国内（大陆）无法找到。郑自己曾经提到过翻译《吉檀迦利》一事，但并未多谈；在陈映真主编、台湾远景出版事业公司出版的《诺贝尔文学奖全集》第8卷中，《吉檀迦利》（此版本译为《祭坛佳里》）的译者梁锡华在译文后附文比较自己的译本与郑振铎译本、糜文开译本的异同，可见郑振铎的这个译本确实是存在的，只是其具体出版情况还有待考证。

译《泰戈尔诗选》(内收《吉檀迦利》《新月集》《园丁集》《飞鸟集》《采果集》,长江文艺出版社,2004年12月第1版),李萌译《泰戈尔散文诗全集(青少版)》(上海人民美术出版社,2002年6月第1版),如此等等,这些译本的水平良莠不齐,但总的发行量不小,走进任何一家经营文学书籍的书店,都不难看到这些书籍中的一本或几本。[1]

国内对《吉檀迦利》所做的研究也非常多。不过总的来说,对这本诗集所做的分析研究大多集中在诗集中的神秘主义或宗教思想方面,间或有对诗歌意象和语言的分析,大体上"东方文学研究界涉及泰戈尔评论的学者认为《吉檀迦利》是一部比较晦涩莫名的诗集"。[2]

在研究文章中,对《吉檀迦利》中"神"这一概念及其象征的关注是最多的,不过在这一论题上学者们的观点较为一致。通常的观点便是认为泰戈尔承继了印度传统的"梵我合一"的泛神论,并根据自身的感悟对之加以改造,诗中所说的"神"并非某一拥有特定神格的神灵,而是融合在宇宙万物——包括人类之中的神,人通过心灵的感悟、通过"爱"与神结合,达到自我完善的理想境界。这个观点在瞿世英1923年发表于《小说月报》上的《泰戈尔的人生观与世界观》中就有阐述,王统照在同一年发表的《泰戈尔的思想与其诗歌的表象》一文则对此观点进行了更加详细的阐述。后来的学者在这个问题上也不断展开研究讨论,不过大致的观点仍未超出上述范围。其次,《吉檀迦利》中表达的人道主义思想,对自由、平等、和谐、真善美的追求,也都是学者们经常讨论的内容。

对于《吉檀迦利》整部诗集的结构,近年来也有所阐发。这部包含103首无题诗的诗集通常被划分为五或六个部分,大致按照"颂神→对神的追寻→寻求到神的欢乐→与神分离的痛苦→再次寻求到神、最终完成对自我和死亡的超越"这样的顺序,层层深入,使整部诗集形成一

1 泰戈尔诗集的各种版本层出不穷且热卖的原因,除了泰戈尔作品本身的文学价值受到人们认可之外,还少不了各种商业炒作造成的效应。这涉及文学商业化现象,其产生原因及其正面、负面影响,均超过本章的讨论范围,因此笔者在此不打算对此作进一步的分析。

2 梁潮:《泰戈尔〈吉檀迦利〉国内评论要端蠡测》,《外国文学研究》1996年第4期,第89页。

个有内在韵律的和谐整体。在《吉檀迦利》的结构分析上，刘建、陈明等人均发表过有代表性的论文。[1]

《吉檀迦利》中丰富多彩而又奇妙迷人的意象同样是学者们关注的对象，“譬如诗中以多种物象表现神，既是闪于树叶的金光，又是驶过天空的行云；既是吹拂额头的凉风，又是掀起波涛的水面。以多种称呼指说神，有时称婴童，有时叫圣母；时而是国王，时而系情人”。[2]冰心、郭沫若、郑振铎等人关于泰戈尔的回忆文章中都提到过被泰戈尔独特的诗歌意象所吸引的阅读体验，而近年来的研究论著中，印度学者艾加·辛格的《泰戈尔诗歌的意象》（徐坤译，沈阳出版社，1992年9月第1版）是一部论述较为深入的专著。

而国内对《吉檀迦利》的语言分析，实际上都是对冰心译本的语言分析，大多数只是各种译本的序言、导读、指南一类的文章，浮于表面介绍，缺乏深入的分析。

对于孟加拉文版本的《献歌集》，国内的译本也只有白开元和黄志坤合译的唯一一种，收录在河北教育出版社2000年出版的《泰戈尔全集》第4卷中。至今只有曾琼的博士论文《重读经典:〈吉檀迦利〉翻译与接受研究》论及《献歌集》和英文版,《吉檀迦利》的关系并进行了对比分析，进而探讨了泰戈尔的翻译和再创作的策略，并加以点评。[3]

第二节　泰戈尔在印度

印度永远也不会忘记泰戈尔这位大诗人。印度和孟加拉国歌都出自泰戈尔笔下，泰戈尔写的戏剧至今仍在印度和世界各地上演，歌曲仍

1 刘建：《哲人绝唱，诗界丰碑——〈泰戈尔诗选〉导读》，载《泰戈尔诗选》，冰心、石真、郑振铎译，北京：人民文学出版社，2000年；陈明：《“你是天空，你也是鸟巢”——简论〈吉檀迦利〉中的神秘主义》，《国外文学》1996年第2期，第110—116页。

2 梁潮：《泰戈尔〈吉檀迦利〉国内评论要端蠡测》，《外国文学研究》1996年第4期，第91页。

3 曾琼：《重读经典:〈吉檀迦利〉翻译与接受研究》，博士学位论文，北京大学，2009年。

在人们口中频频传唱。但若要认真论及泰戈尔在今日印度和孟加拉的地位，便会发现他就像是入了宗祠的老祖父，人人都对他毕恭毕敬、行礼如仪，而敬过礼之后就把他抛在身后——大家都认为他的那一套已经过时了。

在每一年的泰戈尔诞辰，印度全国上下都会刮起一股泰戈尔风潮，形成了一个虽非正式，却很盛大的节日。泰戈尔的书籍热卖，他的戏剧四处上演，他的诗歌在各种场合被人朗诵，他的歌曲被人们传唱。但是，这股热情背后有多少实质的支撑？

印度时报集团广播部的记者英迪拉尼·查克拉巴迪在2001年加尔各答的年度书市上做了一个非正式的随机访问调查，[1]结果令热爱泰戈尔的她不禁失望：对于泰戈尔的作品，大多数受访者只说得上少数几首诗歌，例如《老保姆》(*Puratan Bhritya*)、《英雄》(*Hero*)、《金色的小船》；舞剧也只有《温达尔姑娘》、《赛玛》(*Shyama*)和《花钏女》；小说方面，有许多人还记得《喀布尔人》和《家庭与世界》，但却是因为这两部小说都被拍成过电影，并在国际上获过奖。虽然还是有很多中产阶级家庭表示将购买泰戈尔文集，但受访者对于泰戈尔作品的陌生还是很令人失望，如此的调查结果令人忍不住要怀疑，那些卖出去的泰戈尔文集到底是不是只做了摆设。

在接受查克拉巴迪的采访时，同样用孟加拉语写作的印度作家桑吉夫·查托帕亚(Chattopadhyay, Sanjeev)[2]将这种现象解释为：泰戈尔虽伟大，但没必要去读他所有的作品，人们只需要通过少数作品，了解泰戈尔的伟大即可；而诗人苏尼尔·甘戈帕蒂亚(Gangopadhyay, Sunil)[3]则认为，这是因为泰戈尔不像纳兹鲁尔·伊斯拉姆(Islam, Kazi N.)，他从来不曾成为真正的人民诗人。泰戈尔的作品中，只有平易近人的歌曲在大众中流传甚广。非常喜爱泰戈尔作品的戏剧制片人、演

1 调查资料来源于孟加拉文学在线数据库http://www.parabaas.com。

2 印度著名孟加拉语作家，1936年生于加尔各答，擅长讽刺幽默小说，他的作品是20世纪七八十年代最受读者欢迎的孟加拉语文学作品。

3 印度孟加拉语诗人、作家，1934年生于福里德布尔(Faridpur，现归属孟加拉国)，他现在是加尔各答阿南达·巴扎(Ananda Bazar)出版集团的特约作家，他创办的诗歌类刊物(*Krittibaas*)是新生代诗人进行各种诗歌实验的大舞台。

员迪巴希斯·罗易乔杜里（Roychowdhury, Debashis）说得更是直白：现在的年轻人早不习惯看书了，加上泰戈尔的作品是正统经典、庙堂之作，指望他对时下的文化产生影响，基本不可能。[1]

简而言之，泰戈尔对于现代印度流行文化来说已经太高雅、太遥远了，他离普通的印度读者也越来越遥远，套用一句俗语来说，他已经失去了“群众基础”。

那么对于学术界来说，泰戈尔的作品是否仍然是学者们关注的重点呢？

1986年，在印度高等学院（Indian Institute of Advanced Study）召开的泰戈尔研讨会上，作会议开场发言的西希尔·古马尔·达斯（Das, Sisir Kumar）[2]就不无忧虑地表示，在当今印度学术界，关于泰戈尔的讨论常常围绕着他的社会和政治观点，而不是他的艺术创作；有些人甚至靠着写颂扬或贬损泰戈尔的文章哗众取宠，或者写些关于泰戈尔的逸事来赚取名利。[3]

上述的说法也许会被认为带有主观色彩，不一定准确。笔者在大英图书馆检索了20世纪90年代之后有关泰戈尔的图书的出版状况，这也许更能说明问题。在大英图书馆所收录的1990年之后印度出版的图书中，[4]有关泰戈尔的评论性著作共有74种，其中关于他的文艺思想和作品分析的著作有24种，余下50种都是关于他的哲学、社会、教育学思想。泰戈尔固然是全才型的人物，不过看来对他的研究确实偏向于文学家以外的领域。

这样的研究倾向，和缺失了泰戈尔作品的泰戈尔庆典结合，让人可

1 上述作家的言论均引自孟加拉文学在线数据库（www.parabaas.com）收录的专题文章*A People's Poet or a Literary Deity*，专题作者为英迪拉尼·查克拉巴迪，专题网页地址www.parabaas.com/rabindranath/articles/pIndrani1.html。本章在引用时对这些言论的文字略作整理。

2 德里大学孟加拉语言文学系教授，专攻泰戈尔研究，即所谓Tagore professor。

3 Sisir Kumar Das, *Keynote Address*, *Rabindranath Tagore and the Challenges of Today*, Bhudeb Chaudhuri and K. G. Subramanyan (eds), Shimla: Indian Institute of Advanced Study,1988, p.13.

4 主要是英语文献，有少数的印度语言文献，基本上都是泰戈尔作品的各种译本，未列入后述的统计范围中。

以描画出泰戈尔在现今印度的处境——文豪的称号已经变成空壳。庆典表达的是人们朴素、简单的热情，而不是对泰戈尔文学价值的理性思考和深入理解。庆典的仪式一方面维护泰戈尔在人们心中的地位，另一方面又将泰戈尔形式化、偶像化。在这些仪式中，泰戈尔本人的形象逐渐变得比他的文字更重要。他的书的最大用途，就是当作人人都可检索的引语辞典，从为情书增添文采到为政治论战添加庄严感，哪种场合可以引用他的哪首诗，都已有了一定的模式可循。他的歌曲制成的音像产品广为贩卖，为成百上千的专门歌手和制作人员挣得盘中餐。他的几部舞剧也非常流行，依靠其雅致而优美的形式吸引观众。泰戈尔意味着一项东方的荣誉，他已经变成了一种象征、一件装饰品、一个留着长胡子的哲人符号。

此外，由于印度是一个多种语言共存的国家，在孟加拉语地区之外，人们还只能通过译本（很多时候甚至是英文译本）来了解泰戈尔的很多作品。这些译本大多不甚完美，有些甚至造成误导。人们认识的他只是诺贝尔文学奖得主，一个曾经在英国文学圈风靡一时的人物，一个写过《情人的礼物》《渡口》《新月集》的诗人，一个信奉卡比尔（Kabir）的神秘主义者，一个后期浪漫主义者，一个甜言蜜语的高手……总之，泰戈尔成为一个集无数抽象概念于一身的暧昧不明的影像。他80年的创作生涯被简单地归纳为几个崇高的头衔，人们只有在仪式的场合上才会想起他来。一位孟加拉诗人的诗句不无悲哀地为泰戈尔在当今印度的地位做了注解：

> 你只是一个诞生纪念日，和一个逝世纪念日。（tumi shudhu panchishe baishakh ar baishe shraban）[1]

第三节　英文版《吉檀迦利》在欧洲

一部作品在一个时代能否受到大众欢迎，很大程度上取决于那个时代的文化和文学思想倾向，以及作品是否顺应了那个时代的潮流。

1 *Keynote Address, Rabindranath Tagore and the Challenges of Today*, p.14.

《吉檀迦利》在20世纪初的欧洲一度极受欢迎，正是因为它切合了当时欧洲人的期待视野。

关于《吉檀迦利》生逢其时这一点，有学者认为，1912年、1913年正是第一次世界大战的前夕，欧洲人心惶惶，对现代西方文明失去信心，开始转向东方文明，试图寻求精神安慰，因此泰戈尔的诗集出现得恰逢其时。[1]这一观点值得商榷。首先，泰戈尔并不是给欧洲带来东方思想的第一人，也没有给20世纪初欧洲的东方学带来本质的改变，相反，却是自17世纪兴起的欧洲学者研究东方文化之风气，让泰戈尔在欧洲更容易被接受。其次，第一次世界大战爆发之前的15年，后来被称为美好时期（la belle époque），也叫作"宴欢年代"。[2]可以说，那时科学正开始充分显示其力量，大众沉浸在越来越舒适的生活中。工业文明的确带来了某种不安和焦虑情绪，但是还远远没有发展到对西方文明的怀疑和离弃的程度。

罗曼·罗兰确实说过"被世界大战所损伤手脚的欧洲，将从亚洲的文化精神中获得治疗的希望"。[3]但那已经是1915年的事情了。1912年和1913年，虽然是西方精神文明的转型期，并且因此而欢迎来自东方的启示，但是学者眼中的东方也只是书案上的一本本参考书，而普通大众对东方的印象，则并没有脱离吉卜林之流的影响。再次，哪怕是退一步看泰戈尔获诺贝尔奖这个结果所产生的效应，也仍然证明不了当时的西方对东方文学已能毫无偏见地敞开接受，更不能说明西方打算向东方求取济世良药。当时亚洲明明还有许多优秀的作家，当年却并没有别的人继泰戈尔之后在欧洲走红，出版泰戈尔作品的伦敦麦克米兰公司曾经试图借泰戈尔热潮引入别的印度诗人，结果也是失败。直至55年之后的1968年，诺贝尔文学奖才第二次颁给东方作家（日本作家川端康成）。泰戈尔荣获诺贝尔文学奖一事甚至也不能代表西方对印度

1 愈之：《泰戈尔与东西文化之批判》，载孙宜学编：《泰戈尔与中国》，石家庄：河北人民出版社，2001年，第2页。

2 雅克·巴尔赞：《从黎明到衰落——西方文化生活五百年》，林华译，北京：世界知识出版社，2002年，第692页。

3 转引自叶舒宪：《从〈金枝〉到〈黑色雅典娜〉——20世纪西方文化寻根札记》，《寻根》（双月刊）2000年第6期，第105页。

文学有任何公判，因为诺贝尔文学奖第二次颁给有印度文化背景的作家，更是在88年以后、2001年V. S.奈保尔（Naipaul, V.S.）获奖时的事了。

可见，《吉檀迦利》虽然是生逢其时，只不过这需要从另外一个角度来看，并不是欧洲文化想从泰戈尔那里求得金丹，只是泰戈尔的诗正好符合了欧洲自17世纪以来对印度艺术的期待。

从文艺复兴时期开始，东方的宗教、哲学就一直是西方学者们感兴趣的对象。17、18世纪，东方文化——主要是中国文化和印度文化——是欧洲学者们推崇和学习的对象，这股潮流一直延续到19世纪末、20世纪初。

关于印度文化成系统、有影响的论述，最初出现在伏尔泰（Voltaire）1756年出版的《风俗论》第三、四章中，他详细地叙述了印度文化和吠陀典籍，[1]并且称印度为宗教的发祥地和文明的摇篮。1778年，法国出版了《夜柔吠陀》的法译本，1779年，这个译本也在德国出版，这标志着印度经典文献的文本开始流入欧洲，学者们从此有了可供研究的实质性材料。此后以德国为中心，欧洲学者不断将印度的文学和哲学介绍过来，在欧洲人的心目中，逐渐编织出一个物质生活也许不发达，却有着高度丰富而完美的精神生活的遥远国度形象，他们对于来自印度的一切，都有了一种植根于这一形象的期待视野。

以英国梵文学家威廉·琼斯为代表的东方学学者们首先对印度表现出了极大的热情，印度的文学、宗教和哲学都令他们兴奋不已。用今天的眼光看，这批人显然是从主观上把印度理想化了。琼斯高度推崇梵语文学，认为从语言学的角度，梵语是一种比希腊语和拉丁语更完善的语言，印度诗人写下的史诗、宗教诗、哲学诗和诗剧（戏剧）[2]更是精美无比且承载着悠久的历史，从中表现出的印度文化也是一种近乎完美的文化，相形之下当时的欧洲文化就粗糙简陋得多。在琼斯的论著中还可以看到文化比较研究意识的萌芽，他提出了印度和希腊神话的相

1 以现代的眼光来看，伏尔泰的叙述显然有不够完备和似是而非之处，但考虑到当时欧洲人手中极其缺少来自印度的第一手资料，伏尔泰对印度的叙述在当时已经可算是丰富翔实得令人惊异了。

2 他将《沙恭达罗》与莎士比亚戏剧相提并论的言论十分有名，令不少本不熟悉印度的读者因此注意到《沙恭达罗》。

似性，猜想早期的寓言故事可能是由印度或北非传入希腊，他还提出了古印度和古埃及、古希腊、意大利文明之间的联系理论，这些都让人产生印度是文明的始祖和典范的印象。[1]1791年，迦梨陀娑的《沙恭达罗》的德译本[2]在德国出版，这部戏剧的高度艺术性引来一片赞叹，更加让人觉得东方学学者们对印度的歌颂果然没错。歌德赞美《沙恭达罗》的小诗广为人知，可为当时的"《沙恭达罗》热"作一注脚："倘若要用一言说尽——春华秋实，大地天国，心醉神迷，惬意满足，那我就说：沙恭达罗！"[3]

在文学家从文学作品出发赞美印度时，哲学家也开始热衷于印度哲学，在18世纪末、19世纪初的印度热潮中，另一位不可不提的人物便是德国哲学家赫尔德。他在撰写《论语言的起源》(1772年出版)时，就开始对印度表现出极大的兴趣，看到《沙恭达罗》之后，对印度文化更是充满仰慕。他以通信的形式连续写了三篇文章讨论《沙恭达罗》的文学特色，提出了民族语境(national context)和作品中的历史含义(sense of history)问题。接着他又从对《沙恭达罗》的文学研究转向对印度神话的研究。和语言学家出身的琼斯不同，他更加注重对印度哲学的研究，婆罗门的信仰和哲学成为他眼中的理想，尤其是梵我合一以及宇宙万物皆具有同一神性(universal spirit)的思想，令赫尔德感受到宗教和哲学的完美和谐。赫尔德的论述强化了"东方在精神上更为完善"的刻板印象，也推广了"笃信宗教的印度"这个新的刻板印象。赫尔德还认为印度艺术表现了孩童般的天真、简单和优美，这一观点一时间也成为对印度艺术的基本观点。[4]

对东方的这一切认识或误读，最终导致欧洲知识分子对东方文化的普遍憧憬。不仅如此，18、19世纪欧洲对东方的研究和歌颂，最终服务于知识分子对欧洲自身文化的不满和批判。他们对自身文化的不满越深，就越是下意识地将外来的文化抬高，来反衬自身文化的缺陷，

1 *Tagore, East and West Cultural Unity*, pp.4–5.

2 译者乔治·佛斯特(Forster, Georg)，这个译本是转译自威廉·琼斯1789年出版的《沙恭达罗》英译本，但英国对《沙恭达罗》的热情并没有德国那么高，所以反倒是这个德译本影响更大。

3 转引自郑克鲁主编：《外国文学史·下》，高等教育出版社2001年版，第232页。

4 *Tagore, East and West Cultural Unity*, pp.5–8.

欧洲的东方学也是在这样的背景下更加顺风顺水地成长壮大，甚至一度成为德国大学中的“显学”。德国浪漫主义运动的重要人物都或多或少受到东方学——尤其是印度文化——的影响，如哲学方面有施雷格尔、谢林、费希特（Fichte, Johann G.）、黑格尔、叔本华（Schopenhauer, Arthur）；文学方面有歌德、席勒、诺瓦利斯、蒂克（Tieck, Ludwig）、布伦塔诺（Brentano, Clemens）等人，他们也不吝于用他们有影响力的声音歌颂东方“完美”的精神生活和文化。在英国和法国，对印度的热情虽然不如德国高，但也是存在的，例如英国湖畔诗人对印度古诗就十分推崇。

虽然现在看来，当时的欧洲知识分子未免把东方文化抬得太高了，属于了解不充分所产生的理想化误读，但热情也好，误读也好，他们产生的影响毕竟一直存留了下来，对东方宗教、哲学和艺术潜在的莫名憧憬化为欧洲人的普遍意识，这种意识在20世纪初仍然存在。他们仍然充满仰慕地读着印度的史诗和吠陀。如果说他们期待有一个活生生的印度哲人带来新采摘的诗歌之花，来证明印度依然是他们心目中那个老印度，这想法应该不能算突兀。

此外，20世纪初的那段时间也正是后期象征主义在诗歌上获得丰收的时代，现代派诗歌也在同一时代诞生并茁壮成长起来，庞德等意象派诗人已经开始有意识地汲取东方诗歌的养分，从中学习运用丰富而抽象的诗歌意象。除了后期象征主义和意象派作为流派整体倾向于向东方诗歌学习，大诗人叶芝个人对东方神秘主义的偏爱也是不可忽视的一个“偶然”因素。叶芝是当时第一流的英语诗人，同时也是在欧洲文艺圈颇有人脉和影响力的活动家，他个人对于神秘主义体验的迷恋不可避免地将他导向东方各种带有神秘主义色彩的文学作品（乃至巫术迷信文献），而他又把这些作品推荐给他身边的人——大多数也都是有一定影响力的文学家。

上述背景，为泰戈尔来到欧洲做了绝佳的铺垫。泰戈尔最初带来的《吉檀迦利》恰好符合欧洲人一贯以来对印度艺术的期待：重视精神上的超越而藐视物质的享受，对神非常虔诚，笼罩着东方式的神秘主义色彩，有着充满印度民族风情、丰富多彩的诗歌意象；《吉檀迦利》的艺术性又高超得足以满足欧洲人对“完美东方艺术”的憧憬，两相结合，无怪乎欧洲人一下子就为《吉檀迦利》激动起来。综合起来看，泰戈尔未必是特意调整自己适应欧洲20世纪初的文化环境，但欧洲20世纪初的文化环境却正好为接受一个像他这样的诗人做好了准备，于是泰戈尔和《吉檀迦利》的成功在一定程度上可说是水到渠成。

第四节 《吉檀迦利》中的神秘主义与基督教色彩

1913年，当泰戈尔以诗集《吉檀迦利》获得诺贝尔文学奖时，人们认为，东方文学终于在西方意识形态占统治地位的世界里发出了声音。在诺贝尔的遗嘱中，给文学奖定下的评选标准是："赠予在文学上创作出具有理想主义倾向的最出色的作品的人。"[1]这一标准看似没有偏向，但不能否认的是，其存在土壤、评选标准及文化价值取向上都具有鲜明的西方文化色彩。给泰戈尔的诺贝尔授奖辞中，称泰戈尔为"英印诗人"，说他的诗歌"已经名副其实地归入英国文学"。[2]诗人在印度和孟加拉的声誉完全被诺贝尔评审委员会忽视。泰戈尔在自己祖国的影响有等于无，授奖辞中更直言不讳地说评审委员会不了解也无须了解泰戈尔在孟加拉诗歌方面的成就。以东方主义的观点来看，这是一份相当居高临下的授奖辞。在不了解东方文化，且完全不想要了解东方文化的情况下，当时的欧洲人不可能完全理解泰戈尔的作品——可以说，欧洲读者不可能和我们中国读者有着同样的理解。如果说《吉檀迦利》在欧洲的成功，仅仅因为诗集投合了欧洲对印度早已有的期待视野，这并不能完全解释《吉檀迦利》之所以在欧洲各国、各阶层一时掀起狂潮的真正原因。那么促使欧洲人把泰戈尔抬上如此崇高地位的根本原因究竟是什么呢？

泰戈尔具备何等高超的诗歌天赋、技巧，泰戈尔个人的东方气质如何风靡一时，当时的西方知识界为何将他作为东方形象的象征而完美化等等，这些原因早已有很多学者分析过，而且分析得十分详细透彻，本篇

1 陈春生、彭未名：《荆棘与花冠——诺贝尔文学奖百年回眸》，武汉：武汉出版社，2000年，第18页。

2 哈拉尔德·雅奈：《授奖词》，林凡译，载《饥饿的石头》，倪培耕等译，桂林：漓江出版社，1983年，第539页。

无须赘言。[1]笔者认为还有一些原因促成了《吉檀迦利》和泰戈尔的其他一些诗歌被西方接受，这些诗歌在宗教方面的意义便是原因之一。

中国读者总是认为，泰戈尔无论在当时如何的激进新潮，他的宗教观点和传统的印度教教义再怎么不同，他总还是属于印度教文化的，他对于西方来说应该是一个“异教徒”，而西方人对他的接受和喜爱，也包括了这份异教的新奇感。这种说法固然没有错，但是在此还应指出基督教读者的另一面，那就是他们对异教的接受程度实在是非常有限的。如果一件文学作品，不能和基督教思想显示出一定的一致性和良好的相容性，在基督教社会里是很难真正受到欢迎的——也就是说，它要新鲜，但是不能离谱。按照一个宗教信徒的观点，没有信仰，就很难深入表现人性。一直以来我们说西方对泰戈尔的“误读”，都从他们觉得泰戈尔“新鲜”，或他们在阅读过程中对泰戈尔作了一定“改造”的角度看，而没有注意到泰戈尔作品本身有着与西方文化契合的一面，《吉檀迦利》作为宗教诗被接受，主要的契合面也就是和基督教的契合。

基督教对于西方知识分子，在很大程度上就像儒家思想对于我们，虽然现在大多数的中国孩子只能背出少得可怜的几句《论语》，但儒家思想仍然深入我们的精神骨髓。近代百年向西方学习的历程，都无法磨灭几千年的浸润，只不过使这种影响更加内化、更沉入集体潜意识而已。同样，虽然有很多西方人现在声称自己信奉了别的宗教，或者自称是无神论者，星期天上教堂的人也开始减少，但是基督教已经完全深入他们的骨髓，深入可能他们自己都没有完全意识到的程度。艾略特曾经写过一本小册子《基督教与文化》(*Christianity and Culture*)，他说：“只要有积极的文化存在，这种文化就仍然是基督教文化。”[2]艾略特绝对不是一个宗教狂热分子，笔者认为，他的意思是将基督教从一种宗

1 在中国从早期直到80年代的泰戈尔评论和研究文章中，无不全力盛赞泰戈尔的诗歌技巧，从冰心、郑振铎、郭沫若、徐志摩等文学家，到唐仁虎、倪培耕、白开元等泰戈尔专家；在后殖民主义理论传入之后，则开始出现了一些论文论述西方对泰戈尔的误读，如尹锡南的《泰戈尔与奈保尔：诺贝尔文学奖“光晕”与印度书写》和刘燕的《泰戈尔：在西方现代文化中的误读》。

2 T. S. 艾略特：《基督教与文化》，杨民生、陈常锦译，成都：四川人民出版社，1989年，第8页。

教升华到囊括整个社会的文化这个高度上，是整个西方世界都生息其中、受它支持、不断为它添砖加瓦的一种文化。泰戈尔诗歌的第一批西方读者是英语国家的国民——英国人，然后是美国人，他们在宗教上是一致的。而泰戈尔的诗歌，在宗教上是和基督教吻合得很好的。笔者所谓“吻合”，是指欧洲读者可以选择从基督教的角度来欣赏这些诗，而不会感觉到明显的不和谐感。泰戈尔诗中的神灵，完全可以被当作上帝来理解，他的诗固然有多神教和泛神论思想的明显表露，不过欧洲读者完全可以视而不见，这并不影响他们以“基督教视野”阅读《吉檀迦利》。

作为“异教”的诗集，《吉檀迦利》中表达的宗教感情，最普遍的说法是“神秘主义”，而这“神秘主义”适用于任何一种宗教，正如《泰戈尔文学作品研究》一书中所说的：“泰戈尔信奉的并非固定不变的神，并不属于某一个宗教……神无所不在，在工人中间，在农民中间，在最需要他的人中间。这样，泰戈尔的宗教，泰戈尔的神，就给读者一种既亲切又玄幽，既清晰又朦胧的神秘美。”[1]对于印度教教徒来说，诗中的神可以是梵天、湿婆，也可以是毗湿奴等神，而对于基督教教徒来说，毫无疑问也可以是上帝。而且泰戈尔的“诗人的宗教”所敬奉的不是有形的偶像，从而避免了落入西方刻板印象中偶像崇拜式的东方宗教窠臼，反而显得更接近基督教的“神”的概念。

此外，精神与神相会的超验体会，对于西方人来说也是绝不陌生的。在欧洲，从19世纪初的浪漫主义就开始在文学上逃离城市和古典主义的理性至上思想，投入大自然，在自然风光和异国情调中追求精神上的完美境界，尤其是英国的湖畔诗人们，如华兹华斯和柯尔律治，他们的诗就表现了从自我和自然中汲取力量，让精神上升到更高的境界的倾向。德国的先验哲学和美国的超验主义在19世纪中期也有很多追随者，尤其超验主义是一种神秘主义哲学，与泛神论非常相似，认为上帝存在于人和自然界里，万物有灵，人们需要依靠自己的直觉去超越（transcend）五官的感觉，以求达到更高层次的真理。这些思想在欧洲都有着一定的影响，不论它们的本质如何，这些思想的“外观”和《吉檀迦利》中的思想非常相似，难怪《吉檀迦利》作为“异教”的宗教诗，仍能被欧洲人毫无阻碍地接受。不仅如此，《吉檀迦利》的结构也符合欧洲人的欣赏习惯。从宗教诗集的角度出发，《吉檀迦利》可以被划分为六个部分：1—

1《泰戈尔文学作品研究》，第211页。

7,"你""我"的基本关系,"你"照拂"我";8—36,寻找你的过程中的障碍;37—57,与"你"的统一带来的自由、欢乐、无限的爱;58—70,欢乐、幸福;71—78,自我的思索;79—103,超越死亡,永恒。[1]如果熟悉基督教文学传统的话,很容易就能够联想到从奥古斯都的《忏悔录》一脉传承下来的基督教劝世作品的套路:从皈依之前的苦恼到皈依之后的感动、狂喜。泰戈尔不过是把这个套路再曲折化一点表现出来而已。

东方人读《吉檀迦利》时,看到生的幸福,看到对爱的赞颂,看到心灵的力量;西方人读《吉檀迦利》时,当然也不是没看到这些,但是首先看到了宗教,看到了上帝、基督。双方都看到了自己最易接受的东西。所以,笔者认为泰戈尔诗歌就像是黄山石,不但奇丽,而且观赏者说它像什么都可以,他们可以把它和自己喜欢的形象联系起来,所以观赏者络绎不绝。

第五节　《吉檀迦利》的翻译与再创作

只是在思想上迎合某地的主流宗教,并不足以使一部文学作品获得声望。文本本身才是一部作品受到好评的基点。原本用孟加拉文创作的《吉檀迦利》,到了欧洲就必须转换成欧洲通行的语言,很自然泰戈尔选择了他自幼便开始学习的英语。《吉檀迦利》的英文文本,才是这部诗集在欧洲读者中的真正读本。

然而,翻译是一次重新创作,没有比《吉檀迦利》更能印证这句话的了。笔者通过比较他人[2]从孟加拉文的《献歌集》译出的英文本,和

1 参照陈明:《"你是天空,你也是鸟巢"——简论〈吉檀迦利〉中的神秘主义》,《国外文学》1996年第2期,第114页。

2 本篇中使用的《献歌集》英文译者为詹姆斯修士(Brother James),原名詹姆斯·塔拉罗威(Talarovic, James),毕业于美国圣母大学,在校期间研习印度北部和孟加拉的苏菲派思想。从1940年到1979年,他一直在孟加拉担任教师,也是达卡的孟加拉圣十字使团(Holy Cross Bengal Mission)的传教士,精通孟加拉文。笔者使用的这个译本是达卡的大学出版公司(University Press. Ltd.)1983年出版的。这个译本2002年在美国重新出版时,加上了泰戈尔研究专家、伦敦大学东方和非洲学院南亚语言文化系孟加拉语教授威廉·雷迪斯的前言,更加肯定了这个译本的价值。除此之外,《献歌集》的新译本还有安维尔出版社(Anvil Press)在2000年出版的乔恩·温特(Winter, Joen)译本,但笔者未能一读,不知质量优劣。

英文版《吉檀迦利》中泰戈尔本人的译本，得出的结果实在是惊人，两个译本差别如此之大，简直让人难以相信它们都是从同一原文译出的。《献歌集》当中的格律在《吉檀迦利》里完全消失了，《吉檀迦利》采用了散文诗（free verse）的形式，光从结构上，就比《献歌集》“现代”了很多。泰戈尔不是没有读过英文的格律诗，他之所以把自己的格律诗翻译成散文诗，而不是严格的英文格律诗。笔者认为是因为在格律诗的严格限制下，要表达出一定的诗歌意象和内涵，并且维持整体上庄重崇高的风格，就必须精通英语，拥有相当大的词汇量以押上韵脚，还需要深刻了解英语语法结构的微妙之处，以保证能在诗行内正确地调整音步而不生雕琢之感，而泰戈尔的英语水平恐怕难以做到这一点。从泰戈尔自己翻译的几部诗集和论文集，以及他的英文书信来看，他的英语单词量是比较有限的，对于语法的应用也是常常只限于初级的复合句，对于他来说，朴实的《圣经》语言也许比当时灵巧精致的上层阶级高雅英语更容易驱使。这种语言显然不久就引起了高层次读者的不满，叶芝恼怒地骂泰戈尔不懂英语，[1]而庞德则客气却刻薄地说泰戈尔遣词造句太过“虔诚”了。[2]

不过且不论这种翻译方式的原因为何，它产生的效果是很好的。简单的单词，简单的句型，语调平静，内敛但有效地表达情绪，在英语文学中，这种写法的源头之一是《圣经》，采用这种写法的作品中最杰出的代表作之一也是《圣经》。在《吉檀迦利》中，泰戈尔有意识地——或下意识地——采用了《圣经》风格的遣词用字，就翻译策略而言，这是一种翻译过程中的改写。

比较《献歌集》和《吉檀迦利》可以发现，《献歌集》中的一些词句在《吉檀迦利》中消失了。比如：“醒来我看见他的/芳香渗透黑暗，/疯癫了南风，/无限地扩散。”也许是狂吹的南风太有艳情味，不再适合移入作者选译的已具有庄重语调的《吉檀迦利》？还有个别词句的意思已经改变了。例如《献歌集》中的“他手持弦琴（beena），/深

1 Krishna Dutta and Andrew Robinson, *Rabindranath Tagore: the Myriad-Minded Man*, New York: St. Martin's Press, 1996, p.4.

2 Arvind Krishna Mehrotra (ed), *A History of Indian Literature in English*, London: Hurst & Company, 2003, p.113.

夜来临，/梦中弹奏的乐曲，/那么深沉”。到了《吉檀迦利》里面，就变成了“他在静夜中来到：手里拿着琴（harp），我的梦魂和他的音乐起了共鸣”——这里的“琴”从“beena”变成了“harp”，还增添了“共鸣”一词。实际上在从《献歌集》到《吉檀迦利》中，“harp”置换“beena”的地方共有五处（第15、26、77、100首，在第100首中有两处）。“beena”是印度特有的七弦琴，状如吉他，手持弹奏，而“harp”在现代通常指大型的竖琴，这种琴比人的身体还大，不可能像“beena”一样拿在手上弹，更别提随身带到情人家里去了。不过追究起词源，“harp”在过去也曾经指过小型的，可以手持弹奏的七弦琴，和“beena”勉强可以比拟，这种小型竖琴的来源有两处，一处是在古希腊神话中，信使神赫尔墨斯送给太阳神阿波罗的手持小竖琴被叫作“harp”；另一处便是在钦定本《圣经》里，如：“And it came to pass, when the evil spirit from God was upon Saul, that David took an harp, and played with his hand: so Saul was refreshed, and was well, and the evil spirit departed from him.”（从神那里来的恶魔临到扫罗身上的时候，大卫就拿琴，用手而弹，扫罗便舒畅爽快，恶魔离了他。）（《撒》16：23）根据泰戈尔本人的回忆录，他不曾熟读过希腊神话和史诗，虽然从很多浪漫主义诗人那里，他也许听过这个词，不过从引人“共鸣”一词的下文看，似乎“harp”还带着某种精神力量，那么他所想的更可能是《圣经》中的小竖琴。《圣经》中的小竖琴是祭祀上帝的重要道具之一，如“Praise him with the sound of the trumpet: praise him with the psaltery and harp”.（要用角声赞美他，鼓瑟弹琴赞美他。）（《诗篇》150：3），上文中的引文也说明了琴音有着感染净化精神的力量，如果说beena的琴音表达情人相思的心情很恰当，那么harp的声音会令人想起神的感召，引发神秘体验般的效果，这是有基督教文化背景的依据的。

再看《吉檀迦利》第11（《献歌集》第119）的第一段，泰戈尔的翻译用词同样令人深思。

孟加拉文本拉丁注音：

bhajan pujan sadhan aradhana samasto thak pade
ruddhadvare devalayer kone keno achis ore!

andhakare lukiye apan-mane
kahare tui pujis samgopane,
nayan mele dekh dekhi tui ceye
devata nai ghare

《献歌集》第119（英文译本）：

Hymns, worship, practices, adoration
leave all these now.
Why are you sitting in a corner of the temple
behind closed doors?
Hiding secretly in the dark.
Who is it you worship in your mind?
Open wide your eyes. Look and see:
The deity is not in the room.[1]

《献歌集》第119（中文译本）：

哦，你为什么跪在
关闭的神庙里？
哦，莫再苦修膜拜，
莫再诵经冥思！
躲在暗处你专心地
对谁秘密顶礼？
你睁开眼细看，
神明不在殿宇。[2]

《吉檀迦利》第11（英文本）：

1 Rabindranath Tagore, *Gitanjali*, Brother James (trans), Dhaka: University Pr. Ltd., 1983, p.131.

2 泰戈尔：《献歌集》，载《泰戈尔全集》第4卷，第120页。

Leave this chanting and singing and telling of beads! Whom dost thou worship in this lonely dark corner of a temple with doors all shut? Open thine eyes and see thy God is not before thee![1]

《吉檀迦利》第11(中文译本):

> 把礼赞和数珠撇在一边罢！你在门窗紧闭幽暗孤寂的殿角里，向谁礼拜呢？睁开眼你看，上帝不在你的面前！[2]

也许熟悉基督教的读者马上就会注意到，两种英文本中有一处明显的差别，就是对神明的称呼。“Devata”，孟加拉文中的“神明”，在《献歌集》的译文中翻译成“the deity”，而不像泰戈尔本人翻译成“thy God”。在英语中，the deity是泛指超自然的神灵，在20世纪初的保守年代，“deity”这样的词在普通的民众心中甚至还带有轻微的异教色彩，[3]而大写开头的“God”则明确指代基督教的上帝。在泰戈尔描绘的东方风景中，出现了“上帝”，而且在《吉檀迦利》诗集中出现了13次之多。在同是东方人的中国读者看来，未免有点不协调，而根据泰戈尔的各种论著，也表明他并不是某一种宗教的信徒，所以历来的中国学者都倾向于把“God”解释为泰戈尔个人的心灵之神。但是，泰戈尔本人虽不是基督教教徒，至少他很熟悉英语世界的基督教文化，年轻时也曾经在英国生活过两年，泰戈尔不可能不知道英国人眼中大写的“God”是什么意思，如果真是为了表达他心目中那唯一的无可名状的宇宙之神，他就不该选择这样的翻译用词，来明显地投合基督教教徒的期待视野。不仅如此，在基督教教徒心目中等同于上帝的“Lord”，在整部《吉檀迦利》中也出现了18次之多，虽然这个词的基督教意味没有那么强烈，不过在基督教教徒的眼里，暗示意味也足够明显了。

1 Rabindranath Tagore, *Gitanjali and Fruit-Gathering*, London: The Macmillan Company, 1918, pp.8–9.

2 泰戈尔:《吉檀迦利》,载《泰戈尔全集》第4卷,第273页。

3 大写开头的“Deity”也会用来指代上帝，不过这种用法并不普遍，而小写开头的“deity”即使在对宗教用语已经不那么严格要求的现在，也极少用来指代上帝。

不仅如此，在用词整体倾向于明白浅显的诗集中，他却使用了“thou”和“thee”来代替“you”，在第二人称动词后面加“-st”和“-est”，这种古风的词格到浪漫主义时代还在使用，但是到了20世纪初期，英语诗歌就已经完全不流行这些用法了。大力推崇泰戈尔的叶芝，他自己的诗是从来不用这些词的。不但叶芝，当时的新派诗人基本上都没有再用这样的变格。固然，泰戈尔曾经提到自己幼时学英语的文学读本，他常读莎士比亚、弥尔顿和拜伦的诗，他们诗中的代词和动词便是使用这一套变格。但是作为一位诗人，泰戈尔对欧洲英语诗歌的语言演变并不是没有了解，他应该知道当时除了《圣经》和遗老遗少的文字，恐怕只有极少人还这样写诗了，但是他仍然选择了这样的用法，这应该是有原因的——那就是泰戈尔要从这《圣经》式的语言中借来崇高庄重的风格和宗教的感染力。

现在流行的新国际版《圣经》出现之前，西方英语国家世界的权威《圣经》版本是1611年定稿、1769年修订、1870—1895年再修订的钦定本《圣经》，这个版本的《圣经》是所有基督教家庭儿童从牙牙学语时起就耳濡目染的“故事”，《圣经》里的诗篇则是他们最早知道的“诗”，即使是穷苦得上不起学的孩子，也会在教会、在主日学校学到这个版本的《圣经》。对于20世纪初以母语为英语的人来说，钦定本《圣经》的语言就像摇篮曲，就算在日常言谈中不多使用，但却会被始终珍重地保留在心头；即使从来不进教堂的人，听到这种语言也会立刻受到触动，虽然实际上，在当时的日常语言和一般散文写作中，这种语言早就过时了。

《吉檀迦利》却刻意使用这种文字风格，平实、多用简单句、有意识地选用带有布道式的词汇，音韵铿锵，朗朗上口。例如：“Thou hast made me known to friends whom I know not. Thou hast given me seats in homes not my own.”（《吉檀迦利》第63首：你使不相识的朋友认识了我，你在别人家里给我准备了座位。）在翻译的过程中，泰戈尔大胆地舍弃了诗歌的外在格律，保持了内在的韵律，并且选择将简练、优美、庄重的《圣经》语言糅合到诗歌中，以散文诗的形式出现在读者面前。这样带着《圣经》散文体的简练优美的文风，虽然讲着异国的故事，语言却是欧美读者极熟悉的调子，一下子就抓住了在《圣经》的语境中长大的欧美读者，让他们马上就能接受这本诗集——和《吉檀迦利》在中国的接受过程一样，欧美读者也从泰戈尔刻意选择的语言中，找到了熟悉、合适的表达手法，所以特别容易接受这本诗集。在这里，翻译的确已经不能再称为翻译，它是一次全新的创作。

泰戈尔因他的这一次创作赢得了极高的荣誉，但也付出了相应的代价。

首先，《吉檀迦利》采用《圣经》式的表达是为了让西方读者读起来既顺口又庄重，结果用了相对古老的语法词汇，没过多久就显得陈腐、了无新意，在今天的西方年轻人眼中变成老祖母才会看的书。就连原本使用这种语言的《圣经》本身，也在20世纪后半叶有了新的版本。新版本抛弃了古老的用字，采取了和现代日常生活用语更贴近的表达法。例如1978年问世的新国际版《圣经》，这个版本因其编译质量高超而很快取代钦定本《圣经》，成为当今英语世界最流行的《圣经》版本，它的文本中就不再使用古字。就连钦定本《圣经》本身，也在1982年出了新修订本，将“thee，thine，thou，ye”等古字改为“you，your”等；原来的旧式动词，如“doeth，doest，dost，hath，hast”改为“do，does，have，has”等，以符合现代人口味。在这样的语言演变大环境下，《吉檀迦利》的语言显得古老陈旧、不再吸引年轻读者的眼光，这也是在所难免的。

其次，《圣经》式的语言风格加强了读者对诗歌内容在基督教视野中的期待，而这个期待却是注定会落空的。《吉檀迦利》虽是宗教诗，但绝没有打算成为颂扬基督教上帝的诗歌，泰戈尔相信神灵的存在，但并不是任何一种宗教的虔诚信徒，他有自己领悟神的方式，并不服从于任何宗教教条，这一点在泰戈尔《一个艺术家的宗教观》中表露无遗。当笃信基督教的读者发现这一点时，难免不会对这部诗集的表现手法产生疑惑，进而对诗集中的思想感情产生疑惑，再进一步对自己之前对这部诗集给予的过高评价产生疑惑。而能够摆脱这些因素影响的高层次读者，又会在诗集中发现别的问题。

再次，高层次读者会发现，泰戈尔诗集中来自南亚次大陆传统的清新柔婉的天然风格，和《圣经》式的庄重崇高并不相配。印度宗教诗歌传统中重冥想和重领悟的风格，与基督教的严肃内省也并不是一回事。实际上从一开始，他诗歌内容中来自孟加拉文学传统的民歌风格和奥义书的思想，就和文字上的《圣经》风格有所冲突，只是这种冲突在暧昧圆融的字句中很好地隐藏了起来。《吉檀迦利》刚刚在欧洲问世的时候，显然是诗中的东方内容压倒了西方化的表达，读者在刚刚读到这些诗句的时候，很自然地会忽略熟悉的表达方式，而只关注陌生的内容。等到细读这些诗句时，渐渐就会开始注意到内容和形式的矛盾之处。例如，第五首中的“在这静寂和无边的闲暇里唱出生命的献歌”，[1]这闲暇在印度是生活的常态，也是充分冥想时间的来源，而基督教的传统却是要求人们不断勤劳工作，因此在基督教世界的诗歌中很少见到对闲暇的张扬。最初阅读时，读者也许只当作异国情调而将之忽视过去，细读时却会感觉到不协调。又如，上文提到《吉檀迦利》中多次出现“God”“Lord”这样的字样，但与之相对的“friend”这个词也反复出现，指代的却是同一个对象。在印度民歌中，这很常见，但是基督教文化中却没有这样的习惯。这些非基督教的字句和《圣经》化的字句夹杂在一起，结果是其中的任何一方都没有形成贯穿始终、统摄全局的风格，这些细微之处足以让对语言极度敏感的高层次读者意识到，这部诗集实际上缺乏对英语的精准把握。而且，由于这是作者本人的翻译，从一开始就被视为“著作”而不是“译作”，因此很难像一般的翻译作品那样，把瑕疵推到翻译者头上，然后让读者去想象原作的完美。

第六节 《吉檀迦利》的接受史分析

同一部《吉檀迦利》，在印度和欧洲的境遇如此不同，这原因已经无法从作品本身找，而必须从读者自身的文化背景和跨文化交流实际情况来分析。在印度，《吉檀迦利》首先是外国读者比本国读者多得多的“世界文学经典”，而并非以文学价值受到重视的一般文学著作。在欧洲，《吉檀迦利》首先是承载东方文化的载体，其次才是出色的诗歌作品。当读者发现它承载的东方文化掺杂了西方的影响，并非完美的和谐体，便舍它而去。一本书在不同的时间、地点，充当了如此不同的各

1 泰戈尔：《吉檀迦利》，载《泰戈尔全集》第4卷，第271页。

种角色，自然也会带来不同的接受历史。

一、《吉檀迦利》在印度的影响

说来可能令中国读者难以理解，《吉檀迦利》或《献歌集》在印度的影响，基本上等于没有影响。对于这两部诗集，实际上只有“接受”和“遗忘”，而没有长期的接受状况演变形成的“史”。

印度人永远也不会忘记，泰戈尔凭借《吉檀迦利》成为第一位进入世界文坛主流的印度作家，也凭着这部诗集成为第一位获得诺贝尔文学奖的亚洲人，这对于印度来说是一种极大的荣誉。不过，也就到此为止，他们接受《吉檀迦利》带来的荣耀，忽视这部诗集本身，对作为原文的《献歌集》也一样。固然，泰戈尔本人在今天的印度也逐渐变成历史，成为一个遥远、褪色、模糊的影像，但他的作品中毕竟有一部分仍在被传唱，人们也还能背诵他的一些诗，还在上演着他的一些戏剧，还会偶尔阅读他的一些小说，只是现在印度多数读者还在阅读的泰戈尔的作品目录中并不包括《吉檀迦利》或《献歌集》。在西方和中国，《吉檀迦利》都被称为泰戈尔的代表作之一，但是在印度，它并不被认为是泰戈尔的代表作，在可见的未来也许仍不会被认定是他的代表作。《吉檀迦利》之所以很少被印度人阅读，可能因为它是用外国语言再创作的作品，但《献歌集》不被普通读者和文学评论家注重的理由，就只能从它自身寻找。

《献歌集》是一部宗教诗集，用的是传统的严格格律。泰戈尔是一个非常出色的诗人，不过在诗歌资源极其丰富的印度大陆，只是用原本就有的格律和题材创作出好诗，还不足以让人铭记他的名字，这正是《献歌集》在印度不被重视的背景。泰戈尔还在流传的诗句，多数是他有意识地冲破诗歌格律的束缚，采用自由诗体之后写下的作品。例如前文所举的那些诗，他以口语入诗，以民歌入诗，形成了崭新的诗歌风格。泰戈尔认为，“格律本身还不是诗。诗的本质在于激情，格律只是起着次要的、用来表达这种激情的作用”。[1]这种观点是泰戈尔对诗

1 泰戈尔：《诗与韵律》，载《泰戈尔论文学》，陈宗荣译，上海：上海译文出版社，1988年，第135页。

歌理论的贡献，而这段文字是在1936年写下的。在《献歌集》的写作年代，泰戈尔还是倾向于格律诗，他在1893年写下“河水在不再为河岸所制约，流散为一片单调的茫茫水泽时，便失去了自己的美。就语言而言，韵律起着河岸的作用，赋予它以形式、美和特征。正如河岸给每一条河以鲜明的个性一样，格律也使得每一首诗成为独创；散文就像那没有特色、没有个性的湖泽。而且，河水会流动，会前进；而湖泽只会以一片茫茫大水将土地吞没。所以，为了给语言以力量，韵律的严密束缚是必要的；否则，它就会一再扩散开去，而无法前进”。[1]包含这段文字的书简和泰戈尔其他写于同时代的书信一起构成了《孟加拉掠影》，出版于1912年，正好是《吉檀迦利》在伦敦出版的同一年。至于《吉檀迦利》采用散文诗的形式，与其说是泰戈尔在文学形式上的探索，不如说是他因为英文能力不足而不得不采用的敷衍之计。[2]

既然不是有独特价值的诗集，只是在印度浩如烟海的传统诗作中增添了百来首诗句——虽然是非常优秀的诗句。这部诗集，和当年读者的期待视野完全一致，没有任何新鲜的补充，当然印度人会波澜不惊地接受这部诗集，然后漠然地把它放在一边。

二、《吉檀迦利》在欧洲的接受史分析

泰戈尔在西方曾经有过辉煌，而今天却归于沉寂。2002年，《献歌集》的英文译本在美国出版时，书评家如此评点作者：“诗人及和平主义者泰戈尔是诺贝尔文学奖获奖者中最为世间遗忘的一位。当然，没有人怀疑他的价值，但是在孟加拉语社会以外，他的读者实在极少。”（Poet and pacifist Tagore (1861—1941) is the mostly forgotten winner of the Nobel Prize in literature (1913). Certainly, no one questions his

1 泰戈尔：《孟加拉掠影》，刘建译，上海：上海译文出版社，1985年，第99—100页。

2 在泰戈尔1913年写给侄女黛维的信中，他说：“If anybody wrote an English note asking me for tea, I did not feel equal to answering it. Perhaps you think that by now I have got over that delusion. By no means. That I have written in English seems to be the delusion.”这段文字表达的内容，和这短短几句文字中出现的不规范语法以及别扭的断句，都说明了泰戈尔的英文能力确实不太高明。

worthiness, but outside of the Bengali-speaking world, he wins very few readers.)[1] 2005年，英国戏剧家品特(Pinter, Harold)获得诺贝尔文学奖时，他的反对者批评他，说他和泰戈尔是一类作家——得过大奖，但如今作品没人读的作家。[2]品特的作品如何姑且不论，泰戈尔被人拉来做这种榜样，实在令热爱他的读者深感悲哀。

下图显示了大英图书馆藏英美出版的有关泰戈尔的著作数量统计(按出版年份划分，共计247种)。

图1：大英图书馆藏英美出版泰戈尔研究著作出版年份统计表

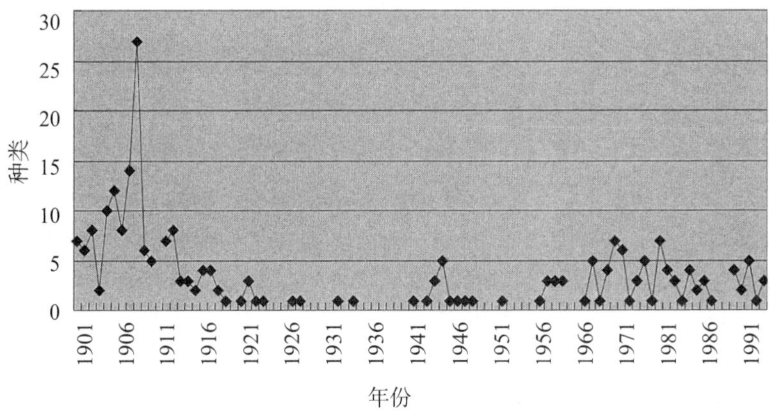

大英图书馆藏书量在英语世界名列前茅，尤其是英国国内出版的书籍，大英图书馆基本上都有收藏。从大英图书馆馆藏书目来分析，可以窥一斑而见全豹，了解英美出版界——实际上也反映了知识界——对泰戈尔的关注的历史变迁。

很明显，20世纪20年代初期是出版界、知识界最关注泰戈尔的时

1 引自Library Journal.com网站在2002年此书出版时所作的评论，此网站是里德商业资讯公司(Reed Business Information)旗下《图书馆情报杂志》(*Library Journal*)的网络扩展版；书评人威廉·雷迪斯博士，曾任伦敦大学东方与非洲研究学院(School of Oriental and African Studies)东亚和东南亚系主任，雷迪斯本人是诗人、作家，通晓孟加拉文，是泰戈尔研究专家，一直致力于将泰戈尔的孟加拉文作品翻译成现代英文，其翻译的泰戈尔作品包括两本孟加拉文诗歌选集、戏剧《邮差》和一本短篇小说集。

2 "Pause and Reflect on Pinter's Nobel Win", The Guardian, October 17, 2005.

期，之后各界对他的关注程度急剧下降。在四五十年代，甚至有好几年完全没有出版他的书，只是在1961年诗人诞辰100周年时，稍微再版过一些书，这种状况一直维持到20世纪80年代，然后以泰戈尔诞辰125周年的纪念活动为契机，人们对泰戈尔重新开始有了一点兴趣，之后就一直保持在低水平线上徘徊，不过毕竟还没有落到零兴趣的冰点。探究其中的原因，笔者认为可以做这样的解释：西方的读者在热情地推崇泰戈尔之后，冷静地分析了他的作品，终于发现了其中似是而非的"神秘主义"，以及双刃剑一般的《圣经》式词汇用法，从而了解了泰戈尔的作品和他们的理想并不一致。经过足够时间的冷静思考后，他们再度审视泰戈尔。在阅读孟加拉原文英译本之后，他们能够更加客观地研究和欣赏泰戈尔。

基于上文分析的理由，对于一个西方的知识分子来说，泰戈尔的诗起初看来既符合他们的期待视野，又没有超出他们的期待范围。作为宗教诗，作为他们心中东方精神文明的载体，泰戈尔的诗句朗朗上口而且风格独特，但是细细咀嚼之后，他们就发现泰戈尔的诗并不拘泥于这点意味，还有更多令他们难以理解的东西，比如暴力与和平、跨文化交流和共存、心灵的自由、理性思维、开放与包容精神等等，他的诗句不仅仅只是在青山绿水中礼拜神灵，寻求自身解脱，他的诗还蕴含深意、绵里藏针。例如他对西方殖民者的掠夺行为就有所讽刺，如《吉檀迦利》第33首，"他们……攫取了神坛上的祭品"。[1]"他们"便可理解为是西方掠夺者的代称。可见，《吉檀迦利》并不是那么简单、单纯的宗教诗，它里面还有更多的意蕴。在表层，泰戈尔歌颂广布在宇宙一切角落、全能而慈爱的神；在深层，泰戈尔寻求着神爱之下的和平、自由、和谐。这并不仅仅是抽象的理论，更蕴含着入世的现实追求。例如《吉檀迦利》第35首："进入那自由的天国，我的父啊，让我的国家觉醒起来吧。"[2]对于日不落帝国的信奉者，这样的诗句肯定令他们心情难入佳境。

泰戈尔带有宗教意蕴的诗歌所隐含的内在意义并不符合西方读者的口味，他们意识到自己曾经热情颂扬的，很大程度上只是泰戈尔在有意识或无意识中为了迎合他们而粉饰出来的外表。叶芝开始时是泰

1 泰戈尔：《吉檀迦利》，载《泰戈尔全集》第4卷，第283页。

2 同上书，第284页。

戈尔的一个最热情的颂扬者，但后来对泰戈尔的作品却十分冷淡，甚至加以批评，原因也在于他逐渐发现了泰戈尔作品的丰富性。泰戈尔的写作涉及众多领域，并不仅仅只是局限于追求宗教上的精神解脱，这与叶芝最初期望从泰戈尔身上得到的，以及叶芝承诺泰戈尔会给予西方知识分子的东方思想并不十分吻合，无怪乎他在1935年写给罗森斯坦的信中恼怒地说“该死的泰戈尔”！[1]他们原本便匆忙地将自己对泰戈尔的期待当作泰戈尔的实际情况，就连诺贝尔授奖辞中都花了大段篇幅来把泰戈尔和基督教传播生拉硬扯到一起。当期待落空时，他们就抛开泰戈尔，这也是理所当然的结果了。如果说他们仅仅因为泰戈尔确实具有的诗歌技巧或东方式的启迪而欣赏泰戈尔，那就无法解释为什么他们对泰戈尔的热情很快就冷淡下来，而且再也没有炽热过的历史事实。其实在泰戈尔还在大红大紫的时候，汤普森就评论过：“他把自己的声调越降越低，抹去一切他觉得太有印度特点的东西，其实被他抹去的东西通常正是作品魅力和力量所在。”(More and more he toned down or omitted whatever seemed to him characteristically Indian, which very often was what was gripping and powerful.)[2]每个作家心中都早预设了一个“接受模型”，并且在不同程度上依靠着这种“接受模型”，因为任何作家都希望自己的作品有尽可能多的读者。[3]泰戈尔也不例外，他按照他所了解的西方读者口味，修改自己的作品，这虽然是合理的行为，但他却要为这种行为付出代价。因为他口中唱的，不再是完全从自己内心流露出的自然歌声，而敏感的读者是能够感觉到这种不真实的表现的。所以当他打算沿着《吉檀迦利》的路线继续迎合西方读者的口味时，西方读者也渐渐意识到了这并不是他的真实面目。格雷厄姆·格林(Greene, Graham)于1937年发表了一个毫不留情的评论：“说起罗宾德拉纳特·泰戈尔，我不相信除了叶芝先生，还有谁会把他的诗当回事。”(As for Rabindranath Tagore, I cannot believe that anyone but Mr. Yeats can still take his poems very seriously.)[4]他的评价不仅只是点

1 *Rabindranath Tagore: The Myriad-Minded Man*, 1996, p.4.

2 *A History of Indian Literature in English*, p.111.

3 朱立元：《接受美学》，上海：上海人民出版社，1989年，第35页。

4 *Rabindranath Tagore: The Myriad-Minded Man*, 1996, p.349.

评泰戈尔的语言，也不满于他的诗歌中的矫揉造作。

有助于《吉檀迦利》迅速传播流行的《圣经》式语言，在今天也同样成为削弱这部诗集影响力的一个因素。简朴、庄重的《圣经》式语言，其实与泰戈尔柔婉的文风并不完全相配，而他有限的英语词汇量更是令欧洲高层次读者深感失望。

1935年，曾经力捧泰戈尔的叶芝就已经严厉地批评泰戈尔的创作："他觉得写出英语、显出他懂英语，比当个了不起的诗人更重要……(他)搞出了些充满感伤的垃圾文字，完全糟蹋了他的声望。泰戈尔不懂英语，印度人都不懂英语。一个人如果不是童年时期就学会某种语言，并且从此一直用这种语言思维，那么他一定无法用这种语言写出充满韵律感、有品位的文字。"[1]庞德更是早在1917年就辛辣地讽刺道："泰戈尔获得诺贝尔奖……一部分是因为他让瑞典学院不必为在彼此相争的欧洲作家们中选谁而犯难。"[2]

作品的艺术生命长短，取决于读者的接受情况，而读者的接受程度，很大程度上依赖于作品是否符合或背离他们的期待视野。《吉檀迦利》最初的成功，正如前面章节所述，是因为它符合了读者的期待视野；而它后来的没落，却是因为读者发现他们最初看到的只是表面假象，最终却发现这部诗集骨子里并不符合他们的期待视野。

1 *Rabindranath Tagore: The Myriad-Minded Man*, 1996, p.4.

2 *A History of Indian Literature in English*, p.112.

附录一

重要文献

一、外文部分

Aronson, Alex: *Rabindranath Through Western Eyes*, Allahabad: Kitabistan, 1943.

Basu, Sanka: *Chekhov and Tagore: A Comparative Study of Their Short Stories*, New Delhi: Sterling, 1985.

Bhatia, Nandi: "'Shakespeare' and the Codes of Empire in India", *Journal of Comparative Poetics*, No. 18, 1998.

Bhattacharya, Srinibas: *Tagore and the World*, Calcutta: Om Prokash Podar,1961.

Bhattacharya, Vivek Ranjan: *Tagore's Vision of a Global Family*, New Delhi: Enkay Publishers, 1987.

Brodwin, Leonora Leet: *Elizabethan Love Tragedy: 1587–1625*, New York: New York University Press, 1971.

Cannon, Garland: "Sir William Jones and the Sakuntala", *Journal of the American Oriental Society*, Vol. 73, No. 4, 1953.

Chakravarty, Amiya (ed.)：*A Tagore Reader*, New York: The Macmillan Company, 1961.

Chatterjee, Abha: "Exploring Ethical Dimensions in Tagore's Muktadhara", *Teaching Business Ethics*, Vol. 4, No. 4, 2000.

Chaudhuri, Bhudeb and Subramanyan, K.G. (eds.): *Rabindranath Tagore and the Challenges of Today*, Shimla: Indian Institute of Advanced Study, 1988.

Chaudhury, Pravas Jivan: "Asceticism in Tagore's Aesthetics" , *The Journal of Aesthetics and Art Criticism*, Vol. 24, No. 1, 1965.

Choudhary, Sukhbir: *Growth of Nationalism in India(1857–1918),* New Delhi: Trimurti Publications, 1973.

Das, Sisir Kumar: *Rabindranath Tagore: Talks in China*, Calcutta: Visva-Bharati Rabindra-Bhavana, 1999.

Dasgupta, Alokeranjan: *Goethe and Tagore: A Retrospect of East-West Colloquy Monograph*, New Delhi:South Asia Institute, University of Heidelberg, 1973.

Dasgupta, Uma: *Tagore: Selected Writings on Education and Nationalism*, Oxford: Oxford University Press, 2009.

Datta, P.K. (ed.)：*Rabindranath Tagore's The Home and the World: A Critical Companion*, London: Anthem Press, 2005.

Dutta, Krishna and Robinson, Andrew (eds.): *Selected Letters of Rabindranath Tagore*, London: Cambridge University Press, 1997.

Dutta, Krishna and Robinson, Andrew: *Rabindranath Tagore: The Myriad-Minded Man*, New York: Tauris Parke Paperbacks, 2009.

Forster, E. M.: *Abinger Harvest*, San Diego: Harcourt Brace Jovanovich, 1964.

Garrett, John (ed.): *Talking of Shakespeare*, London: Hodder & Stoughton, 1954.

Guha-Thakurta, Prabhucharan: *The Bengali Drama: Its Origin and Development*, London: Routledge, 2000.

Gupta, Kalyan Sen: *The Philosophy of Rabindranath Tagore*, Aldershot; Routledge, 2005.

Hallengren, Anders (ed.): *Nobel Laureates in Search of Identity and Integrity : Voices of Different Cultures*, New Jersey: World Scientific, 2004.

Hay, Stephen N.: *Asian Ideas of East and West: Tagore and His Critics in*

Japan, China and India, Cambridge: Harvard University Press, 1970.

Hay, Stephen N.: "Rabindranath Tagore in America", *American Quarterly*, Vol. 14, No. 3, 1962.

Hay, Stephen N.: "Reviewed work(s): A Tagore Reader", *The Journal of Asian Studies*, Vol. 21, No. 1, 1961.

Hogan, Patrick Colm and Pandit, Lalita (eds.): *Rabindranath Tagore: Universality and Tradition*, London: Fairleigh Dickinson University Presses, 2003.

Hurwitz, Harold M.: "Ezra Pound and Rabindranath Tagore", *American Literature*, Vol. 36, No. 1, 1964.

Ivbulis, Viktors: *Tagore, East and West Cultural Unity*, Kolkata: Rabindra Bharati University Press, 1999.

Johnson, R.: "Juan Ramón Jiménez, Rabindranath Tagore, and 'La Poesía Desnuda'", *The Modern Language Review*, Vol. 60, No. 4, 1965.

Kohn, Hans: *The Idea of Nationalism*, New York: The Macmillan Company, 1945.

Lago, Mary and Ronald, Warwick (eds.): *Rabindranath Tagore: Perspectives in Time*, London: Macmillan Press, 1989.

Lago, Mary M. (ed.): *Imperfect Encounter: Letters of William Rothenstein and Rabindranath Tagore*, Cambridge: Havard University Press, 1972.

Lal, Swati: "Rabindranath Tagore's Ideals of Aesthetic Education", *Journal of Aesthetic Education*, Vol. 18, No. 2, 1984.

Majumdar, A. K. Basu: *Rabindranath Tagore: the Poet of India*, New Delhi: Indus Pub. Co., 1993.

Mehrotra, Arvind Krishna (ed.): *A History of Indian Literature in English*, London : Hurst & Company, 2003.

Miller, David: "Crooked Timber or Bent Twig? Isaiah Berlin's Nationalism." *Political Studies*, 53 (2005):100–123.

Nandi, S.K.: *Art and Aesthetics of Rabindranath Tagore*, Calcutta: The Aslatic

Society, 1999.

Nandy, Ashis: *The Illegitimacy of Nationalism*, Delhi: Oxford University Press, 1994.

Nehru, Jawaharlal: *The Discovery of India*, New York: John Day, 1946.

O'Connell, Kathleen M.: "Freedom, Creativity, and Leisure in Education: Tagore in Canada, 1929" , *University of Toronto Quarterly*, Vol.77, No.4, Fall 2008, pp. 980–991.

Pathak, R.S.: *Indian English literature: Marginalized Voices*, Avadhesh Kumar Singh (ed.), New Delhi: Creative Books, 2003.

Pound, Ezra: "Rabindranath Tagore" , *Fortnightly Review*, Vol. 99, No. 560, 1913.

Prabhu, R. K. and Kelekar, Ravindr (comps.) and (eds.): *Truth Called Them Differently (Tagore-Gandhi Controversy)*, Ahmedabad: Navajivan Pub. House, 1961.

Quayum, Mohammad A.: "Tagore and Nationalism" , *Journal of Commonwealth Literature*, 39 (2004):1–6.

Radhakrishnan, Sarvepalli: *The Philosophy of Rabindranath Tagore*, London: Macmillan, 1918.

Raj, G. V.: *Tagore: The Novelist*, New Delhi: Sterling Publishers Pvt. Ltd., 1983.

Ray, Sangeeta: *En-Gendering India: Woman and Nation in Colonial and Postcolonial Narratives*, Durham and London: Duke University Press, 2000.

Sahay, Keshari N.: *Christianity and Culture Changing in India*, New Delhi: Inter-India Publications, 1986.

Salkar, Kalyan R.: *Rabindranath Tagore: His Impact on Education*, New Delhi: Sterling Pub, Pvt. Ltd., 1990.

Sarkar, Sumit: *Modern India*, Delhi: Macmillan, 1983.

Sen, Antara Dev: "Nobel gazing" , *The Indian Express*, Apr. 2004.

Sharma, T.R. (ed.): *Perspective on Rabindranath Tagore*, Ghaziabad: Vimal Prakashan,1986.

Singh, Ajai: *Rabindranath Tagore, His Imagery and Ideas*, Ghaziabad: Dalhi Vimal, 1984.

Sinha, Harendra Prasad: *Religious Philosophy of Tagore and Radhakrisnan: A Comparison and Analytical Study*, Delhi: Motilal Banaridals Publishers, 1993.

Sinha, Sasadhar: *Social Thinking of Rabindranath Tagore*, Bombay: Asia Pub. House, 1962.

Suleri, Sara: *The Rhetoric of English India*, Chicago: The University of Chicago Press, 1992.

Tagore, Rabindranath: *Gitanjali*, Brother James (trans.), Dhaka: University Pr. Ltd., Dhaka, 1983.

Tagore, Rabindranath: *Gitanjali and Fruit-Gathering*, London: The Macmillan Company, 1918.

Tagore, Rabindranath: *Gitimalya (Garland of Songs)*, Brother James (trans.), Dhaka: University Press. Ltd., 1984.

Tagore, Rabindranath: *Selected Letters of Rabindranath Tagore*, Krishna Dutta and Andrew Robinson (eds.), Cambridge & New York: Cambridge University Press, 1997.

Tan, Chung: *In the Footsteps of Xuanzang: Tan Yun-shan and India*, New Delhi: Indira Gandhi National Centre for the Arts & Gyan Publishing House, 1998.

Thompson, Edward J.: *Rabindranath Tagore: His Life and Work*, Whitefish: Kessinger Publishing, 2003.

Thompson, Edward J.: *Rabindranath Tagore: Poet and Dramatist*, London: Oxford Press, 1926.

Tuck, Donald R.: “The Religious Motif in the Poetry of Rabindranath Tagore” , *Numen*, Vol. 21, No. 2, 1974.

Urquhart, W. S.: "The Philosophical Inheritance of Rabindranath Tagore", *International Journal of Ethics*, Vol. 26, No. 3, 1916.

Viswanathan, Gauri: *Masks of Conquest*, New York: Columbia University Press, 1989.

Wilhelm, Friedrich: "The German Response to Indian Culture", *Journal of the American Oriental Society*, Vol. 81, No. 4, 1961.

二、中文部分

艾丹:《泰戈尔与五四时期的思想文化论争》,北京:人民出版社,2010。

艾恩斯:《印度神话》,孙士海、王镛译,北京:经济日报出版社,2001。

艾尔金斯:《超越宗教:在传统宗教之外构建个人精神生活》,顾肃、杨晓明、王文娟译,上海:上海人民出版社,2007。

安德烈:《我所体验的基督》,王揆生译述,上海:青年协会书局,1934。

巴尔赞:《从黎明到衰落——西方文化生活五百年》,林华译,北京:世界知识出版社,2002。

巴沙姆主编:《印度文化史》,闵光沛、陶笑虹等译,北京:商务印书馆,1997。

巴特勒:《浪漫派、叛逆者及反动派:1760—1830年间的英国文学及其背景》,黄梅、陆建德译,沈阳:辽宁教育出版社,1998。

鲍克:《神之简史》,高师宁等译,北京:生活·读书·新知三联书店,2007。

《薄伽梵歌》,张宝胜译,北京:中国社会科学出版社,1989。

蔡茂松:《比较神话学》,乌鲁木齐:新疆大学出版社,1993。

曹顺庆主编:《东方文论选》,成都:四川人民出版社,1996。

陈峰君主编:《印度社会论述》,北京:中国社会科学出版社,1991。

陈旭麓、郝盛潮主编,王耿雄等编:《孙中山集外集》,上海:上海人民出版社,1990。

陈映真主编:《诺贝尔文学奖全集》,新北:台湾远景出版事业公司,1981。

大林太良:《神话学入门》,林相泰、贾福水译,北京:中国民间文艺出版社,1988。

黛维夫人:《家庭中的泰戈尔》,季羡林译,桂林:漓江出版社,1985。

黛维夫人:《炉火情(泰戈尔谈话录)》,季羡林译,桂林:漓江出版社,1995。

德拉诺瓦:《民族与民族主义》,郑文彬、洪晖译,北京:生活·读书·新知三联书店,2005。

德雷恩:《新约概论》,胡青译,北京:北京大学出版社,2005。

邓迪斯编:《西方神话学读本》,朝戈金等译,桂林:广西师范大学出版社,2006。

《梵语诗学论著汇编》,黄宝生译,北京:昆仑出版社,2008。

盖尔纳:《民族与民族主义》,韩红译,北京:中央编译出版社,2002。

宫静:《泰戈尔》,台北:台北东大图书股份有限公司,1992。

海斯:《现代民族主义演进史》,帕米尔等译,上海:华东师范大学出版社,2005。

郝澎:《基督教与圣经》,海口:南海出版社,2005。

何乃英:《泰戈尔传略》,天津:天津人民出版社,1983。

何兆武、刘卸林主编:《中国印象——世界名人论中国文化》,桂林:广西师范大学出版社,2001。

侯传文:《寂园飞鸟——泰戈尔传》,石家庄:河北人民出版社,1999。

黄宝生:《印度古典诗学》,北京:北京大学出版社,1993。

黄心川:《印度近现代哲学》,北京:商务印书馆,1989。

黄心川:《印度哲学史》,北京:商务印书馆,1989。

黄心川主编:《现代东方哲学》,杭州:浙江人民出版社,1998。

霍布斯鲍姆:《民族与民族主义》,李金梅译,上海:上海人民出版社,2000。

吉登斯:《民族——国家与暴力》,胡宗泽、赵力涛译,北京:生活·读书·新知三联书店,1998。

季羡林、张光编选:《东西文化议论集》,北京:经济日报出版社,1997。

季羡林:《季羡林文集》,南昌:江西教育出版社,1998。

季羡林:《季羡林学术论著自选集》,北京:北京师范学院出版社,1991。

季羡林:《民间文学与比较文学》,北京:北京大学出版社,1991。

季羡林:《中印文化关系史论文集》,北京:生活·读书·新知三联书店,1982。

季羡林:《中印文化交流史》,北京:新华出版社,1991。

季羡林等主编:《印度文学研究集刊》(1—6辑),上海:上海译文出版社,1984—2003。

季羡林主编:《东方文学史》,长春:吉林教育出版社,1995。

季羡林主编:《简明东方文学史》,北京:北京大学出版社,1987。

季羡林主编:《印度古代文学史》,北京:北京大学出版社,1991。

贾汉贝格鲁:《伯林谈话录》,杨祯钦译,南京:译林出版社,2002。

金克木:《比较文化论集》,北京:生活·读书·新知三联书店,1984。

金克木:《梵语文学史》,北京:人民文学出版社,1964。

金克木:《印度文化论集》,北京:中国社会科学出版社,1983。

金克木:《中印人民友谊史话》,北京:中国青年出版社,1957。

金宜久主编:《当代宗教与极端主义》,北京:中国社会科学出版社,2008。

金元浦:《文学解释学》,长春:东北师范大学出版社,1997。

卡西尔:《神话思维》,黄龙保、周振选译,北京:中国社会科学出版社,1992。

克雷文:《印度艺术简史》,王镛、方广羊、陈聿东译,北京:中国人民大学出版社,2004。

克里巴拉尼:《泰戈尔传》,倪培耕译,桂林:漓江出版社,1984。

兰密施:《理解CHINDIA——关于中国与印度的思考》,蔡枫、董方峰译,银川:宁夏人民出版社,2006。

乐黛云、陈跃红等:《比较文学原理新编》,北京:北京大学出版社,1998。

乐山主编:《潜流——对狭隘民族主义的批判》,上海:华东师范大学出版社,2004。
李赋宁主编:《欧洲文学史》,北京:商务印书馆,2001。
李岫、秦林芳编:《20世纪中外文学交流史》,石家庄:河北教育出版社,2001。
里拉等编:《以赛亚·伯林的遗产》,刘擎、殷莹译,北京:新星出版社,2006。
利明、贝尔德:《神话学》,李培茱、何其敏、金泽译,上海:上海人民出版社,1990。
连士升:《泰戈尔传》,香港:香港文学研究社,1996。
林承节:《独立后的印度史》,北京:北京大学出版社,2005。
林承节:《印度近现代史》,北京:北京大学出版社,1995。
林承节:《印度民族独立运动的兴起》,北京:北京大学出版社,1984。
林承节:《中印人民友好关系史,1851—1949》,北京:北京大学出版社,1993。
刘安武:《印度两大史诗研究》,北京:北京大学出版社,2001。
刘安武:《印度文学和中国文学比较研究》,北京:中国国际广播出版社,2005。
刘安武:《印度印地语文学史》,北京:人民文学出版社,1987。
刘安武编选:《印度现代文学研究》,北京:中国社会科学出版社,1980。
刘建、朱明忠、葛维钧:《印度文明》,北京:中国社会科学出版社,2004。
刘建军:《基督教文化与西方文学传统》,北京:北京大学出版社,2005。
楼宇烈主编:《东方哲学概论》,北京:北京大学出版社,1997。
卢铁澎:《文学思潮论》,青岛:青岛出版社,2000。
《鲁迅全集》,北京:人民文学出版社,1973。
罗念生:《罗念生全集》,上海:上海人民出版社,2004。
骆锦芳:《诗学批评与文化解读》,昆明:云南大学出版社,2002。
麦格拉思:《基督教概论》,马树林、孙毅译,北京:北京大学出版社,2003。
孟昭毅:《东方文学交流史》,北京:天津人民出版社,2001。
《摩奴法典》,蒋忠新译,北京:中国社会科学出版社,1986。

纳拉万:《泰戈尔评传》,刘文哲、何文安译,重庆:重庆出版社,1985。

尼赫鲁:《印度的发现》,齐文译,北京:世界知识出版社,1956。

倪培耕:《印度味论诗学》,桂林:漓江出版社,1997。

帕利坎:《历代耶稣形象》,杨德友译,上海:上海三联书店,1999。

潘尼卡:《印度教中未知的基督》,王志成、思竹译,成都:四川人民出版社,2003。

普列姆昌德:《普列姆昌德论文学》,唐仁虎、刘安武译,桂林:漓江出版社,1987。

荣格:《人、艺术和文学中的精神》,孔长安、丁刚译,北京:华夏出版社,1989。

《莎士比亚全集》,朱生豪等译,北京:人民文学出版社,2002。

申丹:《叙述学与小说文体学研究》,北京:北京大学出版社,2004。

沈益洪:《泰戈尔谈中国》,杭州:浙江文艺出版社,2001。

圣笈多:《泰戈尔评传》,董红钧译,长沙:湖南人民出版社,1984。

石海峻:《20世纪印度文学史》,青岛:青岛出版社,1998。

苏蒂:《印度美学理论》,欧建平译,北京:中国人民大学出版社,1992。

孙宜学:《不欢而散的文化聚会——泰戈尔来华讲演及论争》,合肥:安徽教育出版社,2007。

孙宜学:《诗人的精神——泰戈尔在中国》,南昌:江西高校出版社,2009。

孙宜学:《泰戈尔来华讲演及论争》,合肥:安徽教育出版社,2007。

孙宜学:《泰戈尔与中国》,桂林:广西师范大学出版社,2005。

孙宜学:《泰戈尔与中国》,石家庄:河北人民出版社,2001。

塔米尔:《自由主义的民族主义》,陶东风译,上海:上海译文出版社,2005。

泰戈尔:《吉檀迦利》,吴岩译,上海:上海译文出版社,1986。

泰戈尔:《吉檀迦利》,谢冰心译,北京:人民文学出版社,1955。

泰戈尔:《回忆录·我的童年》,谢冰心、金克木译,北京:人民文学出版社,1988。

泰戈尔:《民族主义》,谭仁侠译,北京:商务印书馆,1982。

泰戈尔:《人生的亲证》,宫静译,北京:商务印书馆,1992。

泰戈尔:《泰戈尔论文学》,倪培耕等译,上海:上海译文出版社,1988。

泰戈尔:《我的回忆》,吴华译,太原:北岳文艺出版社,1994。

《泰戈尔全集》,刘安武、倪培耕、白开元主编,石家庄:河北教育出版社,2000。

《泰戈尔散文诗全集》,华宇清编,杭州:浙江文艺出版社,1990。

《泰戈尔随笔》,刘湛秋主编,合肥:安徽文艺出版社,1995。

泰戈尔:《泰戈尔游记选》,白开元、白海英、王晓东译,北京:中国国际广播出版社,2000。

谭云山:《印度人民对我抗战同情》,重庆:重庆独立出版社,1939。

谭云山:《印度周游记》,南京:新亚细亚学会,1933。

谭中、耿引曾:《印度与中国——两大文明的交往和激荡》,北京:商务印书馆,2006。

谭中:《谭云山与中印文化交流》,香港:香港中文大学出版社,1998。

汤用彤:《印度哲学史略》,北京:中华书局,1988。

唐仁虎、魏丽明等:《中印文学专题比较研究》,太原:北岳文艺出版社,2007。

唐仁虎等:《泰戈尔文学作品研究》,北京:昆仑出版社,2003。

托卡列夫、梅列金斯基等:《世界各民族神话大观》,魏庆征译,北京:国际文化出版公司,1993。

汪介之、唐建清编:《跨文化语境中的比较文学》,南京:译林出版社,2004。

王邦维、谭中主编:《泰戈尔与中国》,北京:中央编译出版社,2010。

王宏纬:《喜马拉雅山情结:中印关系研究》,北京:中国藏学出版社,1998。

王联主编:《世界民族主义论》,北京:北京大学出版社,2002。

王树英选编:《季羡林论中印文化交流》,广州:新世纪出版社,2006。

王树英主编:《中印文化交流丛书》,北京:中国华侨出版社,1995。

王志艳编:《走在印度与世界的连接线上——东方诗哲泰戈尔》,延吉:延边人民出版社,2006。

魏风江:《我的老师泰戈尔》,贵阳:贵州人民出版社,1984。

《五十奥义书》,徐梵澄译,北京:中国社会科学出版社,1984。

辛格:《泰戈尔诗歌的意象》,徐坤译,沈阳:沈阳出版社,1992。

辛哈、班纳吉:《印度通史》,张若达、冯金辛等译,北京:商务印书馆,1973。

徐迅:《民族主义》,北京:中国社会科学出版社,1998。

薛克翘:《佛教与中国文化》,北京:昆仑出版社,2006。

薛克翘:《中印文学比较研究》,北京:昆仑出版社,2003。

《雪莱诗选》,江枫译,长沙:湖南人民出版社,1987。

杨周翰编选:《莎士比亚评论汇编》,北京:中国社会科学出版社,1979。

姚卫群编著:《印度哲学史》,北京:北京大学出版社,1992。

叶芝:《苇间风》(英汉对照版),李立伟译,北京:中国社会科学出版社,2004。

《叶芝文集》,王家新编选,北京:东方出版社,1996。

伊瑟尔:《阅读活动——审美反应理论》,金元浦、周宁译,北京:中国社会科学出版社,1991。

《一个艺术家的宗教观——泰戈尔讲演集》,康绍邦译,上海:上海三联书店,1989。

尹锡南:《发现泰戈尔——影响世界的东方诗哲》,台北:圆神出版社有限公司,2005。

尹锡南:《世界文明视野中的泰戈尔》,成都:巴蜀书社,2003。

《英国诗选》,卞之琳译,长沙:湖南人民出版社,1983。

郁龙余:《中国印度诗学比较》,北京:昆仑出版社,2006。

郁龙余:《中国印度文学比较》,北京:中国社会科学出版社,2001。

郁龙余:《中印文学关系源流》,长沙:湖南文艺出版社,1987。

郁龙余等:《梵典与华章——印度作家与中国文化》,银川:宁夏人民出版社,2004。

喻天舒:《五四文学思想主流与基督教文化》,北京:昆仑出版社,2003。

袁行霈等主编:《中华文明史》(共4卷),北京:北京大学出版社,2006。

张光编:《中国名家论泰戈尔》,北京:中国华侨出版社,1994。

张隆溪选编:《比较文学译文集》,北京:北京大学出版社,1982。

张敏秋:《跨越喜马拉雅障碍——中国寻求了解印度》,重庆:重庆出版社,2006。

张敏秋:《中印关系研究:1947—2003》,北京:北京大学出版社,2004。

张廷琛编:《接受理论》,成都:四川文艺出版社,1989。

张锡坤主编:《世界三大宗教与艺术》,长春:吉林人民出版社,1991。

张羽:《泰戈尔与中国现代文学》,昆明:云南人民出版社,2004。

章开沅:《传播与植根:基督教与中西文化交流论集》,广州:广东人民出版社,2005。

赵蔚文:《印中风云录(1949—1999)》,北京:时事出版社,2000。

朱立元:《接受美学》,上海:上海人民出版社,1989。

左学金、潘光、王德华主编:《龙象共舞——对中国和印度两个复兴大国的比较研究》,上海:上海社会科学院出版社,2007。

三、主要参考网站

孟加拉文学在线数据库(Parabaas-Complete Bengali Webzine):http://www.parabaas.com。

汤姆森·盖尔传记资源中心及文献资源中心(Thomson Gale Biography Resource Center & Literature Resource Center):http:// infotrac.galegroup.com/menu。

附录二

人名中外文对照及索引

附录三

书、报、刊、篇名中外文对照及索引